全面解读一生不容错过的

名家解读古典名著·

神怪小说 上

解读

《西游记》
八仙系列小说
中国菩萨罗汉小说

侯忠义 主编

辽宁教育出版社

Ⓒ 侯忠义　2013

图书在版编目（CIP）数据

名家解读古典名著. 神怪小说. 上 / 侯忠义主编. —沈阳：辽宁教育出版社，2013.1

ISBN 978-7-5382-9961-8

Ⅰ.①名…　Ⅱ.①侯…　Ⅲ.①志怪小说—小说研究—中国—古代　Ⅳ.①I207.41

中国版本图书馆 CIP 数据核字（2013）第 018569 号

辽宁教育出版社出版、发行

（沈阳市和平区十一纬路 25 号　邮政编码 110003）

沈阳新华印刷厂印刷

开本：710 毫米×1010 毫米 1/16　字数：222 千字　印张：13.25

印数：1—5000 册

2013 年 1 月第 1 版　　　　　2013 年 1 月第 1 次印刷

责任编辑：严中联　　　　　　责任校对：彭力胜

封面设计：谭慧丽　张　瑞　　版式设计：王　萌

ISBN 978-7-5382-9961-8

定价：25.00 元

目 录

名家解读古典名著
神怪小说（上）

解读中国菩萨罗汉小说

徐静波　著

对于中国的菩萨、罗汉，人们大多是从《大闹天宫》《西游记》等电影、电视剧以及寺庙里了解他们的形象和传说的，而对于菩萨、罗汉的缘起和专门描写菩萨、罗汉的小说，则知之不多。本书不但探索了菩萨、罗汉的缘起，而且介绍、解读了多部菩萨、罗汉小说，让人耳目一新。

一 解读中国菩萨小说

看过神话小说《西游记》，大家一定忘不了那位慈祥善良的观音菩萨。她虽闲居南海普陀紫竹林，却耳听四面，眼观八方，哪里有难，径往哪里救助，连神通广大的孙悟空，也常常靠她的救助，才得以化险为夷，绝处逢生。

大家不禁要问：菩萨为什么有这么大的能耐？她（他）是怎样的神？为什么在中国古代的文学作品中，常常有他们的影子？要说清楚这些问题，我们还得从菩萨本身讲起。

（一）菩萨的缘起

1. 菩萨的含义

菩萨是佛教中修行到了一定程度的人。梵文写作 bodhi-sattva，音译为"菩提萨埵"，简称"菩萨"。"菩萨"是什么意思呢？佛经《翻译名义集》第一卷解释说，菩提是佛道之名，萨埵是中国人所指的"大心众生"，若大心入佛道，就叫做"菩提萨埵"（菩萨）。这种解释比较深奥。

还有一种较为通俗的解释是，菩提指"觉"，一种经过启发和思索而产生的感觉，即我们通常所说的"觉悟"；萨埵指大千世界的芸芸众生。运用智慧以求觉悟并以慈悲拯救众生的修行者，就是"菩萨"。

不过，有关菩萨的最完整的解释，莫过于中国佛教协会会长赵朴初先生所下的定义：

"所谓菩萨，是指那些抱着广大的志愿，要将自己和一切众生一齐从苦恼中救度出来，而得到究竟安乐（自度、度他），要将自己和一切众生一齐都从愚痴中解脱出来，而得到彻底的觉悟（自觉、觉他）的人。"

由于佛经以及文学作品中记述描写的菩萨，个个都具有无所不为、扭转乾坤的超凡能力，所以古人也常常把菩萨称作大士、圣士、高士、力士、大圣、超力、法臣等。如把观音菩萨称作"观音大士"，谓其法力无穷，便是一个例证。

在佛教天宇体系中，菩萨的地位仅次于佛。到底有多少佛，有多少菩萨，谁也说不清。人们常以为"佛"是专指佛教的创始人释迦牟尼，其实不然。释迦牟尼仅是佛的祖宗，称"佛祖"。他的左右前后，还有许多尊佛，他们都在各自的净土世界里教化众生。著名的有三位：一位是东方琉璃净土世界的教主药师光如来，就是我们常说的"如来佛"，又称"大医王佛""医王仙逝"。因为他曾发过十二个大愿，要满足众生一切欲望，使众生离苦得乐，脱离病痛、苦难和灾害的折磨，所以一般人都称他为"消灾延寿药师佛"。

另一个是兜率天净土世界的教主弥勒佛，称"慈氏菩萨"，又称"阿逸多菩萨"。弥勒佛是佛教贤劫千佛中的第五尊佛，他负有十分神圣的使命，那就是要在佛祖释迦牟尼涅槃（逝世）五十六亿七千万年以后，从兜率天净土世界降临人世，在龙华树下成佛，继承释迦牟尼的事业，教化众生。所以，他作为佛祖的法定接班人，在没有正式继承"王位"之前，只得挺着一个光溜溜的大肚皮，在寺院的天王殿门口，哈哈嘻嘻地笑脸相迎善男信女们的朝拜，广结善缘。

还有一位是西方极乐世界的教主阿弥陀佛，其名意思是"无量（限）的光明"，所以又称"无量寿佛""无量光佛""无边光佛""清净光佛""超光明佛"等。密教称他为"甘露王"。因为他能引度芸芸众生往生西方极乐世界，所以他最受世人的崇拜。老太太们为求死后能到那个美妙的世界，拼死的给他烧香，口念他的尊号——"阿弥陀佛"。这种诱惑着实使许多人整日吃素念佛，不求他事了。

天宇世界里有这么多的佛，而每一尊佛都配有几位帮助他弘扬佛法、教化众生的菩萨，这样的菩萨又称佛的"胁侍"，即助手。佛的胁侍一般有两位。佛祖释迦牟尼的左胁侍是文殊菩萨，右胁侍是普贤菩萨，三者合称"华严三圣"。药师琉璃光如来佛的左胁侍是日光遍照菩萨，右胁侍为月光遍照菩萨，合称"东方三圣"。阿弥陀佛的左胁侍为观世音菩萨，右胁侍为大势至菩萨，合称"西方三圣"。

除上述菩萨以外，人们也有将笃信佛学且有成果的居士或德高望重的僧侣称作菩萨的，如印度人将大乘佛教学者龙树、世亲称为菩萨。不过，这些菩萨在民众中的影响甚小，知道的人不多。

菩萨是随着佛教的广泛传播而伴随佛传入中国的。隋唐以前，人们过多地崇尚佛的本身，传播佛的教义，供奉佛的偶像，忙于依据不同的佛，建立各自的佛教流派，没有过分重视佛的胁侍作用。隋唐以后，经过统治集团的推崇和知识僧侣的宣扬，佛教广为传播，使广大的平民百姓都开始接受这种舶来品的思想熏陶，并逐渐地使佛教成为自己的精神支柱。在这样情况下，佛，特别是大乘佛教中的佛，作为神圣崇高的象征，停留在广大百姓脑海里的似乎只是某些抽象的且拥有无限高尚德性的神，与世俗信徒相距太远，可望而不可即，自然也无亲切感可言。而百姓需要的是直接的、具体的、只要积极行善修行就能见到成果的教诲者。于是，那些替佛行道，以教化众生渡苦海、登极乐世界彼岸为宗旨，可以出莲座度众生、历下界演化种种应身教化愚顽野夫村氓的菩萨，成为广大世俗信徒的信奉偶像。就这样，对菩萨的单独信仰逐渐在民间形成，不久又扩大到士大夫官僚阶层，成为一种极富生命力的、拥有广大自觉自愿信徒的新信仰。

在这种信仰形成的过程中，讲究实惠的中国百姓又对传入我国的众多菩萨根据中国的国情和本身的精神需求进行了筛选，最后留下四大菩萨作为普遍信奉的偶像。这四大菩萨便是以大智著称的文殊菩萨、以大行著称的普贤菩萨、以大悲著称的观音菩萨、以大愿著称的地藏菩萨。佛教信徒们通过种种附会，将这四大菩萨中国化，让他们随缘应化，自立道场。慢慢的，中国土地上出现了四大佛教名山——山西省的五台山、四川省的峨眉山、浙江省的普陀山、安徽省的九华山。

中国百姓对菩萨的信仰主要是通过偶像的供奉和文学作品的渲染来实施的。据佛经记载，菩萨的形象有多种多样，他们可以穿袈裟僧衣，也可以着在家装束。但佛教传入中国后，菩萨在寺院莲台上和在文学作品中的形象，由于受中国传统文化的影响，在不同的历史时期，展现不同的艺术形象。

东晋以前，我国所塑造和绘制的菩萨像，几乎都是男性，其形象多为一位大丈夫，一般不穿僧衣，而裸露嶙峋上身，蓄髭须，且留长眉，这一形象符合佛经有关菩萨都是"善男子"出身这一通俗说法。但佛经也载，菩萨的变相是"非男非女"。于是，在东晋以后，菩萨造像出现了女性相，河南省洛阳市龙门石窟内的"杨枝观音像"，便是一尊女性相的代表作。这尊塑于北朝北魏孝文帝迁都洛阳（公元493年）前后的观音像，头戴宝冠，右手执尘尾，左手托净瓶，轻依肩头，娇柔妩媚。这种女性菩萨造像，逐渐为广大文学艺术家和佛教信徒所接受，并推而广之，不断地出现于寺院和文学作品中。

隋朝始，出现了圆盘脸，柳叶眉，丹凤眼，樱桃嘴，外加蝌蚪形小髭的标准"非男非女"菩萨像。唐朝开始，菩萨造像基本定型：头戴凤凰宝冠，蓄长发而垂肩，丰润的圆盘脸上有一对长而弯的秀眉，挺直的小鼻，小而好看的朱唇，上身横披天衣而袒胸露臂，肤色润泽、莹洁、白皙，挂璎珞、戴项饰，下身着锦绣罗裙或贴身羊肠锦裙，两足丰圆。这种健美丰腴、妩媚雅娴的体态，正是唐朝贵族妇女的一种社会性的追求，也符合唐朝朝野各界对女性人体的审美观，同时也充分体现了中国艺术家对佛教发源地——古代南亚次大陆贵族装饰的丰富想象力和对唐代贵族妇女时装的欣赏能力。正是这种奇异而和谐的混合交融，才塑造出了富有魅力的中国标准化的菩萨形象。在以后各朝，除衣饰略有改动外，菩萨形象无多大变化。不过，唐朝的菩萨造像丰满沉郁，过多地体现"神"味。而宋代以后的菩萨造像生活气息浓郁，着重体现"人"味。从艺术角度讲，这是有历史性差别的。

在菩萨信仰中，佛教徒们又根据每一位菩萨所拥有的不同的德性，给他们配置了不同的附属装饰物——佛经称作法器，这些富有个性的成分，下文略有记述。

2. 文殊菩萨

四大菩萨中，根据传统习惯，当推文殊菩萨为首。文殊，全称"文殊师利"，系梵文 Manjusri 的音译，也有译作"曼殊师利"的，意思为"妙德"、"妙吉祥"。据说，他在诸大菩萨中，以智慧辩才第一著称。

文殊是佛祖释迦牟尼的左胁侍，专管智慧。佛教徒们给他配了一头青狮和一把宝剑，因此，他的通常造像是骑着一头青狮，表示智慧威猛；手拿宝剑，表示智慧锐利。也有骑孔雀、手持青莲的。佛教的密宗，给文殊菩萨另有一番打扮——头顶五髻，以表示大日如来（佛祖的法身）的"五智"（即谓与法界之体性相契合的法界体性智、能显现世界万象如大圆镜的大圆境智、视世界万法平等无差别的平等性智、妙观万法而明知善恶的妙观察智、成就自利他事业的成就利智），又表示童子天真无邪之意。所以，文殊又称"文殊师利童子"。他的美号是"大智文殊菩萨"。

文殊菩萨的来历，众说纷纭，莫衷一是。有的佛经说，文殊本来就是佛，叫龙种上佛。为了帮助佛祖释迦牟尼教化芸芸众生，他显化成菩萨身，做了佛祖的左胁侍。文殊菩萨在《处胎经》中说："昔为能仁师，今为佛弟子。二尊不并化，故我为菩萨。"《华严经》上就有这种说法："文殊师利常为无量诸佛之母，常为无量菩萨之师，教化成就一切众生。"

有关文殊菩萨的来历，有一种说法比较合乎情理，也能为广大信众所接受。《文殊师利涅槃经》说，文殊是释迦牟尼的大弟子，本是舍卫国一个婆罗门贵族家中的公子，因从小有佛性，离家投奔释迦牟尼学佛，以至功德圆满，修成菩萨身。因为他是佛祖的第一号助手，所以被尊为众菩萨之首，只是在唐宋以后，地位被观音菩萨取代，在世俗中的影响逐渐变小。

文殊菩萨的道场是在山西省的五台山。《佛说文殊师利宝藏陀罗尼经》记述：佛祖灭度以后，在南赡部洲东北方，有一个大震那国（古印度称中国），其中有山名五顶，文殊童子游行到此，居住那里为众生说法。五台山有五峰，峰顶皆无林木，有如星土之台，故称五台。五台山古有"岁积坚冰，夏仍飞雪，夏无炎暑，故曰清凉"之说。五台山的古代称谓和气候特点与《华严经》中所叙述的文殊菩萨的住处也颇相似。这些都构成了五台山被作为文殊菩萨道场的佛经依据。

五台山佛教道场始兴于东汉。北齐时，佛寺已有二百余座。隋朝时，文帝下诏在东、南、西、北、中五台之顶各建梵刹一座，并遣使在五台之顶设斋立碑。然而，五台山正式被当作文殊菩萨的圣地是从唐代开始的。唐王李渊起兵太原独得天下，建立唐朝以后，他把太原府境内的五台山看成是"龙兴之地"，曾说："五台山者，文殊閟必宝，万圣幽栖。境系太原，实我祖宗植德之所。"为感谢菩萨保佑他打下江山，李渊赐金大修五台山寺院，致使五台山日益兴盛，最盛时达到佛寺三百六十座，僧尼逾万人。唐朝也因此成为我国以五台山为中心的"文殊信仰"的鼎盛时代。尼泊尔等东南亚各国的僧人和佛教信徒，都不远万里前来朝拜巡礼，从而也使五台山成为唐宋以来，我国最早、最大的一处国际性道场。

五台山既为文殊道场，自然文殊也成为五台山各大寺院的主要供奉对象。据不完全统计，全山共有各种文殊菩萨造像五百余尊，其中以殊像寺供奉的文殊像最大。殊像寺位于台怀镇南境，寺内主殿文殊阁是五台山中最大的殿宇。阁内所供文殊端坐雄狮背上，两耳垂腮，双目平视，双手微举，仪容丰满，神情安逸凝重。而雄狮四蹄蹬地，昂首竖耳，贲张跃动，威武雄健。像高二丈八尺，塑于明代弘治年间，塑造工艺纯熟精湛，是珍贵的佛教文物。

文殊像塑得最奇妙的，要数黛螺顶寺内的五尊塑像了。艺术家们将五台山五座台顶上不同形态、不同造型的文殊菩萨合塑于此，神态逼真，服饰流畅，颇具性格化，给人以完美动人的艺术享受，以致五台山有"不登黛螺顶，不算台山客"之说。

3. 普贤菩萨

与文殊相伴的是普贤菩萨。普贤，梵文名为 Samantabhadra，音译为"三曼多跋陀罗"，也译作"遍吉"。佛经记述他是佛祖释迦牟尼的右胁侍，专管一切诸佛的理德、行德，掌管着一切生灵的延命之德。他发过"礼敬诸佛，称赞如来，广修供养，忏悔业障，随喜功德，请转法轮，请佛住世，常随佛学，恒顺众生，普皆回向"十大行愿，所以他的美号叫"大行普贤菩萨"。

佛经称普贤的学识和美德，源自他的广大行愿，而广大行愿的虔诚、谨慎和持重，就好像大象一般静重，所以大白象是普贤"愿行广大，功德圆满"的美好象征。普贤的通常造像是他手持莲花，骑着一头六牙大白象——佛教传说这头六牙大白象为菩萨所演化，表示威灵；普贤手持莲花，表示功德无量。

关于普贤的来历，也有种种不同的传说。《华严经》说他是诸佛之子。这种高贵的出生给他带来了骄傲。在《悲华经》里，他成了西方极乐世界教主阿弥陀佛的第八个儿子，与观音、大势至乃至文殊菩萨都是同胞兄弟，同享荣华富贵的生活。

普贤传入中国后，中国的好事之徒又将他的身世进行了一番考究。考究结果，得出一个结论，说他是西域妙庄王的二女儿，名唤妙英，是观音菩萨的二姐。《小乘经》将普贤那中国化了的出生描述得更加惟妙惟肖、生动迷人，以致在宋朝以后，他的男身女相造像大多被改变为女身女相造像。这也是佛教汉化的一个鲜明而典型的例子。

《华严经》称普贤菩萨居住于光明山上，常给三千弟子说法。四川省的峨眉山，每当午后初霁，人站在悬崖之顶，往往可以看见自己的四周绕有美丽的七色光环，人称"佛光"；到了月黑风清的夜晚，有时会看见一盏明灯远远地从天边飘来，一会儿增至数十盏，顷刻间又增至千百盏。万盏明灯，历乱山谷，飘忽峰峦，情景神密而壮观，人们称之为"天灯"。峨眉山昼有佛光，夜有天灯，昼夜光明，岂不是"光明山"吗？中国的佛教徒们十分自然地将峨眉山看作是普贤所居的光明山了，普贤也毫不客气地在这峰云佛光间建立起自己的道场来了。

峨眉山位于岷江山麓冲积平原的西南，崛起于平畴。在一百多平方公里的风景区内，山重水复，峰峦叠嶂，气势磅礴，雄秀幽奇，有"高出五岳，秀甲九州"之称。东晋时，在此始建普贤寺（今称万年寺）。相传，唐朝时，高僧广浚在峨眉山为大诗人李白弹琴，李白他乡遇知音，一时诗兴大发，写下了"蜀僧抱绿绮，西下峨眉峰。为我一挥手，如听万壑松"的千古名句。唐宋年间，翠峦碧壑间先后建起七十余座梵宇琳宫，将峨眉山这个道教的第七洞天，完全改造成了普贤菩萨的说法道场，使之成为中国的一大佛教名山。

普贤是峨眉山的主人。万年寺是峨眉山供奉普贤最早，也是规模最大的主刹。寺内有一座明朝年间建造的无梁砖殿。殿顶呈穹窿方形，四周绘有翩翩起舞的四个天女。穹窿下供奉着铜铸的普贤菩萨骑白象像。普贤头戴剔透镂空的五佛金冠，手执如意，神情慈祥凝重，双目炯炯有神。所骑大象为白色，长六颗牙，粗鼻垂地，四足壮健，踏于三尺莲台之上。整座塑像高七点三五米，其中白象高三点三米，普贤像加莲座高四点零五米，总重量为六十二吨。这尊铜像是北宋太平兴国五年（980年），宋太祖赵匡胤遣大臣张仁赞用一千两黄金购买赤铜，然后在成都分段铸成数十块，再运到峨眉山焊接而成的，具有很高的艺术价值，是宋朝铜铸艺术的精品。

4. 地藏菩萨

地藏是最后一位加入四大菩萨行列的菩萨。梵文写作 Ksitigarbha，音译为"乞叉底蘖婆"。佛经《地藏十轮经》在解释他的名号意义时称："安忍不动犹如大地，静虑深密犹如地藏"，故称"地藏"。地藏如同大地一样，含着无数的善根种子。他受佛祖释迦牟尼的嘱咐，在佛祖圆寂后，弥勒佛又未降生龙华树下之前这段"群龙无首"的日子里，自誓担当起济度六道众生、拯救世俗苦难的重任，并立下五个"大愿"："一要孝顺和超荐父母，遵循孝道；二要为众生承担一切难行苦行；三要满足众生需求，令大地草木花果茂盛，四季常青；四要祛除众生疾病，岁岁安康；五要度尽地狱众生。"不然，誓不成佛。因此，佛教徒们送了他一个美号，称"大愿地藏菩萨"。

地藏菩萨与其他菩萨不同的是，他所承担的最主要的任务是救度身处地狱备受种种折磨的所有"罪鬼"。佛祖释迦牟尼授予他"幽冥教主"的封号，命他管理阴间一切事务，如同道教中的阎罗大王。地藏为不辜负佛祖的一片厚爱，在他面前也立下一个大愿："地狱未空，誓不成佛。"地藏虽然佛心朴直，宏愿深远，但却永远难以成佛。善良的中国佛教徒们倒把他"收留"起来，供奉为大菩萨。

地藏的来历也与众不同，极富传奇色彩，因而也常成为文学家们的主要描写对象。《地藏菩萨本愿经》说他原是古印度的婆罗门贵族尸罗善现的女儿，由于她的母亲悦帝利不信修善，死后魂魄堕入地狱。女儿不知母亲魂归何处，立志要找到母亲，将她超度到西方极乐世界去。于是，她变卖家产，在先佛塔寺大兴供养。觉华定自在王佛深为她的孝心感动，便带她来到大铁围山西面的第一重海。但见千万男女出没海中，遭受众多恶兽的争相撕食，知母亲已下了地狱，便立下宏愿："愿我尽未来劫，应有罪苦众生，广设方便，使令解脱，以拯救地狱中一切苦难罪鬼。"遂竭尽身力教化众生，被佛祖封为地藏菩萨。

《盂兰盆经》则说地藏菩萨是古印度摩揭陀国王舍城婆罗门僧人，名叫目犍连，是释迦牟尼十大弟子之一，原名傅罗卜。他看到死去的母亲在地狱受苦受难，百受折磨，求佛祖救度他的母亲出地狱。释迦牟尼要他在七月十五日，即僧众安居终了之日，备百味饮食，供养十方僧众，可使其母亲超度出地狱。于是，他备百食供养僧众，始创盂兰盆会。目犍连涅槃后，成为地藏王，掌管阴间地狱。

地藏菩萨传入中国后，他的身世融入了中国文化的血液。道教说他是金蝉子（东岳泰山神天齐王）的化身，带领九万仙官仙女掌管阴间。关于地藏菩萨身世流传最广，也最为世人所接受的，是"新罗僧"之说。佛经称地藏菩萨托胎转世为新罗国（今朝鲜）王子（故又有"地藏王"之称），姓金名乔觉。他立志追寻佛道，遂削发为比丘，梯航中国，于安徽省九华山结茅苦修，感动了九华山主闵公，闵公将九华山全部布施给他。金乔觉苦修九华山数十年，于唐玄宗开元二十六年（738年）农历七月三十日召集僧众告别，跏趺于函中圆寂，时年九十九岁。三年后开缸安葬时，发现他肉身不坏，栩栩如生。抬动时肉身骨节俱动，如金锁摇动，音韵绝俗。按佛教说法，如比丘圆寂后，体如兜罗锦软，金锁骸鸣，即为菩萨应世。僧众因此皆呼其为地藏菩萨应世，遂建地藏肉身塔供奉。此后，每年的七月十五日和七月三十日，成了地藏菩萨的出生日和涅槃日。届时，万千信众，不惜梯航涉水，攀山登峰，到九华山朝圣膜拜，形成规模盛大的"地藏法会"。

正因为地藏有一个比丘的出身，所以我国供奉的地藏菩萨像，大多作比丘装束，现出家相。一般形象是结跏趺坐，右手持锡杖，表示爱护众生，戒修精严；左手持如意宝珠，表示要满足众生的一切愿望。有的也作立像，左右两旁分塑一个比丘、一个长者，谓九华山地藏道场的布施者——闵公父子。

九华山位于安徽省青阳县西南，北濒长江，南接黄山，西界贵池水，东临太平湖，周围百里范围内，九峰宛如莲花翠叠，怪石嶙峋，银瀑飞泻，有"紫翠千仞，融结奇巧"之称。九华山自唐朝开辟地藏菩萨道场后，各朝不断兴建梵刹寺院，至明朝，已达百余座。九华街是佛国的中心，著名的地藏菩萨肉身塔便建在这里。肉身塔置于肉身宝殿中央。宝殿高耸宽大，殿顶以铁瓦覆盖，重檐斗拱，雕梁画栋，甚为壮观。肉身塔为三级石塔，每层有佛龛八座，内均塑地藏金色坐像。肉身宝殿是九华山的圣地，每逢地藏菩萨生日或涅槃日，来自海内外的佛教信徒，虔诚地跪于肉身塔下，膜拜上供，以求菩萨保佑。

5. 观音菩萨

在中国四大菩萨中，观音菩萨是影响最广、最受世俗民众欢迎的。这位以慈悲救难而家喻户晓的菩萨，历来被人们当成是"济世造福的圣人""拯救苦难的救星"而备受敬仰。

观音，梵文写作 Avalokite'svara，也译作"观世音""观自在""光世音""观世自在"等，音译为"阿婆卢吉低舍婆罗""阿缚卢枳多伊温伐罗"。关于他名号的由来，佛经《妙法莲花经》第七品《观世音菩萨普门品》解释说："佛告无尽意菩萨善男子，若有无量百千万亿众生受诸苦恼，闻是观世音菩萨，一心称名观世音菩萨，即时观其音声，皆得解脱"，因而称"观世音"。也就是说，观世音名号是根据佛经所载其能"观"（不仅仅是"听"）众生受难时呼唤其名号而寻声音来救度的说法，从梵文中意译过来的。后来在佛经翻译中，为求精略，并与其他三位菩萨两个字的名号相对应，略去世字，而仅称"观音"。也有一种说法，说在唐朝时，为避唐太宗李世民的名讳，而在佛经翻译与日常称呼中，略去"世"字的。究其实，都是中国人喜好略称的缘故。

观音作为济世造福的大菩萨，他是一位跨教之神，有着十分离奇而神秘的身世。她带着婆罗门教的烙印，走进佛教这个博大自由的世界，从一对小马驹而演变为一名伟男子，继而成为一名慈善妩媚的女菩萨。

观音菩萨原是古印度婆罗门教的善神。据印度上古时期的诗歌总集《梨俱吠陀》描述，早在佛教尚未产生的公元前 7 世纪，天竺（今印度）就盛行婆罗门教。这时候的观音，既不是丈夫身，也不是女儿身，而是一对十分可爱的孪生小马驹，头是两颗明亮的星星。作为婆罗门教慈悲和善、神力宏大的象征，这对孪生小马驹有时化作一对年轻英俊、聪明敏捷的兄弟，头戴莲花冠，乘坐马或鸟拉的金车，在每天黎明之时，驾车驶过天空，据说，其行驶速度比思想还快。在婆罗门教中，这对小马驹被称为"阿湿波"，系梵文Asvin 的音译，意译为"双马童"。双马童所具有的神力能使盲者双目复明、疾病缠身者康复、肢躯残缺者健全、不育的妇女生子，还能使公牛产乳、朽木开花、老女得夫、沉船获救，可谓无所不能，超然一切。因而，受到天竺国朝野上下、贵宦黎民的普遍敬崇和信仰，被当作苦难的救星，主宰命运的神仙，处处受人供奉。

　　然而，佛教的创立，使观音的命运产生了转机。公元前 5 世纪，释迦牟尼创立了佛教。佛教宣扬的"众生平等"和"行善济世"思想，使一大批饱受森严等级压迫之苦的婆罗门教教徒看到了自由平等生活的希望。于是，大批的婆罗门教徒倒戈易门，转信佛教。随着岁月的流逝，佛教在南亚次大陆的影响日益深远，逐渐取代了婆罗门教的统治地位。然而，即使如此，长期以来受婆罗门教教义熏陶的佛教徒们，一下子难以全部改变原有的信仰和习惯，他们也需要佛教中有一位能够帮助他们解脱苦难的善神。于是，婆罗门教中的那一对可爱的小马驹自然而然地带进了佛教的婆裟世界，成为佛教徒的幸福和自由的保护神。

　　到了公元 3 世纪，佛教的大乘教产生以后，佛教徒们正式地将婆罗门教中的"善神"双马童，吸收为佛教的一名慈悲菩萨，并给它改名换姓为"马头观世音"，形象依然如故，所不同的是，佛教徒们将这对孪生兄弟拆散了，仅选了一匹供奉，而将另一匹摈而弃之，以致后人不知其去向，无从论考了。公元前后，佛教徒们考虑到佛教众多菩萨都是人身，唯独这观音是个畜身，有点不伦不类，遂将"马头观世音"改作男人身。就这样，观音脱胎换骨，变成了一位伟丈夫。

　　自从观音正式成为佛教的慈悲菩萨后，为了使他在佛教世界里具有无可非议的神圣地位，佛家弟子们便开始为他编了一份美好的"履历"，使他完全佛化和合法化。于是，在佛教经典中有了这样的记载：观音原是古代天竺国（今印度）转轮王无诤念（即阿弥陀佛）的大王子。《悲华经》说：

　　"有转轮圣王，名无诤念。王有千子，第一王子名不眴，即观世音菩萨；第二王子名尼摩，即大势至菩萨；第三王子名王象，即文殊菩萨；第八王子名泥图，即普贤菩萨。"

　　不眴曾发下宏愿，要解脱世间众生的一切苦难。后来，转轮王成佛，成为阿弥陀佛，不眴经数十年潜心苦修，也终得佛果，成为正法明佛，称"正法明如来"。不眴成佛后，为了启发众菩萨的愿行，使一切众生都成为佛种，获得安乐，他示现成菩萨身，辅助阿弥陀佛教化众生。这样，他成了父王的左胁侍，其弟大势至成了右胁侍，父子三人，弘扬佛法，宣传教义，缔造了一个令人神往的美好天地——西方极乐世界。

　　观音菩萨传入中国后，在长达几个世纪的佛教汉化运动中，观音菩萨也难避"异化"，成了一尊拥有中国血统且中国妇女打扮的汉化菩萨。中国民间相传,观音原是西域妙庄王的第三女儿,名叫妙善,从小笃信佛教,长大后决意皈依佛门,不愿成为人妻,因而被妙庄王逐出王宫。后来妙庄王重病缠身,御医告知须由亲生骨肉手眼相医方可痊愈。妙善闻讯后,献出双眼,并自断双手,制成药丸,救活了父王,自己因而修得正果,成为菩萨。有关观音菩萨汉化了的出身,其类似传说还有好几种,大致是妙善如何坚信佛门,而父王又如何阻止迫害,最后又如何觉悟的故事,掺杂了佛道两家神仙大佛的种种善行和功德。佛教的《小乘经》在描述这个故事时,采用生动感人的笔触,将观音(妙善)塑造成了一个美丽迷人又性格刚强,立志皈依佛门的少女形象。故事情节曲折,读来如同浏览传奇小说。

在我国藏族聚居区,人们把松赞干布看成是观音的化身。公元七世纪之前,西藏地区民众信奉的是"苯教"。这种以祈禳等法为主要内容的原始宗教,有着许多不完美的地方。松赞干布即位后,决意要寻找一种新的宗教来替代原始的"苯教"。此时,佛教已在南亚次大陆,尤其在中国汉族地区广为流传。松赞干布在了解到这种宗教的教义后,大为赞赏,便遣使去锡兰请来经卷和佛像。使者请来的第一尊佛像,便是一尊蛇心旃檀十一面观音像。此后,松赞干布下令建造佛寺,并着经师翻译了《观音六字明》《观音经续》等佛经的藏文本,广泛宣扬佛教,弘扬观音妙法。松赞干布从宣扬观音菩萨伟大神力开始,创造文字,改造藏族文化,发展畜牧业,促进藏汉政治经济文化交流,促使西藏从一个原始的游牧部落逐步走向文明社会。因此,藏族民众坚信松赞干布是观音菩萨为了西藏的繁荣和富裕示现成"国王相"的。在藏民的眼里,松赞干布就是观音菩萨。这种融合了政治因素的宗教信仰,很快地在西藏地区盛行起来。拉萨西北角的玛布日山上,一幢高达一百一十米的辉煌庄严的宫殿建造起来。殿内的观音堂里供奉的就是松赞干布和唐朝文成公主的塑像。根据佛经所言观音菩萨居住于普陀洛迦山(梵文 Potalaka)之说,将这座殿宇取名为"布达拉宫"(普陀洛迦宫),作为观音菩萨(松赞干布)的圣地。如今西藏的佛寺里,还普遍供奉观音菩萨;日喀则县的拉当寺,还保留着宋代雕琢的千手观音、四臂观音等雕像。

据说观音菩萨有着不可思议的伟大力量:

"若有持是观世音菩萨名者,没入大火,火不能烧,由是菩萨威神力故;若为大水所漂,称其名号,即得浅处;若有百千万亿众生,为求金银、琉璃、砗磲、玛瑙、珊瑚、琥珀、珍珠等宝入于大海,假使黑风吹其船舫,飘堕罗刹鬼国,其中若有乃至一人称观世音菩萨名者,是诸人等皆得解脱罗刹之难;

若复有人临当被害，称观世音菩萨名者，彼所执刀杖，寻段毁坏，而得解脱；若三千大千国土，满满中夜叉罗刹欲来恼人，闻其称观世音菩萨名者，是诸恶鬼，尚不能以恶眼视之，况复加害；设复有人，若有罪若无罪，扭械枷锁检系其身，称观世音菩萨名者，皆悉断坏，即得解脱，等等，神乎其神。"

观音的救苦救难，真是到了不分贵贱贤愚，不分良善丑恶，只要有求，相信菩萨，观音不受时间与空间的限制，必予应救的地步了。因此，他的美号称为"大悲观音菩萨"，全称"大慈大悲救苦救难广大灵感观世音菩萨"。观音的这一"善性"，正符合世俗民众的祈求需要和祈求心理，从而成为唐宋以后观音信仰盛行中国的一个极为重要的原因。

观音主张"随类化度"，即根据不同类的众生，在不同的环境，根据教化需要，演化成不同的形象（佛教称"相"），从佛身、菩萨身、直至非人身，以便能与众生亲近，予以教化。我国许多寺院都有观音示现的"三十三化身"或"三十三应身"之塑像。

《观世音普门品》所载观音三十三化身和民间相传的有关观音的种种故事相结合，在中国创造出了三十三个应身观音形象。这三十三个形象是：

一杨柳观音、二龙头观音、三持经观音、四圆光观音、五游戏观音、六白衣观音、七莲卧观音、八泷见观音、九施药观音、十鱼篮观音、十一德王观音、十二水月观音、十三一叶观音、十四青劲观音、十五威德观音、十六延命观音、十七众宝观音、十八岩户观音、十九能静观音、二十阿耨观音、二十一阿么提观音、二十二叶衣观音、二十三琉璃观音、二十四多罗尊观音、二十五蛤蜊观音、二十六六时观音、二十七善慈观音、二十八马郎妇观音、二十九合掌观音、三十一如观音、三十一不二观音、三十二持莲观音、三十三洒水观音。

三十三观音形象带有浓郁的中国民间的艺术风格，且皆以女性形象出现，婀娜多姿，妩媚动人。

观音形象千姿百态，变化无定。他的标准形象应该是怎样？佛教徒们给他塑的是头戴金冠，面容慈祥安逸，眼帘低垂。身披袈裟，盘腿作跏趺状端坐在莲花台上，双手相接，平坦放于两膝之上，形象非男非女。这一形象后来被称为"正观音"或"圣观音"。

令人费解的是，观音作为王子出身的菩萨，为什么在中国的寺院里，或在文学作品中大多被塑造成女性（近似于纯情少女）的形象呢？这其中的奥妙是多方面的。佛教传入中国后，哪些教义适应中国的需要，佛教徒们进行了认真和反复的思索。在千头万绪中，精选了有关"生"和"死"这两个内容为中心的相关教义，并根据各自的需要加以充分地发挥，形成了中国佛教的十三个主要教派，即"十三宗"。其中净土宗不重理论，只重信仰，众生只要一心念佛，向往净土世界，即能借助观音菩萨的神力，飞渡苦海，到达彼岸——西方极乐世界。

因为观音菩萨是男性，在"男女授受不亲"的封建社会里，恰是这一点在某种程度上影响了净土信仰的广泛性。如果菩萨是女性，就可以吸引更多的信女，女性所拥有的婆性，又是中国人所特别爱恋的。婆性所意味着的善良、慈悲、聪慧、美丽、贤淑，与观音菩萨所拥有的"大慈大悲"的德性正好相吻合；而且女菩萨除了拥有男菩萨的一切法力外，还能完成男菩萨所不能完成的工作，诸如深受欢迎的送子之类的紧俏活儿。因此，从南北朝开始，中国的文学艺术作品中就已开始出现女性的观音菩萨。到了唐朝，女性相臻于完美。宋朝以后，全国各寺院所供观音像，几乎都是妩媚动人的女性了。

观音最受人们喜爱的女性相，是"杨枝观音"。杨枝观音眉如小月，眼似双星，玉面天生喜，朱唇一点红。璎珞横披，环结宝明。袒胸露臂，紫衣锦袍。乌云巧叠盘龙髻，绣带轻飘彩凤翎。右手执杨枝，左手托净瓶，身姿窈窕，线条柔和。神情妩媚，秀丽可爱。一副长发唐装，俨然翩翩嫦娥。这种仙女般的姣美形象，激发了佛教徒们对佛教、对菩萨的热爱和忠诚之心，也引起了许多凡夫俗子对美丽的杨枝观音的赞赏与沉醉。因此，观音的魅力实在有可以意会而不可言传的妙处。西方的美学家们往往将观音的这一形象与古希腊雅典女神相媲美，赞誉她是"东方的维纳斯"。

从观音能救世间一切苦难的神力中得到启发的佛教密宗，创造出了观音另一美妙的形象——千手千眼。这一观音造像一般是在两眼两手之下，左右各长出二十手，手中各长一眼，共四十只手四十只眼，各配所谓的"二十五有"（佛教三界中二十五种有情存在环境）。这种造像包含了深刻而有趣的数学原理，即二十乘二，再各乘二十五，即为千手千眼。它所表达的含义是：度一切众生，手疾众生，眼到手到，毫无阻挡。

在全国各大寺院中，最有代表性的千手千眼观音像当推河北省承德避暑山庄大乘之阁内的观音像了。这尊世界上最大的木雕像，是清朝乾隆皇帝下令建造的，像通高二十二点二八米，腰围十五米，由松、柏、杨、榆、椴五种木料雕刻相并而成，重约一百二十吨。观音长四十二只手，手上各执金刚杵、三戟、棍夹、宝印、锡杖、宝轮、莲花、佛珠、杨柳枝等法器，胸前的两只手作合十状，每个手掌之中有一只眼，加上脸部三只眼，共有四十三只眼睛，体态匀称，眉目生动。花纹自然流畅，造型优美动人，是我国文化艺术宝库中的一颗璀璨的明珠。

观音菩萨的说法道场是在浙江省普陀山。依据佛教《华严经》的一段记载：

瑟鞞脉罗居士告善财言："善男子，于此南方有山，名补陀洛迦山，被有菩萨观自在。汝诣彼问：菩萨云何为菩萨行，修菩萨道？即说颂曰：'海上有山多圣贤，众宝所花极清净。华果树林皆遍满，泉流池沼悉具足。勇猛丈夫观自在，为利众生住此山。汝应往向诸功德，彼当示汝大方便。'善财童子……渐次达行，至于彼山，处处求贤此菩萨。见其西面，岩谷之中，泉流萦映，树林蓊郁，香草柔软，右旋布地。观自在菩萨于金刚石上结跏趺坐，无量菩萨皆坐宝石，恭敬围绕，而为宣说大慈悲法。"

这段佛经所记述的，就是佛教故事中有名的善财童子五十三参中的第二十八参——于普陀洛迦山参拜观音菩萨，也成为普陀山之所以成为观音道场的佛经依据。

普陀山第一尊观音像的供奉和第一座庵院的创建，则是在唐朝咸通年间。唐咸通四年（863年），日本僧慧锷从五台山迎观音像回国，途经普陀山莲花洋时，船触礁受阻，遂将观音像供于普陀山潮音洞上，并与岛民张氏共建"不肯去观音院"。宋元丰三年（1080年），宋神宗赐币兴建"宝陀观音寺"，指定普陀山专供观世音菩萨，这大概是普陀山正式成为观音道场的"法律"依据了。每年的农历二月十九（相传为观音生日）、六月十九（为观音得道日）、九月十九（为观音涅槃日），海内外香客扬帆梯航，纷来朝圣，多至数万人，形成观音香会。舟山市政府为此在每年的九月十九日前期举行普陀山朝山节活动。

除普陀山外，全国各地供奉观音菩萨的梵刹丛林比比皆是。福建省厦门市的南普陀寺、泉州市的龙山寺，河南省开封市的相国寺，河北省正定县的隆兴寺、承德避暑山庄的普宁寺，云南省昆明市的观音寺、大理县的崇圣寺，天津市蓟县的独乐寺，四川省平武县的报恩寺，江苏省扬州市的观音寺、南京市的鸡鸣寺，北京市的雍和宫等都是国内供奉观音的主要道场。台湾有观音寺院四百余座，尤以台北市的龙山寺、台南市的清水寺、基隆市的灵泉寺、高雄县的水岩寺规模为大。由此可见，观音菩萨在中国是无处不有，无处不在。她在民间的影响早已超过了文殊、普贤、地藏菩萨，而实际成为佛教的第一大菩萨。她在中国民众中的知名度，已超过了佛祖释迦牟尼，而成为佛教的一个象征。

观音也好，文殊也好，普贤也罢，地藏也罢，他们宣扬的无所不能的神力，那种济世造福的宏愿，在进入中国这个长期受封建思想统治的国度后，触动了一大批时刻祈求神灵降福消灾的达官贵宦、村夫黎民的灵感，使他们产生了超越自然的种种幻想。这种幻想伴随着理性的思索和无穷无尽的随想，在周围自然与社会环境的影响下，自觉自愿地将原本已超然物外的菩萨神力加以不断地弘扬和发挥，创造出了一个个比雕塑更传神、更生动、更迷人的艺术形象，形成了一种带有浓郁中国味的佛教文学，这就是"菩萨小说"。

(二) 菩萨小说的产生和发展

菩萨之所以能够从古印度翻过喜马拉雅山，穿过戈壁大沙漠，堂而皇之地端坐于中国华丽庄严的佛寺莲花台上，接受人们的膜拜和传颂，这番福分，全靠了佛经的翻译和传播。佛经的翻译，也给中国的文学带来了新的创作题材和崭新的意境，使中国出现了一种新的文学内容——菩萨小说。

1. 佛经翻译的影响

汉朝以前，中国经过诸子百家几度春秋的争鸣和辩驳，产生了大量的哲学和文学作品，诸如诗歌、散文、四书五经，构成了中国秦汉文化的基础，但那都是"国货"。汉朝以后，随着印度佛教的传入，佛经作为"舶来品"，也带着异域的风尘，带着古印度的神话和寓言，闯进了中国的大门，给中国的文化、中国的文学创作带来了强烈的刺激。然而，印度的佛经都是用梵文写成的，中国的百姓看不懂这几何形的字体，自然需要翻译。最早的译经大师都是印度僧人，如安世高、竺法护等，他们不远万里，携经卷来中国，边翻译边传播，精神十分可嘉。

后秦时，西域的龟兹国（今新疆库车一带）出现了一位译经家，名叫鸠摩罗什。他七岁就随母亲皈依佛门，潜心研究佛学，到过许多地方。弘始三年（401 年），被后秦王姚兴迎至长安（今陕西西安），请入西明阁和逍遥园，翻译佛经。从弘始三年至弘始十一年（409 年），鸠摩罗什用了整整八年的时间，率弟子译出《大品般若经》《摩诘经》《阿弥陀经》《金刚经》和《中论》《百论》《十二门论》《大智度论》《成实论》等三十五部二百九十四卷经论。所译经卷，一弃前辈呆板滞凝的文风，而用优美流畅的语言，给世人展示了佛教婆娑世界博深美妙的境界。这些经卷不但成为此后中国佛教各家所依据的主要经典，而且给中国带来了众多的又是崭新的文学艺术形象。

鸠摩罗什在弘始六年（404 年）译出了著名佛教经典《妙法莲花经》。这部佛经共八卷二十八品，虽然以宣扬众生都能得到与佛一样的智慧，人人都能成佛为主题，但是，经文利用古代南亚次大陆大量的寓言故事来宣扬佛和诸位菩萨的伟大神力，从文学角度来讲，它是一部优美的寓言集，又是一部生动有趣的神话小说集。经书的第二十四品讲叙了妙音菩萨的神通；第二十八品描述普贤菩萨的种种神奇而非凡的愿行；第二十五品是《观世音菩萨普门品》，讲述了观世音菩萨那种说变就变、说来就来，哪里有难，就上哪儿救助的种种超凡能耐以及瞬间即可演变的种种化身。在这本佛经中，观音菩萨是一个极其伟大的人物，单单看那三十三化身，便足使人浮想联翩，夜不能寐，恨不得自己也有如此般功夫，上可揽明月、戏嫦娥；下可闹龙宫、扯龙须。佛经这种神话样的描述，给人们塑造了一个富有魅力的文学形象。于是观音菩萨开始从佛经中走出，跨进了中国文学艺术的锦绣长廊。

我们在前面介绍观音菩萨的时候，已经引用了《妙法莲花经》的记述，讲到观音为了教化众生，常因众生的不同身份和环境演化成不同的形象。在观世音常现化的三十三种形象中，有六个妇女形象，她们是比丘尼、长者妇女、居士妇女、宰官妇女、婆罗门妇女、童女。这些姿态各异的妇女形象启发了中国文学家们的丰富想象力，使她们从进入中国第一天开始，就成为中国文学作品的主人公。唐朝有二位传记文学家写了两本书，一本叫《观音感应传》，一本叫《法华持验》。两本书所叙述的，都是与《妙法莲花经》所描绘的观音种种应身相对应的灵验。其中有这么一篇寓言，或者说是小说，讲述了观音显化居士妇女身教化众生的离奇故事：

说在唐朝元和年间，在陕右这个地方，人们只知道骑马射箭，不晓得天底下还有佛和世界。所以，没有寺院，也没有香火，更没有日夜诵经的虔诚场面。有一天，在金沙滩上，走来一位妙龄少女，她身材窈窕，美艳绝伦，身穿鲜艳裙裾，手挈鱼篮，一路卖鱼，引起众多公子哥儿的追逐，争相出金献银，要娶这位少女为妻。少女不动声色，许久，拿出《妙法莲花经》，轻启朱唇说："谁能在一夜之中，背出《妙法莲花经》中的《观世音菩萨普门品》，我就嫁给他。"结果到黎明一考，竟有二十人能一字不漏地背出《观世音菩萨普门品》来。一个人怎么能嫁这么多丈夫呢？那少女拿出《金刚经》又说："谁能在一夜之间背出《金刚经》，我就嫁给他。"结果到第二天黎明，竟有十人能背出《金刚经》来。少女无奈，只好捧出整部的《妙法莲花经》对众多求爱者说："谁能在三天之内，把这部经书从头到尾一字不漏地背出来，我一定嫁给他。"那些求妻心切的男儿抢了《妙法莲花经》闭门苦读去了。三天过去，唯有一位姓马的小伙子从头到尾地把整部经书背出来了，陕右地区为之轰动。结婚的那一天，马家鼓乐齐鸣，鞭炮震天，新郎官喜气洋洋，把美丽的少女迎进了洞房。待至挑灯时分，新娘对新郎说："我身体不舒服，到隔壁稍事休息便来。"可没过多久，新娘便死了。奇怪的是，玉体随即腐烂。马家乐极生悲，也只好将婚事当成丧事办，将刚过门的媳妇埋于金沙滩旁。没过几天，村里来了一位穿紫衣的老和尚。新郎将自己的不幸经历告诉了他。老和尚劝慰新郎一番，便随新郎来到那少女的墓前，用僧杖轻轻一挑，墓棺洞开，棺内并无尸体，唯有一副黄金锁子骨。那老和尚对新郎说："你不必难过，新娘乃是观世音菩萨，她是为了教化你们才演化成卖鱼女子的。"说罢，便腾空而去，留下新郎一人呆呆地站在墓前不知所措。

这则故事情节曲折离奇，将《妙法莲花经》观音"应以长者、居士、宰官、婆罗门妇女自得度者，即现妇女身而为说法"。短短的一句话加以了充分地发挥，成功地塑造了一个倾一片苦心弘扬佛法的"马郎妇观音"的文学形象。看了，谁不为之动容呢？

"鱼篮观音"是中国的文学家根据《妙法莲花经》观世音菩萨三十三化身而创造出来的又一文学形象。《香山宝卷》写道："河南洛阳府知府张无尽，虽有菩提之根，如来之性，但贪恋酒色财气，一直痴迷不悟。观音菩萨受佛的指示，化成一个美丽的渔姑，挎着鱼篮，来到洛阳。在弥陀佛的帮助下，观音以放鱼归水的道理，使张无尽觉悟，皈依佛门。"清朝著名文学家范希哲将这篇小说改写成一出著名的戏曲《观音菩萨鱼篮记》，成为清朝民间最受欢迎的剧目之一。

与观音文学形象产生不同，地藏菩萨的文学形象是通过小说般的佛经本身的描绘塑造起来的。

《佛说盂兰盆经》是一部四卷本的著名佛教经典。它通过神话传说，记述了地藏菩萨地狱救母以致得道的经历。佛经说，地藏菩萨原名叫摩诃目犍连，简称目连，是古印度摩揭陀国王舍城郊人，属婆罗门种姓。由于其母亲不信佛教，死后身陷地狱，备受饿鬼的折磨。目连十分悲痛，发誓要将母亲救出地狱。他便恳求释迦牟尼帮助。释迦牟尼给他指点迷津，告诉他，要使饿鬼不折磨你的母亲，你得设斋食施舍地狱中的饿鬼。于是，目连深入地狱，施舍斋食，救出母亲，并把她超度到西方极乐世界，皈依佛门。

西晋时，月氏国僧人竺法护在我国洛阳，把《佛说盂兰盆经》翻译成汉文，"目连救母"的故事遂传入中国。这则完全符合中国孝道精神的故事立即受到了佛教信徒和世俗民众的欢迎，并加以充分地发挥，使这一故事融合了中国文化的色彩。南朝梁元帝时，这段故事已被整理成结构完整的《大目犍连冥间救母》变文。另外，在敦煌变文集里，还有《大目连变文》《大目连缘起》等写本。唐朝也有小说体经卷《目连经》和说唱文学作品《目连救母三世宝卷》。

宋朝文学家李沐根据佛教经书记载的"目连救母"故事，写成了三卷本小说《目连救母记》。小说的梗概是这样的（译文）：

古印度的南耶王舍城，有一家贵族，父亲叫傅相，母亲姓刘，先有一个儿子，叫傅罗卜。一家供奉佛教，常年食素，不着荤食。唯小儿子远游他乡，向来不信佛教。一天，父亲患病身亡，刘氏的弟弟前来奔丧，见一家人面色蜡黄，直怪罗卜不好好以酒肉侍奉父母，以致父亲得病而死。傅罗卜佛性已成，听不进这一切，大讲杀灭生灵有罪有过，人生在世，当慈悲为怀的道理。舅舅听不进外甥的话，反驳说，孔子在世，照样吃肉，而且要调上酱油，十分讲究。孟子为了吃到鱼和熊掌，不惜金银。但他们照样成为圣人，为历代帝王和百姓所敬奉。刘氏弄糊涂了，不知听哪个人好，想想丈夫常年吃素，终因吃素过早谢世；自己吃素，也并不见得身体健朗。禁不住弟弟的再三劝说，她杀鸡宰羊，开斋吃荤，没想到当天晚上，刘氏便悄然死去。傅罗卜悲痛欲绝，决意皈依佛门，削发为僧。佛祖释迦牟尼收他为弟子，取法号名目连。

一天，在冥冥间他看见母亲在地狱被饿鬼折磨得死去活来，大为震惊，立即烧煮了一锅乌饭，前去十八重地狱营救。无奈进入第一重，母亲已被鬼使押往第二重。进入第二重，母亲已被押往第三重。目连一直跟随而去。到第六重，正值四月八日，狱主和鬼使们都赴宴去了，目连终于见到了母亲，带来的乌饭则被饿鬼们一抢而空。目连未及时将母亲救出，鬼使们酒醉饭饱回来了，又将刘氏押入第七重地狱。目连一直尾随至第十重，方知母亲已被投生到一户姓郑的官家做了看门狗。目连急忙逃出地狱，寻到郑家。那狗看到目连，连声哀号，并衔住他的衣服不放，目连始知是母亲，悲痛万分，便用银两把这条狗买回家中，待如亲母。为了使母亲脱离苦海，赎回人身，目连恳求释迦牟尼帮助。释迦牟尼告诉他：到七月十五日，准备百味饮食，供养十方僧众，可以使其母亲脱离畜身，并超度到西方极乐世界。于是，在七月十五日那一天，目连设下盂兰盆会，供养十方僧众。果然，那狗忽地不见了。目连始知是母亲灵魂已升天，感动得直掉眼泪。事后，玉皇大帝深为目连的孝心感动，敕封他为地藏菩萨，掌管阴间一切事务。其母亲刘氏被敕封为劝善夫人。

从这篇小说中我们可以看出，佛经传入中国后，其有关佛和菩萨的故事也受到了中国民众的重视。这些佛经和其中的故事，经过中国文化的熏陶和改造，已与中国的道教（玉皇大帝为代表）相融合，使地藏王成了一个穿长衫、套西装这样中西合璧的人物。佛教也正因为有汉化的过程，才在中国广大的民众之中扎下了根，赢得了广泛的市场。同时，菩萨小说又使更多的人从生动有趣的故事情节中领略到了佛教"劝人为善"的真谛。

后来，这篇小说又被改编成戏剧，在全国各地上演。宋朝文人孟元老在《东京梦华录》中记载说：目连救母的戏搬上舞台演出，前后长达八天。明朝戏剧家郑之珍改编的戏剧《目连救母劝善戏文》，有一百出，能演三天三夜，是我国大型宗教杂剧的典范作品。戏中配以刀山剑岩、屠刀磨盘等各色道具，把地狱渲染得异常阴森和恐怖，以致老太太们来看戏时都带了佛珠，边看边念，生怕今生不虔诚拜佛，来世必如目连母亲身陷地狱，备受痛苦和折磨。戏剧的这种教化，如同菩萨小说一样，又潜移默化地宣扬了佛法，令更多的人皈依佛门。

读过《西游记》的人，一定不会忘记那位神通广大、法力无边的观音菩萨。在整部小说中，她是一个贯穿始终的人物，而且必然的是在事件发展的最关键、情节变化最紧要的时候，以救世主的面目出现于众生之中。

不仅《西游记》如此，在其他明清神话小说中，观音菩萨都是作为重点描述对象，而成为作品的主角或配角。她是文学家们首选的菩萨。所以，佛经的翻译和传入，不仅仅只把文殊、普贤、地藏、观音诸尊菩萨的来历和身世以及种种神力介绍给中国的民众，而且确定了他们在整个佛教婆娑世界中的地位和作用。观音菩萨便是一个代表。

最早被单独翻译成汉文的观音经卷是《观音受经记》，这部在南朝宋武帝永初元年（420 年）由幽州高僧昙无竭从印度带回中国并翻译成汉文的观音经卷，较为系统地介绍了观音菩萨的身世和得道的经过。北周武帝建德年间，印度僧人耶余崛多又翻译了《大悲经》，叙述观音菩萨和大势至菩萨替父王阿弥陀佛弘扬佛法的故事。唐朝，先后又有《赞观音菩萨经》《叶衣观自在菩萨经》《清净观世音菩萨说普贤陀罗尼经》等十余部观音经卷被译成汉文传入中国，使西方极乐世界的种种美妙被世俗民众所敬仰。

中国的百姓最怕死后入地狱，受那饿鬼的折磨，更怕变成狗之类的畜牲遭人欺凌和奴役，总期望死后能升入西方极乐世界去享受清福。要想来世不入地狱，直上西天，唯一的办法是恳求观音菩萨的指引，没有她的恩准，自然是入地有门，升天无路。观音大权独揽，又搞行业垄断，所以她的权势越来越大，地位也自然越来越重要，以至于人人皆知其名，人人皆懂其法。中国虽已有掌管三界十方的玉皇大帝，还有"德高望重"、神圣不可侵犯的王母娘娘，以及太上老君、东岳大帝、雷神、城隍、八仙之类神通广大的神仙，但观音一来到中国，整个天界都乱了套。玉皇大帝不得不以道教的"总管大人"的身份来协理佛教的事宜。而道教的祖师爷太上老君只好降职做了玉皇大帝的臣子，以便能让观音菩萨在三界十方的世界里，有说话和拍板的权力，真所谓"外来和尚好念经"。

《西游记》中描写观音菩萨救苦救难故事的主要有这么几回：

第六回　　观音赴会问原因　　小圣施威降大圣

第八回　　我佛造经传极乐　　观音奉旨上长安

第十二回　唐王秉诚修大会　　观音显象化金蝉

第十七回　孙行者大闹黑风山　观世音收伏熊罴怪

第二十六回　孙悟空三岛求方　观世音甘泉活树

第四十二回　大圣殷勤拜南海　观音慈善缚红孩

第四十九回　三藏有灾沉水宅　观音救难现鱼篮

第七十一回　行者假名降怪犼　观音现象伏妖王

其实，观音菩萨救苦救难作为小说的一条主线，贯穿于唐僧西天取经的全过程。如果说《西游记》是一部描写唐僧一行历尽艰难去西天取得真经的神话小说，那么同样我们也可以说，《西游记》也是一部描写观音菩萨扫三灾，救八难，保佑唐僧西天取经的菩萨小说。假如以观音菩萨作为小说的主角，那么《西游记》就变成了一部毫不违背作品原来情节和内容的菩萨小说：

东土大唐国民，生性顽劣，佛祖释迦牟尼有意要将佛经东传，以教化大唐国民，于是观音菩萨自告奋勇，赴东土寻找可去西天取那三藏一万五千一百四十四卷真经的高僧，佛祖赞许说："别个是也去不得，须是观音尊者，神通广大，方可去得。"于是，观音率弟子惠岸遵旨东去，成为佛法东传的奠基人。

观音一路东去，在五行山下，将压在山下五百年的猴王孙悟空放出，让其皈依佛门。将西海龙王敖闰之子变为白马，又在福陵山收伏天蓬元帅猪八戒，最后在流沙河畔，将昔日玉皇大帝的卷帘大将收归佛门，取法号沙悟净。这样，观音为唐僧西天取经准备了保护者和侍者，为以后的取经成功奠定了基础。

到了东土大唐国京城长安，观音并不急于去朝廷商量遣僧西行取经事，而是设计引出德高望重、真心崇佛的高僧。在一千二百名高僧聚集化生寺，开演诸品妙经，选举高僧时，观音演现成癞和尚，当众出卖佛祖所赐金线袈裟和九龙锡杖，得到唐太宗的仰识，也因此寻到了合适的取经者玄奘法师。为了鼓励玄奘西去取经，观音又演化成和尚，大闹法堂，与玄奘辩说大乘佛教，从而使"度之脱苦"的大乘教义为东土所知，也启发了玄奘西行取经的决心。最后，观音现出真相，喜得个唐太宗"忘了江山"。观音软硬兼施，促使唐太宗决心遣玄奘西天取经，弄得个"皇帝有意，玄奘有心"的美好开端。

于是，在观音的指引下，唐僧打点行装，从长安出发，开始了漫长的西行征途。行至半路，孙悟空、猪八戒听从观音菩萨旨意，早已等候在半路上，为师父保驾。孙悟空神通广大，却生性好动，常不听师父使唤。观音为了收伏他的猿心，现化老母，教咒语，将一顶嵌金花帽儿（金箍圈）送给唐僧，套在孙悟空头上。又将到东海龙官游玩的悟空教训了一顿，把他赶回唐僧处，使悟空死心塌地地保唐僧西天取经。

话说唐僧一行到蛇盘山，白马不慎被孽龙吞食。悟空没法，只好来普陀山求观音。观音遂将那孽龙点化成白马，做个西行的苦力。同时，观音又叫洛迦山土地神送鞍辔给唐僧，鼓励他"莫一时怠慢"，继续西行。不日，唐僧一行来到观音院，那件金线袈裟被黑风山妖魔偷去，急坏了师徒。悟空一时无法，径往南海普陀山恳求观音帮助。观音亲自出马，将那妖怪变成熊罴，带回南海收伏，使唐僧安然脱险。唐僧离观音院后，又继续西行，来到八百里流沙河畔，卷帘大将不知是唐僧来到，横加阻挠，悟空、八戒与其大战三个回合，唐僧依然过不了流沙河。悟空无可奈何，又来普陀山求观音。观音早知此情，准备了红葫芦儿，着弟子惠岸与悟空同往流沙河，收伏卷帘大将（沙和尚），并以葫芦当舟，安然过河。

　　当唐僧一行来到万寿山五庄观时，悟空与八戒禁不住那人参果的诱惑，结果，不但偷吃了果子，而且把那棵开天辟地的灵根一齐拉倒，惹得地仙之祖镇元大仙要把唐僧、八戒、沙和尚一并煮油锅，急得悟空到处寻求活树之丹，却处处碰壁。在走投无路的情况下，悟空又只好硬着头皮来到普陀山。观音将他好好教训了一顿之后，也只得亲自出马，来到五庄观，用杨枝净瓶的甘露水，使得人参果树复活，枝叶又绿。镇元大仙也与悟空握手言欢，结为兄弟。此后，唐僧一行历尽艰险，来到枯松涧的火云洞，不想，被红孩儿设计擒住。红孩儿要吃唐僧的肉，悟空敌不过红孩儿的三昧真火，实在无计可施，红着脸再到普陀。这下，观音并没有怪他，而是借了一海之水装于净瓶，又向托塔李天王借了三十六把天罡刀，把这个红孩儿好端端地捉弄了一番，并收为"善财童子"。悟空虽不满观音菩萨的做法，但敢怒不敢言。当唐僧骑马过冰河，不幸又被妖怪捉住，沉于水牢时，悟空厮打无用，依然赴南海请观音帮忙。观音早有准备，制紫竹篮儿来到河边，解下一根束袄的丝带，将篮儿拴定，口念"死的去，活着住"，将妖怪变成金鱼，救出唐僧。

　　唐僧在女儿国了却了女王的一片情意后，却落入了毒敌山的蝎子精之手。唐僧身陷琵琶洞，受尽女妖的调弄。悟空与八戒几度营救，终敌不过蝎子精的三股叉，屡次败下阵来。正在无奈之间，观音从普陀山匆匆赶来，指示他们去东天门的光明宫告求昴日星官帮忙。昴日星官遵照观音旨意，前来收伏了蝎子精，使唐僧再度获救。别毒敌山，唐僧一行继续西行，没想半路上又杀出一群妖魔来。悟空怒从心起，挥起金箍棒，将那群妖魔打杀殆尽。而唐僧却以"坏了多少生命，伤了天地多少和气"为由，将悟空赶走。悟空上天无路，入地无门，只好一个筋斗翻到南海，恳求观音去了他头上的金箍圈，放他回花果山去。观音自然不允，暂留他在身边。不想，冒出了一个假悟空，且差一点伤了唐僧的命，气得沙和尚跑来南海要与悟空拼命。观音得知真情，借佛祖如来的佛法，识别了真假悟空，降伏了这个六耳猕猴，并使唐僧明白了事情的真相，重收悟空为徒。唐僧一行过火焰山，别朱紫国，一路西行。刚到麒麟山，却遭到妖王金圣娘娘所放烟火飞沙的阻拦。整座山一时火焰冲天，黄沙横飞，悟空施展万般功夫，就是无法扑灭这火沙。唐僧一行眼看就要烧死，忽闻半空中厉声高叫："孙悟空，我来了也。"观音左手托净瓶，右手拿杨柳，洒下甘露灭了大火风沙，捉住妖王，使她现出金毛犼的原身，带回南海镇服。

　　唐僧在徒儿们和观音菩萨的保护下，过八百里狮驼岭，救比丘国君，在黑松林救出嫔女，又大闹灭法国，一路风尘，经受八十大难，行程十万八千里，终于到达了西天法界。观音菩萨特地从南海普陀山赶来西天迎候，并向佛祖交差说："弟子当年领金旨向东土寻取经之人，今已成功，共计一十四年，乃五千零四十日，还少八日。望我世尊，早赐圣僧回东转西。"唐僧一行在西天受到隆重热烈的接待，并取得了那三藏一万五千一百四十四卷真经。临别回东土时，观音亲往送别，又令八大金刚、四值功曹等护送唐僧一行回大唐国去。可谓自始至终，功德圆满。

纵观《西游记》整部小说，我们至少可以得到这样四个印象：

一是如果没有观音东去大唐国寻找取经人，便也没有了唐僧西天取经的故事，自然也无佛法东传之事了。

二是如果没有观音点化孙悟空、猪八戒、沙和尚等神妖为唐僧护驾，唐僧恐怕寸步难行，连性命也保不住了。

三是如果没有观音三番五次于危急关头救助唐僧，唐僧就不可能到达西天，取得真经。

四是如果没有观音命八大金刚等护送唐僧一行回大唐，唐僧不但要吃二遍苦，受二茬罪，而且也不能那么顺利地将一万余卷真经驮回长安。

所以，小说写到最后，唐僧回到长安，拜见唐太宗，师徒们一个劲地夸观音如何一路上保佑他们，帮助他们克服千难万苦到达西天，取得真经的功绩，再三为观音菩萨请功，把观音奉为至高无上的指引者和救世主。相反，对如来佛祖都未表示一丝的感激之情。可见，观音菩萨在《西游记》整部小说乃至社会民众中的崇高地位和卓著声誉了。

《西游记》实在是一部宣扬佛法、弘扬佛教的菩萨小说，或称为"佛教文学作品"。它是佛教超人间幻象和中国本土超人间故事的结合体，其艺术价值和魅力千年不衰，并使观音信仰随着小说的流传，更加深入人心。

佛经的翻译和传播，给中国的文学创作注入了新的生机。佛教经典的文体和其中的价值观念、生活观念、生命观念给中国文学带来了新的文学形式、新的创作题材和新的创作思想，引起了中国文学形式和内容两方面的重大变化。至少是佛经那富有上天下地毫无拘束的幻想力，极大地推动了中国浪漫主义文学的发展。自宋元以来，中国的文学作品都无法摆脱佛经的影响。无论是《金瓶梅》还是《红楼梦》，无论是小说还是戏剧、诗歌，佛和菩萨的种种神力和他们的影响力时时得到反映和体现。如同爱情一样，在古代和近现代文学创作中，佛教是一个永恒的主题。在这样的文化背景之下，产生专门描写菩萨善行和神力的菩萨小说，是不足为奇的。

2. 文人推波助澜

佛教传入中国后，首先是在皇亲国戚中传播，继而赢得文人学士的信仰，然后才广泛流传于民间。中国的文人接受佛教，是从西晋时期开始的，这一时期的文人虽受传统的儒学"不语怪、力、乱、神"的理性主义传统思想的深刻熏陶，又受到过理学、玄学等抽象思维的训练，对东传的佛教具有较强的批判性。但是，佛教经典的精密义理、恢宏想象和华丽的词藻，对他们的思想产生极大的浸染，逐渐地改变和动摇他们原有的信仰和思想，从而对佛教产生极大的兴趣，由喜好升华为信仰，最后成为一个佛教的宣扬者和维护者。西晋的谢敷，就是这个时期文人的代表。

谢敷笃信佛教，熟读经卷，在文学创作中，善于驾驭佛经的譬喻和传说，并借以发挥，其佛教文学的创作手法和创作思想一直受到人们的重视，《光世音应验记》是他的代表作之一。

这是一部记叙观世音菩萨灵验的短篇小说集，也是我国最早的菩萨小说集之一，通过一个个神奇灵异的故事，将人与菩萨、幻想与现实结合起来，叙述了观音菩萨救苦救难的贤德和广大无边的法力。这部作品写成后，传给傅缓，后因孙恩之乱散失，后人凭回忆追记十七条，由张演撰成《续光世音应验记》。到齐朝时，张演外甥陆杲采集旧书有关观音灵验之传闻，辑录六十九条，编成《系观世音灵验记》，并刊印散发，把这个观音渲染成了显示佛教威灵和利益的全能的神明。

《光世音应验记》和以后的续集，开创了菩萨小说创作新天地。在以后的六朝时期，记叙菩萨灵验、业报的小说故事集，被不断地编著出来。据不完全统计，前后有二十余部之多，成为六朝志怪小说的一个重要组成部分。

到了唐朝，佛教得到了空前的繁荣和发展，佛教思想与中国传统文化进一步相融，对中国文人和文学创作产生了巨大的影响。这一时期，文人普遍习佛。喜欢洒弄丹青的吴道子、阎立本，在皇帝身边画佛和菩萨像，因此成为大画家，获得"画圣"之美称。阎立本所画的"杨枝观音像"被勒刻于石碑上，至今仍保留在普陀山杨枝庵内，成为佛教艺术的珍品。开创过文坛新风的唐朝文学家王勃，更是一个热心的崇佛者，他的《观音菩萨颂》，成为中国文人较早赞美菩萨的颂文。

宋朝大文学家苏轼对佛教的信仰，真正到了五体投地的地步。他不但平日吃素守斋，在家中供敬菩萨，而且外出之时，也必到寺院进香，并与各方高僧结下生死之交。他曾在《十八阿罗汉颂叙》中写到家中有十八罗汉像，供茶则化为白乳等情景，可见其家庭的佛教围氛了。有一次，苏东坡的夫人王氏生日，东坡特地取《金光明经》故事，买鱼放生为夫人做寿，并作《蝶恋花词》，写下了"放尽穷鳞看周围，天公为下曼陀雨"之句。她死后，东坡又请著名画家李龙眠画释迦牟尼及目连等十大弟子像供奉于京师，并亲自写了《阿弥陀佛赞》，说"此心平处是西方"。绍圣年间，苏东坡被贬，流放到海南，在去海南的途中，他经过金陵（今南京）崇因禅院拜见宗袭长老。禅院内刚好有一尊新塑的观音菩萨像，东坡急去礼拜，并发下心愿："吾如北归，必将再过此地，当为大士作颂。"后来，东坡被朝廷召回，他特地再去崇因禅院还愿，写下了《观世音菩萨颂》一文，后来又写下了《大悲阁记》。据不完全统计，苏东坡一生中写下的佛教诗有三百余首，敬颂佛和菩萨的颂文也有三十余篇。

像苏东坡这样敬仰佛法、推崇菩萨的社会名流，在唐宋，乃至元、明、清各朝，可谓比比皆是。正是由于他们的推波助澜，才促使佛教文化在中国迅速形成，也由于他们直接或间接地从事了菩萨小说的创作，才使菩萨小说成了中国民众的一种精神食粮。

元朝的赵孟頫是大家都非常熟悉的大书画家。他的夫人管道升也是一位才女，曾写过《答孟頫》的词劝慰夫君不要纳妾，而被视为中国较早提倡一夫一妻制的女权主义者。她和赵孟頫都是虔诚的佛教徒。元大德十年（1306年），根据民间有关观音的传说，管道升写成了《观音菩萨传略》。这部传记体小说写成后，借助于赵孟頫的声望，流传甚广，风行一时，刻本多至四种，甚至出现伪本。

明朝时，佛教思想已完全深浸到知识阶层的意识之中，文人作为在家居士研习佛教，成为一种时髦。在相互交流研习体会之际，逐渐形成了一种佛教文学的倡导力量，宋濂便是这种力量的代表。

宋濂（1310—1381），字景濂，浙江浦江人。明初曾主修《元史》，深受明太祖信任，官至学士承旨知制诰。他是个极端的崇佛者，自称从小饱阅佛教三藏经卷，对佛教有较深的理解。他尤其十分迷信菩萨，先后写成《普贤菩萨记》《文殊菩萨赞》《鱼篮观音像赞》等赞美菩萨的颂文，对菩萨加以充分的神化。这种把世俗伦理化为宗教热情，用宗教观念来统摄人间关系的思想也影响了明朝中叶的代表性文学家王世贞。

　　王世贞是提倡心性理论的文学大家，对佛教感情甚笃，他不但将《楞严经》《妙法莲花经》等佛教经典反复研读，倒背如流，而且把佛教中有关观音菩萨的事迹，汇辑成《观音大士本纪》，请人刻印二千本，转赠亲朋好友。此外，在他的作品中，人们时常可以看到有关菩萨灵验的记录。

　　清朝的裴象坤是个老学究，平生喜好寻根探底，他利用佛经及中国古籍所载，对观世音菩萨的身世进行了详尽的辨考，得出一个结论：观音确有其人。他在写就的《观音菩萨考略》一书中，对观音的种种善行大加赞美。此书影响颇广。清末民初，文人崇佛又出现高潮。大学问家李叔同成为弘一法师暂且不论，就连江村这样普通的知识分子也希望在佛教的天地里寻找到动乱世界难以获得的一份宁静。江村从小喜欢佛学，经常随父母观看《洛阳桥》《大香山》等宣扬观音菩萨的戏。到了晚年，忽觉眼前一切，"险恶的人心更加险恶了，淡薄的世情更加淡薄了。然则怎样才能挽回呢？惟有劝善警世，感化人们从善的一条路上跑"，于是，他把《大香山》戏中"观音得道"的情节改编成白话通俗小说《观音得道》，"虽不能真个感化人们，劝善社会，也是一番苦口婆心！"江村在后记中把自己的创作意图和目的和盘托出，用心良苦。

　　《观音得道》共分十八回，叙述的是妙善得道成观音的故事。回目如下：

这部作品把近代菩萨小说的创作推向了一个顶点，具有较高的文学价值。

3. 佛教汉化运动的冲击

印度佛教传入中国以后，在长达两千年的流传、发展过程中，与中国的儒学、道教、玄学、理学等思想互相依附、互相冲突、互相改变、互相融合，已深深地渗透到传统的中国文化之中，融进了中国文化的血液。佛教的汉化运动，是个漫长而曲折的过程。在汉化过程中，它被中国传统文化所改变和融合，使南亚次大陆这上个极富生命力的宗教，变成了统摄中国民众思想和灵魂的精神力量。同时，它也对中国的传统思想、固有的思维模式、道德评判标准和生活观念带来了巨大的影响和冲击。

佛教的汉化运动渗透到了古代中国的每一个领域，使广大的民众都自觉与不自觉地加入了这种"汉化"与"佛化"的双向改变的进程之中。于是，人们也开始并逐渐地习惯于对印度佛教中的佛与菩萨，那些不合中国民众心理与习惯的内容，根据中国国情和民众的精神需求，加以逐步地改变。

早在汉朝，这种改变就已经开始。那时的民众对传入中国的印度菩萨感到陌生，那种印度式的容貌、那种奇异的服饰，以及那些可以理解然觉离奇的身世感到难以全盘接受。好事的佛教徒便开始对他们加以改变。当然，这种改变（或者说是改造）的方法是极其简单的——继承印度佛教中的骨架部分，融合中国式的形象、神情、衣饰和社会关系，作为血肉，重新塑造出一尊有中国血统的汉化菩萨来。菩萨的这种汉化，也影响到了文学创作。

观音菩萨是印度婆婆世界菩萨汉化的典型。观音是在后秦时被介绍来中国的。那时，印度佛教的《悲华经》等经卷已详尽地记述了观音作为转轮圣王儿子（不眴）的经历。可是，从南北朝开始，中国的百姓就试图对观音的身世加以改变。《灵宝经》是当时的一篇寓言体文学作品。这篇作品就开始这样记载：

禅黎世界坠王有一个女儿，字姓音。长到四岁，都不会开口说话。坠王很不喜欢她，把姓音弃于南浮桑之阿宝山之中。姓音年幼无助，饥饿难忍，只好常日咽自然之气，引明月服精以充饥。一日，有一神仙与她会于丹陵之舍，柏枝之下，又将一段文字题于赤石之上，并对姓音说：你虽然不能说话，可常记忆这段文章。后又遣朱官灵童，教她识字发音和种种神力。于是，姓音学会了说话，便离阿宝山，演化成他身，回到禅黎世界。适逢此时国内大旱，地上生火，人民焦燎，死者过半。民心躁动，坠王恐怖不安。姓音运丹田之气，对天仰啸。霎时，天降大雨，大地甘润，民众欢呼。姓音却隐化而去。

《灵宝经》记述的故事，虽为道教之作，但是它却成了以后中国佛教观音的蓝本，也标志着观音汉化的开始。到了唐朝，高僧义常将这个故事又铺染润色。到了元朝，赵孟頫夫人管道升将民间所传的观音这些故事，收集整理，并加以充分的发挥，写成了传记体小说《观音菩萨传略》，第一次明确而完整地把观音中国式的身世和她的得道经过，介绍给了世人，而且将佛教密宗的千手千眼观音也搬到了小说中。《观音菩萨传略》这样写道：

西域妙庄王有三个女儿，其中第三女儿叫妙音。妙音聪慧美丽，从小笃信佛教。年岁稍大，父王要其婚嫁，妙音却执意不肯，坚决要求削发为尼。妙庄王一怒之下，将她逐出王宫。妙音决意皈依佛法，毅然到山坳丛林清秀庵修行。妙庄王发现女儿抗旨出家，怒火顿烧，率兵马将她捉拿，当即在京城斩首示众，并使她的灵魂坠入地狱。玉皇大帝闻讯后，命阎罗王将妙音的灵魂救出，将她复活于香山紫竹林中。从此，妙音普度众生，行善天下。后来，妙庄王得了重病，久治不愈。御医告知需要亲骨肉的手眼方可医得。在这种情况下，妙庄王大女儿妙员、二女儿妙英都不肯献手眼。妙音得知此事后，不念父王旧恶，挖下自己的双眼，砍下自己的双手，制成药丸，救活了父王。妙庄王在了解这一切后，疚愧万分。叩求佛祖使她重长手眼。一会儿，妙音竟长出了一千只手、眼。妙音因功德圆满，被释迦牟尼封为观音菩萨，担负救苦救难于众生的任务。妙庄王最后也听从了女儿妙音的劝告，皈依佛门。

管道升的《观音菩萨传略》虽尚带有道教的痕迹，然其情节远比《灵宝经》所载来得完整、动人。主人公的名字也由"姓音"改为了"妙音"，与佛教宣扬的观音神明更加贴近。《观音菩萨传略》刻印后，在民间流传甚广，而且内容被不断充实，情节更加曲折感人。《三教源流搜神大全》在总结了民间的完善情况后，又把一个孝顺父母、崇仰佛法、端庄美丽的少女活生生地推到了读者们的面前：

观音是鹫岭孤竹国祇树园施勤长者第三个儿子施善的化身。他转生于北阙国，父妙庄王，姓婆名伽，母亲伯牙氏。夫妻俩生有三女，长女叫妙清，次女叫妙音，小女叫妙善。妙善出生时，异香满座，霞光遍室。妙善从小聪慧过人。可九岁时，父王要为其择婚成姻，妙善佛性早有，誓死不嫁。妙庄

29

王一怒之下，将妙善关于后花园。妙善逃出，入汝州龙树县白雀寺，削发为尼。父王令寺僧劝其听命，妙善不从。寺僧施以苦行，妙善一早挑水扫地，白天上山砍柴，晚上诵经念佛，毫无难色。此番真诚感动了佛祖释迦牟尼。佛祖遣三千八部天龙持护伽蓝扫地，东海龙王扫厨，六丁上香，游奕点烛，伽雀进茶，飞猿进菜，白虎衔柴，飞琼、毛嫱滋花，八洞神仙献果。夜夜风雷喧哗，鬼神走动，僧众吓得要命，忙去禀告妙庄王。

庄王遣五城兵马围剿白雀寺，并火烧寺院，妙善咬破手指，喷血成红雨，将火扑灭。庄王火冒三丈，命部将必力将妙善捆入法场。母亲再三劝女儿顺从父意，早日完婚以摄国政，妙善不依。庄王将她打入冷宫，父母、宫娥日夜规劝，始终未能改变妙善的意志。庄王大怒，赐妙善斩首。此事被土地神得知，急去禀报玉皇大帝，玉帝给妙善以红光罩体。结果，刽子手刀砍刀断，枪刺枪截。庄王见刀杀不行，就将妙善绞死。妙善刚息气，树林里突然蹿出一只老虎，驮妙善玉体而去。冥冥之中，妙善来到地狱，被阎罗王接于金桥之上，给以"锦盖网朦，紫云布地，玉辇相迎，歌女侍侧"的盛情款待。妙善问阎罗王何以如此厚待，阎罗王说："全因公主大慈悲。"妙善合十，口念"阿弥善哉！"霎时，天花乱坠，地涌金莲，八千余部地狱全然不见。玉皇大帝遣使来告：妙善慈悲，得以升入天堂。阎罗王送妙善于孟婆亭而别，又命狱卒引至黑松林，使妙善还魂。

妙善醒来，好生奇怪："我已到天界，为何又到此地？"这时，佛祖来到她的身边，戏她说："草屋中哪里容得你我聊生呀？"妙善气愤地说："你怎么可以这样戏弄我呢？"佛祖笑着说："那是想试试你的心。我可否带你去香山？"妙善不答。佛祖只好说："我不是别人，乃是释迦牟尼，来这里是为了指示你的去处。"妙善稽首致谢，说："到哪里去？"佛祖说："中国南海普陀山是你的去处，我为你叫地龙化一座莲台，度你去普陀山。"于是，白虎为之咬木，伽蓝掀开福地，八部龙王日夜涌潮，四部天王为之柱石，使妙善安然抵达普陀山修善。

妙善居普陀九载，圆满功成。时值父亲疟病缠身，国内又旱枯地裂，妙善割手目以救父亲，洒杨枝甘露以济万民。善财在左为其普照，龙女在右为之广德。妙庄王十分感动，后悔自己的过错，率全家到普陀山修行。玉皇大帝见观音福力遍大千，神灵通三界，遂听从太上老君的奏请，封妙善为大慈大悲救苦救难广大灵感观世音菩萨，赐宝莲花座，定为南海普陀山之主。赐妙庄王为善胜仙果，伯牙氏为劝善菩萨，妙善大姐妙清为文殊菩萨，二姐妙音为普贤菩萨。

小说以大团圆而告结束。这种苦修得道、劝人为善、普度众生的结尾，正附和了佛教徒们长期为之奋斗的愿望，具有相当好的教化作用。《三教源流搜神大全》所叙观音故事与元朝管道升的《观音菩萨传略》相比：

《搜神大全》的故事情节更丰富、更曲折，对场景的描述和对话的撰拟更动人、更富有情趣。

《搜神大全》将主人公的名字由妙音改为"妙善"，更恰当地体现了菩萨以"善"行道，教化众生的愿行。

《搜神大全》略写了妙善断手臂、挖双眼救父王的情节，而增加了释迦牟尼指引去处的内容，这样的处理，有助于帮助人们认识佛祖指引的重要性，提高佛法的威望。

《观音菩萨传略》依旧说观音是受太白金星指点，显化于惠州澄心县香山，而《搜神大全》则根据当时（明朝）浙江的普陀山已经成为观音菩萨道场这一事实，将观音显化之地改为"越国（浙江）南海普陀山"，使观音的去处与事实的道场相符。

《观音菩萨传略》虽说明妙音（妙善）生于西土，但几度救助她，包括最后救她封号的，都是中国道教人物——玉皇大帝、阎罗王等，这一点似与观音成为佛教菩萨有悖，所以《搜神大全》融进了佛祖释迦牟尼点化和指引的情节。虽然观音最后仍由玉皇大帝救封，但较《观音菩萨传略》所述，《搜神大全》更合乎情理，而少受人指责。此乃佛道合一的又一代表作品。

然而，在中国菩萨小说中，叙述观音汉化出身及成为菩萨经过最完整生动的，要推明朝朱鼎臣撰写的章回体长篇小说《南海观音全传》。这部二十六回的菩萨小说，从妙庄王往西岳求子，妙善降生，一直讲到妙善皈依佛门，备受苦难，最后一家团圆，各得正果，成为菩萨和佛。其中的招婿婚配、抗婚出走、寺院修行、法场起死、地狱游魂、香山得道、化身回国、断臂救父等情节，融合了作者最丰富的想象和淋漓尽致的发挥，使妙善得道成观音的故事显得更加起伏有致，娓娓动人。《南海观音全传》的故事梗概和艺术特色，我们将在后面予以专门介绍。

佛教汉化运动对菩萨小说的冲击，不仅仅只体现在改变菩萨的身世以作为创作的新题材这一点上，还体现在创作手法的改变。

唐宋以前，中国菩萨小说创作手法较为陈旧和呆板，故事式的平铺直叙较多，且基本上保持了两种模式：一是某某不修佛道，结果遭受厄运，后经菩萨点化（往往是在梦中），终于觉悟，弃恶归善，皈依佛门；二是某某笃信佛法，结果因某种原因落难。落难之际，口念菩萨（往往是观音）名号，于是菩萨前来救助，使其脱离苦难。

　　唐宋以后，菩萨小说创作开始采用了佛经传入中国后被歧义产生的一些倒叙、插叙、跳跃性叙述、乃至意识流等手法，并将寓言、故事、散文、诗歌等文学形式应运到菩萨小说的创作上，从而使菩萨小说在形式上变得更加活泼，在写作手法上更加自如，同时增加了小说的空间感，扩大了小说的内涵，导致了菩萨小说从短篇发展到中篇，以至于章回体的长篇，使菩萨小说在中国文学史上的地位得到肯定，并受到人们的重视和喜爱。

4. 菩萨小说种种

　　最早的菩萨小说，是中国的文学家们根据佛教中最肤浅的因果报应思想及民间所传菩萨种种灵验之事，用志怪小说这一文学形式创作出来的。南北朝时期创作整理的《宣验记》《冥祥记》《集灵记》《旌异记》等一批反映描写菩萨善行和灵验的小说集，便是最早的菩萨小说的代表。由于小说所宣扬的因果报应思想十分符合中国民众崇尚玄虚的心理，因此，很快的流传开来，备受人们的喜爱。

　　与此同时，《龙树菩萨传》《马鸣菩萨传》等一批反映菩萨身世经历的纪传体小说也从印度被翻译进来，介绍给中国的民众。

　　到了唐宋时期，文学家们根据一些志怪体菩萨小说所载故事，加以有意识的加工和再创造，写出了一些诸如《慈悲观音记》《目连地狱救母记》等被称为"传奇"的单本菩萨小说。这些小说篇幅一般较长，文风典雅。记叙委曲，且有一咏三叹的妙味，是菩萨小说中的珍品。当然，宋朝还有一些貌似菩萨小说、实为言情之作的文学作品。如《京本小说》所收录的《碾玉观音》《菩萨蛮》。不过，宋朝文学家敢于用菩萨来形容普通的良家女子，且作为小说的篇名来吸引读者，也可见菩萨小说在宋朝受青睐的程度了。

　　变文虽说不上是正统的小说，但作为有代表性的民间文学，在宣传佛教方面，却有一定的代表性。唐宋时期，变文是相当风行的。敦煌石窟所藏的变文中，就有《大目乾连冥间救母变文》这样宣传菩萨的作品。这些作品故事情节生动，而表现内容则世俗化，融合进了中国民众的传统道德意识和生活习惯。变文作品韵句与散文相结合，形象、生动，对以后的小说创作产生了深远的影响，特别是对以后的宝卷创作，提供了题材和形式上的借鉴。

宝卷是一种宣扬因果报应、劝善训喻，佛教思想极为浓厚的民间说唱文学，作者大多是僧尼或佛教徒。相传由宋朝普明法师编著的《香山宝卷》，又名《观世音菩萨本行经简集》，讲述的是妙庄王三女儿妙音不从父命，出家修行，最后魂落地狱，经阎罗王和天帝的拯救，于香山得道，最后自断手臂，挖出双眼，救活父王，成为千手千眼观音菩萨的故事。元末明初创作的《目连救母出离地狱升天宝卷》描写了地藏菩萨（目连）如何皈依佛门，救母亲脱离地狱，升入西方极乐世界的故事。

宝卷的情节和菩萨小说早期作品的情节一样，有一个基本的模式，大致为善人受难—遍游地狱—死而复生—升天成佛，都是宣传佛教的六道轮回和因果报应思想的，所以创作手法比较呆板，艺术水平也较低。

到了明朝，章回体小说的出现，使菩萨小说的创作达到了一个新高峰。章回体小说故事容量大，情节丰富多变；立章设回，纲目清楚，发展脉络清晰。这种体裁的小说可以供作者有充分的想象和发挥余地，使场景描写、人物心态的刻画、围氛的渲染达到细腻、生动、传神的程度，更好地为小说的主题需要服务。

纵观菩萨小说的发展历史，我们可以看出，菩萨小说的发展走过了一条从简单的描写到复杂的情节虚构，从机械地反映菩萨应验故事到着重塑造和刻画菩萨的心态、神力和传奇般的得道经历，从短篇到章回体长篇这样一条发展之路。

菩萨小说可以分成三类：

第一类，志怪体小说；

第二类，记传体小说；

第三类，章回体小说。

志怪体小说的创作主要集中在六朝时期，以《宣验记》《冥祥记》为代表。《宣验记》是刘义庆创作的小说集，共三十卷。刘义庆是六朝时期最有影响的小说家，彭城绥星人，世袭临川王，官至南兖州刺史。另著有《幽明录》三十卷、《世说》八卷等。以"车母"这篇小说为例，我们可以看见这部小说集的主要概貌：

在庐陵，有一户姓车的人家，母子俩相依为命，生活贫寒。不料，儿子被庐陵王青泥抓去，关在贼营里。母亲思儿心切，燃七灯，于观世音菩萨像前，日夜诵念"观世音"，求其儿子早日脱险，回归家中。如此几年，车母求佛诚心不减。果然，在一个夜里，其子从贼营中脱逃，连续七昼夜独自往南奔走。由于天气阴暗，夜间行路不辨东西南北。正在困惑之际，遥见前面有七段火光，便往火光走去。一路追赶，好似有村，然而终不可至，如此七夜，不觉到了家中，见其母亲在菩萨前跪伏叩拜，又见七灯闪耀，始感是观音菩萨救助。自此以后，母子俩诚心事佛，专做慈悲之事。

《冥祥记》是六朝文学家王琰的作品，凡十卷。王琰，太原人，幼小时在交趾，受五戒，于宋大明及齐建元年两次感念佛像的灵异，于是写了《冥祥记》这部小说集。《冥祥记》已佚，但其部分作品遗存于《法苑珠林》及《太平广记》之中，小说以叙述委曲详尽见长，如"张光妻"篇：

张光，新兴人，信奉佛法，常与僧人僧融、昙翼交往，且受八戒。元嘉初年，张光与劫贼有染，当官府前来捉拿时，避逃他乡，其妻子却被关入大牢，遭受笞打。没过几日，县署失火，祸及囚牢，张妻正无奈之际，僧融、昙翼两僧从牢边经过，张妻呼叫求救，两僧称力弱不能救，劝她恳求观世音菩萨。于是张妻昼夜祷念"观世音菩萨"。过了十天，张妻夜里忽然梦见一个和尚用脚踢她，并说："快快起来！"张妻惊坐而起，只见钳锁桎梏自动解落，然牢门紧闭，从哪里出去呢？正当她疑虑时，那和尚又说："门已打开。"张妻顿觉自己飘驰而出。此时，狱卒俱安睡室中，丝毫不知牢狱打开之事。张妻于是安步而走，夜行数里，忽觉前面站着一人，上前一看，竟是自己丈夫。夫妻俩悲喜交加，回顾前后经过，始知是观音菩萨相助，便急去寺院跪拜，从此全家始得安乐。

纪传体小说是中国的文学家根据印度佛教有关菩萨的记述再融合中国传统文化思想，以及中国民众对菩萨的理解和认识情况，经过综合加工创作出来的。这类小说作品较多，反映的面也较广，观音、地藏、普贤、文殊以及韦驮、伽蓝等均有涉及，其中以写观音菩萨的作品最多也最为成功。上面我们介绍过的元朝管道升的《观音菩萨传略》，就是其中的一个代表。明朝文学家王世贞的四卷本《观音本纪》，也是这种纪传体小说的成功之作。

王世贞，字元美，号弇州山人，江苏太仓人，进士出身，官刑部主事。史书称他"才学宫赡，好为诗古文，其持论文必两汉，诗必盛唐"。有"江南才子"之称。所著《观音本纪》以宋朝普明法师的《观世音菩萨本行经简集》为蓝本，融合民间有关观音灵验的种种传说，叙述了妙善修善得道成观音的故事。小说情节与其他同一题材的小说基本相同。

章回体小说出现于明朝以后，是菩萨小说的典型代表，其主要作品有明朝朱鼎臣的《南海观音全传》和民国初年江村所著的《观音得道》。《观音得道》我们已作过介绍，在此不再重复。下面我们专门介绍《南海观音全传》。

（三）解读《南海观音全传》

《南海观音全传》是明朝创作的菩萨小说，全称《新锲全相南海观世音菩萨出身修行传》，又名《全像观音出身南游记传》，凡四卷二十五则。作品署名为"南州西大午辰走人订著"、"羊城冲怀朱鼎臣编辑"、"浑城泰斋杨春荣绣梓"。西大午辰走人和杨春荣的生平事迹，尚无从考证。朱鼎臣为明朝文学家，字冲怀，广州人，嘉靖年间在世，为庠生，文学史书称他"善著通俗小说"。除《南海观音全传》外，他还有《唐三藏西游释厄传》十卷传于世。

《南海观音全传》版本较多。北京大学图书馆收藏的清嘉庆十年大经堂刊本，残存一卷二十四则，版式为上图下文，半页九行，每行十六字。北京图书馆藏四卷二十四则足本，系清初的民间重刻本，只署"南州西大午辰走人订著"，而无"羊城冲怀朱鼎臣编辑"及"浑城泰斋杨春荣绣梓"字样。另有四卷二十六则本，仅署"羊城冲怀朱鼎臣编辑"。尚有二卷二十五则本，不知为何人所刻。

《南海观音全传》的明朝原刊本，现藏于伦敦英国博物院图书馆，共四卷二十五则，版式为上图下文，正文每半页十行，每行十七字。其二十五则目抄录如下：

卷一

（一）庄王往西岳求嗣

（二）岳神奏上帝

（三）妙善公主降生

（四）朝中招选女婿

（五）妙善不从招赘

（六）妙善后园修行

（七）庄王夫妇园中劝女

（八）彩女承旨劝公主

卷二

（九）妙善往白雀寺

（十）寺中神将助力

（十一）庄王火烧白雀寺

（十二）妙善云阳赴死

1. 故事梗概

　　西域有一个兴林国,国王妙庄十七岁起兵,二十岁登位,南征北战,战功赫赫。兴林国方圆三千里,君明臣良,万民乐业。然妙庄王虽有皇后嫔妃和三千宫女,年过四十,仍膝下无儿女。大千江山,日后谁来掌管?妙庄王忧闷万分。皇后伯牙氏劝他去华山求西岳大帝发发慈悲,续嗣香火。妙庄王觉得在理,便率文武百官,备下绫罗绸缎和百味珍品,在华山西岳庙焚香诵经七天七夜不绝,感动了西岳大帝。

　　西岳大帝心想:"妙庄王杀人过多,本该断子绝孙,不应有后代,如今求子心诚,着实也应该给他一个善报。"于是,他命千里眼、顺风耳二人:"如今哪处有修善的人?可着他来降世投生,以救天下万民苦难。一则不绝妙庄王之后,二则使善人得以救世。"千里眼、顺风耳遍观天下,果然在天竺国找到了一户祖宗三代皆修行吃素的人家。这户人家有三个儿子,长子叫施文,次子叫施晋,三子叫施善。不久前,因三十余名强盗被车触国官兵追杀得无处投奔,闯入施家乞食,遭到兄弟三人拒绝,想不到这帮强盗转回车触国杀死戴姓一家男女一百余人,并焚毁房屋,惨不忍睹,冤气升天。玉皇大帝闻报后大怒,责骂施文兄弟借强盗之手杀尽了戴姓一家,遂将兄弟三人捉拿归案，囚入神香洞天，永不许见天日。西岳大帝得千里眼、顺风耳奏报后，觉得可以让他们投生以救凡世。于是，直入昊天金阙，启奏玉皇大帝：赦免施文兄弟罪过，转男身为女身，次第投入伯牙皇后腹内，限三年内先后出生。同时，施善不变夙心，生即斋戒，后成正果，以善度尘世。这样既可使妙庄王无子有女，罪孽仅涉及其自己，也可使施善转世，救度众生。玉皇大帝听了西岳大帝的话后，十分高兴，即吩咐北斗降生神将施文兄弟三人一一释放，灵魂叫兴林国王宫土地神投入伯牙王母腹中。

果然，一年后，伯牙皇后生下一女，取名妙清，妙庄王心中很是不高兴。次年，又生一女，妙庄王要将她弄死，众臣纷纷劝谏，只得留下，取名妙音。过了一年，皇后又怀孕，妙庄王指望必生太子，谁知十月怀胎，却是施善转世，生下的又是一个公主。妙庄王悲绝，大臣赵震劝他择婿为子，掌管江山。妙庄王无奈，将小公主养成，取名妙善。

一晃十余年，三姐妹均长大成人。妙庄王为妙清、妙音招赘新科文武状元为婿，百年佳偶，甚是欢喜。妙庄王六十大寿之日，思想两个女婿不理朝政，寄希望于妙善。要为妙善招女婿。妙善坚决不肯，说："孩儿不愿婚姻，只愿修行学道，若得果证菩提，不忘养育之恩。"妙庄王怒气冲天，将她锦衣剥去，用御棍打出宫殿，禁于后花园中。

妙善来到后花园，与明月为朋，清风为友，诵经念佛，一意修行。皇后遣宫女前来劝说，妙善一概不听。妙庄王夫妇又亲自出马，苦苦劝说妙善早日回宫，招选佳婿，掌管万里江山。妙善直告父王："伏乞爸爸大开恩宥，容孩儿在此修行，不胜感佩。若要孩儿负却初心，天日在上，宁甘万死，不愿在世。"妙庄王不悦，回去了又叫妙清、妙音来后花园劝说。妙善佛性不渝，请求父王准许她到汝州龙树县白雀禅寺出家修行。妙庄王想令僧尼们慢慢劝她，也便同意妙善的请求。妙善拜别父母，留下"今朝别去，异日功成，便来救度父母"的愿望，径往白雀寺而去。

妙善晓行夜宿，不觉几日，便来到白雀寺。白雀寺住持夷优率尼众到山门外迎接。妙善拜过佛祖后，又要参拜住持，夷优深感惶恐，坚持不受，反而劝慰妙善速速回宫。妙善深感奇怪，问明原委，原来妙庄王有旨，如劝不回公主，要放火烧毁白雀寺。尼众们见妙善无回心转意，深怕祸及自己，便叫妙善烧火挑水，砍柴担薪，想用苦活重活来吓倒这位千金小姐。妙善全然不顾。

妙善的诚心感动了玉皇大帝。玉皇大帝便吩咐太白金星，着三官、五岳、八部天龙、伽蓝土地，速去白雀寺代劳。再着东海龙王在厨边开井，又令猛虎送柴，飞禽送茶。

得神力相助，妙善潜心诵经，一意修行，好不欢欣。妙庄王见尼众不但劝不回妙善，反而收留了她，十分恼火，即派大将忽必力率五千兵马，将白雀寺围了个水泄不通，并放火烧寺。五百僧尼号天叫地，火势不减，眼看将寺毁人亡。妙善拔竹簪向口中刺血，望天喷去，感动了天地，一时乌云四起，红雨淋漓，烟消火灭，满寺尼众俱得生还。硬的不行，妙庄王又叫忽必力将妙善捉获，押送京城。沿途建彩楼，让皇后与公主驸马、嫔妃彩女尽在楼中表现百样笙歌，千般快乐，想以此使妙善贪恋荣华富贵，回心转意。妙善却心如精金烈火，视而不见。妙庄王将她押至法场，绑于柱上。众大臣俱泣劝妙善，皇后也好言劝说，可妙善闭目不语，视死如归。妙庄王一计不成，再出一计，将妙善打入冷宫。次日，又去冷宫劝说妙善招婿完婚，代父执掌江山。妙善皈依佛门之心始终不渝。妙庄王颁下圣旨："明日午门正法。"

土地神闻知此旨，连忙上奏玉皇大帝。玉皇大帝说："如今西方除了世尊，就是妙善。"便命土地神速去救护，并叫他化作神虎跳入法场，将妙善背入山林，将灵丹放入她口中，使她尸身不坏，魂游地狱，在香山得道，南海普陀显圣。次日，监斩官忽必力将妙善押至法场。正要行刑，一阵大风吹来，天昏地黑，红光罩住妙善，刀砍刀断，枪戳枪折。只好用红绫将她绞死，忽然蹿出一只猛虎，将妙善驮走。

妙善在昏昏然中，见一青衣童子手执长幡前来迎候："吾奉阎罗王旨，迎公主游十八重地狱。"妙善随青衣童子来到地狱鬼门关，只见众鬼纷纷跪来迎接。入了关门，但见枷锁刑具，比比皆是。众罪鬼备受剥皮剔骨、火烧蛇咬之苦。几个白雀寺尼僧恳求妙善救度，妙善得地藏王允许。将这几位尼僧超度到西方极乐世界。不一会儿，妙善来到金桥上，只见桥上宝盖幢旗，绫罗锦绣，鼓乐齐鸣。妙善听出鼓乐中有欢快和哀怨两声，便问童子是何缘故，童子答："乐者，十王殿内笙歌之乐；哀者，地狱中鬼哭囚之苦。"妙善得知罪鬼受刑之苦，顿起慈悲之心，诵念真经，使囚中大放光明，枷锁自脱，百刑俱解，一切罪鬼均超度到西方极乐世界，地狱为之一空。

妙善离了地狱后，还魂于山林之中。正当妙善孤苦伶仃之际，佛祖释迦牟尼驾祥云而来，试妙善道："我看你这般苦楚，是无人来救。你我都是单身，不若结为夫妻，结草为庵，随时度日？"妙善痛责释迦胡言乱语。释迦牟尼听了便道出身份，指引妙善到香山修行："香山乃前朝古寺隐仙之所，在越国南海中间，上有普陀岩，可以修行。"行前，释迦牟尼又送给妙善仙桃一颗，吃了四时无渴，八节不饥，永无荣枯，长生不死。

妙善到香山后，清心修行。修到第九年，只见普陀岩前猛虎咬木衔石，遮盖四边，猿猴献果，鸾凤供花，庆云祥瑞，重重罩裹。妙善自知百炼丹成，修得了正果。地藏王、土地神遂会同四海龙王、五岳圣帝、雷公雷母、八仙十王等共奉妙善为观音菩萨。又从民间访得善财童子为观音之徒。观音在东海边救龙王三太子，使他回归大海，使三太子之女佛心萌发，拜观音为师，也成为观音的徒儿。自此，善财、龙女护助观音救苦救难，替佛行道，普度众生。

自从妙庄王绞杀妙善以后，昼夜与嫔妃宫娥寻欢作乐，不理朝政。朝野内外忠良之臣，多被杀戮。玉皇大帝十分恼怒，查妙庄王尚有二十年寿岁，使降恶疾予他。妙庄王果然浑身恶疮，皮肉俱烂，日夜疼痛不止。伯牙皇后朝夕侍奉汤药，毫无疗效。太医无奈，劝妙庄王速出榜文，求天下名医。妙庄王即宣诏天下：谁能医好他的疾病，江山与他共享。妙善虽在香山，但慧眼一观，知父王重病缠身，深感悲痛。想自己已修行成道，父母的养育之恩终也要报。且离别父母时曾许过"异日功成，便来救度父母"的愿，遂化作一老和尚，头戴毗卢帽，身穿百衲袈裟，脚穿四耳麻鞋，腰悬盛药葫芦，来到午门，将榜文揭下。

妙庄王得丞相奏报，宣妙善（和尚）进宫。和尚将妙庄王病体脉息细细体察一番，便道："万岁病体无妨，不过缠绵难以速效，有方无药。"妙庄王急求药方，和尚说："此药民间不可得，要亲人手一双，眼一双配药，一吃即痊。"妙庄王一听，气得将和尚逐出宫外。入夜，妙庄王梦见一位长者对他说："你的病，非和尚不能治。此药，可仰求他办理。"次日一早，妙庄王便宣和尚进宫，问和尚何处取药。和尚指点说："命大臣诚心斋戒，往香山寺中去取。"于是，妙庄王命丞相速去南海香山寺取药，将和尚安顿于顺庆宫内，妥为照应。

谁知妙庄王的两个驸马听得和尚进宫治病，又遣丞相去香山取药，恐其医好，夺得天下，便制订了杀王斩和尚的阴谋。这一切，都被妙善慧眼识破。妙善将身上袈裟挂于顺庄宫，真身回到香山，又遣游奕使者入宫，保护父王。当内臣霍礼于三更时分手捧毒药，声称是和尚调制之药，要妙庄王服下时，被游奕使者撞翻。杀手索答来到顺庆宫，向和尚迎面劈去时，刀未着身，自己反而被袈裟绊倒，用力挣扎，仍不能脱身。当妙庄王知悉女婿谋王篡位的阴谋后，悲愤交加，令锦衣卫速将女婿女儿绑赴刑场斩首。女儿哭求母亲宽恩大赦。妙庄王经不住皇后的哀挽，将两位女儿幽禁冷宫，其余均斩杀无余。大难过后，妙庄王愈加思念幼女妙善，悔当初不该错杀骨肉。而妙清、妙音两姐妹身置冷宫，却梦见三妹未死，且已得道成菩萨。

再说丞相来到香山寺，妙善已端坐莲台之上。妙善令丞相将自己的双手双眼砍挖而去。待手眼送入宫中，皇后一见，不觉两泪汪汪："此手分明是我三女儿的手，我记得她左手虎口上有一点黑痣，今却俨然。若非自家儿女，谁肯不顾父母遗体，忍心割下，与父王治病？"这时，和尚前来调药，且掩了凡人耳目，丢开手眼，将仙丹和水调药，擦于庄王身上，庄王顿觉病疾全愈，焕然复新，便封和尚为"三天门下大宝法主镇国禅师"，代妙庄王掌管江山。和尚坚决不受，腾云驾雾而去，掷下偈语四句：

吾乃西方一世尊，特来救尔病除根。

从今正道无邪色，勿使灵真染色尘。

丞相禀告香山菩萨相貌酷似三公主。妙庄王将信将疑，便率文武百官清净身心，前往香山面谢菩萨。妙清、妙音因于冷宫，绝去五欲，一心皈依佛法，朝夕诵经不止。

却说八月十五王母娘娘举行蟠桃会，释迦牟尼也应邀赴宴。这下乐坏了守看佛祖山门的青狮、白象。他们两个晃身一变，下到凡间，成为两个青年男子。听得兴林国冷宫里囚着两位公主，性欲冲动，便化为妙善和龙王，将两位公主接引到清凉山巅。姐妹相逢，妙清、妙音好不欢喜，谁知两妖怪露出真相，百般调戏。两公主拼死抵抗，无奈被妖怪喷了迷魂水，整夜遭青狮、白象两妖淫宿。两妖又以同样的手法，将妙善先前的两名宫女骗至山中淫乱。妙庄王得知两公主两宫女失踪，料知非凡人所能为，便急率三千羽林军往香山还愿，并求菩萨救助。不想，二妖化作狂风猛雨，飞沙走石，将妙庄王夫妇和丞相迷倒，囚于万花谷千层岩底的黑洞里。驸马何凤脱逃，答罕国的儿子趁机杀奔兴林国，篡取王位，改国号为"大武"。

且说妙善救好父亲，归香山数日，得玉皇大帝诏书，前去赴蟠桃会。善财、龙女相携登千仞峰游玩，只见兴林国怨气冲天，便化作僧人前去打听，得知妙庄王失踪，王位被篡，大为吃惊，急急赶回香山，责问土地神。土地神告知妙庄王等人被青狮、白象两妖因于万花谷。善财、龙女遂率四十万天兵天将将万花谷围得水泄不通。两妖急请独火鬼点起火兵五千，请水母娘娘点起水兵五千，前来增援。只见万花谷烈火万丈，五湖大水汹涌澎湃，天兵被困山谷中，动弹不得。善财急去火焰山请得红孩儿，龙女赶去南海领得父子兵，将那妖魔鬼怪杀得纷纷逃窜。白象逃入清凉山绝顶避难，青狮逃入五松岩藏身。

妙善赴宴归来，与佛祖告别，云端一望，只见万花谷妖气逼人，再一看，父母姐姐、丞相宫女俱在那里受难，即请佛祖速速捉拿两妖。佛祖遣八大金刚径往万花谷，将东西两岩打开，将那蛇精、虾精等尽行斩绝。妙善入谷，化作老僧救出父母姐姐和丞相宫女，将辟魔汤一杯给他们解了妖毒。众人叩谢老僧，老僧仍腾空而去。

妙庄王领兵杀回兴林国，何凤之子仓皇逃往察罕国。妙庄王复位，遂率皇后、公主昼夜兼程赶往香山。妙善得知父王、母后亲来烧香，速排开香案，着善财伺候。自己仍化作无手无眼、污血淋漓之身坐于佛座内。妙庄王入庵，参拜行礼，敬供清斋。菩萨被纱幔罩住，手目全无动静。妙庄王着梓童掀开纱幔一看，全家人顿觉天昏地黑，果是妙善身体。父女抱头痛哭。妙善方将前因后果细细说与父母姐姐。庄王夫妇听罢，心如刀割，当下行跪拜之大礼，叩求天帝还妙善以千手千眼。拜毕，妙善果然手目如故，出座来见父母姐姐。妙庄王从中悟出真谛，将玉玺交予丞相赵震，托他代掌江山，自己随女儿修行香山，真心皈依佛门了。

却说佛祖捉了那青狮、白象两妖，吩咐哪吒将他们解入地狱，压得粉碎，永不赦除。妙善得知，急赴西天，将那两妖带回香山，点化成正果。一边吩咐善财整备素斋，供养父母；一边修治房屋，安顿家眷。忽听山神来报："玉皇颁下天诏。"说罢，太白金星已到庵前，宣读诏书：

兴林国妙庄王，初未识天庭地府，六道轮回，造孽犯罪在先。今妙善专此责而脱凡尘，九载苦修成功，阴可救恩，舍身医父，接人利物，靡不曲尽，举目能观天下善恶，侧耳能听人间是非，朕甚嘉焉，且封为大慈大悲救苦救难南无灵感观世音菩萨，赐与莲花宝座一副，永做南海普陀岩道场之主。其姊妙清、妙音初耽世味，后能改行迁善，修行慕道，遇难不污，妙清封为大善文殊菩萨，赐与青狮，出入骑坐；妙音封为大善普贤菩萨，赐与白象，出入骑坐，永做清凉山道场之主。其父妙庄王封为善胜菩萨都仙官，其母封为万善菩萨都夫人。其善财、龙女封为金童、玉女。呜呼，千叫万应，普度众生，合家封赠，万年香火。

众人谢恩完毕，太白金星辞别而去。从此，观音菩萨住南海普陀，教化众生，救苦救难，万众共仰。

2. 作品鉴赏

　　《南海观音全传》是一篇富有传奇色彩的菩萨小说，小说以妙善一心崇佛、执意皈依佛门为线索，引出了一个善良美丽的少女如何经受种种苦难的考验，最后修得正果，成为观音菩萨的故事，歌颂了妙善的真诚善良和崇仰佛法的坚强意志，以及不屈不挠的勇敢精神，使观音成为中国古典文学中不可多得的艺术形象。

　　小说集中塑造了妙善的生动形象。妙善是聪慧且早有善根的公主，尽管享尽荣华富贵，却为了皈依佛门，宁愿受万般苦难，即使父王棍打、囚禁、以至杀头，为了追求自己的信仰，妙善无所畏惧。"天下大器，谁人不爱？夫妇快乐，谁人不喜？只是孩儿素性，只愿修行，任他一切荣华，见之心如冰炭，惟好清心静养。""若要孩儿负却初心，天日在上，宁甘万死，不愿在世"。这些铮铮之言，表达了妙善对佛法的无限敬仰和忠诚。

　　作者通过描写妙善在后花园乐得独自清心修行，在白雀寺刺血灭火，来进一步表现她对佛法的一片"忠心"，使人们看到妙善皈依佛门并非为了逃避什么，也不是为了谋求什么，她自幼洁身自好，一心吃素斋戒，为的是早日修得正果，普度众生于苦海之中，对这种纯正的动机，作者给予了高度的赞扬，并与妙清、妙音和妙庄王、皇后历经磨难，最后才觉悟而皈依佛门，形成鲜明的对比，这一对比，又从一个侧面来赞美了妙善如山泉一般透明清净的佛心。

　　作品还通过妙善救苦救难的愿行，来反映这位慈悲菩萨的神明和爱心。观音出生不凡，被杀后魂游地狱，这是她开始成为菩萨的第一个程序。就在这第一个程序中，她善心大发，不仅将那几位因她而受难的白雀寺尼僧超度到西方极乐世界，去享天人供养，而且悯怜地狱罪鬼，诵念真经，让天花乱坠，囚中光明大放，使万千罪鬼枷锁自脱，百刑俱解，均挟力超度到西方彼岸。到香山后，妙善又救下轻生的善财，收为徒儿。放鲤鱼归海，得龙女相随。父王生病，不计前嫌，化为僧人前去救治，最后使父王明白了女儿的一片真心，弃王位而拜倒在释迦牟尼的神像之下。就连蹂躏姐姐妙清、妙音，险些又伤了父母性命的仇人——青狮、白象，妙善也慈悲相待。当两妖将被粉身碎骨时，妙善竟亲去西天，恳求佛祖同意，将这两个罪人让她带回香山，驯化为善神。

　　作者以佛教宣扬的观音"有求必应"为写作的指导思想，把观音的救苦救难刻画到出神入化、超越一切的地步，使一个满腔善情，唯求天下民众安康太平的"善神"跃然纸上。作者也许认为自己宣扬的"善"是一种至高无上的境界，但用批判的眼光来看，这种不讲原则、胡乱而盲目的"善"，是不足取的。

作品带有浓厚的宗教色彩。佛教的因果报应、轮回转世是作品着重宣扬的思想。天竺国施勒长者一家，由于祖宗三代都是"吃斋好善，仗义疏财，济人利物，徒施不倦"，虽然三个儿子涉及盗杀案，要永久囚禁于神香洞天，就因为祖宗积下的阴德，平日自己也念佛吃素，才使得有机会转世投胎；虽变了性别，但投的却是一国之王，也享荣华富贵。妙善也因为一心皈依佛门，死后也未成地狱饿鬼，反而获佛祖亲自指引点化的殊荣，复生于香山之中，而且最终修得正果，成为大菩萨。

前世修行为善，来世一定变成好人，而不成为畜生，这种轮回转世的思想，在作品中得以充分体现。妙庄王因杀人过多，罪孽深重，因而断子绝孙——虽然这痛苦的结果是人为造成的，但体现了一种普遍的社会心理和民众的道德评判标准——"好有好报，恶有恶报"。正因为有这种因果报应思想的深入人心，当妙庄王枉杀女儿，残害忠臣，终日寻欢作乐，不理朝政，结果染上不治之恶疾，读者对这种必然的结果也能理解，甚至会有点幸灾乐祸。

作品通过轮回转世和因果报应思想的宣传，目的在于劝导别人活着要与人为善，广结良缘，不能枉杀生灵，要以善心治天下，以贤德得民心。正如作品最后一句话所点明的那样，"表而扬之，以为劝善之戒"。这也是作者写此书的主要目的。《南海观音全传》成书之时，正值中国社会备受倭寇蹂躏，奸党篡权，内外交困，民不聊生之时，作者试图通过这部小说来揭露统治者的昏庸无能，揭露社会黑暗，并以此规劝他人信奉佛法，与人为善，其用心可见一斑了。

这篇小说在艺术上有独到之处，它首先突破了传统小说的那种善罪分明、非好即坏的单一模式，而完全从生活的真实出发，一弃那种菩萨不食人间烟火的写法，而写出了人性的善恶、人性的深度，具有浓郁的人情味。作品中叙述的父王苦膝下无儿，江山无人掌管，要求女儿早日成婚，读者看来，合乎情理。女儿一心事佛，不愿成婚，也令人同情。虽然妙庄王最后因女儿"屡教不改"，而一气之下杀了她，可憎可恨，但妙庄王后悔起来的沮丧痛苦的神情，也能赢得读者的一汪眼泪。

小说运用叙述、对话、描写等手法，将国王、皇后、公主、大臣的言行和心理情境都描写得十分真实可信，场景的渲染也合乎生活真实，使读者感受到一种亲近和熟悉，产生对妙善的敬爱，这也是作品之所以最终被许多人喜爱的重要原因。

小说语言清新凝练，质朴流畅。无论是叙述情节，还是刻画人物，都丝毫没有矫揉造作之感。作者用语言刻画人物时，用墨不多，但十分传神。譬如写到妙善天性时，即"行止动静，绝与两个姐姐不同。平常饮食，极爱茹素，最厌荤腥，更兼好善修行。"寥寥几笔，将妙善的自幼崇佛心理和娴静的心态勾勒了出来。当姐姐妙清前来后花园劝她回心转意、早日完婚时，妙善则以"我与你身同意不同，汝等自享天子之富贵，管我何是？"之句回敬妙清，语辞坚决而泼辣，较好地反映出了她的坚毅和敢作敢为的性格特征。当她得知父王重病缠身，疼痛不已时，作者用"父母养育之恩，亦当补报"一语，把妙善不计个人恩怨，善良、孝顺的品德淋漓尽致地反映了出来。

作品的另一个特点，是奇异的浪漫主义色彩。人之精诚，金石为开，感天地，泣鬼神，这正是中国人的一种传统的观念。妙善遭父王迫害，受了那么多苦难，最后依然割下自己的手眼来救治父王，这番真诚感动了玉皇大帝，使得玉皇颁下一道圣旨，将妙善和她的一家人俱敕封为菩萨，留给了人们一种现实社会不能实现的东西，但在超现实的情境中可以实现得圆满。真如《孔雀东南飞》《梁山伯与祝英台》等作品的结局一样，善良的中国人最终给了妙善一家以一个大团圆，这也体现了中国人的一种真诚朴实的思想情感。这一浪漫主义的结局，使小说的意境得以升华，也使人们看到了崇佛修行的结局和希望，给作品赋予了更为深刻的思想意义和艺术价值。

小说将故事情节的变化与主人公修行得道的过程有机地融为一体，且诗与文相映成辉，文学色彩浓厚，在思想上、艺术上都称得上是成功之作，对弘扬佛法以及对后世菩萨小说的创作，产生了积极的影响。

二 解读中国罗汉小说

（一）罗汉的缘起

1. 罗汉含义

很多寺院都有大雄宝殿，大雄宝殿是供奉佛祖释迦牟尼的殿宇，自然是寺院中最主要、最宏伟辉煌的建筑。进入大雄宝殿你会发现，在释迦牟尼的两侧，供养着十六尊或十八尊神态各异的长者，有的神采飞扬，有的手舞足蹈，有长须飘逸者，也有童颜初出者。这就是罗汉，佛祖的卫护者。

佛经记载，佛教世界中，已取得正果的"神"有三个等级，最高级是佛，其次是菩萨，第三等级是罗汉。罗汉属佛教世界的"蓝领阶层"，他不能对众生许什么愿，又不能对众生指手画脚，只能遵照佛祖的旨意，干些最基础的工作。但他毕竟是属于取得正果的"佛"，依然享受人间香火的供养。

罗汉，是"阿罗汉"的略称，为梵文 Arahant 的音译，也译作"阿罗诃"。它原来是指一种品位——小乘佛教修行的最高品位，好似博士学位。据说，一个佛教徒皈依佛门后开始修行，根据他的诚心和智慧，能够修到四种不同的水平，取得四种不同的成就，每一种成就，就是一种"果位"，好似我们高等教育中学士学位、硕士学位、博士学位一样。这四种果位是：

初果：称"预流果"。梵文音译为"须陀洹"，指通过思悟四谛之理而断灭三界见惑达到的最初修行果位。修得初果的人，在轮回转世时，不会坠入地狱变成畜生、饿鬼之类可恶的东西，而进入无漏之圣道之流。

二果：称"一来果"，梵文音译为"斯陀含"，指通过思悟四谛之理而断灭死与生俱来的烦恼所达到之果位。修得此果的人，转回时，仍需一次生天上，一次生人间，才可最后解脱。

三果：称"为不还果"。梵文音译为"阿那含"。指通过修行完全断除欲界的诱惑而达到的果位。修得此果的人，转回时，不再回到"欲界"，而能超生到西方极乐世界。

四果，称"阿罗汉果"。修得此果的人，见惑思惑都已断尽，万念俱空，证得涅槃，可享受人天供养，永远不会再轮回转世而遭受痛苦。

后来，人们直接的把修得阿罗汉果位的人称作"阿罗汉"，就像人们把取得博士学位的人称作"博士"一样。

那么，修得阿罗汉需要什么条件呢？佛教中有这么一个传说可以说明一切：公元前三世纪，统治古印度西北部的希腊国王弥兰陀很想修得阿罗汉果，以免人生转世之苦。可自己是国王，并没有出家做和尚，能不能修得呢？他便去问著名比丘那先。那先告诉他，居士要修得阿罗汉果，必须具备一个条件，那就是：居士成为阿罗汉的那一天，如果他不当天出家，就有死去的危险。弥兰陀国王一听，忙拜那先为师，削发为僧，不做国王了。

从这个传说中我们可以知晓，不是人人都可以成为罗汉，只有出家的和尚，才有资格成为罗汉。赵朴初先生对此作了这样的解释：在家修行障碍多，心意难以专一纯真，只能在理论上断除见惑证得初果，至多证得三果，而不能证得最高品位——阿罗汉果。而出家生活，自由自在，无牵无挂，容易集中精力，从事于无我无欲的修养。赵朴初先生因此得出"要证得阿罗汉果，非出家人做不到"的结论。

中国佛教中流传的罗汉，主要有这么几种：一为四罗汉，二为十六罗汉，三为十八罗汉，四为五百罗汉。

2. 四大罗汉

修得罗汉果后也有个难处，根据小乘佛教的说法，取得了阿罗汉果位，就是人功德圆满的结果。也就是说，取得这个果位，是人的最后归宿，那就要圆寂（死）。这多少有点悲壮的情调。诚然如此，阿罗汉果的诱惑——不坠地狱而能升入西方极乐世界，永享人天供养的好处，依然促使人们死心踏地地去苦修一辈子，好在临死前有个安慰：我已成罗汉了，亲朋好友也不会感到过分地难过。

可修得阿罗汉果的人，都圆寂了，谁替佛弘扬佛法呢？这个问题在公元前三世纪以前，佛教小乘阶段，无法解决，因小乘佛教是主张自我觉悟，不管他人的。公元前三世纪后，出现了大乘佛教。大乘佛教主张自我觉悟为小，帮助他人一起觉悟为大。于是，罗汉圆寂问题被提到了议事日程上。佛教徒们开始提倡不圆寂（死）而能替佛护法弘德的阿罗汉，可过去这么几个世纪，产生了那么多的罗汉，总不能人人都让他们活过来呀，怎么办呢？那就要选几个。这个选罗汉的历史重担，别人没有资格去承担，自然的落在了佛祖释迦牟尼的身上。

据西晋时印度僧人竺法护所译《弥勒下生经》记载，释迦牟尼涅般时，指定大迦叶（也译作"摩诃迦叶"）比丘，君屠钵叹比丘、宾头卢比丘、罗云（也译"罗怙罗"，"罗瞧罗"）比丘"住世不涅槃，流通我法"。他们都是释迦牟尼的嫡传弟子。罗云还是佛祖释迦牟尼的亲生儿子。不过，他们都是"声闻"——亲自听过佛祖言传并得以觉悟而获果位者，自然具有入选的资格。

于是，佛教中首先出现了大迦叶、君屠钵叹、宾头卢、罗云四大罗汉。

3. 十六罗汉

罗汉本来是四尊，而且是佛祖亲自选定的，具有不可扭转性。也许佛祖选定四尊，是考虑到了东南西北四个方向，让他们各居一方，弘法护法。可后来信佛教的人越来越多，这和尚队伍也越来越庞大，四位罗汉忙不过来。于是人们想到应该增加罗汉。可是，佛祖已经涅槃，罗汉不可能再由他选定了。终于有不知名的好事者，替佛祖创造出了十二尊罗汉，同之前的四尊相加，十六罗汉便昭然于世了。

北齐道秦翻译的《入火·乘论》就这样记载说："尊者宾头卢，尊者罗怙罗如等十六人诸大身闻，……守护佛法。"唐代僧人湛然所著《法华文句记》引《宝云经》，也写到了十六罗汉。然而，这两书都没有道出十六罗汉的姓名。直到唐朝贞观年间，高僧玄奘将《大阿罗汉难提密多罗所说法住记》（简称《法住记》）译出后，十六罗汉的芳名始为世人知晓。《法住记》的作者是公元二世纪狮子国（今斯里兰卡）高僧难提密多罗，意译为"庆友"。据说他年纪较轻，辈分又低，所以虽修成了罗汉，却成不了佛祖的嫡传弟子。书中所记录的罗汉言行都是当时的传闻。但庆友最大的贡献，还是在圆寂前将十六罗汉及他的所处地区告诉了世人。

第一位：宾度罗跋堕惰阇罗汉，俗称"长眉罗汉"。出身婆罗门贵族，原是拘舍弥城伏填王的大臣，是位挺喜欢卖弄本事的罗汉，有的禅林食堂供其像。住在西瞿陀尼洲。

第二位：迦诺迦伐蹉罗汉，据说他是"知一切善恶法之声闻"。住在北方迦湿弥罗国。

第三位：迦诺迦跋厘惰阇。住在东胜神洲。

第四位：苏频陀，住在北俱卢洲。

第五位：诺矩罗，住在南赡部洲。

第六位：跋陀罗，是佛的侍者，据说他主管洗浴之事。所以，有的禅林浴室供他的像。住在耽没罗洲。

第七位：迦理迦，是佛的侍者，住在僧伽荼洲。

第八位：伐阇罗弗多罗，意为"金刚子"，住在钵刺拏洲。

第九位：戍博迦，意为"贱民""男根断者"，出身较低微。住在香醉山中。

第十位：半托迦，与第十六位注荼半托迦为同胞兄弟。据传他母亲为富裕人家的女儿，偶与家奴私通，被父发现，只好私奔他国，不久有了身孕，欲回家生产，结果半路上生下了一对双胞胎，大的叫半托迦，意义"大路边生"，小的叫注荼半托迦，意为"小路边生"。两兄一个聪明，一个愚笨，但都十分争气，先后出家修成了罗汉。

第十一位：罗怙罗，意思是"覆障""执月"。他是佛祖释迦牟尼唯一的一个儿子。据说是在释迦牟尼出家之时，其夫人耶输陀罗怀的胎，可是一直等六年后，释迦牟尼成道之夜月蚀时才降生，创下了世界历史上怀胎时间最长的记录。罗怙罗从小有善根，十五岁即出家，成为父亲之弟子。住在毕利飏瞿洲。

第十二位：那伽犀那，意思是"龙军"，习称"那先比丘"，生于佛涅槃后，七岁出家，后修成罗汉。住在广半度波山。

第十三位：因揭陀，住在广胁山。

第十四位：伐那婆斯，住在可住山。

第十五位：阿氏多，是佛的侍者，住在鹫峰山。

第十六位：注荼半托迦。

可能由于翻译时罗汉法名译音的不同，《阿弥陀经》记述的十六罗汉名字及神通是这样的：

第一位：宾头户颇罗堕罗汉。佛盼咐他长住世界上，永远受人供养，所以，称他为"福田第一"。

第二位：舍利弗罗汉，也称"舍利子"。他在佛的许多弟子中，要算智慧最高，所以称他为"智慧第一"。

第三位：摩诃迦叶罗汉，他是专门苦修的，佛哀怜他年纪老了，劝他休息，但他仍苦修不懈，所以称他为"头陀第一"。佛涅槃后，就将天上正法嘱咐给他，后来，他和阿难陀罗汉、伏波离罗汉等结集"经、律、论"三藏。

第四位：摩诃拘绨罗罗汉。他口才最好，随便问他什么，都能回答，所以称他"答问第一"。他是舍利弗罗汉的舅父。

第五位：周利槃陀伽罗汉。他的根机最愚钝，佛教他两句偈，他常记了前句忘了后句，记了后句忘了前句。可是他下苦功夫，专心学习，后来居然彻底明白了佛的教旨和意义，所以称他为"义持第一"。

第六位：阿难陀罗汉，简称"阿难"。他是佛的堂弟，做佛的侍者达二十五年。因此在这一时期中，佛多次说法，他总是听到的，并且佛从前所说的法，他没有听到的，佛也重新给他说了一遍；所以他所听到的佛法，就比其他弟子所听到的来得多，称他为"多闻第一"。

第七位：侨快侨梵波提罗汉。他在过去世中曾嘲笑过出家人，所以经过许多劫数年代，堕落到畜生道里做了牛，直到报应满了才做了人，但是吃起东西来还是改不了牛嚼的样子。佛恐怕旁人看到后要嘲笑他，造成轻慢圣人的罪过，教他避免和人们在一起，去受天人的供养，称他是"受天供养第一"。

第八位：迦留陀夷罗汉。他原是释迦牟尼小时候的师长，后来听到佛的说法圆融无碍，就出家做了佛的弟子。佛常常请他出去教化，所以，称他为"教化第一"。

第九位：薄拘罗罗汉。因为他从前救济过一个有病的出家人，并且还能恪守杀生戒。有了这种功德，就世世做人，都是长寿的。自从他学佛以后的八十年中，从来也没有生过病，吃过药，所以称他为"寿命第一"。

第十位：摩诃目犍连罗汉。又称目连。他原来和舍利弗罗汉同是外道、早就相识。后来舍利弗罗汉先皈依了佛，他也就做了佛弟子，他的神通最大，所以称他为"神通第一"。

第十一位：摩诃迦延罗汉。他同别人讲起道理来，能够使大家佩服，佩服他的理法，所以称他为"论政第一"。

第十二位：离婆多罗汉。他的心很纯正，没有一丝的颠倒念头，又是很空的，所以，称他为"无倒乱第一"。

第十三位：难陀罗汉。他是佛的亲弟，最讲究礼节，并且相貌也好，所以，称他是"仪容第一"。

第十四位：罗喉罗罗汉。他是十六罗汉中最年轻的一位，是释迦牟尼的儿子，他的功行秘密得很，只有佛知道，所以，称他是"密行第一"。

第十五位：摩诃劫宾那罗汉，他懂天文，知气象，所以，称他为"知星宿第一"。

第十六位：阿冤楼驮罗汉，他也是佛的堂弟，因为他眼睛瞎了，佛教他一种宽心的法，就得了天眼通，比旁人的无眼更加微妙，所以称他"天眼第一"。

十六罗汉随经卷传入中国后，普遍地受到我国佛教信徒的尊敬和文人的喜爱。尤其是给中国的文学艺术家们以驰骋想象的极大创作余地，从南朝丹青高手张僧繇一直到唐代诗人王维，许多文学艺术家都以十六罗汉为对象，塑造出一尊尊姿态生动、神韵灿然的罗汉形象。《思绮堂文集》所载十六罗汉形象是：

第一位：长眉大耳，盘膝侧坐于石上。两手轮数珠，面设香炉经卷，侍者合掌立，下有小虎仰视。

第二位：须眉苍郁，挂数珠，摊鞯坐石，煊染作夜景，有光上射闪闪，下龙女捧盘，跪献者盖夜珠。

第三位：赤脚盘膝坐，左手捻眉。左执塔，异光四射，一蛮奴跪而碾药。

第四位：侧坐看经，右挂龙头杖，左手按膝，有鹿衔花以献，蛮奴捧盂而立，盂贮宝无数。

第五位：挂竹杖侧坐，摊经石上，旁设狮盖小炉，香烟拂拂，下童子散发，枕眩释卷而睡。

第六位：摊经盘膝而坐，左手执经尾，右一指着经上，作句解状，龙王席地听讲，而供葛蒲一盒。

第七位：坐蒲图石上，盘石膝倚左足而坐，左手按膝，右执拂，下视。白象献莲一枝，有蛮奴持锡逐象后。

第八位：侧坐，十指交错，侍者执经而立，经作篆书，一狮踞地上视。

第九位：侧坐，脱双屩在地，左手执方炳长炉，右手拨香，蛮奴持盒，猿捧香以献。

第十位：盘一足，坐松下，一手支颐，鼍龙立持状请，松接小瓶数珠。

第十一位：侧坐，一手执龙头杖，怒目视虎，虎驯服，侍者旁立，摩乳虎顶。

第十二位：抱膝而坐，面设天然小几，供琉璃瓶，贮舍利十数，侍者合掌赤足立于后。

第十三位：叠手正坐，面置琉璃瓶，扦莲花叶数枝，一童子注水喷涌之势，水花隐隐瓶外。

第十四位：庄容正坐，左手执如意，龙王搢笏以朝。

第十五位：临水侧坐濯足，有云气护龙，盘舞于上，蛮奴挂杖合掌而立。

第十六位：坦腹坐视，蝙蝠背飞下，有蛮奴治炉火，疑煮茶者，简炊箸拨，右置碗一、盒一。

《思绮堂文集》所描绘的十六罗汉的形象，后来基本上成为各寺院塑造罗汉的主要依据。今普陀山福泉禅院所塑罗汉像，基本上沿用了此种形象。不过，现存最古的罗汉塑像，还要推杭州烟霞洞内的十六罗汉塑像，它是五代十国时由吴越王钱元瓘的妻弟吴延爽发愿雕琢的。

4. 十八罗汉

普陀山文物馆内收藏着一件佛教珍品——罗汉珍珠贝。这扇珍珠贝经人为加工植胚，自然生成一群罗汉，一数有十八尊，称十八罗汉贝。罗汉怎么由十六尊增为十八尊呢？原来是后人把《法住记》的述说者庆友尊者和唐代的中国高僧、《法住记》的译者玄奘加了上去。

首先实行增位的是那些调彩抹墨的画家们。唐朝画僧贯休在自己的画纸上，自作主张地把庆友和玄奘两位高僧加了上去，给他俩戴上了"罗汉"的桂冠。宋代大文学家苏轼在谪居海南岛时，得到一位民间画家张氏画的"十八罗汉图"。苏轼十分高兴，当即作《十八阿罗汉颂》，对十八尊罗汉的形象加以记录。与画家们不同的是，东坡先生所叙的第十七尊罗汉为庆友，第十八尊罗汉则是"宾头卢尊者"。第十八尊罗汉显然是第一尊罗汉的重复，可能是他不愿让高僧玄奘挤进这些备受佛礼恩惠的罗汉中受排挤之苦。

宋代学者志磐所著《佛祖统记》对苏轼说法提出挑战：庆友是《法住记》作者，不应在住世之列；宾头卢为重复。第十七尊和第十八尊应当是迦叶罗汉和军徒钵叹罗汉，这两位是《弥勒下生经》中所说的四大声闻、然不在十六罗汉之内的两位尊者。志磐的这种说法，把四大声闻同十六罗汉有机地联系起来，尚有一定的道理，能够自圆其说。

然而，因为把庆友和玄奘列为十八罗汉之列的贯休、赵孟頫等是有名有望的文学家和书画家，所以这十八罗汉很快地在我国流传开来，并且深入人心。由于贯休所绘罗汉形象骨相奇特，神态各异，因而成为千古名作，而被各地寺院作为塑造罗汉形象的蓝本。

清朝乾隆皇帝是一个热心的好事者。本该由释迦牟尼完成的选择罗汉之事，就因为释迦牟尼已经涅槃无法完成，乾隆竟然自告奋勇，一马当先，降下"圣旨"，把迦叶（称嘎沙鸦巴）作为降龙罗汉，弥勒（称纳答密喇）作为伏虎罗汉分别列为第十七、十八尊罗汉。

降龙伏虎的传说，自宋以来，在我国流传甚广。乾隆把这个传说引进到了十八罗汉中，着实也使十八罗汉威力倍增，画家们画起画来，雕塑家们塑起像来，添上油彩光照的龙和虎，使这群罗汉"生龙活虎"起来，更加生动传神。佛祖定得，为何我皇帝定不得呢？乾隆一锤定音，金口玉言，百姓于是纷纷遵旨，清初后的十八罗汉就基本上以乾隆说的为准了。

不过，中国地大物博，天高皇帝远，违"旨"的地方也照样有。西南地区将禅宗的祖师爷达摩和挺着大肚皮、一脸笑嘻嘻的布袋和尚——弥勒佛排入十八罗汉之列。西藏地区则保留乾隆所定名单的弥勒佛，而把迦叶罗汉去掉，代之以释迦牟尼的生母——摩耶夫人，使十八罗汉中出现了女性。

不管怎么样，罗汉终究增加到了十八尊，个个都堂而皇之地站在佛祖的旁边，享受万千民众的香火供养，不亦乐乎？

5. 五百罗汉

佛经记载，佛祖释迦牟尼降生时，便有随他听法传道的五百弟子。此事虽没有历史根据，却传递给人们一个信息——佛教中有五百罗汉。《法华经》有释迦牟尼为五百弟子讲法授经的动人场面。可经卷到了庆友的手中，就变了样。五百罗汉成了佛祖弟子——十六罗汉的部下。《法住记》记述说，十六罗汉在他们的国度里，都有五百到一千六百不等的罗汉。五百罗汉似乎是十六罗汉的臣子，又像是他们的臣民。不过，人们的心里总是"以佛为大"，当然也不会买那庆友和尚的账，直说那五百罗汉是佛祖的五百弟子。

五百罗汉是佛祖弟子的说法，确实是比较科学的。佛祖涅槃后，古印度的弗沙密多罗王曾灭佛法，是这五百位弟子置自己身家性命于不顾，坚持弘扬佛法，在灭佛法后，重新使佛教隆盛起来，而且把佛的言论回忆并编纂成著作，使之成为佛教的经典。

佛经《佛五百弟子自说本起经》记载说：弗沙密多罗王灭佛法后的第二年，迦叶尊者召集阿难等五百比丘（五百罗汉）在王舍城附近七叶窟诵出经、律两藏，第一次把佛祖言论编纂成经典（佛教称最初结集）。北传佛教也有说迦腻色迦王时，由胁尊者比丘召集五百比丘在迦湿弥罗（今克什米尔）举行第四次结集。南传佛教则记载，在公元前一世纪，五百比丘汇集斯里兰卡的阿卢寺举行第四次结集，首次把巴利文三藏记录成典籍。

虽然，佛经的记述各有所异，但五百罗汉的存在为大家一致公认，似乎比十六罗汉和十八罗汉更正统而少异议。不过，令人遗憾的是，也许印度人怕啰唆，任何一部佛经都没有记下这五百罗汉的名字。完成这一神圣而又繁琐取名工作的，是中国南宋学者高道素。

五百罗汉最早是在东晋时传入我国的，《高僧传》记载说，他们最早显现于山西的五台山。到了五代，罗汉的信仰迅速地发展起来，杭州高僧道潜，把位于雷峰塔下的十六罗汉像迁到净慈寺，建造了五百罗汉堂。到了宋朝，十六罗汉与五百罗汉联合起来，雍熙二年（985年）塑造的五百一十六尊罗汉像，供奉于最早显现的五台山寿昌寺内。

在全国普遍供奉五百罗汉的情况下，南宋学者高道素别出心裁，冥思苦想地撰拟了一份五百罗汉名号录，并于宋绍兴四年（1134年）冬，将这份名号录勒刻于石碑上，植在江苏江阴的乾明院内，这座《乾明院五百罗汉名号碑》记录了从第一位罗汉阿若侨陈如到第五百位罗汉的名号和愿行。这一伟大的"发明"迅速地被开发和利用，中国各地寺院所列五百罗汉多以此为根据，按顺序勒刻名号。日本、朝鲜、东南亚各国佛教寺院也纷纷模仿，使五百罗汉名号成了一项国际性"专利"。

由于五百罗汉人数众多，籍贯杂乱，谁也弄不清每一尊罗汉的来龙去脉，这就给某些"有识之士"提供了可乘之机，纷纷打入五百罗汉队伍之中，充当起济世造物的神来。清朝的康熙皇帝就是其中的一个。

康熙皇帝下江南，有一次到了镇江的金山寺，看到五百罗汉，有意无意地说了一句"朕本西方一衲子，然何落到帝王家"。和尚一听，悟出了弦外之音，即将他塑为第二百九十五尊罗汉，法号"阇夜多尊者"，于是康熙头戴风帽，肩披锦衣，着龙袍，穿锦靴，安然而坐。

古语云"上梁不正下梁歪"。这皇位传到乾隆手里，乾隆也毫不客气地在先皇列位的镇江金山寺罗汉堂里，充当第三百六十尊罗汉，取法号"直福德尊者"。有一个还不够，乾隆又在北京碧云寺罗汉堂里占了第四百四十四位，法号改为"破邪见尊者"。如果有机会去碧云寺的五百罗汉堂里看一看，那位头顶金盔，身披铜甲，罩战袍，蹬马靴，两手扶膝，一派英武戎装的帝王罗汉，便是乾隆皇帝了。

天下之大，无奇不有。那康熙、乾隆自诩为佛家弟子，跻身罗汉之中尚可原谅，那基督教的祖师爷耶稣，居然不当那一教之主，也跑到佛教的罗汉群里充当那五百分之一，这就有点滑稽了。云南省昆明市的筇竹寺五百罗汉堂里，耶稣一本正经地站在其中，面对芸芸众生，面不改色心不跳，也真修到了功夫。这组罗汉是清朝末年的四川雕塑艺术家黎广修的杰作。可为何会出现这种怪现象呢？佛教史学者白化文先生推测：那时法帝国主义占领了越南，英帝国主义占领了缅甸，他们的传教士经常越界深入云南，进行种种活动，云南本是佛教盛行之区，对基督教教义自然格格不入，但慑于帝国主义的淫威，对那些教士的公开传教也无可奈何。好在佛法广大，无所不包，何不如承认耶稣也是一个罗汉，使他们宣传的基督教义可以包括在佛法之中。于是，出现了这种令人困惑的现象。

昆明的筇竹寺确是我国五百罗汉塑得最成功的一个寺院。这里的罗汉似佛非佛，似僧非僧，有文有武，有老有少。田野的农夫、持剑的武士、书斋的儒生、砍柴的樵夫、卖货的小贩、乞讨的游民，乃至雕塑家本人和他的徒儿们，都成了罗汉，并与菩萨、帝王平起平坐，倾心交谈，充分体现了人们追求人生平等的强烈愿望。雕塑家黎广修和他的徒儿们，用灵巧的双手和超凡的想象，把慈祥的菩萨、怒目的金刚、静修的比丘、坦腹的弥陀、长眉的罗汉、赤脚的大仙都惟妙惟肖地刻画出来，使五百罗汉个个神态各异，栩栩如生，令人莫不惊叹艺术家们的伟大创造力。

除五百罗汉外，济公是最受人们喜爱的一尊罗汉。相传他为降龙罗汉转世，出家于杭州净慈寺，法名道济，嗜好酒肉，举止痴狂，被称为"济癫僧"。站在苏州西园戒律寺罗汉堂过道里的济公，左边脸面哭，右边脸面笑，所谓"哭笑不得"，反映了济公幽默诙谐的可爱性格。

在中国的文学作品中，除四大罗汉、十六罗汉、十八罗汉、五百罗汉外，尚有八百罗汉，其实这是个虚数，除了说明罗汉众多以外，别无他意了。真要是再出一个高道素，把八百罗汉名号都一一标出，又能说明什么呢？

（二）罗汉小说的产生

1. 背景

罗汉小说产生的背景，与菩萨小说的产生背景基本相同。它首先是受到佛经翻译的影响。

唐朝贞观年间，高僧玄奘从古印度取经回来，带回一大批梵文经卷。玄奘将那《大阿罗汉难提密多罗所说法住记》翻译成汉文，介绍给中国民众。书中描述了十六罗汉及他们的种种善行，引起了中国佛教徒的注意和兴趣。从此，罗汉信仰开始在我国民间流行起来。

罗汉传入，首先刺激的并不是文学，而是绘画和雕塑。由于佛经所言罗汉神态各异，又住在不同的方向，这就给我们的艺术家以丰富的想象余地。南朝的著名画家张僧繇画过十六罗汉像，唐代画家卢楞迦除绘制十六罗汉像外，并给十六罗汉配以老虎、蛇、胡僧之类不同的辅助，使罗汉的形象更加风趣动人。连大诗人王维，都画了十八罗汉像。宋朝文学家苏轼购得的"十八罗汉图"上，每一个罗汉均有童子、侍女、胡人等作陪衬，形象生动，颇有家居生活的情趣。苏轼挥毫写下《十八大阿罗汉颂》，对十八罗汉大加赞美，也不足为奇。

然而，真正触发文人灵感的并不是罗汉的形象，而是罗汉那种简易的修行方法。一个众生要成为菩萨，异常的难；要成为佛，那更是高不可攀。可是，要成为罗汉，那就简单了。只要出家，坚持苦修，落得个"德高望重"的美名，就好修成了阿罗汉果，成为罗汉了。于是，人们很自然地把一些神秘的、有威德的高僧，看成是罗汉，他们的言行也成为文人进行小说创作的理想题材。

2. 罗汉小说种种

罗汉小说形式多样，多以故事体、寓言体以及章回体面目出现。《明一统志》写了一个牟罗汉的故事：

> 牟罗汉，眉洲人，名安。如岷山陟上清坂，忽遇髯者，顾笑曰："汝饥，何不食柏子邪？"摘子投其口，顾髯者，不复见矣。遂不火食。一日江水暴涨，舟不可行，或戏指其笠曰："乘此渡可平？"牟遂置笠水，而跌坐其上，截江以济，观者异之，人呼为罗汉。

这段故事把罗汉食柏子而绝食、覆竹笠为舟船的神奇功力描述得活龙活现。"观者异之，人呼为罗汉"一句，又道出了民众对罗汉的崇仰。从创作手法和故事情节上来看，这篇文章是一篇故事体小说。

事实上，有关罗汉的故事，我们也只能作为神怪小说来看。宋朝《石林诗话》中有这么一篇小说：

> 宋朝元丰年间，天久不下雨，大地干裂，朝廷内外焚香设斋，祈祷天帝普降甘霖。一天，裕陵王梦见有一僧人乘马飞驰空中，口吐云雾，一会儿，便觉大雨倾盆而下。裕陵王醒来后，即起床跑到室外，见大地一片滋润，小桥流水，牡丹含露。第二天一早，便遣宫廷太监依据他梦见的僧侣形象，四处查找，最后在相国寺罗汉堂发现五百罗汉中的第十三尊罗汉形象同裕陵王所梦一模一样，始知是罗汉相助。

这篇小说，除宣扬罗汉是有菩萨一般呼风唤雨的神力外，更重要的是反映了罗汉乐于暗中助人、不求名利的高尚品德。对罗汉的精神与品德赞美，这篇小说确是个代表。

宋《夷坚丁志》收录了另外一篇小说：

> 西京嵩山法王寺，相近皆大竹林，弥望不极。每当僧斋时，钟声隐隐出林表，因曰为竹林寺，或云五百大罗汉灵境也。有僧从陕右来礼达摩，道逢一僧言："吾竹林之徒也。一书欲达于典座，但叩寺傍大木当有出应者。"僧受书而行到其处，深林茂竹，无人可问，试叩木焉，一小行者出，引以入，

行数百步，得石桥，度桥百步，大刹金碧夺目，知客来迎。示以所持书，知客曰；"渠适往梵天赴斋，少顷归矣。"坐良久，望空中僧百余，驾飞鹤，乘狮子，或龙或虎，冉冉而下，僧擎书授之，且乞挂搭，坚不许，复命前人引出，寻旧路以还。至石桥，指支径令独去，才数步，反顾则峻壁千寻，乔木参天，了不知寺所在。

这篇小说从场面描述到情节铺垫，无不反映出罗汉灵境的清净、幽秀和神秘，尤其是"望空中僧百余，驾飞鹤、乘狮子，或龙或虎，冉冉而下"三句，给人们描绘了一幅"五百罗汉游乐图"，而"寻归路以还，至石桥，指支径令独出，才数步，反顾则峻壁千寻，乔木参天，了不知寺所在"，则把罗汉的佛圣与崇高，旁敲侧击地反映了出来。从这篇小说中，我们可以看出一种社会心态：罗汉果位虽能修，终也可望而不可即。

佛教的汉化运动产生了汉化的佛教，自然也改变了罗汉的成分。五百罗汉的详名谁也记不清，而一提起济公，可谓老幼皆知了。济公是五百罗汉之外的一尊中国罗汉，完全是汉化佛教的产物。关于他的出身，民间说他是降龙罗汉转世，降龙罗汉何许人？弥勒佛也。因此，济公出生时，十分不凡，据说是天降法雨，地涌金莲，满室奇香，仙雾缭绕。

济公确有其人，俗名李心远，南宋浙江台州人。八岁在杭州灵隐寺出家，法名道济。后移住净慈寺。据说他常不守戒律，最喜食狗肉蘸大蒜。手拿破扇子，腰挂酒葫芦，举止如癫如狂，被称为"济癫僧"。由于他常出其不意地捉弄官府，敲诈富商，或牵红线，闲管风月之事，言行诙谐，性格幽默可爱，所以深得民众喜爱，被尊称为"济公"。据说，他因贪玩，待去罗汉堂报到时，五百位置都已挤满。他虽功德圆满，修得了阿罗汉果，可终究挤不进这五百罗汉之中。所以，只好站在过道里，或蹲在房梁上，着实叫人替他惋惜。

中国的罗汉小说，有相当一部分，是写济公的。现在所知，最早写济公的小说，是明朝的《红倩难济颠》，该小说被《宝文堂书目》著录，未见有刊本传世。后来，明朝文人田汝成的《西湖游览志余》里，也记载了济公之事迹。此外，尚有墨浪子《醉菩提全传》和《西湖佳话》中的《南屏醉迹》。以及写于明末清初的张大复的《醉菩提》。清朝时，民间有《译演济公传前后集》一百二十回，记述济公与门徒陈亮、曾鸣在民间除暴安良的故事，流传颇广。乾隆年间西湖渔樵主人编写了十二卷本《济公传》。道光年间，天花藏主人又编出二十回的《新镌济颠大师醉菩提全传》（别题《新镌济颠大师玩世奇运》）。上述均为描写济公的力作。

　　然而，在众多描写济公的小说中，最有代表性的作品，应推《新镌绣像麹头陀济颠全传》。这部小说共三十六则，刊于清康熙年间，由杭州文学家王梦吉编撰。兹将全书三十六则回目列下：

第一则　太上皇情耽逸豫，宋孝宗顺旨怡亲
第二则　梵光师泄机逢世，韦驮神法杵生嗔
第三则　看龙舟旃檀显化，住天台嗣接前因
第四则　国清寺忽倾罗汉，本空师立地化身
第五则　王见之媒身馆谷，李修元悟道焚经
第六则　野狐禅嘲诗讪俗，印泰峰忿激为僧
第七则　李修元双亲连丧，沈提点掖引杭城
第八则　访径山西湖驻足，拜瞎堂剃发潜形
第九则　坐云堂苦耽磨炼，下斋厨茹酒开荤
第十则　选佛场独拈僧顶，济颠师醉里藏真
第十一则　冷泉亭一棋标胜，呼猿洞三语超群
第十二则　济公师大分衣钵，出明珠救范回程
第十三则　渡钱塘中途显法，到嵊县古塔重新
第十四则　天台山赤身访舅，檀板头法律千钧
第十五则　十铊金解冤张广，八功水救拔王筝
第十六则　上红楼神常拥护，落翠池鬼也修行
第十七则　陈太尉送归寮院，众僧徒计逐山门
第十八则　剪淫心火炎子午，除隐孽梦报庚申
第十九则　放虾蟆乞儿活命，看蛇斗闲汉逃屯
第二十则　古独峰恶遭天遣，陈奶妈雨助龙腾
第二十一则　过茶坊卧游阴府，见猛虎夜唉邪髳
第二十二则　看香市沿途戏谑，借雷公拨正邪萌
第二十三则　救崔郎独施神臂，题疏簿三显奇父
第二十四则　檀长老谕严戒律，济颠师法喻棋枰
第二十五则　净慈寺伽蓝识面，京兆府太尹推轮
第二十六则　闹街坊醉书供状，随猎骑赔脱荆榛
第二十七则　昭庆寺偶听外传，莫山人谩自评论
第二十八则　访别峰印参初志，传法嗣继续孤灯
第二十九则　梦金客多金独助，罩袈裟万木单撑

《麴头陀济颠全传》记述了济公传奇的一生。济公本为紫脚罗汉，投胎为天台县李氏子，俗名修元。后到杭州灵隐寺出家，法号道济。道济放浪无拘检，有时出入青楼坊曲，与妓女戏弄，或强与之同宿；或出入贵堂华府，与王侯贵臣多向交往。游戏巷里，奇迹甚多。为人治病，也有奇效。灵隐寺寿山福海藏殿年久失修，坍坏过半，道济往毛太尉家，请布施钱三千贯，且以三日为期，太尉冷笑而拒之。入夜，太尉之妻梦金身罗汉示现，次日即将三千贯钱如数送至寺内，大殿顷刻修葺一新。道济后收小贩沈乙为弟子。临圆寂时，留偈云："六十年来狼藉，东壁打倒西壁，如今收拾归来，依旧水连天碧。"

在中国古代文学作品中，写印度罗汉的小说也不少，除下一节着重要介绍的《二十四尊得道罗汉传》外，明朝华山九九老人述、清溪道人著的《扫魅敦伦东度记》也是有影响的作品。该小说共二十卷一百回，其中第一回至第十八回主要讲叙印度的不如密多罗汉，收徒弟元通，在南印度王建佛会时，宣讲佛法，又点化前来骚扰的蛇精，在两刃山一言教化强盗，降服白鳗怪，遇干旱降甘霖，指迷津脱苦海，普度众生的故事。

清朝文学家周莲，是浙江海宁人，他将历代各朝有关罗汉的传说、故事、逸闻、图像等搜罗浩博，编写了一本《五百罗汉志》，凡十二卷，集罗汉小说之大成，成为一份珍贵的佛教文学史料。《五百罗汉传》所记述的一切，无可辩驳地说明了罗汉小说与菩萨小说一样，都是我国古代文学园地里的一枝奇葩！

（三）解读《二十四尊得道罗汉全传》

《二十四尊得道罗汉全传》是明朝产生的一部罗汉小说，全称《新刻全相二十四尊得道罗汉全传》。全书凡六卷，不分回。书名称有二十四尊罗汉，书内正文实际上只有二十三尊，查缺第二十尊，或许为刻版时遗漏。作者朱星祚，是江西抚州临州人，与宋朝的王安石同乡。星祚生平事迹不详，明神宗万历年间在世。《二十四尊得道罗汉全传》有明万历三十二年杨氏清白堂本和万历三十三年书林聚奎堂重印本。书为中型，版式上图下文，正文每半页十行，每行十七字。其卷目抄列如下：

卷一　长眉罗汉　伏魔罗汉　聪耳罗汉　抱膝罗汉
卷二　劝善罗汉　捧经罗汉　降龙罗汉　绯衣罗汉
卷三　戏珠罗汉　飞锡罗汉　杯渡罗汉　振铎罗汉
卷四　施笠罗汉　持履罗汉　伏虎罗汉　换骨罗汉
卷五　浣肠罗汉　现相罗汉　跨象罗汉
卷六　拊背罗汉　焚佛罗汉　赋花罗汉　邵水罗汉

1. 故事梗概

长眉罗汉：长眉罗汉称"商那和修尊者"，姓毗舍多摩，空罗国人。他母亲怀其已数年，不曾分娩，一家人兢兢惶惶，不知如何是好。有一天，来了一位比丘僧。夫妇俩盛情款待，毫不吝啬。比丘见一家人愁眉苦脸，问及原因，告怀孕已四五年，迟迟不能生产，不知为何？比丘一听，哈哈一笑："四五年不算长，太上老君在娘腹中八十年呢。"妇人说："某年某月某日，夜里睡觉时，忽梦见一金星坠入怀中，如火熏灼，于是怀了孕。"比丘断言这种怀孕过程和太上老君母亲一样，生出来必定是个伟人奇才。比丘劝夫妇俩吃素修行，并教授了几句咒语给他们。

夫妇俩刻意修行一年，怀孕刚满六年之日，果然生下一个男孩。奇怪的是婴儿一生出，双手即能合掌作拜佛的样子，而且哭声相当洪亮。夫妇俩爱不释手，视为掌上明珠。可是，未满百日，婴儿夜夜啼哭，每次哭时，屋内腊烛即灭，而满室红光灿烂。夫妇俩十分伤神，欲请巫医调理。次日一早，夫妇俩刚要抱儿去巫医家，突来一位颜容苍古的老和尚前来化缘，见夫妇俩行色匆匆，问是否为小儿夜啼之事。夫妇甚觉奇怪：老僧怎么知道？便觉和尚非同一般，求他指点迷律。老和尚写下一个神咒，叫夫妇贴于卧室，小儿哭声便会停止。夫妇俩将信将疑，可神咒一贴，果然奏效。

商那和修日见长大。奇怪的是，每次做游戏，都喜欢做佛事，似乎是天生就会，并且不看经卷，就能背诵佛经。母亲见儿子从小便有佛性，便令儿子出家，宣扬佛化。商那和修高兴得直叫："我要在前村茂盛青林里建佛寺。"夫妇俩便捐家产，并募集钱财，经数年努力，建起一座辉煌的寺院，称为"青林寺"。商那和修主持寺院，人称其为"少年佛子"。

原来，早在几十年前，释迦牟尼和弟子阿难经过此地时，见青林枝叶茂盛，曾断言："百年间当有比丘善人，在此开创转妙法轮。"如今，佛祖释迦已经圆寂，阿难重经此地，果见林中金碧辉煌，便径往寺中，并敲木鱼诵偈文。商那和修正在坐禅入定，听了偈文，知是高僧，忙请阿难点化。阿难叫他云游四方，以传衣钵。商那和修遵阿难之嘱，云游天下。晚年游至吒利国，已眉长数寸，发白如霜。遇少年优婆毱多，收为弟子，并点化他奉法去罽宾国教化众生。不久，商那和修也转至罽宾国，归隐于南象白山中。他在山中数年，每遇讲经，白象都会安静地伏于阶下听讲。商那和修亲见优婆毱多已拥有五百弟子，依次传播他的教义，自觉功德已圆满，便化作一条神龙，瞬间又化为三昧真火，仙逝而去。

伏魔罗汉：伏魔罗汉称"马鸣尊者"。初闻高僧夜奢在波罗国真传佛法，便皈依他的门下，一心研读夜奢传授的佛法。几年后，悟得真谛，便辞夜奢至华氏国，聚徒演教佛法。一天，马鸣正在登坛讲经，忽见一白发老人前来相见，可老人来到经坛边，即扑地不见。一会儿，地皮迸裂，涌出一个金人，霎时，金人又化为一娇美女子，轻歌曼舞，又飘然而去。马鸣即对弟子说："这是妖怪，是与我比较法力的。"果然，话音刚落，天地昏黑，风雨大至，空中出现一条金龙，震天动地。马鸣巍然而坐，禅定其中。妖怪无法，过了七天，又变成一条小虫，伏于马鸣的座位之下。马鸣捉于手中，众弟子欲将他弄死，马鸣说："他是来讲经的，不能阻绝他求佛之路。"又对小虫说："你如诚心皈依三宝，我为你说法。"妖怪奔出门外，现出本形，恳求马鸣原谅他的鲁莽。

原来，这妖名叫伽毗摩罗，初知神通，却不知佛教真谛，想试试马鸣尊者的禅心如何？马鸣遂为之说法，并留偈语说："隐显即本性，明暗元无二。今付悟了法，非取亦难离。"说毕，挺身跃于空中，现出一轮红日，照耀大千世界，伽毗摩罗遂皈依佛门。次日，马鸣尊者奄然圆寂。

聪耳罗汉：聪耳罗汉称"陀难提尊者"，姓瞿昙氏。生时顶有肉髻，相貌殊常。有一道士经过他家，见其长相，对他父母说："凭其长相恐怕不利于二老。"及稍长大些，陀难提便于四方僧侣交游，后自筑草庵，修行佛法。没过几年，果然父母双亡。陀难提削发为僧，并拜演教寺悟空长老为师。经悟空长老一点化，陀难提便觉自己形色相貌皆空。及归草庵，便与四方人士交流佛法，辩论佛教宗旨，语言通达，无所阻碍。不久，他云游至提伽国城毗舍罗家，见罗家儿子年过五十，依然口不能言，足不能步，形似愚痴之人。再用慧眼一看，见罗家儿子伏驼密纯属假装，便对罗家老爷说："你儿子以前是受了灵山佛祖的法戒，悲愿十分广大。他担心二老年迈，无人照顾。一开口担心泄露受戒天机，一举步怕远离父母，所以至今不言不行。"

伏驼密一听陀难提之言，跃身而起，叩首向陀难提行礼说："无量功德，愿求济度。"陀难提征得其父母同意，将他收为弟子，要伏驼密将"怀二人情爱，扩为千万人情爱"。后来，陀难提听说婆须密尊者在罽宾国兴慈寺面壁十年，遂与伏陀密前往参见。婆须密告他钵罗国答罕庙众生沉溺苦海，叫他速去救度。陀难提与弟子赶到钵罗国，问答罕庙下落。土人告知：答罕庙已焚毁。并说凡人从庙前经过，只一阵冷风，一会儿人就不见了。几天后，只有血水流出。陀难提寻得庙宇旧址，见有一井，怨气腾腾，便绕井念咒。须臾，怨气消除。伏驼密启井一看，只见井内白骨填满，唯一只白净瓶，血荫遍体。伏驼密将它取上，用真火一炼，现出一青面恶魔。陀难提便用法典将其手足捆羁，仍将他锢于瓶中，永世不得出来。及年老，陀难提携弟子转回故国草庵，不久，奄然圆寂。

抱膝罗汉：抱膝罗汉称"伽难提尊者"。由佛祖亲自抱送给筏城国皇后投胎。他一离母腹，即能言尘世中种种事儿，吓得国王都不敢亲近。稍长，上能亲父母，下能近奴仆，深得国人喜爱。年近十五，母亲问他有什么欲望想实施，伽难提意欲出家为僧。国王一听，大发脾气，并一味鄙损佛法，坚决不让伽难提出家。伽难提终日不食，默默无言，只抱膝长叹。母亲四劝其吃点东西，他就是不听。国王无奈，只好送他到禅利多寺。禅利多领了国王的圣旨，命伽难提操置寺中一切杂务。伽难提没有被吓倒，忙完杂活儿，抱膝而坐，夜卧都不贴席，只是冥悟佛教真谛。一天，禅利多外出，伽难提独居僧房修养，忽见天上一道毫光，光中露出一条平坦大道。伽难提沿着大道来到一大石岩前，见有一石窟，便进入窟中，见佛祖端坐其中。佛祖遂授法旨，令其还生行化。

伽难提醒来，发现眼前一切，非十年之前的面目。回到国内见父母，父母大为惊讶。圆寂石窟已十年，怎么回来呢？伽难提便把经过告知父母。母亲急要儿子度她去西天。他却说："父母是两个人，我更应该普度众生。"于是辞别父母，云游到摩提国，见山余中一童子手持圆鉴，便问及年龄，不想童子说有"百岁"。伽难提理解其所言以佛祖说的"人生百岁，不能理会佛机"为依据，便收他为徒，并为之偈语云："心地本先生，因地从缘起。缘种不相妨，华果亦复尔。"说毕，即攀树而仙化。

劝善罗汉：劝善罗汉称"阇夜多尊者"。中天竺国人。自幼聪慧，闻一即知其十。国人称其为"姻冲大士"。其家世代奉祀佛法，可祖宗和父母都因患瘰疾而死。听说大月氏国的鸠摩罗多前来天竺国讲授佛法，阇夜多便去参拜，鸠摩罗多见其聪慧，并给他讲解善恶因果，阇夜多领悟，恳求出家。鸠摩罗多将他收为弟子。阇夜多遂遵师嘱，在天竺国讲谈因果报应之理，劝人纯心为善。国中百姓皆以其为师，并称他为"劝善大士"。阇夜多想：教化一国，而不及邻邦，未能完全弘扬佛法。于是，他又往罗阅城，聚徒讲法，并与弟子辩论劝善之道。偏行头陀听了阇夜多和弟子们的对话，不觉心旷神怡："尊者所论，及苦海登之慈航，迷途之出明径，好似饮无上甘露，顿解腹中烦渴。"阇夜多为他说偈语云："言下合无生，同于法界性，若能如是解，通达事理竟。"言毕，即奄然圆寂。

捧经罗汉：捧经罗汉称"优婆毱多尊者"，生于吒利国。六七岁时，就能为乡邻耆老讲解佛经，被称为"神童"。老年出家之人，对经卷有不理解的地方，也去请教他，他都能予人以独到见解，人人都以为他是活佛重生。优婆毱多十七岁时，拜和修尊者为师。二十岁时，独自奉教云游四方。至摩突罗国，大显慈悲，广行劝喻，拥信徒二十余万人。这一声势，吓坏了魔王波洵，他见民众均离他而去，不再受他蹂躏，便召集众鬼商议对策，决定以魔力害佛法。于是，调集鬼兵，出没优婆毱多讲经之所，伺机侵害。

一天，波洵见优婆毱多正坐禅入定，便持缨络一条，缚于他的脖子上，使他不能脱身。优婆毱多知波洵缨络之害，便取人、狗、驼三尸，化为花环，对波洵说："你想送我缨络，我当投以木桃，报以琼瑶。"便将花环给波洵戴上。波洵以为优婆毱多中计了，高兴地戴上，不想一戴上，花环即变为三种腐尸虫蛆，烂波洵颈脖。波洵惊恐万分，无法解脱。众鬼劝谏他："佛教喜人自新，容人悔过，只要皈依佛门，便会解脱。"波洵回心转意，遂入法堂，拜见优婆毱多，哀求忏悔，表示誓崇佛道，不再妖害佛法，请求他解除脖颈上的花环。优婆毱多指示他只要自唱"归皈佛道"三次，花环便会自行脱落。波洵按照优婆毱多的指示，自唱三次，花环果然脱落，遂称颂佛法高于魔法。

优婆毱多在摩罗国虽拥有信众数十万人，但未有一人能继承他的衣钵，常捧经叹息。正在忧虑之间，国中有一耆老之子，名叫香众，礼拜优婆毱多，求为出家。优婆毱多问他："你身出家，心是否也出家？"香众说："我来出家不为身心。"优婆毱多大喜："出家人俱为身心，独你不为身心，志气不小呀!"便授以偈云:"心自本来心,本心非有法,有法有本心,非心非本法。"说毕,跃身于虚空之中,呈现十八变而逝。

降龙罗汉:降龙罗汉称"迦毗摩罗尊者"。初为妖魔,曾聚徒三千,横行于华氏国。后得马鸣尊者的教化,皈依三宝,成为佛家弟子。马鸣圆寂后,迦毗摩罗率三千弟子,到西印度国行化。西印度国王太子,名叫自在,听说迦毗摩罗有灵通佛法,一心想供养他,只是国中无完美之地,只有城北大山中有一石室,可作为演教之地,便对迦毗摩罗说:"有许多和尚在此讲经伏虎,也有一些和尚在此设法降龙,大师远来,不知肯否在那里演教?"迦毗摩罗高兴领受,便率弟子登山欲去石室。登行数里,忽逢一巨大蟒蛇迢迤前来,将迦毗摩罗紧紧缠绕。三千弟子大惊失色,而迦毗摩罗神色自若,对众人说:"这个魔鬼是因罪沦落于此,知我能转法轮,故来迎候,以求解脱,别无恶意。"便对大蟒讲解佛法,蟒听毕,突奔窟中而去。待迦毗摩罗临近石室,即演化成一位老人,直言告诉迦毗摩罗:自己曾是比丘善人,因错杀无辜,被上帝罚为山中之蟒,至今已有千年,求迦毗摩罗解脱。迦毗摩罗即使他恢复人身,重新让他皈依佛门。

当问及山中还有何人时,老人说:"北去十里还有大树龙王,聚徒五百,常在大树下,为众龙说法。"迦毗摩罗急要去拜访,老人愿为先行。当老人来到大树下,向龙王说明来意时,龙王不但不高兴,反而认为迦毗摩罗是夺他地盘。迦毗摩罗识破龙王的疑虑,不待老人回音,即率三千弟子来见龙王。龙王不可一世,时时显露主人之身份,并心想:"我要看看这僧性明道眼如何?"不料迦毗摩罗一语道破他的心思。龙王见来者是超悟上乘之辈,忙忏悔自己的过错,愿拜迦毗摩罗为师。迦毗摩罗见龙王悔过自新,遂收龙王为弟子。龙王自从跟随迦毗摩罗后,一心研读佛经,对佛法言论都能通晓,迦毗摩罗遂将衣钵传于他,自己则化火焚身而逝。

绯衣罗汉:绯衣罗汉称"鹤勒那尊者"。七岁时,尚未出家,受得道比丘点化。即能领悟佛法。自此,常劝人为善。曾游至一淫祠,指责淫神:"竟敢在此妄兴祸福,幻惑欺民。"说罢,将手一挥,庙祠倒塌,妖神远逃。鹤勒那离了父母,到中印度国行化。国王待他为上宾,请他为民众讲解佛法。一天,有两个绯衣童子不通姓名,直入经馆,参见鹤勒那。鹤勒那明知是日月天子,也特为他俩讲经。讲毕,两童子跃身而去。时门外传报国王前来听讲。国王要求鹤勒那讲解"照忘"二字的含义,鹤勒那说:"心无不存之谓照,欲无不泯之谓忘。忘与照,一而二,二而一。当忘之时,其心湛然,未尝不照；当照之时，纤欲不留，未尝不忘。"说毕，两绯衣童子前来礼谢，国王知是日月天子，正欲请两童子上堂相见，绯衣童子忽然不见，唯留下异香馥馥袭人。国王见日月弟子皆来拜谒鹤勒那，对佛法和鹤勒那坚信不移。国中臣民，无贵贱长幼，遂一律奉仰佛法。有一比丘，名师子，拜鹤勒那为师，求他讲解真经。鹤勒那为之点化。师徒相处几年，鹤勒那遂将衣钵传予他，并授偈语说："忍得心性时，可说不思议。了了无可得，得时说不知。"

戏珠罗汉：戏珠罗汉称"般若多罗尊者"，生东印度国。早年出家，拜一比丘为师，比丘对经义漠无知识，般若多罗遂离去，又拜另一比丘为师，此比丘稍通经义，般若多罗见学不到什么，又离开。第三次拜师，第三个比丘道义高深，可惜跟随没有多久，这个比丘即圆寂而去。般若多罗自叹命苦，从此便一味自修自悟，梦中得一高僧指点，顿感觉悟。于是，离开东印度国，来到南印度国。国王崇奉佛教。外国比丘前来行化，都以珠玉布施。般若多罗来到一古寺投宿，因他是自证得道，名声不大，寺中僧人也没有把他看得很重。般若多罗见僧人每晚只是哄闹道场，而全然不悟佛教真谛，便作长短句说："不须惊，不须怖，走马临崖收不住。千年灯，万年烛，寸丝不挂全身露。"这诗句刚好被一个僧人听到。那僧人知是得道比丘，便皈依般若多罗的门下，充当弟子。第二天，又领般若多罗同见国王。国王闻其言论，皆为高深，心中大喜，布施给他无价宝珠，并令三个太子跟他学佛。般若多罗见三个太子都奇伟可度，便以宝珠玩于手掌，一一试问宝珠与佛法之缘，唯第三个太子菩提多罗最善论答。于是，收菩提多罗为弟子，赠以宝珠，自己火化自焚而去。

飞锡罗汉：飞锡罗汉本姓朱，不知何许人。少年时在道林寺出家，拜悟玄比丘学习修禅入定之法。悟玄比丘授以"八解脱、五戒、六根、六尘"之要旨，教以坐禅之法。罗汉修持多年，便离师外出游化。他手持一锡杖，杖头环或挂剪及铜鉴，或挂数尺缯帛，声声念及阿弥，时时劝人为善。有时放喉高歌，有时低吟诗篇，成为不羁之士。士人怕其惹事生非，便启奏梁武帝将他押于囚牢。罗汉不作分辩，自在狱中服法。可是，就在他服法的几年时间里，人们常常看见他在街市上劝善教化，纷纷控告管牢囚的狱卒故意释放。狱卒莫名其妙，屡屡去囚室偷视，都见罗汉在狱中坐禅习定。问同室囚犯，也都说他从未离开过。狱卒用铁镣将他捆住。可次日，卿士大夫来告，说罗汉昨日到他家里行化去了。众人遂知狱中所拘是罗汉的形，而非他的神。待梁武帝驾崩，高帝即位，罗汉始被高帝放出，并召罗汉进京，待为上宾。有一天，高帝问罗汉如何去除"烦惑"，罗汉为他讲解十二因缘。高帝欲为他创建寺院，罗汉以劳命伤财而谢绝。高帝问天下名山何处可作他的道场，罗汉选择了舒州的潜山。时高帝还礼敬白鹤道人，白鹤道人敬仰罗汉的佛法，也想一同前往。高帝说："一山不能住二卿。"要各人自我选择居住地。道人提出以白鹤到的地方为自己的住处，罗汉则提出以锡杖到处为住处。于是，两人同时前往，待道人驾鹤飞至潜山之麓，忽闻空中传来锡杖击地之声，只好另觅他处。罗汉在山聚徒演讲佛法数年，后坐山中仙化而去。

杯渡罗汉：杯渡罗汉，不知其姓氏。人们常看见他乘杯渡水，故称其为"杯渡"。杯渡虽领悟佛教真谛，但破戒不羁，好饮酒食肉，人人敬而远之。有一次，他云游行化到一户念佛人家，竟将案桌上供奉的金佛窃走。主人骑快马追来，奇怪的是，久追不上。待赶到河边，只见罗汉乘杯飞渡，主人始知杯渡非俗辈，而是神仙，便百拜而回。杯渡东游吴郡，一天，见一渔翁在江边钓鱼，便向渔翁讨鱼，渔翁也不以为出家人不该食荤，拿出一条送给他。杯渡却将鱼放入水中，此后，渔翁垂钓不及，大小鱼儿，纷纷上钩。杯渡再行江边，见一个网师在打鱼，也向他讨鱼，网师不但不给，反而指责杯渡出家人不守戒律。杯渡拾起两块石子投入江中，化为两条水牛，将网弄破。待网师寻找杯渡时，杯渡已悄然不见，始知是罗汉试他心也。杯渡行至广陵，见一户姓李人家正在办造屋酒席，便直入斋堂，将所带芦圌放在中庭。李家主人见芦圌内只有一破纳及一木杯，想把它拿走，可屡拿不动，心知其异，便敬请杯渡在家讲经说法。杯渡在李家供奉一百日，异香飘闻，乡亲都觉奇怪，都十分敬崇他。后来，杯渡外出，坐化于山岩之下。待李氏前去拜见时，只见杯渡前后莲花涌现，异香逼人。遂用棺龛厚礼葬之。数日后，有人从北方来，说途中遇见了杯渡，李氏即开棺一看，不见杯渡遗骸，唯存靴履而已。

振铎罗汉：振铎罗汉称"普化尊者"。普化不拘绳检，放荡于礼法之外。手中常执一铎，看见人，振铎一声，便乞求施舍，口中还说"明头来也打，暗头来也打"。人们都不明白其含义。有一天，临济禅师命僧徒将普化捉住，叫他说出那句话的意思，普化只应了一句"不明不暗休妄说，来日大悲院有斋，任你来打"，便告辞而去。临济禅师十分疑惑，与河阳木塔长老私下商议说："此僧是凡还是圣？"刚好普化从外面回来，答道："你生性聪慧，知我是凡是圣耶？"两老见他一派胡言，将他赶出。数年以后，普化功德圆满。一天，行将圆寂，使振铎上街，大呼"穷冬腊尽，无衣遮护，乞施主舍个衣祆"。街民不知其为示寂禅语，真以为他寒冷无衣，便捐衣服给他，而普化一一拒绝。倒是临济禅师听出了他的禅意,背地里叫人将木棺送给他。次日,普化自己扛着棺出城北,振铎数声入棺,长啸而逝。

施笠罗汉:施笠罗汉称"步虚尊者",兰陵人。其母张氏因食荷花而怀了他,出生时瑞气充庭,馨香满室。步虚从小与街坊小孩嬉闹,且能浮空一二尺行走。有一天,一个胡僧见到他,惊讶地说:"这个小孩前生曾施笠佛祖。"梁昭明太子广揽天下贤士,胡僧荐步虚为太子门下宾客。步虚善谈老庄,深得太子欢心。数年后,被太子委为幽州刺史。时胡僧为幽州冲玄寺住持,戒令百姓迎候步虚,步虚到任后,即谢胡僧先见之明。步虚不久转升荆州刺史。时其从兄萧懿文武双全,在朝中膺将相重任。结果因秉性忠直,招来陷害,被杀戮而死。步虚愤而起兵,推翻王朝。未几,被太后立为皇帝。步虚深知这一切都应了胡僧所言的因果,于是,传令天下,广建寺院,并印行经卷,自己也终日在寺中念佛吃素,不理朝政。皇太后劝他不来,乃用金向佛赎回步虚。时印度高僧达摩来到中国,步虚恭迎至开宝寺,并与他答论崇佛斋戒之事。可惜步虚只知佛法皮毛,而不知其真谛,坚持以洁净斋素为崇佛的最基本准则。皇后郗氏不受荤戒约束,并篡改诏书恣意斩杀生灵,结果染病而亡。步虚十分难过。常思念皇后,有一天见一蟒盘于寝殿下,并对他说:"我是正宫郗氏,因枉杀生灵,被贬为蟒。"乞求步虚救助。步虚乃邀众僧做梁皇水忏道场数昼夜,终使皇后复还人世,得复原形。后因步虚终日颂佛,政务渐落。奸臣们遂起兵谋反,步虚避兵台城,诵经不已。待兵卒前来捉拿时,步虚坐紫云直上西天而去。

持履罗汉:持履罗汉称"菩提多那尊者",是南印度国王幼子。曾师从般若多罗尊经。师圆寂后,改名达摩,继承恩师遗志,在本国教化众生六十年,信众难以计数。唯其侄异见王鼓惑民心,轻毁佛法。达摩便派弟子波罗提为他说法,使异见王醒悟过来,并知叔叔达摩已成禅师,当即将达摩接至府中,忏悔不已。达摩告别父母,来到中国,寓于少林寺,面壁而坐,终日默然。行化僧神光听说达摩尊者在少林寺面壁,便前去求教。站立达摩身边半月,终于感动了达摩,收其为弟子,并为他说法。达摩面壁九年,最后将衣钵传予神光,并将他改名为慧可,自己则坐化而去。

伏虎罗汉:伏虎罗汉称"大梵尊者",庄严国人。初为敬国比丘,虽谈佛法真心,可尚未超悟。但见人有难,总予救助。民众视他为活佛降生,皈依的信众很多。于是,他得高僧点化,率徒云游四方。一天独自先行,半山间碰到强盗打劫,强盗定要他拿出银两,不然斩杀无论。大梵说:"钱没有,倒有金莲宝座一所，任你们取去。"说罢，将手在地上一画，须臾间涌出金莲宝座，大梵立于其上，周围烈火熊熊。后面的弟子们以为师傅被强盗烈火烧死，杀上火场，将那强盗打得狼狈逃窜。众弟子正要杀入山寨灭那群盗，被大梵喊住："不可杀戮。"大梵望山寨将手一画，其山即破为两半，巢穴平空起火，众强盗良心悔悟，俱拜伏山顶，愿披剃为僧。大梵便将他们受戒，带往西天。后行至下岭岩，取石为羊，投之喂虎，终将岩下猛虎收伏，带回庄严国。回到国内，被国王拜为摄政太师，居相位。大梵身居高位，不以功高而骄，不以位尊而傲，日夜处理国事，亲近民众，朝野上下，无不赞颂，国王以年老欲将王位让予他，他坚决不受，逃避而去，结果国人都随他而走。大梵不得已，只好回国，代相国政权，行国君之事，国王则退居乾清宫养老。自此，国泰民安。

换骨罗汉：换骨罗汉称"慧可尊者"。本名神光，后因拜达摩为师，而改名慧可。早年出家，受戒于香山宝静禅师。一天，慧可在山中宴坐，忽听有一神人叫他不必长坐于此，可去各地游化。次日，慧可欲辞师南行，忽然觉得头痛如刺。宝静禅师欲用药医治，空中忽有声音："莫治莫治，此为换骨。"果然，慧可头上长出五峰，神人又指示慧可去少林寺投奔达摩尊者。站立达摩身边半月，积雪过膝，仍坚立不动。达摩遂授以法衣，收为弟子。达摩圆寂后，慧可继其法门，为弟子讲法于少林寺。一日，慧可上坛为众僧讲说如来宗旨，山中鸟雀也飞来屋檐，静听无声。且空中仙女下凡，为慧可散花。慧可苦闷的是，尚无一人可作为传衣钵之人，正忧疑间，有一居士径入法堂参见慧可，与慧可辩说心法、悟忏悔，慧可授偈云："是心是佛，是心是法，佛法无二，僧宝亦然。"居士闻言，即感深悟。慧可十分器重他，将他改名为"增灿"，传以正法。自己则遵达摩遗言，变易姓名，或隐入酒肆，或寄寓屠门，被视为佛门败类，而被人讼诉于完城城主，城主判他非法，慧可不作分辩，委顺而逝，享年一百零七岁。

浣肠罗汉：浣肠罗汉称"佛图澄尊者"。为人状貌魁梧，资性敏慧，明解三藏之经，博览六经之旨，天文图纤，综涉无遗。月初月半，佛图澄便来到水边，将腹中的肠胃洗涤一遍。他善持经咒，又能役使鬼神，神通灵验。永嘉四年，石勒屯兵葛陂，杀戮百姓。他拜谒大将军黑略。黑略尚信佛，将他介绍给石勒。佛图澄见到石勒，不答一言，只叫侍者取水一盆置于阶前，自己焚香咒之。倾刻，盆中青莲浮起，光色动人。石勒见他有些神通，始倾心佛法，佛图澄趁机劝谏，使中州百姓免遭杀戮之难。建平四年四月一日，天

67

静无风，而塔上一铃独鸣，佛图澄私下对人说："国有大丧。"果然，不久石勒逝世。

又一日，佛图澄遣弟子携钞往西域买香。几日后，忽闻檐前鹊噪数声，他心里吃惊："我刚在手中看见买香弟子被盗杀劫将死。"众人十分着急，佛图澄口念咒语，乞请神兵救下弟子。二月后，买香弟子返回，所述经历与佛图澄所感觉的一模一样。有一次，佛图澄与石虎共坐中堂，商议兵谋，忽然心惊，他对石虎说："幽州今日有火灾，人民焦头烂额。"说罢取酒望空中一洒，随之举掌一看，笑着说，"火已灭了。"石虎不信，遣使前去幽州查访，事实与佛图澄所言无二，且大雨过后，酒气冲天。石虎对他佩服得五体投地，然而石虎生性残虐不仁，民不聊生。佛图澄对弟子说："龙申，祸乱将萌，己酉石虎当灭。我先化了。"是年十二月，佛图澄圆寂于邺宫，寿一百十七岁。不久，石虎果然灭亡。

现相罗汉：现相罗汉称"大树龙王尊者"。生于西印度国，修持于城北大山树下，聚徒五百，常在树下讲经说法。后得毗罗尊者的点化，皈依佛门，率众徒弟直往南印度国行化。南印度国人虽信佛法，但要求亲眼看见菩萨现身，以求真实。大树龙王即从地上涌出白莲座，又从头上现出佛身一员。龙王坐于白莲上，其头上佛身则形如满月之轮。四周众生只听到他讲法，却未见其露出的法相，只有一位名叫迦罗提婆的童子看出，忙告诉众人，众人这才相信，皆拜龙王为师，逐一剃发受戒。而龙王则有意要将衣钵传于迦罗提婆。众人以为衣钵传予一孩童，要贻笑于他人，便不准迦罗提婆前来听讲。迦罗提婆一怒之下，召集家丁与众人争辩，结果双方大打出手，幸被龙王制止，未出人命。在龙王的教化下，双方讲和。自此，迦罗提婆潜心学佛，龙王见他灵性圆融，便亲自为他说偈语云："为明显隐法，方说解脱理。于法心不证，无嗔亦无喜。"说毕，奄然圆寂。

跨象罗汉：跨象罗汉称"难生尊者"，西竺中印度人。其母亲怀孕六十年始生下他，出生时，异香满堂。其父对其母亲说："你生难生时，我梦见门外一只白象，背上负一宝座，座上安一明珠，从门外进来，跳舞一番，即屹立不动。"夫妇甚觉儿子奇异，忧疑总是排遣不掉。一日，父子俩在山间行走，遇一人，身长数丈，前来拦路，并呵气将父亲闷昏在地。难生急中生智，跑回家中，持刀迎敌。他人小灵活，杀得那人连连退却。待杀到其父身边时，只见另有一位长者纶巾羽扇，在其父旁，见长个男子追来，挥剑与那长个格斗，并将他劈成两断，原来那长个是蛇妖。长者救活难生之父后，又对其父说："你儿即非仙风道骨，终当为菩提法器。"言毕不见。其父受仙人指点，便送难生拜毗舍罗尊者为师。难生悉心学佛，深得如来正法。后周游行化，在华氏国遇白象，为象说法，并跨象而去。一天，难生憩息于树木之下，一位名叫富那夜奢的小孩看着他，自言自语说："这是个得道比丘。"难生问他为何知道？富那夜奢便将自己的观察和认识讲了出来，难生见他聪慧，便收他为弟子。数年后，难生火化自焚而逝。

抻背罗汉：抻背罗汉称"古灵神赞尊者"，生得顶骨山立，声若洪钟。稍长，不习儒学，只在家做顶礼佛法之事。听说大中寺有行道比丘前来讲经，即前去听讲。经虽听，然只能理解一半。于是云游四方，数年后，无所得。幸遇百丈禅师，转回大中寺受业。百丈禅师见他有所悔悟，便留他在身边教化。一天，百丈洗澡，叫他擦背。古灵神赞一边擦背，一边叹息："好座佛殿，只是佛化不灵。"百丈一听，怒目相视，古灵神赞急忙补充一句："佛虽不灵，却会放光。"百丈大喜，知其开悟有得。又一日，百丈在室内看经，一只苍蝇欲破窗纸而出，古灵神赞看后，说道："世界如此空阔，却不求出，偏偏要从纸上钻洞而出。"百丈听出弦外之音，问他是否要另觅他处修行。神赞点头承认。百丈乃让他自行修持。神赞回到故乡，聚徒教化，直至圆寂。

焚佛罗汉：焚佛罗汉称"丹霞天然尊者"，初习儒学。有一年赴长安参加科举考试，途中宿一旅店，与云游四方的高僧相遇。高僧问他去长安干什么，天然答道："往长安考科举以备选官。"高僧又问："选官可以长生不老吗？"天然说："除非是仙是佛。"经高僧一再点化，天然遂放弃做官的念头，径回江西，去参谒高僧指点的马大师，求马大师披剃受戒。马大师说："我不是你的师傅，你的师傅是南岳的石头和尚。"天然得了马大师荐书，昼夜兼程，直奔南岳。石头和尚正在法堂讲经，见天然进来，不待天然开口，便惊讶地说："我的佛道有传人了。"遂收为门徒。

为炼他身心，石头和尚叫他做杂役三年，天然毫无怨言。有一天，石头和尚对众徒说："明日你们可铲除佛殿前面的杂草。"众徒次日皆拿锹去铲佛前之草，唯天然独取清净盆水，长跪于和尚之前，乞求落发。石头和尚大喜："只有你能悟人所不能悟，为人所不知为。"遂为天然落发受戒。众徒自觉愧心，又怕石头和尚将衣钵传于天然，欲置天然于死地。和尚便将天然送往江西马大师处，马大师为其更名。天然便云游四方，一天，来到慧林寺，时值穷冬天寒，天然便取木雕佛像，焚以暖身。寺中众僧都不明白天然的用意，都大叫起来。天然说："我焚舍利，不是焚木佛。"果然，座上木佛俨然新装，众人无不叹服。长庆四年（824年），仙逝而去。

赋花罗汉：赋花罗汉称"慧寂尊者"，本姓叶氏，年方十五，艳慕佛教，欲出家为僧。父母以"儒家事业，有实功，有实效，非若佛教，虚无渺茫"，不准儿子出家。叶氏便咬断两指，一指表示誓死出家，二指表示誓不忘双亲。父母亲友劝之不从，只得允其出家。叶氏便来到南华寺拜通禅大师为师，落发为僧，号慧寂。尚未证得正觉，通禅圆寂，慧寂转拜耽源禅师。最后参拜伪山大师，始得觉悟。

有一天，慧寂与伪山在寺外开田，由于地势不平，所开之田，高低不一。慧寂借水能干物，水亦无凭之理，道出"佛道难求一致"的寓言。伪山深觉慧寂禅解有理，十分赞许。慧寂师从伪山十五年，谈吐都是觉悟后所得禅语，从游弟子，无不叹服，都记录作为修行的要旨。后迁居仰山，信众弟子日益增多，但慧寂讲解佛法，依然孜孜不倦。慧寂七十七岁时，同弟子往韶州行化，抵东平山，对弟子说："时间到了，我将归去。"遂于东平山抱膝而逝。

邵水罗汉：邵水罗汉称"智威尊者"，隋朝人，身长七尺六寸，智勇过人。初为隋朝官吏，及唐高祖得了天下，智威被人举荐给高祖，高祖欣赏他的才学，封为牧民守宰。智威上表乞辞，高祖不许。智威只好就任。在任时秉公办事，同情百姓，深得民心。及至武德年间，乃辞官而去。武德帝看了他的辞官表，叹曰："此人出处分明，去就火决，真伟人也。今愿出家为僧，朕当成就其事。"智威致仕而归，去舒州皖公山拜宝月禅师为师。智威谦恭好学，众人都礼敬他。

一天，智威独自寻芳泗水，至一山谷中，从容禅坐。未几，山水暴涨，泛滥成灾。智威知是山妖作怪，乃岿然不动，如中流砥柱。少顷，山水退去，智威居然衣衫未湿。盗贼得知智威在皖公山储有一仓谷，便想去偷。无奈二只老虎在旁守护，都不敢去偷。最后，胆大的去偷，结果没偷着，反而被老虎吃去。第二天，智威捉到了未死的盗贼，送往县衙。原来，那二只老虎是智威画的。县令见智威有如此高深的佛法，便率仆从前来拜谒，问智威有弟子几人？智威答道："只有二三人。"县令要他叫出看看，智威轻敲禅床三下，两虎咆哮而出，向县令作礼。县令见智威佛法如此深厚，居然能降龙伏虎，便弃官受戒，出家为僧了。唐仪凤二年（公元677年），智威前往石头城圆寂。圆寂后，颜容不变，屈伸如生，室有异香，经月不散。

70

2. 作品解读

《二十四尊得道罗汉传》是一部颂扬罗汉得道，教化众生，弘扬佛法事迹的纪传体小说集。共记述罗汉二十三尊，每尊自成一篇。故事偶有联系，情节却绝少雷同。

在作者笔下，罗汉形象生动，性格殊异。佛图澄罗汉的神通广大，抱膝罗汉的清贫质朴，捧经罗汉的神机妙算，邵水罗汉的淡薄功名，个个活龙活现，栩栩如生。值得一提的是杯渡罗汉，作者几乎是以济公的形象来塑造他的，杯渡好饮酒食肉，行为放荡不羁，留宿他人之家，劫走香案金佛。遇渔翁不给鱼，变化水牛，捉弄人家。种种言行，似癫似疯，令人啼笑皆非。更有那莫名其妙的振铎罗汉，游戏市井，胡言乱语、人不知其为谁，更不知其功德如何。梁武帝、慧可等中国皇族罗汉的粉墨登场，也使这幅罗汉图中西融贯，佛道兼顾，罗汉形象更为生动而丰富。

作者在塑造人物时，善于抓住罗汉一生中极有代表性的典型事例，采用以点带面的手法，来叙述罗汉追求佛教真谛的一生。这种司马迁写《史记》人物的写法，克服了那种面面俱到、烦琐累赘的现象，而使作品详略适宜，不枝不蔓，所有情节都紧紧围绕一个中心，使主题鲜明而又突出。如作者在写伏魔罗汉时，只写了罗汉一生中拜师学佛、降伏魔怪这两件事，而将一个皈依佛门，悟得如来正法，并使妖魔皈依三宝的生动形象刻画了出来。写到其逝世，作者惜墨如金，只用了"奄然圆寂"四个字，将罗汉那种"悄然而来，悄然而去"的高深品德点了出来。

作者在描写罗汉法力时，继承了元朝志怪小说的一些写法，将罗汉人物性格化，行为神仙化，使作品与明朝开始盛行的神魔小说前呼后应，平添了几份神密感，也增添了作品的趣味性。

作品通过对罗汉愿行、功德的描述，着重宣扬了佛法伟大的号召力。伽难提不愿当国王，诚愿放弃那一生的荣华富贵，只为了"艳慕西方圣人"。慧寂自断二指，痛别父母，为的是追求禅林的空寂。身为隋唐两朝命官的智威大师毅然放弃官位，为的是"归禅而依三宝，依释智慧法规"。连那千年的蛇妖，化为小虫的魔鬼，凶狠的魔王，打劫的强盗，最后都在恢宏的佛法面前败下阵来，一一放下屠刀，皈依佛门。人如此，妖如此，那猛虎、蛟龙、大象聆听了佛经，也乖乖地成了罗汉的忠实弟子。佛法的宏大博深，可见一斑了。

　　作品还通过佛法与魔法的较量，来体现佛法的神明和威力。譬如捧经罗汉受魔王波洵璎珞而还以人、狗、驼三尸化成的花环，最后使波洵彻底认输，悔过自新，连呼三声"归皈佛道"，而成为佛家弟子。飞锡罗汉与白鹤道人为谁先到达瀛山憩居开展的比赛，更是激动人心。白鹤道人虽骑鹤飞翔，可佛法先行，待他到瀛山时，瀛山早已锡杖声声了。

　　作者在写作手法上，也有时代特点。"诗文相融，以诗释文"这种明朝小说惯用的手法，在作品中也得到了充分的体现。一句"以诗为证"引出一首绝句来强调事物的可靠性，增添了作品的音韵之美。以偈语点明主题，是这部作品在写作手法上的又一特点。每一篇的结尾，作者几乎都以罗汉传授偈语予弟子的方式，将罗汉一生追求佛教真谛、如来正法的全部所得，传给后人，点明主题。这些偈语禅理深刻，非一般人所能写，可见作者不但是个虔诚的佛教徒，更是一位对佛学深有研究的学者。

　　作品语言半文半白，与明朝的《三言》《二拍》的白话小说截然不同，因此语言较为艰涩，且由于作者在作品中夹杂了大量的佛教术语、禅语，不懂佛学的人，较难理解，自然，作品的可读性也必然受到影响。这是作品最大的缺陷。

　　作品在结构和形式上尚欠活泼，趋于呆板。每一篇小说几乎都遵循了这样一个模式：自幼聪慧—拜师学佛—点化（或自悟）得道—教化他人—衣钵传人—奄然圆寂。这也是作品的不足之处。

　　作品虽然还宣扬了宿命论思想，也过分强调了因果应验的作用，唯心主义色彩较浓，但仍不失为罗汉小说中的佳作。

名家解读古典名著
神怪小说(上)

解读《西游记》

钟婴 著

　　人人都知道《西游记》，说起孙悟空、猪八戒，人人都会讲一段他们的故事，可说到《西游记》是一本什么样的书，说法则各不相同：有人说它是一本表现英雄主义的书——那孙悟空多能耐呀；有人说它是一本反对农民斗争的书——孙悟空再有本事也跳不出如来佛的手心……本书既介绍了各家之言，又提出了新的见解。

《西游记》的作者是谁?

《西游记》为我们展现了璀璨壮丽的奇幻世界,塑造了人人皆爱的孙悟空、猪八戒等神话人物,反映了高亢的民族精神。这样一部在中国小说史上别开生面的巨著是怎样出现的呢?

(一) 非一人之作——取经故事的长期流传

应该说,《西游记》不是某一个作家的个人创造,它首先是民间长期流传的结果。从取经故事的产生、流传、演变,到写成《西游记》,其间历经了几百年的漫长岁月。

取经故事最早产生于真实的历史人物和事件。唐代有一位高僧名叫玄奘(600—664年),俗姓陈,名祎,洛州缑氏(今河南偃师县)人,十三岁正式出家为僧。唐初,佛教地位在儒道之下,皇帝提倡的是"崇道抑佛",佛教受压制。而佛教内部对教义的理解与解释,又有许多困惑之处。为了弄清佛学上的许多疑难问题,为了提高佛教在国内的地位,玄奘决心到佛教的发源地天竺(今印度一带)去留学——西游,研究并带回佛教的经典——取经。

玄奘于唐太宗贞观元年(627年)经过河西走廊,出玉门关,到新疆伊吾,再经高昌(今吐鲁番)、西域十六国,前后四年,终于到达北天竺摩揭陀国,在当时佛教的"最高学府"那烂陀寺学习。途中极其艰难,出玉门关后,他孑然一身,走过"上无飞鸟,下无走兽"的八百余里莫贺延碛,古称"沙河"的大戈壁滩。有一次迷了路,又失手打翻了水袋,以致四夜五日,人、马皆无滴水沾喉,倒卧沙中,几乎热渴而死。至第五夜夜半,幸有凉风吹来,又找到一处泉水,人马才俱得救。西行之路中异常艰难的历程,也就成了《西游记》中八十一难的本源。

玄奘在印度学习,以后又讲学,得了"大乘天"的最高荣誉称号回国。唐太宗在洛阳亲敕有司迎待,他于贞观十九年(645年)回到首都长安,历时十九年,行程数万里。进京之日,空城出观,成为轰动一时的传奇人物。他带回佛经六百五十七部。回国后,他专心翻译这些印度梵文的经典,又历时十九年,译出七十四部,共一千三百三十五卷。唐高宗麟德元年(664年),他在辛勤的工作中劳累而死,终年六十五岁。

玄奘作为一位了不起的沟通古代中外文化的使者、旅行家、探险家、佛教高僧而名垂青史。

以上说的是历史上真实的"唐僧"玄奘"西游""取经"的史实，这是《西游记》的第一步——历史的原型。

记录"唐僧"这次"西游"史实的书当然不是《西游记》，当时记述玄奘西行见闻的书是《大唐西域记》，记述了玄奘亲身经历过的一百一十个国家，二十八个根据传闻而记的国家，它是一部很重要的地理书，不论在当时或今天，都是一部有价值的书。还有记述玄奘身世的，如《大唐大慈恩寺三藏法师传》等。这些书是记叙玄奘西行取经的重要史料。

《大唐西域记》的作者是玄奘，《大唐大慈恩寺三藏法师传》的作者是玄奘的学生慧立和彦悰。

由于这个历史史实本身具有传奇性——当时人看来，穿过沙漠到了天竺，简直就像我们今天有人到了外星球那样稀奇，传说就越传越久，越传越奇；

由于这个历史史实具有宗教性——佛教徒为了弘扬佛法，添加宗教因素，也就越讲越神、越奇；

由于这个历史史实经历的地域是如此之广——从中原到西域、到异域，故至今敦煌还流传高老庄的故事，乌鲁木齐、吐鲁番、火焰山南疆有唐僧讲经台、拴马桩、子母河、妖魔山等传说和传说的"古迹"，许多唐僧取经的民间故事具有多民族的特点，甚至融合了印度佛教故事和传说，更具有越传越丰富、越传越奇特的趋势……

就这样一个真实的历史故事变成众多神奇的传说，而它的作者是谁呢？只能笼统地说是"大众"吧。现在我们能见到的最早的取经故事神魔化的文字记载，是南宋时刊印的一个话本《大唐三藏取经诗话》，虽然很短，现有一万四千多字，但作为神魔故事的框架和脉络已经形成，还有一个神话人物神通广大的白衣秀才猴行者，即孙悟空的前身。有可怕的沙漠之神深沙神，即沙和尚的前身，只是没有猪八戒的影子。其文字、情节都十分简陋，但它的贡献，是最后完成了取经故事由史实到神话的过渡。它的作者是谁？不知道，大概是多才多艺的民间说书艺人。

元代是众多杰出的戏曲家走向民间从事创作的辉煌时代。流传于民间的西游取经神奇传说也在这个潮流中被一再写成戏曲，是为文人正式介入取经故事创作之始。取经故事的情节、人物有了很大的提高与丰富。在杨讷的《西游记》杂剧里，猴行者已姓孙，还有黑猪精猪八戒，深沙神已成为唐僧的弟子沙和尚，可说主要人物已齐全。更重要的是，取经故事从《取经诗话》

等以颂扬佛法无边为主转向对取经人物及其精神的颂扬，突出了现实精神。明初的《永乐大典》中引了一则"梦斩泾河龙"的故事，朝鲜古代汉语教科书《朴通事谚解》中引了"车迟国斗胜"的故事。这些书都提到这些取经故事中的片断是引自一本名为"西游记平话"的书。可惜《西游记平话》至今未见流传下来，但却让我们知道了这部书的存在，知道在众多的民间故事和元代戏曲的基础上已经有人着手将西游取经的故事整理成一部通俗小说，以供说书人用。作者是谁呢？当然更不清楚。

明代小说家整理取经故事的为数不少，明中叶有朱鼎臣《唐三藏西游释厄传》，十卷六十七则，约十三万字；杨志和《西游记传》，四卷四十则，约七万余字，但最杰出的集大成之作，则是一百回本、八十余万字的小说《西游记》的出现。

（二）集大成者是谁——吴承恩说及其他

小说《西游记》总结了广泛流传在民间的取经故事，总结、借鉴了元代以来文人整理取经故事的成果，并在此基础上进行再创作，使其成为一部完美的、传之后世而不朽的文学巨著，这是小说《西游记》创作的历史功勋。那么完成这一历史任务的作家是谁呢？现在保存下来的明代刊刻的《西游记》一百回本，有金陵唐氏世德堂刊本、明万历间闽书林杨闽斋刊本，还有名为"唐僧西游记"的明刊本和《李卓吾先生批评〈西游记〉》，遗憾的是上面都没有写出作者是谁。作品上没有作者的姓名，那么作者是谁呢？《西游记》的作者就成了一个谜。

清初不少人根据《元史·邱处机传》等资料，认为邱处机是小说《西游记》的作者。邱处机又名长春真人，是元初全真道的首领，此说颇为流行一时。但是后来弄明白了，有一部写丘处机的《西游记》，但不是这部小说《西游记》，而是收于《道藏》之中的另一部书，是把同名的两部书搞混了，此《西游记》非彼《西游记》。

清代人否定了邱处机作之说，又有一重大发现：小说《西游记》乃吴承恩所作！因为发现了明代天启年间《淮安府志》卷十九艺文志一淮贤文目中，有一则记载，原文是"吴承恩：《射阳集》四册□卷，《春秋列传序》《西游记》"。以后又有康熙《淮安府志》与此内容相同。由此得知，《西游记》乃淮安人吴承恩所作。鲁迅在《中国小说史略》等书中都肯定此说。

吴承恩是什么样的一个人呢？吴承恩（约1507—1582年），字汝忠，号射阳山人，淮安府山阳县（今江苏淮安）人，他的曾祖、祖父在浙江余姚、仁和（杭州）做过学官，"两世相继为学官，皆不显。"父亲是卖"彩缕文縠（卖彩线和绉纱一类丝织品）"的小商人。

吴承恩少有文名，但中了一个秀才后屡试不中，二十六岁与叶氏结婚，约三十三岁时父亲去世，此后十余年，他的足迹似不出淮安，是否继承父业也做了小商人？无资料记载，到四十多岁才得个"岁贡生"，那不过是当时对乡试落第的老秀才的"安慰奖"，大约主要靠经营彩缕文縠和卖文鬻字来养家活口。嘉靖二十九年（1550年），已年过半百的吴承恩入京候选，在北京等了几年，才得了个浙江长兴县丞的卑微官职，干了大约只一年光景就结束了，后来他还当过一段时期荆王府的"纪善"的小官。他五十五岁时旅游到过金陵（南京），约六十七岁时到过杭州。老年无子，晚景凄凉，逝世年月可能在万历十年（1582年）后。

就目前占有的资料，吴承恩是《西游记》作者最有根据的人。他少负才名，"髫龄，即以文鸣于淮"，说明他的文学修养很好。他曾说"尝爱唐人如牛奇章、段柯古辈所著传记，善模写物情，每欲作一书对之"，可见他在神怪小说方面有特别的爱好和创作欲望。他曾作《二郎搜山图歌》《禹鼎志》等志怪作品，说明他有民间神话和传说的丰富知识与创作实践。天启《淮安府志》还记他"复善谐剧"，说明他的性格和《西游记》诙谐风趣的艺术风格相一致。而吴承恩"性敏而多慧，博极群书""所著杂记几种，名震一时"等记载，也说明《西游记》只能出于像他这样才华卓著的大手笔。吴承恩还有一种"狗有三升糠分，马有三分龙性，况丈夫者"（《送我入门来》）的傲气和谐谑，有一种"喜笑悲歌气傲然"的乐天自得。《西游记》的游戏笔墨，又似乎于此也可以觅得作者某种因倔强孤傲而表现为玩世不恭的性格依据。他"胸中磨损斩邪刀，欲起平之恨无力"（《二郎搜山图歌》）的正气和抱负，又在《西游记》除妖利民的基本内容中得到阐发。生活于江淮商人家庭中的吴承恩，接受明后期新思潮并将其融于《西游记》创作之中，也是顺理成章的事。总之，从多方面因素来看，小说《西游记》为吴承恩作，有着颇为充足的理由。

但是，也有人提出：《淮安府志》只写吴承恩作《西游记》，没有说明此《西游记》乃小说《西游记》，吴承恩生前友好的著述中均未记及吴承恩写过这样一部重要的著作——小说《西游记》。吴承恩名下的《西游记》是否又会与邱处机的《西游记》一样，不是小说，而是同名的另一种书呢？因为清代有一藏书家曾把吴承恩《西游记》归之于地理志一类。因此有人提出，小说《西游记》的作者还是一个谜。

不过，在没有人能证实吴承恩的《西游记》是另一部什么书之前，就没有足够的证据能否定是吴承恩之作。总之，《西游记》与那些完全由作者个人创作的小说不同，《西游记》是古代民间大众创作和作家创作相结合的成果。这个集民间传说、文人改作于大成而再创作的大作家，据现有资料来看，是吴承恩。

二 《西游记》写的是什么？

《西游记》写的是什么？这个问题并不简单。现在，我把人们对《西游记》到底写什么的多种看法，选择几种介绍一下。

有人说，这是一部讲炼丹、讲气功、讲修行之法甚至"谈天道"的书。这种说法，在明清时期，尤其在清初十分流行。这也是有一定道理的。《西游记》里确实在不少地方运用了我国古代的阴阳五行说，用以解释宇宙，把宇宙间的一切都归之于"金、木、水、火、土"五种元素的互生互克，用以解释人体，如"金"代表肺，"火"代表心，"水"代表肾，"土"代表脾，"木"代表肝，中医也是这样的说法；人们也运用这种观念来解释《西游记》。明人陈元之《西游记序》中说：

"其叙以为孙，狲也，以为心之神。马，马也，以为意之驰。八戒，其所八戒也，以为肝气之木。沙，流沙，以为肾气之水……"

人们在这方面的研究成果，对理解作品中一些隐晦的词语，对理解作品中有关宗教、丹术、气功的专门知识，也不无补益，从某种意义上讲，《西游记》也是一部百科全书，但是如果撇开文学作品的特性，把《西游记》看成气功、炼丹以至宗教教义的说明书，这就把《西游记》的性质弄错了，方法也走了邪，就难以找到作品的真正内涵，清初之所以一度热衷于这样的研究，一个重要原因是把作者误认为道教全真派的创始人丘处机，总是在猜测这位道教大师在传布什么宗教的奥秘，否定了作者是丘处机以后，这样的研究也就明显地减少了。

"五四"时期，随着西方文艺理论的传入，中国文学研究出现了一个新的局面，当然也涉及《西游记》的研究，胡适说"《西游记》被这三四百年来的无数道士、和尚、秀才弄坏了"，因为他们把《西游记》说成是"金丹妙诀"

的道教书、"禅门心法"的佛教书等。他指出，《西游记》"是一部很有趣味的滑稽小说、神话小说"，他弄清楚了一个大问题——《西游记》的性质是小说。

明确了这一点的不仅是他，更有鲁迅先生。鲁迅不仅指出胡适弄不清的《西游记》的作者当是吴承恩，而且进一步限定《西游记》为"神魔小说"，并提出"神魔皆有人情，精魅亦通世故"的人物形象特点与艺术形象分析方法。这实在是使《西游记》研究迈出了一大步。

不过，不论胡适也好，鲁迅也好，对《西游记》的内容到底写什么，他们都未作系统的论述。胡适说《西游记》"并没有什么微妙的意思"，不过有点"爱骂人的玩世主义"；鲁迅说"出于作者之游戏"，或者说叫作"游戏文学"吧。《西游记》诙谐风趣，嬉笑怒骂皆成文章，从艺术风格上看，确是一部游戏文学的结晶。这方面的研究，近年来又有长足的发展。

20世纪40年代以后，尤其新中国成立以后，对《西游记》的内容作了进一步的探讨与研究。有人说，《西游记》是写正、邪之争，正义的一方压倒邪恶的一方，此话不假。孙悟空打妖怪，譬如说三打白骨精，孙悟空是好人，是正义者；白骨精要吃人，是坏蛋，是邪恶势力，最后孙悟空战胜了白骨精，就是以正压邪。《西游记》是写正义的一方战胜邪恶的一方，因为所有的白骨精似的"吃人"、"害人"的妖怪都被孙悟空所打败。因此，这个说法有道理。不过，"以正压邪"的主题，可以笼统地用于许多的神话、童话以至民间传说故事，未能体现《西游记》的个性特点。就像一顶人人头上都可以戴的帽子，却未必是最合适的帽子。

有人说，《西游记》中最精彩的部分是孙悟空大闹天宫，孙悟空大闹天宫是古代农民起义的反映，因为孙悟空是"下界"花果山的猴子，过着"不服麒麟辖，不服凤凰管，又不服人间王位所拘束"的自由生活；玉皇大帝象征人间封建帝王，他派天兵天将来"镇压"；孙悟空率领群猴反抗，他天不怕地不怕，还说"皇帝轮流做，明年到我家"，因此孙悟空就是一个反抗的、造反的英雄，他大闹天宫是封建社会农民起义的象征。而且玉皇大帝对孙悟空采取的手段，要就派十万天兵天将，摆下天罗地网进行镇压；要就派太白金星出面"招安"，给孙悟空封官许愿，招他来投降，这也正是封建社会朝廷对待农民起义的两手——镇压或招安。从这些方面来看，可以说没有农民起义的现实，就没有《西游记》中大闹天宫的描写。

大闹天宫的情节中，确有许多农民起义的因素，如武装斗争的样式，统治阶级的手段和被压迫者的反抗与斗争精神，等等，但是有了这些因素还不等于探知了问题的实质，而且严重的是这样一来，矛盾很多，出现了许多无法解释的问题：第七回孙悟空大闹天宫以失败告终；第八回观音去看孙悟空时，孙悟空说："我已知悔了。"也就是说他对大闹天宫表示悔过，愿意改正，归于佛门，随唐僧去取经。如果大闹天宫象征农民起义，那么这里不成了孙悟空叛变"革命"投降了"统治阶级"？还有，如果"下界"就等于被压迫阶级，那么妖怪大都属于"下界"，能同意被压迫阶级是妖怪吗？而且据此推理，取经路上，孙悟空一路打妖怪，就变成叛变投降后为虎作伥，为统治阶级出力打同类了，孙悟空不正是一个大叛徒吗？如果说大闹天宫是"革命"，在《西游记》全书中，只有七回，那么以后"叛变革命""打同类"倒有九十多回，孙悟空岂不"功"甚少而"过"甚大了？

几百年来，直至目前，我们看《西游记》，十分喜欢看孙悟空在取经路上一路打妖怪，而且希望孙悟空取胜，妖怪失败，难道人们，包括我们自己，是在喜欢一个大叛徒吗？

由于这样解释讲不通，所以有人提出《西游记》前后是不统一的，前七回写大闹天宫是农民起义，表现孙悟空的革命精神，后面取经是另外一回事，是写不怕困难，以大无畏精神去完成一桩事业，前后主题不同，因此认为这两部分应该分开来，作为两部书来看，而不应该结合在一起。不过这也是没有办法的事，从古以来《西游记》就是一部书，正是这"一部书"，古今中外人人爱看，几百年来传到今天。但是这种说法也不是没有道理的。一部《西游记》，本来就不是一个作家一气呵成写出来的，集中许多民间传说、故事再创作，难免有前后衔接不严密之处。不过话又得说回来，大多数读者没有想过，因为怕孙悟空被说成前后不一的叛徒，而要把《西游记》分成两部书来读。一部《西游记》放在读者面前，它是完整的。

《西游记》思想主题的整体性表现在什么地方？就表现在它的哲理性，重点是反映人生哲理，这又是一种看法。持这种看法的人认为《西游记》一百回，第一回写孙悟空出世，到一百回写孙悟空完成他的事业——取经，从而也成了佛而结束，写的是孙悟空的一生，一生的事业及其成功的结果。同样，唐僧、八戒、沙僧以至白龙马，五个"人"共同完成了事业，达到"五圣成真"的圆满结局。作品是写他们的一生事业及道路，所以说是写人生的。清代张书绅在《新说〈西游记〉总批》中已涉及到这个看法：

"《西游记》一书，是把一个人从受胎成形起，直写至有生以后；又从有生以后，直写到老，方才罢手。"

"五圣成真，是人一生之事业已完。"

今人孟繁仁在《重新认识和评价〈西游记〉》中明确提出：

"《西游记》是一部描写孙悟空的人生成长，人生斗争历程的英雄传奇，是一部色彩瑰丽奇幻、内容生动深刻的人生小说。"

这种说法与前面的多种说法并不矛盾。写人生，人生不是孤立的，必然与社会因素直接相连，与揭露社会黑暗面，与除恶扬善，与以正压邪相一致，又与农民起义说中对孙悟空性格的反抗性的认识、大无畏的斗争精神的看法等不可分割。至于与说《西游记》是一部"游戏笔墨"的作品的看法，也是一致的，只是一个是从内容角度、一个是从艺术风格角度来看作品，侧重面不同而已。总之，认为《西游记》主要是写人生哲理的看法，本身就包容了各家之说的合理成分。我主此说。

三 《西游记》取的是什么经？

先说为什么要取经。

我们不妨看一下，在《西游记》里，取经这件事是怎么提出的，请看第八回。

地点：在如来佛的西天灵山大雷音宝刹内。

时间：据如来说，"自伏乖猿安天之后，我处不知年月，料凡间有半千年矣"，即孙悟空大闹天宫失败算起，五百年后的某一日。

参加人物：如来及诸佛众菩萨等。

事件：如来在盂兰盆会上"敷演大法"之后，提了"取经"之事。

如来佛为什么要提出取经？他向众佛先分析了天下形势："我观四大部洲，众生善恶，各方不一"，其中东胜神洲最好，北巨卢洲和西牛贺洲各有问题，南瞻部洲又最差，存在着"贪淫乐祸，多杀多争，正所谓口舌凶场，是非恶海"。如来佛分析形势，指出问题所在以后，又提出了解决办法："我今有三藏真经，可以劝人为善。"即运用"经"教化人，劝人为善，使生活于"凶场""恶海"中千千万万的人（佛教术语属"众生"）脱离"苦海"（佛教术语称"超度"）。这就是提出"取经"的动机，也是目的。因此，取经首先是为下界众人谋福，不是为孙悟空或唐僧哪一个取经者个人成佛，也不是以孙悟空或哪个取经者"悟道"为目的。这时还根本没有提到孙悟空等人。

那么，"下界"是否有此要求呢？第九、第十回"魏徵斩龙"、"唐太宗入冥"这两个情节反映的是"下界"的唐王又有"度鬼""度人"的急切需求。由于唐王答应救护犯天条的老龙王，不让魏徵去监斩，谁知魏徵打了一个瞌睡，在睡梦中把老龙王斩了，老龙王告唐王食言失信，引出唐王到阴司对质的情节。而"入冥"后的唐王，在阴司看到了自己的罪孽，整个枉死城都来讨命了，判官对帝王提出了警告："若是阴司里无报怨之声，阳世间方得享太平之庆。"暗示了一个政治要求：清明政治——"度人"；提出了一个情节要求——"度鬼"。唐王"度鬼"的重要形式与方法是做水陆道场，请长安的高僧玄奘讲经说法。可是在这"万象澄明绝点埃，大典玄奘坐高台"的庄严肃穆的大会上，观音到此，"厉声高叫道：'那和尚，你只会谈小乘佛法，可会谈大乘吗？'玄奘闻言，心中大喜，翻身跳下台来，对菩萨起手道：'老师父，弟子失瞻，多罪，见前的盖众僧人，都讲的是小乘佛法，却不知大乘佛法如何。'菩萨道：'你这小乘佛法，度不得亡者超升，只可浑俗和光而已。我有大乘佛法三藏，能超亡者升天，能度难人脱苦……'"并再向唐王重申："你那法师讲的是小乘教法，度不得亡者升天。我有大乘佛法三藏，可以度亡脱苦，寿身无坏。"使唐王"大喜"。就这样，下界唐王"度人""度鬼"的急切需求，与上界如来的"取经"设计有了上下呼应的效果。下界高僧不会讲能使众生"度亡脱苦"的大乘佛法，因此必须去取这个大乘经。于是，取经（大乘经）事业也就应运而生。同样，唐王、玄奘要求取经，也是为了度"众生"。

再说取什么"经"——《西游记》中大乘经的概念与象征意义。

《西游记》写唐僧取经，取什么经？前面讲了，如来说，他有"法三藏"，也就是"三藏真经"。如来点明，此"三藏真经"乃佛教的"瑜迦之正宗"。瑜迦行派亦称"大乘有宗"，是印度大乘佛教的一个派别，应该说，在《西游记》中，这与观音对玄奘、对唐王说的"大乘佛法三藏"是一个概念。

观音为什么否定玄奘的小乘教义，而提出只有大乘教义才有用？

从佛教教义来看，小乘教是佛教早期的派别，大乘教是于一世纪时演变而成的较后的派别。"乘"，本指车船的"乘载""运载"。顾名思义，小乘的乘载量小，大乘的乘载量大，小乘与大乘在教义上的区别很多，就《西游记》中观音提出的看法而言，是侧重在两者的作用与追求目标上的差异，一般来说，小乘追求个人自我解脱，只知"自度"，志在自了，对大地众生的苦恼是不关怀的，有人称之为"灭小苦与小利益之教"。大乘宣传"大慈大悲"，以"普济众生"为宗旨。《华严经》宣扬"我当为一切众生""令一切众生欢喜""令一切众生悦乐"等,就是大乘教义的具体化,唐后大乘教义相继发扬,小乘教日形沉寂,不复再振。《西游记》没有纠缠在繁复玄奥的宗教教义上,而是取大乘教为众生的观念、"普济众生"的口号,寄以自己的理解和理想;利用小乘教与大乘教的为一己(小我)与为众生(大我)这目标上的差异,来阐发人生哲理。

从中国传统的儒家观念来看,《礼记》中"大道之行也,天下为公"的观念,本是中国古代"大同世界"的理想。《西游记》把"天下为公"的大同世界的观念,与大乘佛法中"普济众生"的观念相结合,把"众生"的利益提高到至高无上的地步,以此来武装取经者的思想,提高取经事业的价值。

历史上唐代的玄奘去印度取经,并非取一般的佛经,佛经至少东汉时已传入中国;他去印度已不是一般的输入佛经佛教,唐时佛教已大盛。他游学印度十七年,因研究大乘佛法成就高,得的是"大乘天"的极高荣誉。

《西游记》里的唐僧已经会讲佛经(小乘),还要再去取佛经,取的经就是大乘佛经。《西游记》第三十六回,取经途中,唐僧在睡前想念一下经,孙悟空说:"师父差了……上西天见佛,求取大乘真典。如今功未完成,佛未得见,经未曾取,你念的是哪卷经儿?"明确否定象征"小我"观念的小乘佛法,肯定象征"大我"观念的大乘佛经。

总之,《西游记》写取经,取什么经?取的是"三藏真经",即"大乘佛法"。《西游记》取其"普济众生"的观念,表达对"大同世界"的理想,一路受阻于危害"众生"的妖魔处,前进于除妖以利"众生"的征途上。"取经"就是大乘教义"普济众生"宗旨的实践过程。

《西游记》中有"利他即自利"的观念,即"众生"中有小我;惟"大我"是前提,利他人才能自利。取经之前,四个人都有一个"小我"的天地,"小我"的境界:孙悟空有他花果山小山头的王霸事业,猪八戒有他云栈洞与高老庄的俗人安乐,沙和尚有他流沙河的一统小天下,唐僧也有他江流儿的一家一户的恩仇。

然而,他们这一阶段的人生道路都是并不成功的:孙悟空虽有过花果山事业与闹天宫的轰轰烈烈,但此时的孙悟空只看到花果山猴族的小利益,计较自己在天宫的职位大小,尚未有为普天下众生谋福的明确观念,尚未有以天下众生安危为己任的宏愿,其结局是压在五行山下五百年的失败。猪八戒两次"倒插门女婿"都做不安稳:卵二姐不上一年就死了;高老庄又千方百计地赶他走。沙僧在流沙河要受七日一次的酷刑。唐僧虽已报杀父之仇，却仍是金蝉子被贬。

他们人生的转机，在于将个人融进"普济众生"的取经事业之中：孙悟空不再只为一个花果山的利益而战，而是行万里路，为无数人——"众生"除邪扶正，他卓越的才华有了归属，他的言行有了合理的思想核心。正是普济众生的宏大目标，使他淡薄了花果山的王霸事业。就是一直留恋高老庄的八戒，也让为众生的取经事业压倒了他俗人的安乐。沙僧，正是取经的宏伟目标，成为他脱离个人苦难重新振奋的命运枢纽。他们都在普度众生中，也"度"了自己，在完成普济众生的事业（取经）中，自己也得以永生——成佛。取经前，各自都曾寻求过自己的人生事业与人生道路，但为"小我"时的努力与奋斗大都失败了，唯有找到"普济众生"时为"大我"的事业，才真正走上了成功的人生之路。

《西游记》巧妙地利用了宗教的口号，倾注了作者的思想，成功地把个人与"众生"的关系、人生与事业的关系表现得无比美妙。恩格斯在《费尔巴哈与德国古典哲学的终结》中讲到封建时代的人们，"除了宗教与神学，就不知道其他任何思想体系的形式"，"群众的思想感情唯一是由宗教的'食粮'来滋养的。"《西游记》用宗教教义来表达进步的思想与理想，是历史的局限，但这些思想、理想本身，仍然崇高。

取经就是这样一种事业，所以作者必须在取经正式行动之前，交代清楚它的价值。唯有如此，这个"经"才值得他们去"取"，去为之毕生奋斗，万死不辞。它是后八十八回的"秤砣"与"砝码"——价值所在。

人人都有自己的一部"经"要取。《西游记》告诉我们：给他人以幸福，才是真正的幸福，在给他人以幸福中，才有自己崇高的人生价值。取经者正是在为"众生"谋福的经历中，获得了自己事业的成功（取得真经），人生的完美（成佛意即永生，象征永垂不朽）。

以上是从"经"的教义角度来理解，它也贯穿于《西游记》取经的全过程之中。但是，"经"不只是限于佛教教义本身的含义，第八回提出取经之始，如来对"三藏真经"本有着更明确解释："我有《法》一藏，谈天；《论》一藏，说地；《经》一藏，度鬼。""乃是修真之经，正善之门。"第九十八回，取经人到达西天，如来传授真经时重申："我今有经三藏，可以超脱苦难，解释灾愆。""凡天下四大部洲之天文、地理、人物、鸟兽、花木、器用、人事，无般不载。"这里的含义，是指广博、精深的知识宝库，功能济及苍生鬼神，修"真"正"善"的哲理，亦即对真理的追求。因此，这个"经"又有着更为广阔的内涵，有着象征探求知识、追求真理的宏大目标，取经是这种求索精神的象征。

经又不局限于"大乘佛法"教义与大同世界的理想，经是所有崇高事业的象征。这就是"经"的概念和象征意义。

四 《西游记》怎样去取经？

大乘经在西天如来佛处，取经的过程，又可以说是走一条路——走向西天之路，乃是走万里路，举万里善业之路。过乌鸡国，破一起谋杀帝王的篡位案，救人正国。到号山，应众山神请求："万望大圣与我等剿除此怪，拯救山上生灵。"除红孩儿怪，为号山生灵除霸脱苦。在通天河陈家庄，为救作为人祭祭品的童男陈天保和童女一寸金于金鱼怪之口，唐僧几乎送命，但正如孙悟空所说，"我等慈悲，拯救生灵，"万死不辞。不仅救了二童性命，并使陈家庄"从此除根，永无伤害"，再无人祭之苦，得以过和平安乐的生活。到金山，歼除了"终日在此拿人"的吃人魔鬼独角兕大王。在西梁女儿国，从恶霸如意真仙手中夺回落胎泉，剪除了毒敌山蝎子精，救出了众多被攒进魔洞的西梁国女子。在祭赛国，三代僧人的冤狱得以平反昭雪，一代僧人得救，查清了罪犯万圣龙王，给予应有的惩罚。使八百里荆棘岭变通途，寸草不生的火焰山万物滋长，生机盎然，吃人的魔道成为清朗洁净世界。朱紫国、比丘国、灭法国，到一国为一国除妖正国，或救国王的命，或救一千余小儿的命，或救众僧人的命……隐雾山，除豹子精，使樵夫生还与老母团聚；天竺郡为民求雨，消除干旱；金平府除妖，免去百姓灯油重税；更不用说歼灭了吃尽一国之人的狮陀国三妖精……

总之，取经人所经之处，铲除一切邪恶之事，惩处所有妖怪恶魔。妖的特点之一是吃人。或是通天河人祭的摆排场光明正大地吃，或是变成俊驸马将身边宫娥"咔嚓"一口一个地偷着吃，总是以吃人为其本性。特征之二是霸占一方残害众生。号山红孩儿是一霸，破儿洞的如意真仙是一霸，隐雾山的南山大王是一霸……特征之三是杀人篡国，阴谋夺权，乌鸡国的妖道是代表。特征之四是挟持国王，虐杀百姓，比丘国、车迟国等国家的妖道国丈都在此例。特征之五是偷盗作恶，嫁祸于人，制造冤狱，祭赛国的万圣龙王及九头驸马是典型。特征之六是虚假，以假乱真，如假国王、假公主、假西天、假如来、假观音、假行者、假唐僧、假八戒、假沙僧……还有其他种种道德品质上的恶行，如淫荡无耻的女妖，谋财的黑风怪，等等。

西天路上的妖魔代表了邪恶、黑暗、虚假和丑陋，集中了假、丑、恶。与此相反，取经人则在所经之处，播送真、善、美，其中又以"善"为核心。俗骨凡胎、一点儿本事也没有的唐僧，之所以能成为取经队伍的核心人物，一个重要的原因是他在这支以"普济众生"为宗旨的取经队伍中，始终坚持"善"的原则。三个徒弟是他"发善心"救下的，他教育徒弟们以善为本，不伤人。一次孙悟空打死了几个强人，唐僧念紧箍咒，孙悟空到观音处去评理，观音也认为是悟空的不是，因为不该死罪的人是不能打死的，使孙悟空在"一国人身"的女儿国等许多地方，都遵循了这个原则。至于唐僧有时要人妖不分地"善"起来，那是因为缺乏识见，是另外一个问题。他高举"善"字大旗，也就使一切不善的妖魔恨不得活剥了他，但他始终不改初衷。而要达到"善"，就要除"恶"——除妖。除妖是为了众生脱苦——利民。西天之路，是举善业之路，是除妖之路，九九八十一难的历程，基本内容就是"除妖利民"四个大字。这也是取经主旨的具体体现。

取经人在去西天的路途上，留下了深深的足迹与影响，如乌鸡国的金銮殿上，供奉着"唐师徒四位喜容"；比丘国百姓家中，"传下影神，立起牌位，顶礼焚香供养"；……至于临行送别，朱紫国是"请唐僧稳坐龙车，那君王妃后，俱捧毂推轮，相送而别"。陈家庄是扶老携幼"一齐来拜送"。比丘国的百姓"抬着猪八戒，扛着沙和尚，顶着孙大圣，撮着唐三藏，牵着马，挑着担"，"这家也开宴，那家也设席。请不及的，或做僧帽、僧鞋、褊衫、布袜，里里外外，大小衣裳，都来相送"……正如作者所赞："阴功高垒恩山重，救活千千万万人。"这也是作者从客观效应的角度来反映取经宗旨的体现。

怎样取经？关键在"取"字上，"经"的主旨在"取"的过程中体现，主旨不在佛经本身的宗教作用，而在作品中主人公的崇高追求和实践精神。

《西游记》的取经之路，第一站是唐僧到双叉岭两界山，用猎户刘伯钦的话说："东半边属我大唐所管，西半边乃是鞑靼的地界"，唐人刘伯钦"不能过界"，唐僧则自此西行。也就是说，西行之路，是超越国界走向异域之路，主人公的事业具有世界性——既有佛教"普济众生"的跨国思想，又有传统的"世界大同"的理想。《西游记》的西天之路——走万里路，举万里善业，有着广阔的视野和容量。

取经是一种崇高事业的象征，而从事崇高事业者，本人也应崇高，因此需要取经人自身素质的不断完善。《西游记》提出"心生种种魔生，心灭种种魔灭"——强调自身的修养。

《西游记》第二十二回刚形成一支五人（一师三徒一龙马）的取经队伍，第二十三回的"四圣试禅心"就出现了对取经者检验的专章。正当他们在旅途上饥饿疲困之时，忽然前面出现了一座美丽的庄园。进入庄园，受到四个美女子的接待，说是姓莫，这个莫家庄有"水田三百余顷，旱田三百余顷，山场果木三百余顷……家下有八九年用不着的米谷，十来年穿不着的绫罗，一生有使不着的金银"。如此的富庶与安逸，与苦行僧漂泊的艰苦生活形成强烈的对照，具有极大的诱惑力。她们希望取经人留下来，在这里"当家长"。是贪恋这里的个人安逸，还是踏上无限艰辛的征途去完成取经事业，对每个取经成员都是意志的检验。八戒动心了，他背着大家，独自一人以放马为名，偷偷到后门去会见女子，愿意单独留下"当家长"，什么"普济众生"的事业，不如一己的安乐重要，他不去取经了。当然，最后以八戒接受教训告终。这是取经者们"入伍"的第一课，也是最根本的基础课：必须从"小我"升华到"大我"。

取经者是一个集体，要有一个良好的纪律与作风。紧接着的第二十四回五庄观窃人参果的事，就是对三个徒弟纪律作风的整顿。五庄观不是妖魔之地，"万寿山大仙留故友"，是朋友的地方。猪八戒贪嘴要吃人参果，三人商量，由孙悟空去偷。偷吃了人家的东西，挨了骂，不但不认错，还要把人参果树连根拔掉。这哪像是一支除妖利民、普济众生的队伍所干的事？无法，损坏东西赔。孙悟空到处奔走，请来观音医活了人参果树。偷吃了人参果要查清。除了三人一人吃了一个外，还少一个，也由土地菩萨来说清并送还。最后，孙悟空与大仙结拜为兄弟。这次错误始于八戒嘴馋；主要又是孙悟空高傲急躁，错了不认账，一错再错；沙僧又是老好人，跟着错。作品写了他们犯错误和认真改正错误，使取经队伍成为一个有纪律的集体，不是乌合之众。

五庄观的事到第二十六回结束。第二十七回到三十五回，从"尸魔三戏唐三藏"到"心猿获宝伏邪魔"这一组故事，写在复杂的斗争中，取经队伍内部成员怎样经历错误与曲折，在"自正"的过程中克敌制胜的历程。白骨精是个表里不一的典型。孙悟空出去化斋了，大家又饥又困地坐着。正在这时，白骨精变成美丽的村姑，手提饭篮来斋僧；八戒贪吃好色第一个放松警惕，正当他要去吃斋时，孙悟空赶到，一棍子打下去，妖精跑了，但留下个假尸体，让他们内部发生争论：孙悟空说是妖精；八戒说是村女；唐僧相信八戒的馋言，怪孙悟空错杀好人，要念紧箍咒；沙僧不说话。第二次白骨精再来，变的是村姑的妈妈，来找女儿，又被孙悟空识破，一棍子打下去，又跑了，再留下个假尸体，让你们内部进行大争论。第三次白骨精再来，变的是村姑的老父亲，来找村姑和老妈妈，又被孙悟空识破，一棍子打下去，这次打死了，原来是一个吃人的白骨精。但由于妖魔第一次变村姑是迎合八戒的需要，第二、第三次变老妈妈、老父亲，是顺着唐僧等人的思想逻辑发展而来，使本来已经真相大白的事复杂化；本来私心重、爱挑唆的八戒，不承认自己错，却说是孙悟空把"老父亲"变成一堆白骨来蒙骗唐僧，因怕唐僧念紧箍咒；本来明哲保身不吭气的沙僧勇气不足，情况又复杂，越来越不敢挺身而出辨明真相；唐僧越来越糊涂。总之，由于妖精的狡猾，使问题复杂化；又由于取经者中唐僧、八戒、沙僧自身的缺点又增加了事态的复杂性，结果是孙悟空被逐回花果山——"开除"出取经队伍。孙悟空伤心极了，他是正确的，却受此惩罚。孙悟空以前没有想到过，取经事业的艰难，并非只在对付外部的妖魔上，还要受内部师父和师兄弟的委屈和气恼。白骨精的故事到此为止，妖怪虽已打死，但好人受屈，内部分裂。

接着，情节马上延伸到宝象国的故事。这个故事是上个故事的发展，上个故事里唐僧人妖不分，把妖精白骨精当好人，把好人孙悟空当坏人，赶走孙悟空，犯了错误，却尚未认识自己的错误，所以必然再犯错误——误入黄袍怪的宝塔，自投罗网，被黄袍怪说成是"蛇头上的苍蝇，自来的食"，是自己送上妖怪的门给妖怪吃。幸好遇到被黄袍怪攫来的宝象国国王的三公主百花羞，她放了唐僧，偷偷叫唐僧师徒给她父王捎个信。信是捎到了，但也被妖魔发现了。妖魔变成俊男子到宝象国国王那里认亲，说他是人，从老虎精手里救了公主，并做了夫妻，如今来认丈人家；说唐僧是妖，是老虎精变的，当年攫去公主的就是他，并用妖法当场将唐僧变成老虎，关在笼子里供"展览"。这是作者让唐僧受罚，叫唐僧自己尝尝人妖颠倒的滋味。三打白骨精时，唐僧人妖不分，如今叫他自己变成"妖"，变成要吃公主的"妖魔"，而真正的妖魔却变成了好人——俊男子，国王的女婿，公主的救命恩人。这是教训唐僧，也是让唐僧吃一堑长一智，在曲折中提高。

三打白骨精时八戒私心重，在唐僧面前说孙悟空的坏话把悟空赶走了。现在他私心更重了，化缘时偷懒久久不回，唐僧正是为找他而找到妖魔面前去的，他打仗打了一半看看打不过，躲到草棵里睡觉去。沙僧出来打、白龙马也出来打，都被打败了，师父变成老虎被关了，这个局面怎么办？他闯的祸还是要叫他自己收场，躲也躲不过，赖也赖不掉的。走投无路时，白龙马叫他去请大师兄孙悟空回来，他只好硬着头皮去花果山。作者让孙悟空"威风"个够，让八戒低声下气不敢抬头，但还是给八戒改过的机会，呆子八戒就聪明了这一次——"智激美猴王"，他用激将法把孙悟空激了起来，和他一起回来打妖怪救唐僧，让他"智激"成功，是将功补过。

平了妖魔，救了公主，让唐僧恢复人形以后，孙悟空也批评了沙僧一句："你这个沙尼，师父念紧箍儿咒，可肯替我方便一声？"指出他不敢大胆辨明真相的弱点。唐僧当然受到了深刻的教训，对孙悟空"谢之不尽"。

这个故事完了，三打白骨精时唐僧的人妖不分，八戒挑唆唐僧赶走孙悟空，沙僧胆小不表态等各自的毛病缺点，在宝象国故事里得到教育，提高一步。但八戒在唐僧面前爱进谗言、爱说谎的毛病，还不曾戳穿，还没有受到教训，所以再下面的故事"八戒巡山"，就是针对他这个毛病来写的。叫"八戒巡山"，八戒躲懒睡觉，睡醒了编一套谎话去骗唐僧和孙悟空。正当他扬扬得意地"演习"谎话时，孙悟空早已悄悄地跟着他，并赶在他前面将他将要来说的谎话先告诉了唐僧，八戒到来时果然讲了这套编好的谎话。唐僧原以为八戒是"笨汉"、"老实人"，认为只有孙悟空才"巧言令色"，"全无爱怜之意，常怀嫉妒之心"，这次他明白了八戒爱说谎的毛病，也让八戒在说谎时弄巧成拙，受到嘲笑，接受教训，表示"以后再不敢了"。就这样，《西游记》在表现取经者在夺取事业成功的过程中，有一个自我完善的过程，铲除妖邪者先得有自身的正善。孙悟空从花果山回来除妖时，要先"下海去净净身子，"去掉"这几日弄得身上有些妖精气"，就是这个道理。

取经人的西天之路，是在不断自我完善的过程中得以不断前进的路。不论是"朦胧月上窗纱"的清幽闲雅的木仙庵，还是一国"窈窕娘"多情挽留的女儿国，丰盛富庶的无底洞……处处都没能停下苦行僧们的脚步。不论是温馨舒适的生活还是富贵或豪华的诱惑，都阻挡不住他们前进的脚步，他们获得了"富贵不能淫"的品质。

西天取经路上，唐僧过的是被妖魔当作"食物"的生涯——吃一块唐僧肉，可以长生不老。多少次妖精准备开设取经人的"人肉宴"，然而他们一次次斗到死神的降临，炼就了"威武不能屈"的气节。取经人在西天路上的进展，也使他们自己向至善至美的目标前进。

无畏的气概，拼搏的精神，不断在困境中崛起，《西游记》谱写了一曲勇敢者之歌。

取经途中的困难有多少，看看数字就知道：八百里黄风岭，八百里流沙河，八百里通天河，八百里火焰山，八百里荆棘岭，八百里稀柿衕……黄风岭那具有沙漠风特性的黄风，可骤然间使“天地变”，“黄沙旋”，吹得“一轮红日荡无光，满天星斗皆昏乱”；通天河的严寒，有冻得“裂蛇腹，断鸟足”，实是“雪积如山耸”“冰山千百尺”的冰雪死亡世界。火焰山的炎热，有“铜脑盖、铁身躯，也要化成汁”的烈火焰焰，这里“寸草不生”，没有生命。山，有蛇回兽怕的白虎岭，有狮精之窝的豹头山……水，有“鹅毛飘不起，芦花定底沉”的恶水流沙河，“黑水滔天”“鸦雀难飞”的黑水河……但是，对取经人来说，要治得黄风岭从此风平浪静，八百里流沙河“飘然稳渡”，通天河“扫净妖氛”，火焰山“断绝火根”，荆棘岭从此“直透西方路尽平”，稀柿衕“今朝净”“此日开”。正如孙悟空所说：“就是东洋大海也要荡开路，铁裹银山也要撞透门。”靠的是天大的困难也要闯过去的大无畏精神，去开拓道路，夺取胜利。

取经途中，要与强大的恶魔搏斗：如平顶山的两个魔头魔法无边，他们能将曾经压过孙悟空的五行山调来再压孙悟空。号山“魔业迷心”的圣婴大王红孩儿的“三昧真火”，四海龙王也无法对付。金㕸山独角兕大王的宝圈，要什么就能把什么圈过来，不仅圈去了唐僧、八戒、沙僧，还圈去了孙悟空的武器金箍棒，缴了孙悟空的械。狮驼岭的魔头“一口吞了十万天兵”；毒敌山的蝎子精对正在讲经的如来佛，也敢上去扎一口，如来也奈何他不得……然而，正是平顶上的恶战，孙悟空才得以“扬武耀威显神通”，正是号山的苦战，才表现出即使被捆被吊的八戒，也是“不倒旗枪”的英雄，“踡跼蹜踧四肢伸不得，浑身上下冷如冰”几乎丧命的孙悟空，已经“驾不起筋斗云”了，仍然实践他的信条：“只是不动手，动手就要赢”，不达胜利不罢休。西行之路的特点，就是不断在困境中崛起，谱写拼搏者之歌。

与诡计多端的妖精较量要复杂得多。白骨精的用心可谓深细和歹毒，虽然逃不出孙悟空的火眼金睛，但孙悟空却无法避免白骨精设下的圈套，落得个被逐的结局。白骨精是这种人：即使她自己失败了，也要留下后患，决不让你成功。白骨精是如此阴险歹毒的吃人妖精，而她的外形却是“花容月貌”的善良少女、滴着慈祥的眼泪的老母亲、“一生好善”而又失去妻儿的可怜的老父亲。平顶山的魔头变成跌坏了腿的老道士喊救命，红孩儿变成吊在树上求救的小孩。这种种"以善感他""善内生机"的诡计，就是针对取经者一路行善事的宗旨来作恶的，妖精的卑劣处、恶毒处于此可见一斑。更有甚者，如六耳猕猴变成孙行者，弄得真假难辨，打唐僧、抢包裹，在花果山假冒为主，干尽坏事，毁坏孙悟空的声誉……但是他们之中谁也没有成功。孙悟空迫不及待地一棍消灭假行者，就是要叫这些歹毒的妖精"绝此一种"。

妖精不是孤立的，与妖精斗也不是孤立的，时而牵连"上界"的"后台"。平顶山的妖魔之所以难对付，因为他们是太上老君的司炉童子，他们被孙悟空打败了，老君会来"保释"回去，他们当然是肆无忌惮的。独角兕大王的"圈"难对付，也因那是老君的金刚琢。乌鸡国的全真道人居然谋杀皇帝，冒充做了国王，占了王后。他不仅是个杀人凶手，而且是个窃国大盗，他却是文殊菩萨的青毛狮子。居然胆敢变成假西天如来佛的黄眉怪，乃是弥勒佛的司磬童子。寿星的鹿到比丘国祸国殃民，月里嫦娥的玉兔也在天竺国害了真公主，自己去冒充当了假公主。就是观音，她池里的金鱼，她的坐骑金毛犼也到人间作怪。而狮驼岭的三个魔头：一个是普贤的坐骑青毛狮子怪，一个是文殊的坐骑黄牙老狨，一个还是"如来的娘舅"大鹏雕。这个大鹏雕"一封书到灵山，五百阿罗都来迎接；一纸简上天宫，十一大曜个个相钦。四海龙曾与他为友，八洞仙常与他作会。十地阎君以兄弟相称，社令、城隍以宾朋相爱"；就是他，吃了一国的人，使一个狮驼国"如今尽是妖怪"……正因为他们在"上界"有主子，一到人间就仗势欺人，横行不法。取经人对付这批"后台"很硬的妖怪，难度更大。但是，不管你是什么妖精，务必收拾干净，没有一个例外。就是玉皇大帝本人在凤仙郡的"报复"一案，也要责其改正。

总之，取经人要完成他们的事业，要成功地走完这条西天之路，必须有天大的困难也不怕的大无畏精神，必须有再凶狠再狡猾的恶魔也敢打垮的英雄气概。凡是为害众生的事，为害众生的魔，除恶必尽，决不含糊。大无畏的英雄气概，使取经者有虎威雄风。猪八戒也有他的八面威风，沙僧也自有其"雄壮"处，更不必说孙悟空的英风豪气了。西天之路从来没有坦途，胜利属于为正义而奋斗的勇敢者。

神通广大，本领高强，《西游记》又是一首才华之歌。

《西游记》赞美才华。孙悟空一个筋斗十万八千里，这种"筋斗云"和其他神通广大者的腾云驾雾一样，有一种对高速度高效能的赞美。情况紧急时，就靠孙悟空来去一阵风，及时找到观音搬来救兵，及时觅取克敌制胜的法宝，救出已上蒸笼或正待开膛破肚的唐僧或生灵百姓。

《西游记》有对"力"的称颂。孙悟空有一万三千五百斤的如意金箍棒，八戒的铁耙和沙僧的宝杖各为五千零四十八斤。晃一晃都叫"满山群怪，七十二洞妖王""魄散魂飞"。这样的武器代表一种威力，显示力量的强大。唯有如此，才能涤荡邪恶，打出一路西天通途来。

妖精方面，差不多也都是"铁刷帚刷铜锅——家家挺硬"的对手。一部《西游记》，几乎处处都是"本领""神通""法力"的描写。《西游记》是那样热衷于颂美"力"的强大，九九八十一难，又大多数是力量、才能的较量。

大勇还要大智，"火眼金睛"是识见的象征，是一种辨别正邪、真伪、是非的能力，是智慧的体现。《西游记》告诉人们：有识见者成，无识见者亏。就唐僧而言，他并不是喜欢白骨精，而是不识白骨精变的好人是假象，同样，在号山，他也并不爱那个圣婴大王，而是不识圣婴大王变的遇难的小孩是假象：在平顶山，他与二魔也无亲善之情，而是不识二魔变的断腿老人是假象。他从来没有想把善心给妖魔，但他却常常错把善心给了妖魔变的"好人"。他的错在于缺乏识见，不在于他的"善"心，《西游记》要他改正错误的办法是像在宝象国那样接受教训，要他提高识别能力，提高智慧，而没有叫他以后不要"善"。

《西游记》写好人的力量，也写妖精的力量；写好人的智慧，也写妖精的狡诈。《西游记》里写才华，好人有，妖怪也有；好人的才华越大，除妖利民的成就越大；妖精的才华越大，他为害众生的破坏力就越大。可见"善"的可贵。唐僧说"善哉"——一颗善心，毕竟是人间可贵的珍宝。《西游记》写本领高强，神通广大，是一曲赞美才华的颂歌，然而这曲乐章的主旋律仍然是善者之歌。

《西游记》以"五圣成真"为结局，谱写了一曲成功者之歌。

五圣，指唐僧、孙悟空、猪八戒、沙和尚和龙马五位取经人。成真，指成为"真人"。我国古代道教对得道成仙者称真人，佛教中对成佛者亦称真人。这里用以代表至善的人，完美的人。

"五圣成真"有两层意思：一是说明事业成功。成功地走完了西天之路，到达目的地佛教圣地西天，取得真经，乘风返回大唐，完成取经任务，作品对取得的这些经文的作用没有具体交代，却安排了回长安的途中有个第八十一难的情节，即在陈家庄人与经都落水，晒经时在石头上粘住了一页，"经"

就缺了一页，是为"应不全之奥妙"。不全，就不能怪它不灵——无用，妙就妙在无用。作者无意于让人们依靠诵经念佛来寻求成功，而是借鉴于取经者的奋斗精神来体现现实人生的价值和理想的光辉。到达西天后取得的这部真经本身的价值，只是取经人胜利到达西天的一纸"证书"，一路对"经"的宗旨"普济众生"的实践的合格"文凭"而已。他们的功勋，不建立在西天，也未见在大唐的实绩，而在一路为九个国家正国，为一路众生除魔，造就一路的清平世界，一路的风调雨顺，留下一路和平与正义的大道通途。《西游记》颂扬正义的事业，和为正义的事业而奋斗的人生，无意颂扬佛经本身有什么无边法力。

二是个人达到至善与永生。一条西天之路，锻炼了、成长了也造就了取经人自己。在完成事业之中，他们自己也升华到了"至善"的地步，作品用成佛来作为象征：唐僧为南无旃檀功德佛、孙悟空为南无斗战胜佛、猪八戒为南无净檀使者菩萨、沙僧为南无八宝金身罗汉、龙马为南无八部天龙广力菩萨。成佛成菩萨是佛教的语言，意思是象征精神达到完美、至善，象征永生，象征不朽。说明一个人生哲理：毕生贡献于为"众生"谋福的事业，毕生致力于除妖灭邪——为正义而战斗的事业，这样的人是"至善"的人，是永垂不朽的人。《西游记》提供了这样一个圆满的结局，一个理想的成功的人生。

五 解读孙悟空

《西游记》第一回从孙悟空出世写起。说在很多很多年以前，在那茫茫的大海上有一座花果山，山顶上有一块仙石，仙石里有一个仙胞，仙胞里有一个石蛋，似圆球样大。一日仙胞迸裂，石蛋化出一个小石猴，这个小石猴就是后来的孙悟空。它乃"天真地秀，日月精华"所孕育，充满灵气。

小石猴出生以后，就"会行走跳跃，食草木，饮涧泉，采山花，觅树果"，与山中动物为伴，以猕猿为亲，夜宿石崖下，朝游峰洞中。他"跳树攀枝，采花觅果，抛弹子，邸么儿（即以小石子等为玩具的"抓子儿"游戏），跑沙窝，砌宝塔，赶蜻蜓，扑蚆蜡，参老天，拜菩萨；扯葛藤，编草帏；捉虱子，咬又掐；理毛衣，剔指甲；挨的挨，擦的擦；推的推，压的压；扯的扯，拉的拉，青松林下任他顽，绿水涧边随洗濯"。小石猴的生活有两重特性：一是猴子的特性，如理毛、捉虱子等；一是小孩的特性，如抛弹子、邸么儿等。除了小石猴那神奇的出生以外，这时的生活与普通的小猴子、普通的小孩子一样，几乎没有什么特别的地方。小石猴时代，是孙悟空活泼快乐的童年时代。

小石猴是怎么当上了"美猴王"的呢？他凭什么在花果山的猴儿中称王的？

那是一个炎热的夏天，猴儿们到山涧洗澡，由于好奇，他们大伙沿涧水而上，寻找水的源头，发现山上一股瀑布飞泉，非常美丽，众猴们拍手称赞。同时又非常希望能钻进瀑布，到后面去看个究竟。但是大家都不敢进去，于是提出："哪一个有本事的，钻进去寻个源头出来，不伤身体者，我等即拜他为王。"连呼三声，别人不敢应，小石猴应声高叫："我进去，我进去！"于是，他跳入瀑布泉中。他在那里发现了一架桥，过桥后又发现了一个奇妙无比的水帘洞。洞外是瀑布当门帘，遮闭了门户，洞内是一个石屋，里面有石锅、石碗、石盆、石床、石凳，等等，十分宽阔，"容得千百口老小"，中间还有一副对联："花果山福地，水帘洞洞天。"小石猴急忙出门，招呼大家一起进洞。猴儿们在他带领下，进入这样一个好地方，全都欢天喜地。

正当大家抢盆夺碗、占灶争床闹个不休时，小石猴提醒大家两点：一是事先说过，谁有本事进来，不伤身体者，拜他为王；二是如今他"寻了这一个洞天与列位安眠稳睡，各享成家之福"，应该拜他为王。小石猴讲完这第二点时，众猴"即拱伏无违，一个个序齿排班，朝上礼拜，都称千岁大王"，自此将"石"字隐了，称"美猴王"。称王凭着两点：一是过人的勇敢，别人不敢闯进瀑布泉，他敢进；二是为众猴造福，寻了这样一个洞天福地，使众猴从此有了"安眠稳睡"的"家"，称王的条件是勇敢和造福于"民"。

美猴王治辖下的花果山猴子王国，是"不服麒麟辖，不服凤凰管，又不服人间王位所拘束，自由自在，乃无量之福"的一个自由王国。作为孙悟空来讲，从小石猴到美猴王，应该说已结束了他"抛弹子、邸么儿"式的孩提时代，而进入了欲有作为的青少年时代。

与人类社会一样，青少年时代首先应该是学习的时代，小石猴虽然已经做了美猴王，仍决定下山，"云游海角，远涉天涯"，去寻师求学。促使他学习的直接原因，是他看见老猴子一个个死去，众猴们对"暗中有阎王老子管着"的死亡威胁，"一个个掩面悲啼"，这使快乐的美猴王产生了忧虑，他想学习一个长生之法，以改变这种命运。于是他漂洋过海，先到了南瞻部洲，在那里学人样，穿衣走路，学人礼，学人话。再过西洋大海，来到西牛贺洲的灵台方寸山斜月三星洞，拜须菩提祖师为师。须菩提祖师收他为徒时，给他取了个姓名：姓孙，名悟空。也就是说，从美猴王阶段到了孙悟空阶段，也是他拜师求学的阶段。学了六七年以后，他才得到须菩提祖师传授的"真功果"、"大法门"。他的七十二般变化、十万八千里的筋斗云等神通，就是在这时学会的。当他告别祖师回花果山时，曾说"我也离家有二十年矣"，点明了学习的时间。可是这时花果山已被混世魔王占领，众猴儿们正在吃苦受难。混世魔王看见孙悟空回来了，还傲然说："你身不满四尺，年不过三旬"，可见孙悟空学好本领"毕业"回来时，相当于人类社会中"年不过三旬"的青年时代。

孙悟空学到的本领，也立即发挥了一些作用，他先战败混世魔王，夺回花果山水帘洞；又去海底向龙王强"借"了武器金箍棒；再去地府画去了阎王生死簿上自己和猴儿们的姓名，解决了"暗中有阎王老子管着"的问题。但是由于闹了龙宫，闹了阎王殿，龙王、阎王上告到玉帝那里。玉帝要来管教拘束孙悟空，最初的办法是"招安"，把他叫到天上来，"籍名在箓，拘束此间"，好随时管他，这是玉皇大帝的想法。孙悟空是否愿意去呢？太白金星来降旨时，孙悟空是这样想的："我这两日正思量要上天走走，却就有天使来请"。孙悟空学了本领回来，在花果山、在龙宫、在地府都施展了一番，他觉得已是天下无敌手，再也没有什么"事"可干。他想："老孙有无穷的本事"，如今不妨上天去施展施展。此时他并不曾想去闹天宫，他是欣然而去的。太白金星引他上天，引导他走这样的"路"："高迁上品天仙位，名列云班宝箓中"，是去接受"封官"，去"做官"去。第一次授予了御马监"正堂管事"——弼马温，开始时只知是个官，却不知官位大小，所以乐意去做，也是十分尽职的："昼夜不睡，滋养马匹。日间舞弄犹可，夜间看管殷勤——但是马睡的，赶起来吃草；走的，捉将来靠槽。那些天马见了他，泯耳攒蹄，都养得肉肥膘满。"

他第一次闹天宫，是由于在饮酒时问周围的人自己这个官"是个几品"，别人告诉他是"未入流"的"末等"，"最低最小"的不上品的官。他这才"心头火起，咬牙大怒"，打出南天门，回花果山去了。他在花果山树起了"齐天大圣"的旗号，意思是你玉帝封我做"末等"，我可自封"齐天"。在与天兵天将交战时，他在阵前对巨灵神说："若依此字号升官，我就不动刀兵，自然的天清地泰"，否则就要打上灵霄殿。第四回的标题是"官封弼马心何足，名注齐天意未宁"。玉帝就封他为"齐天大圣"，并说"官品极矣"，孙悟空"才遂心满意，喜地欢天，在于天宫快乐"，第一次闹天宫结束。

他第二次再闹天宫，是在向摘桃的仙女询问王母蟠桃会邀请什么人的问题开始的。他原以为"我乃齐天大圣，就请我老孙做个席尊有何不可"，结果别说"席尊"，连席"尾"也没有。齐天大圣本是"有官无禄"的空衔，当然就不会请他，于是他大闹蟠桃会而二闹天宫。

唉，孙悟空啊孙悟空，学了"无穷的本事"以后，不是去干一番有意义的事业，而是去争"官位"，真糟糕。顺着他当时的思路，他还进一步提出"皇帝轮流做，明年到我家"。假如他真的代替了玉帝的位置，高官厚爵地到了顶点，又能有多少"伟大"？还能像今天那样受到大家的喜爱吗？此时的孙悟空尚未有以天下众生祸福为己任的思想水平，他顶多记挂花果山的猴儿们，也无非是偷几瓶仙酒给他们乐一乐而已。"老孙有无穷本事"以后，也就是说他学了本领后却没有正经的事业的追求，倒是不断滋长了对高官厚禄与富贵荣华的追求。当然，这条路是太白金星"指引"的。

孙悟空大闹天宫以失败告终。《西游记》的作者实在没有对他有多少歌颂的意思。有批评："心高图阔极"；有同情："人事凄凉喜命长"；有对他本质的肯定："善根不绝气还升"；寄以热忱的希望："若得英雄重展挣，他年奉佛上西方"。但是我们又不能同意作品中以"恶贯满盈""犯了诳上之罪"等封建统治者的论调来批评孙悟空。这时的孙悟空只是一个自视很高而又缺乏正确的人生目标的年轻人。他的错在于他的幼稚、不成熟，在生活中要碰鼻子、走弯路。你看孙悟空大闹天宫时"就着缸，挨着瓮"地吃酒，"吃炒蚕豆相似"地偷吃金丹等那个样子，活现出一副十分顽皮捣蛋的孩子气。

对待青年时期还有点懵懂的孙悟空，各人的态度也是不同的。玉帝始终缺乏善意，孙悟空骂他"不会用人""轻贤"也是切中要害的——孙悟空"确有无穷的本事"，而玉帝从来就没有用他的诚意，基本态度是镇压他，动不动就提出："哪路神将下界收伏？"或是"有官无禄"地"拘束"他。矛盾激化时，是把孙悟空放到斩妖台上去斩，放到炼丹炉里去烧……必欲置之死地而后快。太白金星口口声声"招安"，用软的一手，以官爵利禄引诱他走弯路，也是缺乏善意的"骗"，都是封建统治者的架势。由于他们的专横与愚蠢，把事情越搞越糟，把孙悟空越推越远，最后又都束手无策，无法收拾，搬起石头砸自己的脚。

如来制伏孙悟空，是像跟孩子打赌似的开始，赌翻不翻得出手心，就这样把这时精力过剩又不干正经事的孙悟空先"压"了下来，让一时扰乱乾坤"好似癫痫的白额虎，风狂的独角龙"的孙悟空静下来；也不是一棍子打死，而是"轻轻"压下去，有爱护之意；同时也为他安排了未来：灾消时"自有人救他"——随唐僧去取经。如来是以教化者的态度，他比玉帝高明得多，也正确得多，像个长者的样子。

齐天大圣闹天宫阶段，是孙悟空人生经历中的一个重要阶段，反映他学了"无穷本事"后，想施展这"无穷本事"。但是客观上玉帝不用贤，主观上他对该怎样施展他的本事尚属懵懂。他计较弼马温的地位、齐天大圣的待遇，他的思想还处于"小我"的低层境界，有其不成熟处、幼稚处。但是在失败中获得了一双火眼金睛，和有了失败的反面教训，正是为他走向成熟作了铺垫。

孙悟空被压在五行山下五百年，他安静下来了，不能不回顾过去：英雄的失败之路；不能不正视现实的处境：囚徒的生活；不能不打算今后：该有怎样的人生转机？第七回，标题是"八卦炉中逃大圣，五行山下定心猿"。孙悟空要把心定下来，好好反思反思，总结一下经验教训。对他如何思考这些问题的过程，作品未作正面描写，但在观音访僧路过五行山时，交代了结果。当时观音为压在五行山下的孙悟空"叹惜不已"，为他吟诗一首：

"堪叹妖猴不奉公，当年狂妄逞英雄。

欺心搅乱蟠桃会，大胆私行兜率宫。

十万军中无敌手，九重天上有威风。

自遭我佛如来困，何日舒伸再显功！"

孙悟空在山下听见了，高声叫道："是哪个在山上吟诗，揭我的短哩！"观音揭其"短"处，是"不奉公"而奉私，"狂妄"的行为和态度；表现在"搅乱""私行"的任意妄为。观音也说了他的长处："无敌手""有威风"的英雄气概；感叹他目前的"困"境，提出了今后的希望："舒伸再显功"，将是大有作为的。观音的这一首诗，实际上分析了他的优缺点，总结了他的过去，指出了未来，为他的人生之路"导航"来了。

孙悟空是否能接受呢？有了五百年的反思，他有接受这些意见的基础和主观要求。他对观音批评他的"短处"表示接受："我知悔了。"这也是他五百年反思的结果。孙悟空是个知错即改、心怀坦荡的人。对观音赞扬他的长处和提出的希望，他则要求具体一点，为他"指条门路"。观音指出：取经去，以再修正果。也就是说，从为"小我"的思想境界，进入为"大我"

（普济众生）的思想境界。从此以后，孙悟空的思想将围绕着"众生"的安危，围绕着主持正义铲除邪恶的事业而转，再也不为弼马温的地位或齐天大圣的待遇之类的小我的利益所驱使了。孙悟空的行为，将不再是以"大闹"为王，而是以"建树"为主——建功立业于西天之路。从此以后，他对富贵荣华、高官厚禄的追求越来越淡漠，甘心做一个什么官也不是的苦行僧；而他的人生事业上的追求和成就将越来越大，走万里路，举万里事业，二者适成反比。此时的孙悟空"见性明心"。五百年的反思到此结束，是因为孙悟空有了新的思想、新的追求、新的事业之始。五百年反思时期，是他人生转折期，是他走向成熟的关节点。

取经路上的孙悟空，唐僧为他取个"混名"叫孙行者。孙行者阶段，标志着孙悟空的人生进入了一个新阶段，走向了成熟，他的思想有了合理的内核，他的"无穷本事"有了用武之地，有了归宿，从此开始了他无坚不摧的胜利行程，从此开始了他得道多助的事业局面。孙行者时期才是他人生最主要的也是最有价值的时期。前面是学本领、长知识、探索、失败和锻炼，他的人生事业的成就在后面，《西游记》用第十四回到九十七回的长篇巨幅，描述这一阶段，前面不过是序幕而已。

孙悟空少年时代做美猴王时，就有为众猴谋福的性格。在闹天宫时，这种性格似乎黯淡了，曾一度热衷富贵与爵禄，还说过"皇帝轮流做，明年到我家"。但一旦走上了取经之路，请他做皇帝也不干了。他在乌鸡国就说，"老孙若肯要做皇帝，天下万国九州皇帝，都做遍了"，如今是"做惯了和尚"，这个和尚的任务不是去念经，而是去战斗。为"拯救山上生灵"除圣婴大王，他几乎丧命也不顾；陈家庄仗义救人，他携八戒同上人祭台；在乌鸡国、车迟国、朱紫国、比丘国等许多国家，他"专秉忠良之心"，"与人间报不平之事"，留下"大慈大悲"的"齐天大圣孙爷爷"的美名……取经队伍中他是大师兄，西天路上他是除妖利民的主将。如今他已不是美猴王时期那样，只是为一个花果山小山头的猴儿们谋福了，他心中有"众生"，以天下为己任。他摈弃了闹天宫时个人的富贵利禄观念，而是在高尚的事业中寻求人生的价值。到了孙行者阶段，他嫉恶如仇，除恶务尽，"济困扶危，恤孤念寡"，主持正义，酷爱真理。这些也成为孙悟空最可爱、可敬的性格因素。

孙悟空那"无穷的本事"，有了真正的用武之地。他那金箍棒，闹天宫时曾"打得那九曜星闭门闭户，四天王无影无形"，如今是"伏虎降龙处处通，炼魔荡怪方方彻"。他那七十二般变化，或变仙丹，变小虫，变桃子……到妖怪肚子里去作战，或变海东青，变乌凤、变饿虎、变狻猊、变赖象……与妖魔斗法。车迟国，他拔下一把毫毛，嚼得粉碎，给每一个逃命的和尚一截，捻在无名指甲里，若有灾难，叫一声"齐天大圣"，就有一个孙悟空出来，手执铁棒，千军万马也不敢近他，连他那会变化的毫毛，也成为受苦人的保护神。他一阵风，刮去了比丘国一千余将被杀害的小儿，护送到安全地带；一阵雨，活了凤仙郡"万万千千性命"……而在许多本事当中，他的火眼金睛又是取经路上才开始用的"最新武器"，标志着他智勇双全，有胆又有识。他得道多助，不再像以前那样孤家寡人地作战，学会争取众多力量的合作。葛仙翁说他"苍蝇包网儿，好大面皮"，他"人情大"，支持的人多。他学到的本领在除妖利民的战斗中产生了真正的价值，创造出一个又一个辉煌的战果。

孙悟空从少年时代敢钻水帘洞开始，就表现了他超于常人的勇敢气质。这种气质在大闹天宫中，又表现为年轻人的狂妄与大无畏的勇敢相混淆，其中还夹杂着孩子气的顽皮与捣蛋。而在取经途中，这种气质进一步发展成为所向无敌、英勇无畏的英雄气概，成为孙悟空性格的基本特征。他的誓言是"只是不动手，动手就要赢"。困难面前，有时八戒要动摇，要分行李回高老庄去；在复杂的情况下，有时沙僧要明哲保身，不敢挺身而出坚持真理。孙悟空从来没有这方面的犹豫与动摇。他勇敢无畏，人说别人胆大，还是身包胆，他是"胆包身"。

孙行者是一个快乐的苦行僧，又仍然是一个调皮的急猴子。第六十六回值日功曹说孙悟空："大圣，你是人间之喜仙。"他总是那么快活地进行艰苦卓绝的战斗，或变成红孩儿的父亲，把红孩儿当儿子"教训"起来；忽而变成金角大王、银角大王的母亲，坐在上面叫妖怪拜寿；忽而变成铁扇公主的丈夫，笑呵呵地骗走了芭蕉扇。就是人在祭台上，坐在红盘子里，还在开玩笑说："我们也是上台盘的和尚了。"更不用说他在老魔的肚子里发酒疯，在灭法国给睡梦中的国王、皇后、大臣们剃光头，等等。就是他的长相，也不是相貌堂堂的一本正经的"大将风度"，他"毛脸雷公嘴"，罗圈腿，拐子步，就是七十二变，也常要留出尾巴来。他顽皮爱闹，喜欢撩逗人，有时还惹是生非，偷吃人参果还推倒人参树。就是在如来手掌里翻筋斗，还要在如来的手指上"撒下一泡猴尿"。而且他性急、好胜、好戴高帽。他既是神通广大的英雄，他从事的事业具有崇高性与严肃性，但他的性格又是如此无拘无束和真情毕露，没有任何矫揉造作，没有任何虚情假意。他的快乐，他的调皮，甚至惹是生非，都显示着他单纯和率真的性格，使人觉得他是那样可爱与可亲。

孙行者阶段是成熟的阶段，性格的许多方面是发展得更完美了。唯一的不足之处，倒是他追求自由、勇于反抗的个性，没有得到更为畅达的发展。花果山时，他追求"不服麒麟辖，不服凤凰管，又不服人间王位所拘束"的"自由自在乃无量之福"的生活；学了本领敢打阎王殿，他为的是不受阎王老子的拘管；在天宫他也不能忍受玉帝那种表面上招安、实际上暗中将他"拘束于此"的生活，不畏强权，敢于无视天帝的尊严。取经路上的孙悟空，仍然带着一个"不伏管"的性格上路，他仍然向玉帝自称"老孙"不称臣，见面只"唱个喏"算数；敢骂如来是"妖怪的外甥"。这种性格与他追求事业的理想相结合，又成为一种冲决一切阻力时的天不怕地不怕的解放精神。但是人们不能不注意到孙悟空在取经途中一个重要问题，就是戴上了一个紧箍，还有一念起来紧箍就收缩，使他头痛得无法忍受的紧箍咒。紧箍是对孙悟空最大的束缚。

紧箍是在什么情况下戴上的？孙悟空刚踏上取经征途，一下子打死了六个不该死罪的强贼，唐僧批评他不该伤人性命。孙悟空"一生受不得人气"，一气就走了，不去取经了。龙王、观音把他劝说回来。这时，唐僧给他戴上观音给的花帽子——紧箍。紧箍一戴上就肉里生根除不下来。孙悟空大怒，"心上还怀不善"，举起金箍棒，"望唐僧就欲下手"，唐僧才赶快念起紧箍咒，孙悟空的棍子才下不来，唐僧保住了命，孙悟空才表示"再无退悔之意了"。孙悟空取经，是自愿的，但是取经的正义性和崇高的意义，不是一开始就能认识清楚，也就是说开始还缺乏自觉性。紧箍在开始时有一定约束性，为了"收放心"——去掉孙悟空的野性。紧箍的本义含有"纪律"的强制性与约束性。人类的自由、个性的解放，个人才华的发挥都有一个轨道，不能无法无天地任意妄为。人总是生活在一定的约束中，这是正常的，孙悟空也不例外。不能说紧箍毫无积极意义，这是第十四回戴上紧箍时的情况。

以后又怎样？当孙悟空在取经的实践过程中早已坚定了信念，已经成为取经中的中坚人物。唐僧再念紧箍咒时的情况又如何？三打白骨精又是一例，由于掌握紧箍咒的唐僧人妖不分，将妖怪当好人，将忠心耿耿有胆有识正义的孙悟空当凶手，大念紧箍咒。此时紧箍的意义已背离初衷，走向反面，客观上成了帮助妖怪伤害好人的工具，加深了取经队伍内部矛盾，损害取经大业，这又是紧箍的悲剧意义。对孙悟空来讲，戴上紧箍，不减当年神威，无损他的战斗力，有时更体现了他的坚决性：三打白骨精时，任凭你念，照打不误。

第九十八回到一百回，是孙行者到了西天，成为斗战胜佛的阶段。

《西游记》第一回从孙悟空出生写起，至此写到他事业成功，得到永生结束。孙悟空的一生，有过摸索，有过曲折，有一个前后有联系而又不相同的发展过程；有过玩邸么儿、抛弹子的小石猴的无忧与天真，有过美猴王时的欢乐与忧戚，有过学本领的甘苦与收获，有过闹天宫的困惑与失败的悲哀……最后在追求正义的事业中走向成功。此时他头上的紧箍也自然消失了，标志他对事业的忠诚和人生的至善，偿还他对自由的享用和追求。当年的小石猴，终于获得辉煌的成功。

我们喜欢孙悟空，喜欢他那火眼金睛的智慧，七十二变、十万八千里筋斗云的神通广大本领高超；喜欢他无私无畏的英雄主义，诙谐风趣的乐观态度，嫉恶如仇除恶务尽的正义性格；喜欢他追求真理酷爱自由的奋斗精神，以至他那率真单纯的脾性；等等。在他身上，体现了我们民族许多优秀的性格因素。他的许多特点活在许多人的心田里，有的是人们固有的，有的是人们期望得到的。孙悟空者，心猿也，一个活在多少人内心深处的神性的精灵。

六　解读猪八戒

猪八戒，猪脑袋，人身体，挺着个大肚皮，他最早是人还是猪？当是从人修行成仙，而不是猪成精成仙。不像孙悟空是石猴子出身，无牵无挂，八戒身上人间的欲望要多得多，而且在第一百回如来说过："贬汝下界投胎，身如畜类，幸汝记爱人身。"看来他本来是人身。他做人的时候，不但"生来心性拙"，而且"贪闲爱懒"，成仙有一定的偶然性，是"忽然闲里遇真仙"，受到启发而修行，功成为仙，玉帝封他做天河水神天篷元帅。作品中只在第七回收服了孙悟空后，这位天篷元帅奉玉帝命，来请如来稍候片刻，因为要开安天大会。就只有这么一个"镜头"，实在没有他后来自己经常吹嘘这段"光荣历史"时说得那么威风。

他是怎么从堂堂的天篷元帅变成猪头人身这个怪样子的呢？那是因为他犯了错误——"带酒戏弄嫦娥"。这当然不对，作风不正，违反纪律。玉帝对他的处分也是很厉害的："打了二千锤，贬下尘凡。"到了凡间，他本想投生到人间做个人，可是错投到猪的肚子里，生下来就变成了猪头人身的怪模样，从此他也就成了一个"猪精式的人"。他以相貌为姓，姓"猪"，自己取个

"官名"，叫"猪刚鬣"。先在福陵山云栈洞做了卵二姐的丈夫，卵二姐死了，他又把模样变得漂亮一点，到高老庄高太公家做了女婿，做了高翠兰的丈夫。这两次他这个男子汉都是"嫁"到女家去的，所以人们叫他"倒插门女婿"，有嘲笑他的意思，可他自己是很得意的。他在高家倒也"勤谨"，"耕田耙地，不用牛具；收割田禾，不用刀杖"。不过，他常常要露出本相——"猪头人身"，而且云来雾去，飞砂走石，吓得高太公家和左邻右舍不得安生，还把高翠兰关在后宅不与父母见面。于是，大家知道他是妖怪，一定要想法子除掉他。总之，这位猪刚鬣两次自以为成了家了，立了业了，可实际上一事无成。这种人不人、猪不猪的妖怪日子很不好过，到处碰壁。他对前途丧失信心，认为既已"获罪于天，无所祷也"，而且觉得"在此日久年深，没有个赡身的勾当"，也就自甘堕落，"占了山场，吃人度日"。这是八戒人生的大挫折：从堂堂的天篷元帅而成倒霉的丑八怪猪刚鬣。

憧憧而落魄的猪刚鬣人生的转机，是在遇到观音以后，观音给他指出"世有五谷，尽能济饥"，不能吃人；保唐僧取经，"将功折罪"，就可以脱离灾瘴。他才"似梦方觉"，决心改邪归正，专等唐僧到来去取经。这时观音给他取个法名叫做"猪悟能"。他断了"五荤三厌"等唐僧，本来是好事，但见了唐僧就要求"开斋罢"！唐僧不允，所以又给他起个别名，叫"八戒"——继续戒"五荤三厌"。猪八戒的阶段，是他随从唐僧、孙悟空取经的阶段。

取经途中，猪八戒虽然缺点很多，错误不少，但他毕竟也走完了西天之路，共同取回真经，所以他最后也成正果，成为净坛使者。纵观猪八戒的人生道路，也是曲折的。而猪八戒、猪悟能阶段的西天之路，对于他来说，是不断犯错误又不断改正错误的人生之路，最后还是走向成功——事业成功，个人不朽。八戒的人生，仍然是成功的人生。

以上说的是八戒的人生经历，下面谈谈八戒的人生态度。

唐僧说八戒"一生图口肥"，只知"口福之乐为上乘"。八戒嘴馋贪吃，也很能吃，以"吃"为大快乐事。在高老庄，一顿早间点心，也要吃百十个烧饼才够。在稀柿衕拱开八百里"臭路"，干重活儿，众人一路供食，七八石饭食"一涝用之"。在陈家庄吃饭，一碗一口，连叫"添饭添饭""斋僧不饱，不如活埋"。在五庄观吃人生果，囫囵吞下，来不及辨滋味，硬要重新再吃过。总之，一副馋相。

八戒是做了和尚想媳妇，贪色。这一点更有其一贯性。在天宫就因"戏弄嫦娥"，犯过错误；下到凡间两次做"倒插门女婿"，以此为荣；离开高老庄还要留着后路："丈人啊，你还好生看待我浑家，以便今后回来，照旧与你做女婿过活。"取经路上，"色情未泯"，也因此吃尽苦头。第二十三回他自认"和尚是色中饿鬼"，结果做了"绷巴吊拷女婿"，受了惩罚。在盘丝洞，他因好色被蜘蛛精用丝罩住，差一点儿送了命。在女儿国，他见女王袅娜，"好便似雪狮子向火，不觉的都化了去也"。真是出尽洋相。

八戒还贪财贪小。离开高老庄时，他要向高太公讨一件青锦袈裟，一双新鞋子。在玉华县，他又向玉华王子讨衣服穿。在犀牛洞里搜来了宝物，他"每样各笼些须在袖"。他还偷偷地攒私房钱，共四钱六分银子，摁在左耳朵眼里，被孙悟空"查"出来。他贪财只是贪小，就云栈洞卵二姐那一点点"家当"，他也很满足地吹嘘"将一洞的家当，尽归我受用"。白骨精变化成女子拎了饭菜来，他怪唐僧和沙和尚，为什么不趁孙悟空化斋尚未回来之时，赶快分了吃，现在是"三份儿不吃"，等孙悟空来，要"分四份儿"才吃，就少吃了。他就打这种小算盘。

从八戒贪吃、贪色、贪财、贪小的生活态度来看，他这个人常常目光短浅，只图眼前"实惠"，缺乏远大的理想与抱负。由于对人生缺乏远大目标，他在取经途中想的常是小事，一己之私事。如在乌鸡国，为救活被妖怪害死的国王，本是一件除妖正国的大事，也是面临一场复杂而艰苦的斗争，可是叫八戒下井去背国王的尸体时，要说是去偷宝贝，条件是归他一人独得，得此"宝贝"的目的是"好换斋吃"。下井后，井龙王要他驮国王尸体时，他要讨"烧埋钱"，顾虑的是："腌臜臭水淋将下来，污了衣服，没人与我浆洗，上面有几个补丁，天阴发潮，如何穿么？"在从事这样一件大事的过程中，他想的都是鸡毛蒜皮的小事，都是他自己的事。

他自己私心重，贪图小利，并以此看别人，以小人之心，度君子之腹。与白骨精斗争中，唐僧错怪孙悟空，要赶走孙悟空。他看孙悟空不肯走，以为是要想分件破褊衫穿，他对唐僧说："跟着你做了这几年和尚，不成空着手回去。"他对己、对人，看问题的角度就是这么"小"。

由于他私心重，他在五庄观、在与白骨精等斗争中，都给取经事业带来损失。也由于对人生缺乏"远目标"，所以处处都可以"停车""靠岸"，对取经就缺乏坚定性。碰到困难，他第一个丧失信心，要分行李，回高老庄做女婿去。一碰到"色""财"等私利，他就动摇，不想前进。八戒对观音说过："前程，前程，若依你，教我嗑风。"他不相信前程，只要眼前"实惠"。甚至到了西天灵山脚下，八戒不敢过凌云渡，还说："佛做不成也罢，实是走不得。"他实在缺乏走完西天路的自觉性。

正因为缺乏理想与抱负，他的人生态度也往往是非进取型的，这一点正好与孙悟空形成对照。第三十二回写师徒们来到平顶山，日值功曹来报，"此山有一伙毒魔狠怪"，难以过去。孙悟空的态度是"就入此山，打听有多少妖怪，是甚么山，是甚么洞"，以便主动对付妖怪。八戒为此巡山，大为反感，在背后将唐僧、孙悟空、沙僧骂了一通之后，亮了他自己的观点："偏是叫我来巡甚么山！哈！哈！哈！（自己满以为"悟"出道理来了，很自得）晓得有妖怪，躲着些儿走，还不够一半，却教我去寻他，这等晦气哩！"这就是八戒的逻辑。于是他到山凹里一弯红草坡中睡觉去了。

知道有妖怪后，孙悟空的态度是主动掌握情况以便出击，是进取型态度。八戒是"躲着些儿走，还不够一半"的非进取型态度，是遇事取"逃""躲""懒""无所作为"者的逻辑。由于这种人生态度，八戒在比丘国，怪唐僧与孙悟空为拯救一国小儿而奋起战斗是"专把别人棺材抬在自家家里哭"，说什么"他伤的是他的子民，与你何干"？他笑孙悟空积极主动揽打妖怪的事，是比见了外公还亲热。这些方面看来，他是那样无志气，无所作为，懒惰，不成才。

还由于缺乏坚强的事业心，也就缺乏高度的责任感。八戒有一种懵懂人的无忧与乐天。叫他巡山，他到草坡上睡觉去；和黄袍怪打仗打不过了，说要上厕所"出恭去"，把难题留给沙僧，自己又躲在草里睡觉，但留半只耳朵在外面听动静。就这样也居然睡得着睡得香，醒了还一时记不起自己在何处。因为平时自有大师兄孙悟空挑大梁，他肩上没有担子，心里没有负担。他的人生观念是船到桥头自会直，就是取不成经也没什么，大不了回高老庄当女婿去。他错了，失败了，也并不伤心烦恼，他好色贪财做了"绷巴吊拷女婿"，丢尽了脸，跌得嘴肿头青，受了皮肉之苦，当时可真是"羞耻难当"。如果是孙悟空，一定恼羞愤懑，也不会罢休；如果是沙和尚，一定伤心痛苦，无地自容，精神上都会受到挫伤。唯有八戒，惭愧了一下，很快就没事了。就这样，他没有心事，既不为成败担忧，也不因是非内疚，他始终是懵懂人的乐天，始终是吃得香，睡得稳，处之泰然。

八戒的"懵懂人的乐天"也还由于他的缺乏自知之明。长得那么丑，"黑脸，短毛，长喙大耳"，却要自炫其美，还说什么"粗柳簸箕细柳斗，世上最见男儿丑"。别人以"嫁"到女家的男子为"倒插门女婿"，依靠妻子财产过活是不体面的事，八戒却引以为荣，不但津津乐道，也始终恋恋不舍。

八戒是有名的"笨汉""呆子"，却又常要起八戒式的"狡猾"。他明明想在西牛贺洲留下，再做"倒插门女婿"，但口里却说"从长计较"，又假装去放马，以便找那妇人说合，吞吞吐吐，却欲盖弥彰；五庄观，做了错事他耍赖；三打白骨精他要在唐僧面前挑拨离间，这些他都自以为得计，可是没有一次不是弄巧成拙。总之，他丑，却自以为美；他笨，却自以为聪明，还爱要点儿小诡计。由于他一直"自我感觉"良好，所以也始终是无忧无虑的乐天派，永远快活。

上述种种情况，表明八戒在《西游记》中是受嘲笑的人物，人们嘲笑他的失败，而不是同情他的失败，因为他的失败中有自己"招"来的，"活该"的地方。人们嘲笑他自以为得意的"成功"，如"倒插门女婿"的"光荣"，如巡山时"悟"出的"躲也来不及"的哲理。他的懵懂的乐天，他的自炫其美等得意处，正是他不成器的地方。

但是，我们嘲笑八戒，却不会憎恨八戒，讨厌八戒。恰恰相反，我们却喜欢八戒，猪八戒的形象，是让人喜爱的形象。见了猪八戒，人人都是那么开心，这是为什么？

最根本的一点，猪八戒是取经人，不是吃人的妖怪，是从事象征正义的取经事业的人，是专打吃人的妖怪的孙悟空的第一个助手，这是猪八戒的本质。

猪八戒自有他的英雄处，他毕竟是取经队伍中的"二师兄"。他虽然想"躲"着妖怪走，但躲是躲不了的，事到临头，他还是能"铁刷帚刷铜锅，家家挺硬"地打硬仗。黄风岭上专写八戒争先，"抖擞精神""抢耙就筑"，勇猛异常。孙悟空安排他去战斗，他说"不消吩咐"，配合密切。火焰山八戒"助力败魔王"，狮驼国八戒协力降二魔，隐雾山八戒"助威征怪物"，他都有过战功。八戒挥起铁耙，有着："筑倒泰山老虎怕，掀翻大海老龙惊"的威风。

八戒毕竟当过天蓬元帅，水里的经验他比谁都丰富，连孙悟空都承认"水里勾当，老孙不大熟"，常是八戒"双手舞耙分开水路"，在水底与妖怪"铜盆逢铁帚，玉磬对金钟"地恶斗。而八戒在西天路上以主力出现建头功的，是开通八百里荆棘岭和八百里"稀柿衕"。八戒变成二十丈高下的身躯，举起三十丈长的铁耙，扫除荆棘，开山劈路。他干得很欢，还作起诗来，在原来"荆棘蓬攀八百里，古来有路少人行"两句下面，添上"自今八戒能开破，直透西方路尽平"，真是够豪迈的。在驼罗庄与孙悟空合力为百姓除了吃人的蟒怪，又变成大猪，将为烂柿子填满的八百里夹石胡衕拱开，涤净恶臭污秽之路。当地百姓感激万分，一路"花红彩旗"，七八百人为八戒送饭食，真乃"千年稀柿今朝净，七绝胡衕此日开"。牵丝攀藤的荆棘，脏臭污浊的"稀柿"，皆是"尊性高傲"的大师兄孙悟空所不屑干的。这两大壮举，八戒功居第一。八戒取经，并非系如来所说的那样"挑担有功"而已，他自有建功立业处。

八戒虽也弄过一点儿小诡计，但那无非是"八戒式的狡猾"，不但没有一次真正"成功"，到头来都是他自己吃了亏，受了罚，得了报应。从根本上说，他是本质单纯的"笨汉"，憨厚老实的"呆子"。他的这些"耍计谋"，正说明他不善于耍计谋，更不会搞阴谋。就是最让人恼火的那件事："尸魔三戏唐三藏"时，他在唐僧面前说孙悟空的坏话，直至最后唐僧人妖颠倒，赶走了孙悟空这件事，就他本人来说，他根本没有想到问题会这样严重，他"只当耍子"。等到孙悟空回花果山了，他打了败仗，师父被黄袍怪变成了老虎，沙僧被擒，连白马也因救师父而被打伤。看到问题的严重性了，他还是去请回孙悟空的。八戒"呆"了一世，唯这一次急中生"智"，他居然想出办法向孙悟空学妖怪的话，说什么要捉住孙悟空"……剥了他的皮，抽了他的筋，啃了他的骨，吃了他的心……饶他猴子瘦，我也要把他剁鲊着油烹……"，直把孙悟空激怒万分，与他一起去收拾妖怪救唐僧。让他"智激"成功，将功补过，是从根本上来表现他的本质单纯与憨厚。八戒有一点儿小诡计，顶多不过是"猪八戒式的狡猾"，他绝不是一个深心人，他心地单纯而简单，与这样的人相处，你不必"提防"，这就是猪八戒的呆得"可爱"处。

八戒有"错"时，他也"错"得"坦荡"：贪吃，那一口一碗的馋相就从不遮掩；好色，第九十五回嫦娥收伏妖怪时，从国王、唐僧到举国之人都在"望空拜谢"，此时香案林立，人人叩头念佛，气氛异常庄严肃穆，八戒居然跳将起来，当众抱住嫦娥，说："姐姐，我与你是旧相识，我和你耍子儿去也。"这正是八戒的混账处，也是八戒的"错"法——错得没遮没拦。贪吃、贪色、贪小利，这本是八戒的没出息的地方，世"俗"的地方，但是，他在犯这些"错"时，是如此坦荡。

八戒犯"错"，除了他缺乏自知之明、懵懂糊涂之外，还有一个根本的原因：他身上有一股轻视礼教、要求摆脱一切束缚的力量。八戒的信条是"依着佛法饿杀，依着官法打杀"。当了和尚照样想媳妇，做西天路上苦行僧，依然以"口福之乐为上乘"。他不信任何束缚人的戒律，他的行动说明他的信条是"食、色、性人之大欲也"。这也是他错得坦荡的一个原因和思想基础，因为他始终认为吃饭、穿衣、男女爱欲之类，是正当的人生欲望，而不是丢人的坏事。这就说明八戒有他反封建礼教的本性。就是经常以做倒插门女婿为荣来看，固然有他贪财好色等没出息处，但八戒敢于炫耀男子"嫁"到女家，也包含了一种反世俗偏见的进步性。在男尊女卑的社会中，这一点上有谁能像八戒那样具有破俗的勇气呢？

在观念上，八戒也自有他的出格处。封建社会中有一条最保守的戒条："存天理，灭人欲。"八戒正好是这种观念的对头。可以说，八戒身上有一股反束缚、趋向个性解放的因素。只是他的个性解放的内容与孙悟空有所不同——孙悟空重在发挥个人才能、个人能量为主，八戒重在人的生存欲望为主；孙悟空的个性解放更多地属于崇高的理想型，八戒的个性解放更多地属于现实的世俗型。这两个形象互补，正好表现了《西游记》的个性解放思想倾向，也是孙悟空与猪八戒这两个形象成为《西游记》中人们特别喜爱的共同原因。

最后还要说一下八戒的"大节"。尽管他打仗时有偷懒、逃跑等不光彩处；他怕死，尤其关心死法，如担心把他做腌猪肉吃呢，还是马上蒸了吃？妖怪说八戒皮厚不好蒸，他以为不蒸他了，高兴得念"阿弥陀佛"；妖怪又说不好蒸就放在底层蒸，他又大叫说不要放在底层，汤一滚就熟了，还要顾虑什么会不会蒸成一半熟一半生"夹生"了？但不管怎样怕这怕那，他从不低头屈服。过号山火云洞遇红孩儿，是一场恶斗，八戒被擒，装在袋里，吊在梁上，听妖魔吩咐说，要将八戒"蒸熟了赏赐小妖，权为案酒"。八戒在袋里骂了又骂，嚷了又嚷，说什么吃了他，"管教你一个个遭肿头天瘟"。孙悟空变作苍蝇在旁边，听他声音不清，像个瘟猪，但恶言恶语骂个不停，不禁赞美道："却还不倒了旗枪。"在西天路上，历尽艰险，也不断有这个缺点那个错误的猪八戒，在妖魔面前却决不倒旗枪。八戒在无数次生死关头，能经受得起考验，这正是八戒的英雄处。所以，八戒毕竟能到西天，八戒当然也能成佛。

猪八戒的许多毛病就像他的长相一样，丑虽丑，却还本色。八戒受人喜爱，是他身上有反世俗的进步因素和积极因素；八戒受人嘲笑，是他身上又有世俗的庸俗之处。美与丑在八戒身上得到有机的统一，他有"村俗"处，也有英雄处。八戒在取经途中是不断改掉缺点、发扬优点，最后走向成功的典型。

七　解读沙僧

沙僧是个不引人注目的人。论外貌，"他生得青不青，黑不黑，晦气色脸；长不长，短不短，赤脚筋躯。眼光闪烁，好似灶底双灯；口角丫叉，就如屠家火钵，獠牙撑剑刃，红发乱蓬松"。取经人除了唐僧之外，虽无一人是眉清目秀的，但孙悟空的罗圈腿，毛猴脸，自有其可爱处；猪八戒的长嘴大耳，也有其可笑处。沙僧既不可爱也不可笑。

论本事，他与八戒是对手。大师兄孙悟空的金箍棒一万三千五百斤重，他的宝杖与八戒的铁耙同为五千零四十八斤。收服他时，八戒说："战不胜他，就把吃奶的气力也使尽了，只绷得个手平。"说明他本事不在八戒之下。但真正上场作战，他不仅远不能与大师兄孙悟空比，而且作战次数也远不如二师兄八戒多。这并不是他偷懒或胆怯，实在是分工的缘故——总是叫他当后卫，在后面照顾师父，所以取经途中，他经历平凡。

不招人喜欢的外貌，不引人注目的经历，过失、功劳都不突出，优点、缺点表现一般，这就是沙僧特点不突出的特点。生活中就有不少人，并不突出，并不引人注目，但却各有个性，沙僧就是这样的人。

人的个性是与生活经历有着密切的关系，这一点在沙僧身上反映得特别明显。

先看看沙僧的经历：他本是人，做人，他是体面而得意的："英雄天下显威名，豪杰人家做榜样。万国九州任我行，五湖四海从吾撞。"而且"生来神气壮"，绝非后来那副凶丑相。从人到神，走的是虔诚修行的路子，他"皆因学道荡天涯，只为寻师游地旷"，是说寻师学道，积极追求，"才得遇真人"。"常年衣钵谨随身，每日心神不可放"。"三千功满拜天颜"，乃苦修得道而成仙。他不像孙悟空，本是仙胎；也不像八戒，"先世为人，贪欢爱懒"，"忽然闲里遇仙……"，成仙有很大的偶然性。沙僧成仙，是虔诚的循规蹈矩的修行。这是他人生的第一阶段。作品虽无正面介绍，但从沙僧的口中可知道个大概，并知道他从来就是个老实人、规矩人。

修行得道做了神仙以后，他也有过宠幸与威风："玉皇大帝便加升，亲口封为卷帘将。南天门里我为尊，灵霄殿前吾称上。"他一下就成了玉帝的御前将军，头戴金盔，身披铠甲，腰悬虎头牌，手执降妖杖，是位威风的天神天将，而且是玉帝的亲随将——"护驾我当先"，"随朝予在上"。这是他人生的第二阶段——灵霄殿上的卷帘大将，威风凛凛，忠心耿耿。

可是，封建社会有句俗话——"伴君如伴虎"。忠于玉皇大帝的这位卷帘大将怎么也不曾想到蟠桃会上的一个偶然"失手"，打碎了"玻璃盏"，这样一件小事，玉帝居然把他"打了八百，贬下界来，变得这般模样"。又教他七日一次受飞剑穿刺胸胁百余下的酷刑。他的被贬，既没有孙悟空大闹天宫的"犯上"行为，也没有猪八戒调戏嫦娥的错误，他只是偶然打碎了一个玻璃盏，而且不是有意，是不小心"失手"打碎的，就算是错误，也只是一个无意识的小错误。他的"错"很小，他的"罚"很重——不论孙悟空还是猪八戒，都没有他那样七日一次飞剑穿胸百余下的苦楚。对孙悟空的惩罚是对"犯上"者的惩罚；对猪八戒的惩罚，是对犯戒律者的惩罚；对沙僧的惩罚，则是玉帝对忠实于他的虔诚者的惩罚。对虔诚者的惩罚更严厉，更残酷，这不能不是深刻地揭露了帝王的昏愦与残暴。沙僧就是这样一瞬之间，从蟠桃会上的座上客，变成流沙河中的阶下囚；一转眼间从威风凛凛、相貌堂堂的卷帘大将，变成了这人不人、鬼不鬼的凶丑罪妖。沙僧没有"犯上"的历史，他不是一个反抗者的形象，沙僧对自己的不幸遭遇无法理解，对自己的命运难以解释，对前途黯然无望。绝望中的沙僧一度真正堕落为妖："没奈何，饥寒难忍，三二日出波涛寻一个行人食用。"说明他挫折后振作不起来。这是他人生的第三阶段——流沙河中吃人的妖魔。

观音的到来，为他指出了重新做人（神）的希望与出路——护送唐僧去西天取经。取经事业的正义性与崇高性，使沙僧重新找到人生的价值从而振作起来。观音又许以"我教飞剑不来穿你"，使本是永无绝期的最惨苦的酷刑得以中止。沙僧才"洗心涤虑，再不伤生，专等取经人"。观音与他"摩顶受戒，指沙为姓，就姓了沙；起个法名，叫做个沙悟净"。唐僧到此，收他为徒，用戒刀给他落了发。八戒是猪头，孙悟空是猴头，都无落发剃度之事，故唐僧认为他"真像个和尚家风"，又叫他做"沙和尚"，简称沙僧。这是他人生的第四阶段——取经人沙悟净、沙和尚阶段。

沙和尚阶段是《西游记》中主要的阶段。取经途中，他有着这样一些性格特征：

一个循规蹈矩、一本正经的人。

唐僧的三个徒弟中，最守规矩少闯祸的是沙僧。自始至终，他没有单独的越轨举动，连唱个喏，也喜欢等齐了唱。在玉华王府，八戒先顾自朝上唱了个喏，沙僧怪他；"唱喏又不等齐，预先就抒着个嘴吃喝"，他就是这样的规矩人。沙僧又是那样一本正经，连玩笑也少。即使他开玩笑，也不好笑。在天竺国，八戒吃饱了就要睡觉，沙僧笑道："二哥忒没修养。这气饱饫，如何睡觉？"八戒道："你哪里知，俗语云：'吃了饭儿不挺尸，肚里没板脂哩。'"说的是"猪话"。沙僧"笑道"，却叫人笑不起来，八戒不笑的一句话，却让人笑。作品中"沙僧笑道"的次数也不算少，但给人的印象却总是板着脸似的。从脾气来看，他没有孙悟空的调皮活泼，也没有猪八戒的滑稽风趣，沙僧的性格显得古板，但也实实在在，来不得"花里胡哨"。

沙僧从人到神，是按规矩一本正经修行而来的，在灵霄殿做神将，也是规规矩矩的，他受罚不是不守规矩，是不小心。取经途中，也是这个性格，与他过去的生活道路是一脉相承的。

埋头苦干，不求闻达，是沙僧性格特征之二。

在西天路上，沙僧名声不大，但他自有其独到的贡献。他承担了照顾师父的"后勤"工作，什么"整顿早膳"，"服侍师父上马"，"刷鞎马匹，套起鞍辔伺侯"，以及牵马、挑担、扛树、提桶、打水……大师兄、二师兄出战时，又总是他负责师父安全，看守行李马匹。可以说集众多琐碎繁杂之事于一身。这些琐事为在第一线奋战的大师兄无力顾及，懵懂懒惰的二师兄不会尽心，全由他勤恳而尽心地干着。他是伙夫、马夫、挑夫、随从、侍卫……是平凡的，又是不可少的，还是不引人注目的。

取经队伍中，沙僧又是增强团结的因素。他促进唐僧与孙悟空这两个主要成员间的团结。在宝象国，唐僧被妖法变成老虎，从花果山请回来被逐的孙悟空余怒未消，只说打了妖怪就走。是沙僧近前跪下，恳请孙悟空救唐僧，恢复人形。以后，又是沙僧向唐僧说孙悟空"降妖精，救公主，解虎气……"种种好处"备述一遍"，使唐僧知孙悟空之功，消除前隙，"谢之不尽"。使取经队伍又"一心同体，共诣西方"。

沙僧也努力于维护三个师兄弟之间的团结。孙猴子性急如火，在无底洞与老鼠精斗，心情焦躁，责怪八戒与沙僧，捞起棍就打他们，还连声叫道："打死你们，打死你们"！是沙僧"软款温柔"地劝道："宁学管鲍分金，休仿孙庞斗智。自古道：打虎还得亲兄弟，上阵须教父子兵……"使孙悟空很快冷静下来，三人同心救师父。对八戒，沙僧劝他少是非，多干活儿，"不要惹大哥热擦，且只揸肩磨担，须终有日成功也"。

沙僧对每一个成员充满爱心，孙悟空被红孩儿的三昧真火烧得"炮燥难禁"，只好跳入冷水中，结果"弄得火气攻心，三魂出舍。可怜气塞胸膛喉舌冷，魂飞魄散丧残生"。慌得四海龙王高声大叫，正是沙僧"连衣跳下水中"，在急流中将孙悟空"抱上岸来"，然后与八戒一起扯拉按摩，使孙悟空终于苏醒过来。第二十四回见八戒由于好色，被四个菩萨变的美女嘲弄而吊在树上，"沙僧见了老大不忍，放了行李，上前解了绳索救下。"第九十回中沙僧见妖怪专打孙悟空，"直打到天晚"，柳棍打折了无数，沙僧见了"甚不过意"，说："我替他打百十下罢。"唐僧被假行者打倒在地，八戒要卖马买棺材"各寻道路散伙"，沙僧却"实不忍舍，将唐僧扳转身体，以脸温脸，哭一声'苦命的师父'……"正是沙僧的善良，使他在集体中起促进团结的黏合作用。他的观念是"一人有福，带挈一屋"，不是那种只顾自己的人。

　　沙僧是有贡献的，然而又是默默无闻的。如果说孙悟空的性格是说了就做，那么猪八戒是没做先说，做了更要说，沙僧则是做了不说。他不出头露面，不夸功，不争名，不好胜，像个三弟的样子。他的作用也不被人注意。到了西天，如来论功：唐僧是"取去真经，甚有功果"；孙悟空是"炼魔降怪有功，全始全终"；八戒是"挑担有功"；白马是"驮经驮人有功"；沙僧只是"登山牵马有功"。回到大唐，唐僧介绍三徒一马：行者是"甚亏此徒保护"；八戒是"一路挑担有功"；白马是"驮经驮人"有功；沙僧只是"菩萨劝善，秉教沙门"，简直没功劳可说。果真如此吗？别的不说，单说"挑担"之功，真的都是八戒的吗？唐僧收沙僧为徒前，确是八戒挑担，第二十三回八戒还说过"自过了流沙河……身挑着重担……"可见八戒还是挑担的。但自第二十八回起，记"八戒前面开路，沙僧挑着行李西行"。第三十二回，八戒叫："沙和尚歇下担子，拿出行李来……"第三十三回，"唐僧上马，沙僧挑担"……粗略统计，书中记及沙僧挑担的不下于三十处，记及八戒挑担的不过十余处。唐僧和如来把挑担的功劳都归之于八戒，与事实不符。是作者的疏忽，还是唐僧、如来的疏忽？论功时，这个不惹人注目的老实人吃亏了。沙僧却从不在意，毫不在乎。

　　小心谨慎，明哲保身，是沙僧性格特征之三。

　　凡是叫"哥哥仔细"的，必是沙僧。过通天河，提醒"忙中恐有错"的，也是沙僧。沙僧的小心谨慎，是起作用的。到了西天，由于没有给阿傩、迦叶两位管经的菩萨送礼，开始拿到的经书，全是没有文字的空本子。大家都没有留心，是沙僧第一个发现："师父，这一卷没有字。"这才引起行者、八戒急急查阅。唐僧叫"通打开来看看"，才明白"卷卷俱是白纸"。这就全靠沙僧的小心谨慎，办事仔细了。沙僧主张"粗中有细"，"急处从宽"，对于胆大性急的大师兄和懒惰懵懂的二师兄来说，这位三弟实在是个不可少的妥当人。

小心谨慎本是个优点，但是在沙僧身上有时又过分了，变成了谨小慎微，拘谨世故，明哲保身。平时谁是谁非他心里是明白的，在猪八戒与孙悟空之间，他一贯支持孙悟空，相信大师兄"处的最当，且依他行"。在天竺国，他关照八戒："二哥箝着口，休乱说，只凭大哥主张。"他也是一向促进团结的。可是，一旦人与人之间的矛盾复杂化了，尤其是师父恼了，他就难以站出来仗义直言，而取明哲保身的态度。最典型是"尸魔三戏唐三藏"时，八戒那么多谗言，唐僧又那么信谗言，弄得人妖颠倒，黑白不分，念紧箍咒，把孙悟空赶走。在这样重大的是非面前，沙僧站在一边不指责，不吭声。孙悟空临走时说："贤弟，你是好人。"孙悟空是知道沙僧心里明白，是同情自己的，可惜他不说。孙悟空回来时，也批评他："你这个沙尼，师父念紧箍儿咒，可肯替我方便一声？"是指沙僧明哲保身的态度。沙僧对错误不敢大胆抵制，还表现在碰到困难挫折时，八戒要分行李散伙，沙僧有时也参加分，他不是次次都顶住散伙风的坚定分子。他"随大流"，不敢得罪人，怕伤感情，唯唯诺诺，这就是沙僧，棱角磨得光溜溜的沙僧。他没有孙悟空的无私无畏，也缺乏猪八戒的坦荡与天真。

沙僧是一个对也不敢大胆坚持、错也不敢出头的人。五圣观偷人参果吃，三个师兄弟都想吃，八戒先提出，孙悟空去执行。人参果偷来以后，沙僧说："哥哥，可与我些儿尝？"事发以后，八戒耍赖，孙悟空敢做敢当敢收场，沙僧一声不吭，只在一同绑起时提醒唐僧，还有自己这个"陪绑的"。沙僧有不做"出头橡子"的世故。

沙僧有不少世故话，第三十七回他说过"不信直中直，须防仁不仁"。第四十回中孙悟空自信与红孩儿有亲，好办事。沙僧认为"三年不上门，当亲也不亲"，他更懂得在利害关系面前，"哪里与你认什么亲耶？"他毕竟是"人"出身，不像石头里爆出来的孙猴子那样单纯，也不像猪脑袋的八戒那么简单。但是沙僧的世故，只是防身，决不计算别人，与狡猾无关。这些只是他过分的拘谨所至，总是做小伏低，瞻前顾后。

他的这一性格，完全是历史与现实造成的。从人到神，他是循规蹈矩过来的，然而从神突然降为妖，则完全是一次意外的事故。微小的疏忽竟会导致无比严重的后果，此乃沙僧生活道路中无法理解而又无法回避的最惨痛的教训，能不时时记取吗？能不对任何的细微小事都小心谨慎吗？从人到神，要长期艰苦不渝的修炼，而从神到妖，是顷刻之间从天堂直接下地狱，连原来做人的资格都没有了。沙僧这个冤屈者又始终是虔诚者，不是反抗者，他也就变得这样胆小谨慎。而观音所指的西天取经之路，又是他重新争取为神的出路，也是唯一的出路。因此，在这漫长而艰巨的"从头越"的历程中，他怎能不处处小心，防不胜防呢？于是，循规蹈矩，一本正经，加上挫折后的那分外的小心，加倍的努力，一定的世故，等等，就成为取经途中沙僧所特有的精神面貌。这里有他的忠厚之处，也有他的懦弱之处，"老沙原系凡夫"啊！

关键时刻不失义骨侠肠，沙僧自有其"雄壮"处，是沙僧性格特征之四。

并不引人注目的沙僧，似乎谈不上什么"雄壮"之处。上有大师兄，二师兄，作为三弟的他，已经挪得够后面了，加上他又生性谦让，不夸口，不争功，又小心谨慎，拘谨得很，更是默默无闻。但作者并没有淡忘他、冷落他，而是在第三十回中将他作为主角作了专章描写。唐僧师徒先是都被黄袍怪摄去，得洞中被黄袍怪掳来的百花公主营救，才被释放出来。也为百花公主秘密捎信给宝象国的父王。在与黄袍怪斗打时，沙僧再一次被黄袍怪所擒。这时大师兄孙悟空已被逐回花果山，不在；二师兄八戒在草窠里睡觉，也不在；唐僧、白马在宝象国朝廷中。这次作者让沙僧单独对付妖怪，而且是被擒后，几乎是束手待毙的艰难处境中。这里重点不是描写沙僧的机智与本领，重点在表现他的义骨侠肠的品质。当时黄袍怪怀疑百花公主有信带回国中，"执着钢刀，却来审沙僧"。"沙僧已捆在那里，见妖精凶恶之甚"，面对钢刀，他想的是公主"救了我师父，此是莫大之恩。我若一口说出，他就把公主杀了，此却不是恩将仇报？罢！罢！罢，想我老沙跟我师父一场，也没寸功报效；今日已此被缚，就将此性命与师父报了恩罢"。于是就喝道："那妖怪不要无礼！他有甚么书来，你这等枉他……你要杀就杀了我老沙，不可枉害平人，大亏天理！"牺牲自己，保全别人，作者赞美沙僧"说得雄壮"。在取经内部谨小慎微的沙僧，在敌人面前却流露出如此义烈的肝肠，反映了沙僧秉性忠义。他只是小心，并不胆小。

沙僧同样也是一员战将。遇敌，平时总是"急急帮攻"。而水战或水下的事，则是八戒与他为主。黑水河唐僧与八戒被妖捉去，这次是行者看守马匹与行李，沙僧奋力上前一人上阵。孙悟空见"水色不正"，恐沙僧不能去，沙僧已"脱了褊衫，札抹了手脚，轮着降妖宝杖，扑的一声，分开水路，钻入波中，大踏步行将进去"，与妖怪在水底下展开一场恶战。他参加战斗的次数虽不及悟空、八戒多，但每次作战，仍不失为一员猛将。像八戒战到一半溜了、睡觉去了的事，可从未有过，即使打败了，被捉被捆，也决不求饶屈服。在凶恶的妖魔面前从不气馁，沙僧自有其英雄处与正义处。

总之，几经沧桑，历尽劫难，弄得面目全非的沙僧，在凶丑的外貌后面藏着的是一颗正义而善良的心，性格的本质、核心是善和美。看起来有点世故，但并非刁滑；有时明哲保身，然而不乏侠义心肠；常常小心拘谨，可自有其英雄与雄壮之处；虽然也有怯懦的地方，但在妖魔面前从不示弱；出战不多，贡献却并不小……这个不显眼的三弟，容易被人忽视的沙和尚，几乎是默默无闻地走完了他的西天之路，而在别人并不注意他的情况下，他成功了，这就是沙僧。

八 解读一个妖魔——牛魔王及其家族

《西游记》中不少妖魔，出现了一下，很快就消失了。而牛魔王自第三回开始出现，一直到第六十一回牛魔王被斗败才基本结束，中间时现时隐而线索不断。第五十九回至六十一回的三借芭蕉扇，更是专章描写。就是第六十一回结束后，第六十二、六十三回孙悟空与万圣龙王一家斗，又仍是与牛魔王斗争的余波。所以读《西游记》，不可不谈牛魔王。

《西游记》中的牛魔王，可分为两个阶段：

第一阶段，是五百年前孙悟空的"牛大哥"时期。那时，孙悟空学成归来，在花果山为王，"遍访英豪"'"广交贤友"，结拜了七个弟兄，大哥就是牛魔王。此时的牛魔王虽也是妖，但不是"混世魔王"那种属于该"剿"的魔中丑类；也不同于孙悟空的下属独角鬼王和七十二洞妖王，孙悟空曾指挥他们和花果山的猴属，与天兵天将作战，牛魔王又不属此例。牛魔王不住花果山，不受孙悟空管辖，他是孙悟空"遨游四海，行乐千山"时的结义兄弟牛大哥，是孙悟空结交的"英豪""贤友"。

他们在一起的主要活动有三个方面：一是同庆胜利。大闹阎王殿后，"不几日"，牛魔王等"六个义兄弟又来拜贺"。孙悟空不愿当弼马温回到花果山后，打败了追拿他的天兵天将，这时牛魔王与六个结义兄弟"俱来贺喜"。二是同称"大圣"。孙悟空自称"齐天大圣"，就建议六兄弟都称"大圣"，第一个响应的就是这位牛大哥，他高叫道："贤弟言之有理，我即称做个平天大圣"。三是在一起"讲文论武，走鬬（jiǎ）传觞（shāng），弦歌吹舞，朝去暮回，无般儿不乐"。他们是一群自由自在的江湖好汉，雄姿勃勃的草莽英雄，无牵无挂的年轻朋友。这与人类社会散荡江湖的青年勇士生活十分相似。这时的牛魔王尚属正面人物。

不过孙悟空在浴血苦战时，独角鬼王、七十二洞妖王及猴儿们是共存亡的，而这六位结义兄弟似乎只在胜利时、行乐时到场，战斗中、失败后均未见踪影。孙悟空被压在五行山下五百年，随着花果山时期的结束，众兄弟们也各奔前程去了，各走各的路，牛魔王亦然。

第二阶段，是五百年后的"西方路上一霸"——"大力王"时期。孙悟空与牛魔王分手后一隔五百年，这时的孙悟空是个西天路上的取经人，牛魔王是西天路上"一霸"，而且已成家立业，家大业大。作品是通过孙悟空与他的家人逐一刀兵相见，最后与牛魔王本人聚首的过程，来表现牛魔王其人其事的。

最早遇到的是牛魔王的"小儿牛圣婴"，"红孩儿"是他的乳名，是"牛魔王使他来镇守号山"，位于西牛贺洲号山枯松涧的火云洞。他是一个真正的"魔业迷心"者，众山神土地都被弄得"一个个衣不充身，食不充口"，共同向孙悟空呼吁："万望大圣与我等剿除此怪，拯救山上生灵。"他又是一心想吃唐僧肉的恶魔。这位牛大公子在当地民愤很大，对取经者来说，又是一只拦路虎。孙悟空与他相遇，几乎是一场最艰苦的恶斗，他的三昧真火不但使四海龙王束手无策，还把个神通广大的孙悟空烧得"气塞胸膛喉舌冷，魂飞魄散丧残生"，好容易才救活。红孩儿最后为观音收服，放下屠刀，立地成佛，成为观音面前不离左右的善财童子，改邪归正是他的结局。红孩儿自己对这一归宿是满意的，第四十九回孙悟空来南海见观音时，红孩儿专门跑来向孙悟空表示谢意："前蒙盛意，幸菩萨不弃收留，早晚不离左右，专侍莲台之下，甚得善慈。"但是，牛魔王整个家族却由此而与孙悟空结下怨恨。

第二个遇到的是牛魔王的兄弟如意真仙。如意真仙来到西梁女国，霸占了解阳山破儿洞的落胎泉。西梁女国都是女人，要生孩子就要喝子母河的水；要解胎气就要喝这落胎泉的水，所以落胎泉水是一国公众至关重要的仙药，本是公用的泉水。这个如意真仙把破儿洞改为聚仙庵，还收了一个老道人做徒弟，霸占了落胎泉。凡是来要水的，都要"花红表里，羊酒果盘"地奉献给他，才拜求得他一碗水，如果没有东西孝敬他，就别想要一滴水。他在这里是恃强称霸、敲诈勒索的地头蛇。因为唐僧与八戒误饮了子母河的水，腹痛难忍，生命垂危，孙悟空到落胎泉讨水救命，如意真仙"怒目"圆睁，对红孩儿被收伏之事，咬牙恨恨道："我乃牛魔王的兄弟。前者家兄处有信来报我，称说唐三藏的大徒弟孙悟空凭恶，将他害了——我这里正没处寻你报仇，你倒来寻我，还要什么水哩！"而且大骂："只把你剁成肉酱，方与我侄子报仇。"等等。这场争斗的结果，当然是孙悟空打败如意真仙，取到了落胎泉的水，并警告如意真仙今后不许以泉水"勒掯"百姓。

至此，牛魔王虽然没有出场，但实际上牛魔王的活动时见，就是收服红孩儿后牛魔王本人的态度，也通过如意真仙表达出来了。

第三个遇到的是牛魔王的"山妻"罗刹女，住在翠云山芭蕉洞，火焰山一带百姓称她"铁扇公主"或"铁扇仙"。这里百姓要播种收割，得求她拿出芭蕉扇向火焰山扇三下，但需备下"四猪四羊，花红表里，异香时果，鸡鹅美酒"去拜求她。就这一点来讲，她与小叔子如意真仙有类似的"家风"。不同处是如意真仙是霸占本是百姓公有的仙泉为己有，敲诈勒索；铁扇公主的扇子不是霸占百姓的公产，但是挟持宝物、称霸一方则是一样的。

孙悟空向铁扇公主借扇，有两个原因：一是火焰山"八百里火焰"无法过去，阻拦了向西天取经之路，所以，"我欲寻他讨来煽息火焰山过去"；二是火焰山"四周寸草不生"，百姓要靠拜求铁扇公主的扇子过活，孙悟空则要煽灭火焰，"使这方依时收种，得安生也"。铁扇公主不肯借扇，主要原因看来是从红孩儿问题上来的——她一听见"孙悟空"三个字，"便似撮盐入火，火上浇油；骨都都红生脸上，恶狠狠怒发心头"，立即披挂出来，要报"坑陷我子"之仇。但也必须看到，熄灭了火焰山的火，还有谁再"四猪四羊"地来拜求她呢？所以她不肯借。

就铁扇公主个人遭遇来说，她有悲剧性的一面。虽身为翠云山芭蕉洞之洞主，又拥有稀世异宝芭蕉扇，且舞得两口青锋宝剑，武艺不凡，不是封建社会中"三从四德"、没有独立人格的妇女所可比拟。但就是这样的铁扇公主，也难逃封建社会腐朽的一夫多妻的婚姻制度所带给妇女的悲剧遭遇。两年前，牛魔王讨了个小老婆玉面狐狸——玉面公主，到摩云洞做"倒插门女婿"去了。她过着被遗弃、被冷落的孤凄生活，也就思子之心更切。红孩儿是她的独养儿子，如今被观音收去管教了，她觉得"再怎生得到我的跟前"！因此，她就十分愤恨起孙悟空来。她恨孙悟空又打不过孙悟空，于是便以不借芭蕉扇来报复。

她的生活中有不足之处，有悲哀处，但铁扇公主的生活方式，毕竟是"有钱有势"独霸一方的女霸主生活，她恣愚儿子红孩儿在外面为非作歹，不但不加管教，还不准别人管教。她不可能理解孙悟空和孙悟空如今从事的取经事业，她目光短浅，自私狭隘，而且愚昧无知，她不会支持孙悟空，甚至连利用借扇的条件，让孙悟空这位小叔子帮助自己与儿子见个面的聪明也没有。孙悟空曾主动提出借扇后"我就到南海菩萨处请他来见你"。她只是一味蛮干与孙悟空打硬仗，却又没有打赢过——或是让孙悟空变做蟭蟟虫，在她喝水时钻进了她的肚子，弄得"疼痛难禁，坐于地下叫苦"；或是把孙悟空变的牛魔王当作真的丈夫侍候起来，不但一度被骗去了芭蕉扇，还弄得"羞愧无比"。她总干蠢事，最后不得不交出宝扇。但她毕竟不是作恶多端的妖精，她不吃人，也不曾想吃唐僧肉，是个"自幼修持""得道的女仙"，归宿较好。孙悟空扇灭八百里火焰，直至"断绝火根"，永不再发，然后将扇子归还。铁扇公主收回了宝扇，独自一人修行去了，最后还是得了"正果"的，那是后话。

由于铁扇公主不肯借扇，孙悟空去找牛魔王时，先遇见了牛魔王的"爱妾"玉面公主。这个人物在豪强辈出的《西游记》中毫不起眼，但在牛魔王的故事中不能不说她。她住积雷山摩云洞，父亲是万岁狐王，死了。玉面狐是《西游记》中少见的没有本事的女妖，她继承遗产，有百万家私，却无力掌管，是个有钱无势的大小姐。两年前"访着牛魔王神通广大，情愿倒陪家私，招赘为夫"。牛魔王因此遗弃了铁扇公主，"久不回顾"。她以手中之财，夺人之夫，为孙悟空所看不起，说她是"将家私买住牛王，诚然是陪钱嫁汉"。她有"妾"的形象特征，对铁扇公主有一种本能的警惕与妒忌。石猴出身又当和尚的孙悟空并不理解人间一夫多妻制的弊端，他居然在玉面公主面前谎称是铁扇公主派来请牛魔王的人，他本想以此表示与他们家族的亲近关系，来博取玉面狐的好感，以有利于借芭蕉扇，谁知反而惹得玉面公主大怒，说是未及二载，对铁扇公主不知送了多少珠翠金银、绫罗缎匹以及柴米油盐，还要来要丈夫，大为恼火，跑回洞里，在牛魔王面前撒娇撒泼，不许牛魔王回芭蕉洞。这个以财以色夺人之夫的狐狸精，最后的结局是被八戒一耙筑死了。她与取经者本无直接矛盾，她也没有想吃唐僧肉，也无芭蕉扇可借，然而在三借芭蕉扇的斗争中，她是牛魔王家族中唯一被打死的，死得似乎有点儿屈，却又难以使人同情。

牛魔王与孙悟空打斗的时候，曾半途而退，说是赴宴去了。孙悟空变成螃蟹跟着去，来到水晶宫中万圣龙王家中。在这里牛魔王尊居上座，老龙在前座相陪，两边龙子龙孙、龙婆龙女都在座，可见关系十分亲密。万圣龙王这一家子是些什么人呢？这是一个盗贼之家：龙女盗窃王母的灵芝；女婿九头驸马十分凶恶十分丑陋，与万圣龙王"郎丈两个""合盘做贼"，他们偷去祭赛国的国宝——金光寺宝塔中的舍利子，使宝塔上霞光消失，周围各国不再来朝，导致祭赛国的"昏君""赃官"拿住和尚是问，造成空前的大冤狱，全国三辈和尚打死了两辈，剩下一辈也是死到临头。结局是万圣龙王被孙悟空打死，龙女被八戒打死；九头驸马被二郎神的哮天犬咬下头，"负痛逃生"；龙婆被活捉到祭赛国做证，为全国僧众平反冤狱，让舍利子回归金光寺塔，"邪怪剪除万境静，宝塔回光大地明"。孙悟空对牛魔王结交这样的朋友甚为不满："原来他结交这伙泼魔，专干不良之事。"

　　总之，五百年后的牛魔王，已非昔日浪荡江湖单身汉的牛大哥。他已"成家立业"，西天路上有着一个牛魔王家族亲友的关系网：牛儿红孩儿是号山一霸；牛弟如意真仙是破儿洞一霸；牛妻铁扇公主挟持宝扇操纵火焰山生灵的命运；牛妾玉面狐是摩云洞一带的女财主；牛友万圣龙王一家是盗贼。牛魔王就是这一系列人物的家长与核心，他是总头目。五百年后牛魔王"成"了这样的"家"，也在这样的妻、妾、儿子、兄弟以及朋友的扶持下，成为西天路上一霸"大力王"。牛魔王"立"了"业"，他建了三份家私，自己都管不过来，大老婆管一份翠云山，儿子管一份号山，他带小老婆管一份积雷山。如今他真是家大业大，有钱有势，是一个阔佬。他平日干些什么事呢？红孩儿说他"平日以吃人为生"。这就是五百年后一千多岁时的牛魔王。从中已可以见到，他与孙悟空分手后这许多年来所从事的"事业"——他的"成家立业"，他的人生态度、人生道路。

　　《西游记》安排了五百年后牛魔王与孙悟空的重新相见，他们阔别多年，却没有忘记过去的友情。孙悟空"整衣上前，深深的唱个大喏"，然后道："长兄，还认得小弟么？"牛魔王答礼道："你是齐天大圣么？"两人见面时各自心中都已有一股气恼，但仍不失彬彬有礼，见面时不"算账"，不打仗，都很谦和。牛魔王对孙悟空的这种称呼，也是不忘当年，颇为客气的。更为宽容的是红孩儿的事，牛弟、牛妻都不能原谅孙悟空，倒是牛魔王耐心听了孙悟空的说明后，不过骂了一句"这个乖嘴的猢狲"，"害子之情，被你说过"，表示"说过"算了，无意严加追究，比之牛氏家族其他成员，还是他最宽容。接着牛魔王对孙悟空又"欺我爱妾，打上我门"的事，也不过责问一句："何也？"孙悟空解释了一番说："不知就是二嫂嫂。""是小弟一时粗卤。"牛魔王又原谅了，说："既如此说，我看故旧之情，饶你去罢。"在牛魔王看来，儿子被你收服了去，小老婆被你吓得半死，这样的"大事"，都因"故旧之情"，可以一再忍让，也真够"大度"的了。

而当他知道孙悟空又已"先欺我山妻"，这才"心如火发"，觉得实在欺人太甚，才迸出了几句封建大道理来评评理看："常言道：'朋友妻，不可欺；朋友妾，不可灭。'你既欺我妻，又灭我妾，多大无礼……"这个莽汉也许觉得已大大损伤了男子汉的尊严，才打了起来。但斗到百十回合时，他又去赴宴去了，根本没有打到底的决心，而是中途回避算了。这些忍让、宽容，也都因为没有忘记对手是猴七弟，自己是牛大哥。一直要到孙悟空趁他赴宴时偷了他的金睛兽，变成他的模样去铁扇公主处骗扇子时，他才真正被激怒了，骂道："我妻许你共相将！"这才"要剥他的皮，锉他骨"地来决斗。就是到了此时，他也是缺乏准备的，连个武器也不曾带，临时叫丫鬟："拿你奶奶的兵器来吧。"就这样这个莽汉拿着女人用的两把青锋剑杀出去了，他是很被动的。在牛魔王看来，他可没有惹你孙悟空，是孙悟空"害"他的儿子，看过去情分，饶了；是孙悟空又"欺"他的妾，看过去的情分，再饶了；是孙悟空"欺"了他的山妻，打了几个回合，也算了。可是，孙悟空还是紧迫不放，他觉得实在欺人太甚，才去决斗。在他看来，芭蕉扇是他家的，他愿意借就借，他不愿意借就不借，哪有"硬借"的道理？他实在不存心与孙悟空作对，他从未忘记过去的友谊，事情闹到这样的地步，他真是想不通，也是想不到的。正是当年的猴七弟的到来，毁了他"成"的"家"、"立"的"业"，最后落得子去、妻散、妾死、自己被缚，杀头——全靠神通大，斩一个头又能再长一个，斩了十几个头不死，才穿了牛鼻孔，被哪吒牵去，皈依佛门，得此结局。

以上是从牛魔王的角度说牛魔王。不过也不能不为孙悟空说句公道话：他也没有忘记过去的友谊。自从红孩儿要吃唐僧肉开始，孙悟空与牛魔王家族的矛盾就拉开了序幕。不过孙悟空在开始时就表现为不忘旧时友情。当他打听到唐僧是被红孩儿摄去了，而红孩儿是牛魔王的儿子时，"满心欢喜"，他以为"师父决不伤生"了，因为"妖精与老孙有亲"。他十分泰然地去火云洞门口讨人，口口声声称红孩儿"贤侄"，详细介绍当年自己与牛魔王结拜七兄弟的事。可是，红孩儿却"举起火枪就刺"，根本不认什么亲。孙悟空想认亲，是想讨还师父，同时也确是不忘当年与牛魔王的友谊："我老孙当年与他，真个意合情投，交游甚厚。"红孩儿不认亲，有他自己的想法："你这猴头，忒不通变，那唐僧与你做得师父，也与我做得按酒。"红孩儿是把唐僧看成他的"食物",他不愿失去这份珍贵的食物,他有他吃人为生称霸一方的魔鬼逻辑,孙悟空一心认亲的努力才不得不以失败告终。

与如意真仙的斗争,虽是从红孩儿事件发展而来,不过,如果如意真仙不霸占破儿洞落胎泉,也就不会与孙悟空发展为直接冲突。这次冲突是从讨泉水开始的。孙悟空不能容忍这种霸占泉水敲诈勒索的害民行为。但是因为他是牛魔王之弟,孙悟空棒下留情:"看你令兄牛魔王的情上",饶了性命。还是不忘牛大哥的情分。

至于牛妻铁扇公主,孙悟空始终以"嫂嫂"相称,可以一动不动让她在自己头上"乒乒乓乓砍有十数下",可以被她扇得五万余里才定下身来,回来仍能做到"笑脸相迎",敬称"嫂嫂";打败她,却不打伤她,又"笑哈哈"地再借扇;变个虫钻进她的肚子,最后要她张开口,从口中出来而不从腰肋间打个洞出来,心里念的是"不伤她的身子";变个牛魔王来借扇子,这合乎孙悟空调皮的性格,但并不轻浮失礼。这个急猴子在三借芭蕉扇中与铁扇公主的斗争,表现了从未有过的耐心与宽容。就是对玉面狐,孙悟空也尊称"二嫂嫂",也"躬身陪笑"。这都说明他实在是念念不忘这位"牛大哥"。

从以上情况,我们可看到,双方都没有忘记过去的友谊,而且双方都有维护友谊的愿望,并都为维护友谊作出过努力。但是,冲突却是无法避免,一直发展到你死我活的殊死搏斗,原因何在?根本的分歧在哪里?

红孩儿与孙悟空的分歧,与一般吃唐僧肉的妖魔的分歧性质相同;而牛魔王及其他的家族成员可没有吃唐僧肉的愿望,他们的分歧并非因唐僧肉而引起。《西游记》写这对结义兄弟,五百年前是如此志同道合:同称"大圣",同庆胜利,同遨游行乐、讲文论武……但是五百年后孙悟空再见牛魔王时,顿觉"与五百年前又大不同"。如同人类社会一样,有不少人在少年时代是志同道合的好友,以后却可以分道扬镳,走上了完全不同的人生道路,孙悟空和牛魔王的问题就在这里。

孙悟空从不满玉帝"甚不用贤","嫌恶官小,反了天宫"到被压在五行山下,最后他找到了他的人生事业:以象征正义的取经事业。于是他历尽艰辛,万死不辞,一路以主持正义、打妖除怪铲除邪恶、救护"众生"为自己的事业。作为个人,他是一个苦行僧,身无分文,无家无室,穿的是自制的虎皮裙和唐僧给他的一件旧褊衫,吃的是野果山泉,时饥时渴,出生入死,几无宁日。然而他以此为乐,永远生机勃勃,乐观快活。他以从事正义的事业为人生的幸福。

　　牛魔王呢？与孙悟空分手后五百年来，他从事的人生事业是他那种"成家"与"立业"，作为个人，他是福禄寿喜齐全，吃喝玩乐尽有，孙悟空见着他时，他身穿"绒穿锦绣黄金甲"，异常富丽华贵。他"静玩丹书"，陪伴美人，时而到万圣龙王那里赴宴，不失为一个大富大贵的牛员外，在孙悟空到来以前，他始终认为自己是生活的成功者。

　　在他们两人没有碰面以前，似乎是各走各的路，河水不犯井水。但是，当孙悟空举起"普济众生"的正义大旗西行前进时，与西天路上一霸的"大力王"牛魔王及其家族就发生了无法调和的根本性的冲突：红孩儿要吃唐僧肉，孙悟空要保唐僧取经；红孩儿要盘剥作践号山生灵以致富，孙悟空要救护众生，孙悟空与红孩儿不能妥协。如意真仙霸占落胎泉水敲诈勒索，女儿国百姓不胜其苦，唐僧、八戒难以治病，孙悟空与如意真仙不能妥协。芭蕉扇是牛魔王家的宝物，借东西本来是要借主愿意，但是完成正义的取经事业，一定要借扇灭火方能通过火焰山；火焰山周围百姓要播种收割，也非要借扇灭火不可。借扇灭火是支持正义事业，是为了百姓生存，牛家不借是不支持正义事业，不为百姓着想，孙悟空不得不"强借"。

　　再看牛魔王家族亲友的生财之道，或是红孩儿式的盘剥，或是如意真仙式的勒索，或是万圣龙王式的窃取，就是牛魔王自己的"入赘法"，也是他发财的一个并不体面的捷径。正当牛魔王福禄寿喜齐全，家族亲友的家业兴旺发达之时，"众生"却要遭难。取经的西天之路，每到牛氏家族所在处，皆寸步难行。孙悟空要主持正义，要去西天取经，就不得不除掉这西天路上一霸。

　　孙悟空与牛魔王根本分歧在于他们从事的事业不同，他们选择的人生道路不同，他们虽然念念不忘过去的友谊，友谊却必须服从他们各自的生活准则。牛魔王的人生道路使他无法理解孙悟空，不可能支持孙悟空；孙悟空的人生道路使他无法容忍这个家族的所作所为。总之，五百年后重相见时，这一对青年时期的朋友产生了根本的分歧。分歧的焦点在于对待"众生"的态度，在于正义与非正义的根本区别：孙悟空从事的取经事业，每前进一步，都要以扫除邪恶、有利众生为准则；牛魔王家族要"兴旺"，每前进一步，总是给众生带来苦难。一个从事救人助人的正义事业，一个从事吃人、损人的邪恶事业。不管他们怎样互相不忘往日的情义，但今天，他们不同的人生道路，使他们自觉不自觉地已经站在势不两立的对立面，对立是本质，是必然，不以主观意志为转移。这就是一对结义兄弟不愿冲突而终究必须冲突的根本原因。

　　《西游记》给人的启示很多，其中有不少是对封建社会黑暗现实的揭露。"牛员外"式的财色与霸道在封建社会有典型性。但是，作为"揭露"来说，《西游记》远不及《水浒传》或其他杰出的现实主义作品中有关内容更为具体和深刻。《西游记》的重点是写人生，牛魔王与孙悟空这两个典型人物，给人们提供的是两条不同的人生道路的比较，不同的人生事业的选择，揭示其间的根本分歧，让为正义事业而奋斗的苦行僧孙悟空成功、永生；让走上作践众生的道路，虽福禄齐全的牛魔王失败，其意义是很深刻的。

　　牛魔王以后的命运如何呢？他被打败，他皈依了佛教，也许他又开始了孙悟空经历的那五百年反思吧？改邪归正就好，牛儿红孩儿已走了这条路，牛妻铁扇公主先反悔，后提出借扇给孙悟空，作品交代她最后修行，也成正果。牛魔王呢？作品没有交代，但愿他也能步家人的后尘，改道易辙，重新选择他的事业与人生之路。但为"众生"者，正义者，必胜；残害"众生"者，邪恶者，必败。这条人生真理已经说清楚了，牛魔王这一角色在《西游记》里的任务已经完成，故事也就可以结束了。

九　解读一个菩萨——观世音

　　这里要说的观音是《西游记》里的一个人物，一个文学形象，一个作者创作的文学典型，不是寺庙里供着的那尊佛像观音。当然两者是有联系的，但这里说的是《西游记》中这一个观音，不是寺庙里的那一个。

　　《西游记》里的观音是一个美的形象，第八回对观音有一段肖像描写：头上梳着高高的"盘龙髻"，身穿一件"素罗袍"，显得十分高雅。而低垂的"锦绒裙"，肩上的"缨络垂珠翠"，衣衫上的"碧玉纽"，又添几分庄重与高贵。弯弯的眉毛似"小月"，明亮的眼睛似"双星"，"玉面天生喜，朱唇一点红"。她手持"净瓶"，"斜插垂柳"，"绣带轻飘"，姗姗而来，全身是"祥光笼罩"，前后有"瑞气遮迎"，给人以一种圣洁的美，高贵的美，庄重而又飘逸的美，是一尊美丽的女神，名不虚传的"东方维纳斯"。

　　《西游记》里的观音是一位精明能干、本领高强的女事业家。第二十六回中写她"过去劫逢无垢佛，至今成得有为身"，她是一个有作为的女性，是取经事业的组织者与支持者。

　　如来是取经事业的发起者，为了"劝化众生"，度脱众生于"口舌凶场，是非恶海"之中，要"一个有法力的"去东土寻取经人。这时观音"行近莲台，礼佛三匝"，郑重提出，由她"上东土寻一个取经人来"。所以，孙悟空在流沙河时，就说这取经的"勾当"原是观音菩萨起的头。最后取了真经，送到东土，完成任务了，保护取经的诸神和五方揭谛、四值功曹、六丁六甲、护教伽蓝等都向观音"准缴法旨"，并交上记录唐僧师徒取经经历的灾难簿，清了"账目"，再由观音向如来"缴还金旨"。她是以领取取经任务到完成取经任务，从始至终，一手安排的人。作为取经事业的组织者，她动员组织了一支取经队伍。为此她到东土大唐，亲见大唐皇帝，对唐太宗说明大乘佛法三藏度亡脱苦的意义，使唐太宗决心派高僧去西天取大乘经；她又亲对玄奘说明小乘佛法的不足处，动员他去取大乘佛法，使玄奘决心取经。事先观音又在一路上为玄奘安排了三徒一马：压在五行山下的孙悟空为大徒弟，孙悟空是"今蒙观音菩萨劝善"而愿去西天取经的。在鹰愁涧的龙马，也是观音将犯了死罪的小龙"亲见玉帝，讨他下来"，为唐僧"做个脚力"。在高老庄，将想"捉个行人，肥腻腻的吃他家娘"的猪八戒劝善，收为二徒弟。在流沙河，将吃过取经人的沙和尚劝善，收为三徒弟。这一师三徒一马的取经队伍，阵容坚强，全由观音一手组成。

事实上，观音也是说到做到，给予大力支持。是她向玉帝借了六丁六甲、五方揭谛、四值功曹以及一十八位护教伽蓝等一路神祇，暗中保护取经者。当八戒、龙马、沙僧尚未收为徒弟时，只有孙行者一人，全靠他们护住唐僧，孙悟空方能出战。在鹰愁涧，也是他们去请观音前来收伏了龙马。以后一路上也暗中护持。观音毕竟是女菩萨，她的关照是细心周到的。在黑风山，为了帮助孙悟空解决难题，观音化为苍狼精凌虚子，助孙悟空制伏"有许多神通"的熊罴怪。五庄观孙悟空一怒之下打坏了人参果树，损坏的东西要赔，孙悟空赶到蓬莱仙岛，把寿星、福星、禄星找来，救不活；再到方丈仙山找帝君东方朔，也医不活；赶到瀛洲找九老仙人，也没有办法。只有观音，她手托净瓶，驾祥云而来，前边是白鹦哥巧啭引路，后边是孙悟空随

观音又是取经事业的支持者。她的支持，体现了她的本领高强。孙悟空并非一开始就是取经事业的坚定者，因为他感到"西方路上这等崎岖……似这等多折多磨，老孙的性命也难全"，如何能保得"凡僧"唐僧，如何能成得"功果"？——缺乏信心。观音表示，到了"伤身苦磨之处，我许你叫天天应，叫地地灵，十分再到那难脱之际，我也亲来救你"，并赠以三根"救命毫毛"，这使孙行者感到有了坚强的后盾，坚定了信心。

从。她到后用净瓶中的柳枝，细细洒上甘泉，那枝枯死的人参果树，立即灵根复活，"依旧青绿叶阴森"，还让镇元仙子与孙悟空和好，结为兄弟，让一切都变得那么美好而和谐。这些事本是神通广大的孙悟空以及许多神仙无法解决的难题，观音做起来是如此轻巧自如，体现了她的法力无边，超群的本领。

《西游记》中观音最早出现是在第六回，孙悟空大闹天宫之后，天宫没有一个人能打败孙悟空，是观音的到来，推荐二郎神来收服孙悟空。如果说压在五行山下是靠如来的法力，那么能设法捉住孙悟空的，只有观音，别无他人。对待几乎无人能收服的红孩儿，也靠观音。她小小一只净瓶，却装下了"三江五湖，八海四渎"的水。把净瓶扳倒时，一时"万迭波涛连四野，只闻风吼水漫天"，马上煞住了红孩儿的三昧真火，最后又用一座千叶莲台和五个箍儿，收服了这个最难制伏的魔头。其他如收服通天河中的金鱼怪、朱紫国的金毛犼、毒敌山的蝎子精等，她都及时前来解除厄难，塑造了一位精明能干、本领高强、除妖强悍的女事业家形象。

《西游记》中的观音的第二个特征是循循善诱的导师和可以倾诉衷肠的挚友。

孙悟空虽是在观音的指点下被捉，并因"赌赛"翻筋斗败于如来而被压在五行山下五百年，但最后解救孙悟空、引导他走向取经之路的仍然是观音。正是观音访僧，路经五行山时，对孙悟空"叹惜不已"。当孙悟空哀叹"在此度日如年，更无一个相知的来看我一看"时，观音说"特留残步看你"。她为孙悟空指出随唐僧取经，"再修正果"之路，使孙悟空"见性明心归佛教"。观音同情沙僧凄苦的遭遇，为他免去酷刑，并引导沙僧重新获得生活的希望和勇气。猪八戒更是从懵懂中接受她耐心的开导而重新明确生活的目标。小龙靠观音为他脱去死罪，变马驮唐僧去取经，踏上了光辉的西天之路。

观音不失为一个引人走向新生活的导师，她慈悲为怀，循循善诱。因此，八戒这样的懵懂人也知恩知义。第二十二回孙悟空要去南海见观音时，八戒还专门叮嘱一句："师兄，你去时，千万与我上复一声，向日多承指教。"可见他对观音的指点迷津由衷感激。孙悟空一生不肯对人低头行礼，对玉皇大帝也只唱个喏算打个招呼，只对两个人行礼：一个是师父唐僧，一个是引导他走上事业之路的导师观音。对观音，他总是"端肃皈依参拜"，而且常常还要"整衣""敛衣"而入见，是十分恭敬的。最后"五圣成真"的结局，让他们都达到了观音最初给他们指出的目标。当他们与观音共济一堂，"同生极乐国"时，对于本来压在五行山下的孙悟空、落魄于高老庄的猪八戒，沉沦于流沙河的沙僧、被贬的金蝉子唐僧、将处斩刑的小龙来说，观音确是他们的恩师。

观音又是一位可以倾诉衷肠的挚友。沙僧在流沙河受酷刑、心中凄苦与委曲无处可说，见观音到来，才向观音说："待我诉苦。"一切错处（包括在流沙河吃人度日），一切委屈都可倾诉，如对一知己。在取经途中，孙悟空不但在有困难时请观音来帮助，有苦恼时也是找到观音这里来，别处不好说的，在观音面前可倾吐衷肠。

第五十七回"真行者落伽山诉苦"，就是写孙悟空打死了几个不该死罪的强盗，被唐僧赶走以后，"恼恼闷闷"，想回花果山，"恐本洞小妖见笑"；想去天宫，"又恐天宫内不容久住"；想投海岛，"又羞见那三岛诸仙"；想奔龙宫，又不愿"求告龙王"。走投无路时，他只有落伽山好投奔，只有观音处好诉说，他一见观音，就"止不住泪如涌泉，放声大哭"。又是观音叫木叉与善财扶起，叫他"莫哭，莫哭，我与你救苦消灾也"。留下孙悟空，听他倾诉，指出他打死人不对，但又对唐僧说："你今须是收留悟空。一路上魔障未消，必得他保护你，才得到灵山，见佛取经。再休嗔怪。"为孙悟空说了话，调解了师徒之间的矛盾。她还为孙悟空作证，证明他没有打唐僧抢包裹之类的事，辨明那是假行者干的，消除了对孙悟空的极大的误解。这些都说明观音又是挚友，她使受委曲的心灵受到抚爱和安慰，她使复杂的纠纷矛盾迅速化解，促进内部的统一，以同心同德对付妖魔。

观音很关心人。第四十二回孙悟空对她说："我身上这件绵布直裰，还是你老人家赐的。"在狮驼岭，孙悟空被装进了老魔的宝瓶，四周钻出四十条蛇来咬，三条火龙缠着他烧，孤拐都烧软了，"慌张无措"时，忽然想起了观音赐的三根救命毫毛，正是这救命毫毛帮他脱了险，不能不感谢观音的细心关照。

观音以"救苦救难""大慈大悲"为其性格最基本的特征，她有着女性的慈爱与善良。这方面《西游记》中有许多细致的描写。黑风山制伏熊罴怪后，孙悟空想打死他，观音制止："休伤他命。"还收他去落伽山守山，让他改邪归正。对红孩儿、对金鱼精、对金毛犼等都这样处理，尤其是红孩儿这魔业迷心的恶魔，观音用五个金箍将他双手双脚和头都箍上了，他还要举起棍棒来打，最后观音只好作法叫他双手合掌，不能分开，红孩儿这时"才纳头下拜"。因他野心不定，观音让他一步一拜，拜到落伽山后，"方才收法"，让他做了善财童子。她慈悲为怀多善心，以教化为主，很有政策水平，她也有力量一个个教化为善。第四十二回一个细节专写观音的慈善与爱心。她应孙悟空之请来号山收服红孩儿怪时，先命号山土地众神："你与我把这团围打扫干净，要三百里远近地方，不许一个生灵在地。将那窝中小兽，窟内雏虫，都送在巅峰之上安生。"然后扳倒净瓶，倾出三江五湖、八海四渎之水。这也教育了孙悟空，"暗中赞叹道：'果然是一个大慈大悲的菩萨，若老孙有此法力，将瓶儿往山一倒，管甚么禽兽蛇虫哩！'"

言教不如身教，观音的这种慈善心肠，以"普济众生"为己任的言行，不能不影响到她的弟子们，使取经人一路行善事，除恶魔，救众生。他们的言行也越来越像观音，难怪老魔斗败哀告时，称孙悟空为"大慈大悲齐天大圣菩萨"了。

观音本是佛教中的"神"，在《西游记》中却是一个"人"，有凡人、普通人的特征和亲切感。这里的观音爱开玩笑，尤爱与孙悟空说笑。孙悟空请她去降红孩儿，她用净瓶藏下一海的水，故意叫孙悟空拿，孙悟空拿不动，她"将右手轻轻的提起净瓶，托在左手掌上"。笑孙悟空说："你这猴头，只会说嘴。"她还跟孙悟空开玩笑："我这龙女貌美，净瓶又是个宝物，你假若骗了去，却那有功夫又来寻你？"要孙悟空留下东西作当头。孙悟空说身上无一值钱物，只有一个头上的紧箍，将它留下作当头吧。观音当然不要，要他救命毫毛作当头，孙悟空不肯，观音又"骂"他"一毛不拔"，小气鬼。当然最后什么"当头"也不要，只是说笑而已。观音与孙悟空就这样说着笑着，同去收服红孩儿。

黑风山观音变成苍狼精时，孙悟空笑她："妙啊！妙啊！还是妖精菩萨，还是菩萨妖精？"观音笑道："悟空，菩萨、妖精，总是一念……"这里的观音不是让人敬而远之的神，而是平易近人的"人"，她有着常人的喜怒哀乐。

当她听说妖精变成她的模样哄了猪八戒时，"心中大怒"，"恨了一声"，把手中的宝瓶"往海心里扑的一掼"。

观音也会吵架，孙悟空戴上紧箍时大为恼火，对她大叫，她也骂孙悟空："大胆的马流（弼马温），村愚的赤尻（猢狲红屁股）。"

她也不是十全十美的"圣人"，她也有不敢近身的，如蝎子精；她也有分辨不清的，如真假行者；她也有估计错误的，如她说过取经二三年即可完成，结果要十四年，所以灵山下金顶大仙要说"我被观音菩萨哄了"。她的这些不足处，并不影响她的"美"和"善"的品格，而只是使她更有"人"的气息，更使人感到亲切和贴近。

第四十九回中孙悟空去找她时，所见的是这样的形象：她在竹林中，盘坐在竹篾叶子上，还没有梳妆，但"容颜多绰约"。她松散地绾起头发，未穿素罗袍，只穿了一件贴身小袄，腰里系一条裙子，"赤了一双脚"，露着"精光两臂膊"，手里拿着刀，正在削竹篾，编竹篮，然后提着篮子出来。在这里完全是一个劳动女子、一个渔家姑娘的形象。

《西游记》是将本是宗教中的"神"人化，赋予"人"的性格，而不是将"人"神化。这是观音这一形象成功的地方。

以上是《西游记》作品中的观音形象，是小说中的艺术形象。不过，观音毕竟又是佛教中的一尊菩萨。《西游记》中的观音与佛教中的观音关系如何呢？佛教《悲华经》中说他本是王太子，名不朐（qù），修炼成佛后，是"西方极乐世界"教主阿弥陀佛的两胁侍（侍从、助手的意思）之一。佛名叫观世音，是说他"观"察"世"情，如有受苦求救的"声"音，他就循声来救，所以有"大慈大悲救苦救难"的声誉。这位印度佛教中的菩萨到了中国，有两点改变：一是名字。唐朝时，由于唐太宗的名字叫李世民，别的人就忌讳用"世"字了，观世音也就改称观音了。二是这位王太子出身的侍从官本是男子汉，到了中国以后变成了女菩萨——"观音娘娘"。明代胡应麟的《少室山房笔丛》提到，"女像观音造像""始于南北朝"。河南洛阳龙门石窟中北魏时期的"杨柳观音像"已是女相。唐代画家吴道子笔下的观音更是长发唐装、端庄秀美的女神，不再是佛家的光头袈裟装束了。为什么会变女性？也许她大慈大悲的性格更具有母性的慈爱吧？也许"男女授受不亲"封建礼教森严的中国封建社会中，印度佛教本无一个女性佛像，观音化为女性，可以深入到妇女闺房而受供奉吧？反正女性化以后，她成为一尊家喻户晓影响深广的女菩萨，成为女信徒闺房中的"知音"，还让她执行男性佛不能执行的任务，如"送子观音"等，这里就已经逐步离开了佛教本源而趋于民间信仰化了，或者说民间信仰丰富了佛教人物。

元代管仲姬编《观世音菩萨传略》、明清小说有《南海观音全传》等，又使这位印度佛教人物变成汉人，变成妙庄王的三公主，等等，离佛教经典越来越远了。而在"唯女子与小人为难养也""女子无才便是德"的中国封建社会中，广大受压抑的妇女信徒又何尝不在自己的心中塑造她们自己慈悲为怀、善良和法力无边的强大相结合的女神形象呢？观音这尊女神身上反映了许多来自民间的社会心态，因此在民间，她比佛教中其他许多佛的影响往往更大。神，本是人造的；人，又总是根据自己的需要来造神。

《西游记》里的观音来自佛教人物，但只吸取了大慈大悲救苦救难和法力无边的性格因素。《西游记》中有一些宗教色彩较浓的描写，如写她住在普陀落伽山，那里是一片紫竹林，有二十四路诸天及木叉、善财、龙女护侍。她有时"在宝莲池畔扶栏看花"，有时坐在南海潮音洞中千叶莲花朵上，灵龟为她驮宝瓶，金鱼听她说法，出行时白鹦哥在前飞舞，婉转歌唱。她以莲花为舟，漂行在蓝色的大海上，四周是五彩祥云缭绕。有次她还将一张莲花瓣儿作船，让孙悟空乘上跟她渡海……观音身上是有不少佛菩萨的宗教色彩，但上述这些描写只能让观音的形象更美，起了丰富作品神话色彩的作用。作品没有教人去作偶像崇拜，扬弃了迷信与愚昧的成分，同时又更多地吸收民间信仰中的传说因素，再塑造成《西游记》需要的"观音"。在艰险困苦的西天路上，并不需要一尊供膜拜的偶像，倒是希望有这样一个导师、挚友，可靠而强大的支持者的存在。

十 《西游记》的结构艺术

《西游记》的结构，像一串美丽的"珍珠链"。

《西游记》写了数十个相对独立的故事，粗略地分一下，有孙悟空出世；美猴王学本领；闹龙宫；闹地府；闹天宫；如来说法与观音访僧；唐僧出世；唐太宗游地府；双叉岭取经初难；两界山收孙悟空；鹰愁涧收龙马；黑风山因袈裟起祸；高老庄收猪八戒；黄风岭斗黄风怪；流沙河收沙僧；西牛贺洲四圣试禅心；五庄观偷人参果；白虎岭三打白骨精；宝象国斗黄袍怪；平顶山斗金角大王、银角大王；乌鸡国救国王，斗狮猁王；号山斗红孩儿；黑水河斗怪鼍；车迟国与虎力大仙、鹿力大仙、羊力大仙斗法；陈家庄救童男童女，斗灵感大王；金山斗独角兕大王；解阳山求落胎泉水，教训如意真仙；西梁女国留僧；毒敌山斗蝎子精；孙悟空毙强人；真假行者之乱；火焰山三借芭蕉扇；祭赛国平冤狱斗万圣龙王；开通荆棘岭，木仙庵斗树妖；破假西天斗黄眉老佛；涤荡稀柿衕斗蟒蛇妖；朱紫国斗赛太岁；盘丝洞斗蜘蛛精；黄花观斗百眼魔君；狮驼山斗青毛狮子怪、黄牙老獠、大鹏雕；比丘国救小儿斗妖精国丈；陷空山斗金鼻白毛老鼠精；灭法国巧计救僧众；隐雾山斗南山大王；凤仙郡为民求雨；玉华县教武，斗群狮精；金平府观灯斗三只犀牛怪；天竺国真假公主之辨；地灵县寇员外斋僧；灵山阿傩、伽叶索人事；回程通天河落水晒经。这里每一个故事都有头有尾，差不多都能独立成篇。

《西游记》从头到尾，又有一条线索贯穿在中间，那就是取经。所有的故事都是取经中的一个部分。取经要走一条西天之路，绝大部分故事都在这条路线上按前进的行程逐一出现。那一个个精彩的故事，犹如一粒粒闪光的珍珠；一条"取经"的贯穿线索，犹如一条穿珠子的线，把这些"珠子"一粒粒穿在这条"线"上，形成一个美丽的"珍珠链"，让每个故事发挥它自身独特的艺术魅力；每个故事又都统一到取经的崇高气蕴之中，让你领略总体的艺术美，这就是《西游记》结构的一个基本特点。

《西游记》的结构，就情节看，又可分三个大部分：

第一回到第七回，这里的几个故事，写取经的主角孙悟空的出世、成长与曲折，是写取经前的孙悟空，写到齐天大圣时期为止，不妨称之为"齐天大圣传"。是为第一组，或第一部分。

第八回到十二回，这里的几个故事，写如来倡导取经；取经人唐僧出世、成长当和尚，决心去取经；唐太宗派唐僧去取经。其间通过观音访僧从中发动与组织，直至取经诸事筹划完备。不妨称之为"取经缘由"或"取经之筹备"。是为第二组，或第二部分。

第十三回到第一百回，这里的许多故事，是写取经的全过程。其中第十三回到九十七回，写走出大唐国界后，去目的地西天的过程，都是在去西天的路上，方向一直是从东往西。第九十八回，写到了目的地西天，在西天取到真经。第九十九回写从西天出发，将经送到东土大唐长安的回程路上，方向是从西往东。第一百回，"经"送到了大唐，交给唐太宗，圆满完成任务；再回西天，又从东往西，最后各登佛菩萨位。其间，东土与西天之间的这条路，取经人实际上来回走了三趟：第一趟，从东土大唐去西天取经，这一路是详写，花了八十四回，是《西游记》的主要部分。第二趟是取到经后从西天送回东土长安，是略写，花了一回：一则他们都已"功成行满"，飞升而回，所以快；二则来时已将西天一路妖魔障碍除尽，回程也就简单了。而最根本的，是作品所要表达的思想，在第一趟上西天的一路上已作了充分的叙写，而回程主要是写"经应不全之妙"，所以只用一回。第三趟是送完经后，再从长安回到西天，只用了数行字，写八大金刚一阵香风就"复转灵山"，纯是一个情节上的交代而已。

把《西游记》的结构比为穿在一条线上的一串珍珠，还有不足之处，即一串珍珠链上的珍珠，只有一条贯穿线相连。而《西游记》中每个小故事之间又有着多种联系。

《西游记》有时两个故事或数个故事前后联系，这些故事又如环环相扣的锁链，你套着我，我套着你，不可分割，如"尸魔三戏唐三藏"故事结束了，下面的宝象国斗黄袍怪故事正是这一故事的继续（见前）。盘丝洞斗蜘蛛精故事，写到蜘蛛精逃走，救出唐僧，烧掉妖洞继续上路结束。而接着的黄花观与百眼魔君斗，又是一个新的故事。但两者有着因果关系：盘丝洞的蜘蛛精正逃到了百眼魔君处，百眼魔君与蜘蛛精有亲，报仇来了。同样，斗红孩儿故事、斗如意真仙故事、三借芭蕉扇故事也有着一种内在的因果关系。《西游记》就这样使上下两个故事或多个故事，常常像环环相扣的锁链一样连在一起。这些故事单独来看，是独立的自成一个"环圈"，但上环与下环又是一环套一环，紧密相连，环环相"锁"，不可分割。

有时，通过一个人、一个物、一件事，像"笊篱"一样捞起一片各自独立的小故事。

一个人，如牛魔王，这个人物不仅是作为孙悟空的对比形象来处理，而且第三回和第四回出现过以后似乎不见了。但是，第四十回以后到六十一回，他间接或直接地不断出现，就是第六十三回也还有余波。二郎神这个人物，在第六回孙悟空大闹天宫时，他为捉孙悟空立下汗马功劳，此后没有再露面。而在第六十三回他又出现，帮孙悟空打败九头虫怪。又如乌鸡国有文殊的青毛狮子下凡作怪，狮驼山的老魔又是这只青毛狮子，因为老魔曾经是孙悟空手下的败将，第二次再遇见时表现得特别胆小，前后相呼应。

一个物，如太上老君的金钢琢第六回打过孙悟空，而在第五十二回金岘山独角兕大王处又遇到它，因为独角兕大王是老君的青牛下凡作乱，盗来了老君的金钢琢，前后脉络分明。

一件事，如第四十九回老鼋元鱼驮唐僧等过通天河时，托他们到西天问如来一声，自己何时可脱壳得人身。所以第九十九回取经人回长安时路过此地，老鼋再驮他们过河时，就问及此事。由于他们在西天一心只顾取经，忘记了代他问如来一声。老鼋生气了，把他们淬入水中，是为第八十一难，虽是很小的一件事，但前后情节丝丝入扣无疏漏。

这些"人""物""事"，在《西游记》中虽并不贯穿始终，但却像一只只伸出长长的脚，抓住了一片故事，增加了作品内在的连贯性，严密了作品的结构。

十一 《西游记》的幻想艺术

《西游记》为我们展示了一个神奇瑰丽的幻想世界。开卷就是大海中有一座名山，山上有块仙石，石里有个仙胞，胞里有个石蛋，石蛋化出小石猴孙悟空，这是何等神奇有趣！而猴子们的花果山比人的世外桃源更美更有生气。花果不断："鲜龙眼""火荔枝""兔头梨子""鸡心枣""火晶珠"似的是石榴，"金玛瑙"般的是芋栗。而水帘洞以瀑布为门帘，门内有桥，桥边有花有树，有一座石屋，"容得千百口老小"。内有石锅、石灶、石碗、石盆、石床、石凳，是为"花果山福地，水帘洞洞天"。这就是孙悟空自由美丽的故乡。

孙悟空上天，展示了一个天宫世界：南天门"金光万道""滚红霓""喷紫雾"；在"明霞""天光""碧雾"中现出三十三座天宫，全是"琉璃"造就，"宝玉妆成"，大柱上还缠绕着"金鳞耀日赤须龙"。一切显得金碧辉煌，威严而富丽。

孙悟空到海底，又展示一个最富有的龙王水晶宫世界。孙悟空入地府，虽恐怖阴森，却有个众死神阎王爷们一律跪在孙悟空面前的滑稽"镜头"。而西天，是"低头观落日，引手摘飞星"之处，这里"天龙围绕""花雨缤纷"。观音的落伽山是在蓝色的大海上，有千万朵莲花盛开，和有一片紫色的竹林护绕，有着佛国圣地的虚无缥缈的美。

《西游记》中展现了许多美丽神奇的艺术境界，就是妖怪的洞，也是那样引人入胜。老鼠精的无底洞，在一块方圆十余里的大石头正中，有个缸口大的洞口，爬得光溜溜的。一进去，周围三百余里。洞中有门，门中又有洞；洞中有小洞，门中又有小门……里面是无数雕栏画栋，亭台楼阁，连孙悟空也感叹，以为堪与花果山水帘洞比美。盘丝洞则是进入了小虫的世界，这里蜘蛛精的银色的丝篷遮天盖地，蜜蜂、蚂蜂、牛蜢、蜻蜓，等等，都是蜘蛛精的干儿子，都是二尺五、六寸高的小人儿。孙悟空和他们打仗，也变成七十个小行者，用的是七十个双角叉儿棒，真是妙不可言。这种近于童话式的幻境，还可以举出许多。

孙悟空在天宫管蟠桃园时，从王母娘娘那里来了七个仙女——红衣仙女、青衣仙女、素衣仙女、皂衣仙女、紫衣仙女、黄衣仙女、绿衣仙女，就像七只彩色的花蝴蝶，手提花篮，飘然来到蟠桃园采桃，先找管蟠桃园的孙悟空，没有找到，他在哪里呢？他吃饱了桃子，变成二寸长的小人儿，在那大树梢头浓叶之下睡着了！孙悟空有一次还乘着观音给的一张莲花瓣飘洋过海，有趣极了。写鸟巢禅师，是坐在香桧树中的大鸟窠里，左边有麋鹿衔花来，右边有山猴来献果，树上凤凰、仙鹤、锦鸡飞集，祥雾护绕……

《西游记》把我们引进了一个又一个奇幻绚丽的幻想世界，进入了美丽的艺术殿堂。

下面我们就来探讨一下《西游记》幻想艺术的规律与手法。

(一) 神话的"幻"是建立在现实的"真"的基础上，现实的"真"又通过神话的"幻"来作艺术的提炼

《西游记》写取经，写得奇谲变幻，其基础是真实的唐代玄奘去印度取经的史实。一般来讲，唐代玄奘取回佛经的贡献，不如他走完这一路程所提供的探险经历更引人注目。不论唐太宗或庶民百姓，佛教徒或非佛教徒，古代或今天，兴趣主要在他的行程万里上，这里有人们对异域的追求和对各民族、各邻国的友好交往以至商业繁荣的向往。取经之路实际上是一条多少人艰苦开拓的辉煌的丝绸之路的折光，是我们祖先开拓域外世界艰苦历程的艺术凝炼。而这些开拓者共有的艰苦卓绝的奋斗精神，又象征着人生事业的一切困难和征服困难者所应具备的种种品质。因此，《西游记》的题材与表现手法上，有这么一条线索：历史上现实的唐玄奘取经之路——《西游记》虚拟的、幻想的"西天之路"（许多条取经之路、丝绸之路等开拓通向异域之路的艺术概括的路，一条象征一切人生事业的开拓与成功的抽象的人生之"路"）。《西游记》就这样运用虚幻化的手段，使内容拓宽，以达到更大更广的艺术容量。这是从总体来看《西游记》神话的"幻"与现实的"真"之间的关系。

再就《西游记》中某些具体情节来说，也是现实世界的反映。西天路上的艰险，一类是自然险阻，如通天河的寒冷，火焰山的炎热，流沙河的恶水，鹰愁涧的险岭，荆棘丛生八百里的路途难行，等等，战胜它，是现实中人类征服自然的象征。另一类是邪恶势力，如妖精的"吃人"，为害众生；许多人间王国国君的昏乱；乌鸡国、祭赛国的冤狱；口蜜腹剑的阴谋家白骨精；谋财害命的强寇；势利的宝林寺和尚……无不是运用神话的幻想情节，对现实社会生活作具体的反映。

红孩儿剥削山神土地，小妖儿还要什么"常例钱"，正是现实中地主恶霸

对农民残酷剥削的写照。车迟国搜捕和尚，连毛稀的、秃子都抓起来，也是明代特务统治的曲折反映。陈家庄灵感庙要年年祭以一对活的童男童女，反映的是原始野蛮残酷的人祭制度。

而《西游记》对明代社会某些侧面独到的深入的揭露和反映，更为人们所重视，特别是对作者吴承恩生活时代的当世皇帝明世宗（朱厚熜）所作的隐寓的批判和嘲讽。《西游记》中皇帝崇道而昏愦的有好几个，而《明史》等许多明代历史典籍都记载明世宗信道教、宠道士的事。《西游记》里玉帝就在三十三天之上的兜率天宫，尊养了一位老道太上老君；车迟国国王受三名妖道拨弄；比丘国中老妖道成了国丈。在玉帝、车迟国王、比丘国国王身上融进了明世宗的影子，隐约地批判了明世宗宠信道士以过昏淫无耻的腐朽生活。

《西游记》在幻想情节中，有时也还有一些近于写实的笔法，从不同角度反映现实。无底洞老鼠精罗列的一桌菜肴，无疑是一份明代食谱；金平府元夜观灯的场面亦是一页明代灯市风情的实录。《西游记》中有关气功、炼丹、修道等知识，有的用隐喻手法，也有的则是写实，内容也是很丰富的。

《西游记》运用幻想手法时，又总是使天马行空的幻想扎根于现实。如写孙悟空的毫毛能变，是幻想；但毫毛变的孙悟空在水里是浮的，因为是毫毛，这一点又是现实的真。孙悟空与二郎神斗法，为了使二郎神上当，他变成庙，口、牙、舌、眼都变了，只有尾巴没法收拾，变成旗杆竖在后面，而旗杆是一定要在前面才对，只有尾巴才在后面。一切变化都是"幻"，尾巴在后又是真。孙悟空在如来佛的手掌里翻筋斗，这本是幻；而最后要留下纪念，写下"齐天大圣到此一游"，又是人们十分熟悉的现实生活。总之，"幻"不是幻到不可信，总得要有现实的合理性，如同放风筝，不论多高，线总系在实处。

神话有神话的逻辑。盘丝洞的凳子有八只脚，因为这里是蜘蛛精的"家"，蜘蛛精的家具有蜘蛛多脚的特点，八只脚的凳子在别处不合理，在此处合乎逻辑。傻乎乎的八戒过通天河时，知道"寻一个鹅卵石，抛在当中，若是溅起水泡，是浅；若是骨都都沉下有声，是深"。河水结冰时，在上面行走，他关照唐僧将锡杖横在胸前，以防冰上有凌眼开裂时落水难救。呆子在此处如此聪明，因为他是天河中掌管水兵的天篷元帅出身，水里的勾当，他最熟悉。同样，孙悟空火眼金睛居然不识牛魔王变的猪八戒，将才到手的芭蕉扇又被骗了回去，那是因为孙悟空得意忘形；铁扇公主神通广大，居然不识孙悟空变的牛魔王，那是因为她思夫心切。总之，虽是幻想中细微末节，也要有其必然性、合理性。夸张有夸张的真实、想象有想象的逻辑，幻想绝不是胡思乱想。

（二）运用物性、人性、神性相统一的艺术表现方法

人性，是指社会人的思想感情与社会属性，这是主体；物性，是指外形特征、习性等自然属性；神性，指神通广大的本领等传奇性。如孙悟空，尖嘴缩腮、毛脸雷公嘴、罗圈腿、拐子步、红屁股、长尾巴……以及猴子的聪明机智、灵敏好动，活泼而又顽皮好闹，喜欢撩逗人等，都是他的猴性、动物性。而追求真理、主持正义，有理想、有人的喜怒哀乐，英勇无畏、嫉恶如仇！以及好胜、好戴高帽、好名、急躁等，又是他的人性。一个筋斗云十万八千里，七十二变，等等，又是他的神性。孙悟空正是这三性统一的神话人物。这三性的主体是人性，猴性和神性是为了更好地塑造人性——人的性格。

同样，猪八戒有猪的外形特征和生理习性，他长嘴大耳，身粗肚大，体态臃肿，贪吃好睡懒惰。他的神性为三十六变，腾云驾雾，本领仅次于孙悟空。而这一切也都是为了写他的人性——贪吃、贪睡、懒惰自私和憨厚淳朴、能干重活儿等人的性格。

这种三性结合的人物塑造方法也运用在妖魔方面，白骨精有着骷髅的"物性"，有着会变化的"神性"，有着阴险凶狠的人性，也是三者结合的典型。蜘蛛精好缚人，老鼠精在洞里积物以诱惑人等都用"神性"；以显示其"强大"处或"险恶"处，都用"物性"；显示其邪恶面的特点和侧重面，又都是人类社会邪恶势力的"人性"属性。

在对"宝物"的描写上，主要是"物性"与"神性"的统一，用以烘托持宝物的主人公的人性。如金箍棒，来历不凡：本是天河定底的神珍铁，形状魁伟："一根铁柱子，约有斗来粗，二丈有余长"，重一万三千五百斤，棒两头是两个金箍，中间乃一段乌铁；紧挨着箍有镌成的一行字："如意金箍棒"，这是它的"物性"，它是一种物品。但它功能神奇：可以变成一根小针般大小，塞在孙悟空的耳朵里；也可以变成千百条大铁棒，如"飞蛇走蟒，盈空乱落下来"；也可以变成小小的剃头刀，在车迟国给柜中的小道士剃头……更有趣的是它在龙宫时知道孙悟空来取它了，"这几日霞光艳艳，瑞气腾腾"。而孙悟空一到，它便放出"金光万道"。它能按照主人的意愿随意变化，发挥神威，这是它的"神性"。这类既非动物亦非植物的无生命的宝

物，在《西游记》里都有了生命，都有"神性"。如叫一声名字，能随答应声，把对手吸进去的紫金红葫芦；只捆别人、不捆主人的幌金绳；还有老鼠精的"花鞋"，脱下来吹口气，就变成了老鼠精自己，作为"替身"出场；铁扇公主的芭蕉扇有如此神威，却又可以随意缩小，放在舌头下面噙着，真是奇妙极了。

赋予器皿以生命，以灵性，这还是小的方面。大的方面，让海洋、风雨雷电、星星、月亮等都人格化，如有龙王、雨师风婆、嫦娥等"人"主持一个宇宙物。有的宇宙物本身就是一个"人"，如星宿中的昴日星官等。这些"人"又都服从于象征崇高的取经事业，孙悟空常常根据需要调遣他们，表现了人与自然之间一种美好而微妙的契合关系。

就是人对自身的自然形体，也有着自由处理的理想能力——要高就高，要矮就矮。孙悟空可以出现顶天立地的"法相"，又不止一次变成二寸长的小人儿，可以有比 X 光还厉害的火眼金睛。《西游记》中众多"人"都有腾云驾雾的飞翔能力。更有趣的是孙悟空的毫毛和各种各样的"分身法"，更是一个人抵千万个人用的高效率。

《西游记》张开了幻想的翅膀，驰骋翱翔在美妙的奇思遐想之中。写人，人的理想的人生；写人与自然，人主宰自然而又与自然有着美好的契合。《西游记》充满幻想的思维模式，有着超现实的、超前的意识。《西游记》的幻想艺术，是一份宝贵的思维财富和丰富的艺术财富。

十二 《西游记》的诙谐风格

《西游记》艺术风格的基调是诙谐幽默，它基于作品喜剧的格局。《西游记》的喜剧性又具有鲜明的民族特色。西方古典的喜剧观念一般只指"讽刺喜剧"，而中国的喜剧传统不同，有讽刺性喜剧型，又有歌颂性喜剧型。《西游记》就是两者兼备，而主要是歌颂性的。

先说歌颂性喜剧因素。《西游记》中心事件取经的崇高性和成功的结局，是歌颂性喜剧性质和它的诙谐风格的基础。在这里，艰难事，写得乐。平顶山逢魔本是一场恶斗，但情节诙谐风趣。

孙悟空变成妖魔的母亲，应"邀"前来赴宴——"吃唐僧肉"，"那般娇娇滴滴，扭扭捏捏"，就像那老妖婆的行动，还要让众妖都来跪接。到正厅中，南面坐下，两个魔头双膝跪倒拜见"母亲大人"。孙悟空大大咧咧地接受他们的叩头，还叫道："我儿起来。"这时猪八戒被吊在梁上，哈哈地笑了起来，对沙僧说，这妖魔的母亲是孙悟空变的，因为"后面撅起猴尾巴子"。孙悟空听见八戒在说他，就故意对魔头说："唐僧的肉先不要吃，先把八戒的耳朵割下来吃吧。"八戒一嚷，小妖又来报告，说老妖婆已被孙悟空打死了。孙悟空才将身一晃，走了，吓得魔头"魂飞魄散"。孙悟空倒觉得"似这般手段，着实好耍子"，快活得很呢。字里行间，充满趣味。

在狮驼国，孙悟空被老魔一口吃掉了，老魔自以为得计，孙悟空却在他肚子里说话："如今秋凉，我还穿个单直裰。这肚里倒暖，又不透风，等我住过冬才好出来。"老魔害怕起来，说要让孙悟空在他肚里饿死。孙悟空说刚从广州过来，"带了个折迭锅儿，进来煮杂碎吃。将你这里面边的肝、肠、肚、肺，细细儿受用，还够盘缠到清明哩！"老魔又喝几盅药酒，想把孙悟空药杀在肚子里，谁知孙悟空喝了七八盅酒，在老魔肚子里发起酒疯来，"支架子、跌四平、踢飞脚，抓住肝花打秋千，竖蜻蜓、翻跟头乱舞"，直把老魔痛得倒在地上。就这样，《西游记》写艰难事，却充满谐趣。

在这里，乏味事也写出趣味来。可看一个"背尸体"的情节：乌鸡国王被妖道谋害，尸体在井龙王处保存着，孙悟空哄八戒下井去驮出来，说是驮宝贝。呆八戒去了，结果驮的是死尸，八戒觉得上了当，回来唆使唐僧叫孙悟空把死尸医活，医不活要念紧箍咒，这时八戒"笑得打跌"。孙悟空答应去太上老君处讨一粒"九转还魂丹"来，条件是八戒要对着尸体哭丧。八戒没法，"拈作一个纸拈儿，往鼻孔里通了两通，打了几个喷嚏"，眼泪鼻涕都来了，嘴里再念念叨叨"哭将起来"。孙悟空是怎么向太上老君要这粒丸药的呢？一开口要"一千丸儿"，老君急了，说："这猴子胡说！甚么一千丸二千丸，当饭吃哩！是哪里土块搓的，这等容易？咄！快去！没有。"孙悟空再说百十丸，十来丸，老君都不肯，孙悟空转身就走。老君又慌了："这猴子惫懒哩，说去就去，只怕溜进来就偷。"又把孙悟空叫回来："送你这一粒，医活那皇帝，只算你的功果罢。"孙悟空接了，说要尝尝看，真的假的，扑的往口里一丢，慌得老君一把扯住骂起来，孙悟空笑道："小家子样，哪个吃你的哩，能值几个钱，虚多实少的。在这里不是？"原来猴子颏下有个嗉袋儿，他把金丹噙在嗉袋里，故意吓老君，开个玩笑。

《西游记》里有不少充满幽默感的情节。到金晚山，孙悟空去远地化斋，觉得此地凶多吉少，用金箍棒在地上画了一个圆圈，叫唐僧等坐在圆圈中，切不可出来。可是，八戒不耐烦，怂恿唐僧走出圈子，顺路而走，结果走到了妖怪独角兕大王的"圈"套里——妖怪点化的楼房，终日以此拿人。以后为了救唐僧，孙悟空和他搬来的救兵哪吒太子、火德星君及众部火神、十八罗汉的武器全部被妖怪的宝贝——套在手上的一个"圈子"圈了去。经过许多曲折才把唐僧等救出来，行者对唐僧有句话总结这件事："不瞒师父说，只因你不信我的圈子，却教你受别人的圈子。"读至此，使人解颐而笑。它不是靠摆"噱头"来创造诙谐的效果，依靠的是构思的智慧和哲理的机趣。

以上是歌颂性喜剧情节，用在正面人物身上，用以赞美他们的机智、勇敢和乐观精神。它的诙谐与幽默的风格所产生的滑稽效果属于"肯定的滑稽"。

再说讽刺性喜剧因素，是属于否定的滑稽，主要用在对付妖怪和某些否定性人物身上。如车迟国国王宠信三个妖道，昏愦暴虐，搜捕虐杀无辜僧人和平民百姓。孙悟空与八戒、沙僧一起到妖道的三清观中，先发一阵狂风，把殿上的"花瓶烛台，四壁上悬挂的功德，一齐刮倒，遂而灯火无光"。众道士心惊胆战，各人归寝。八戒把道观大殿上供奉的元始天尊、灵宝道君、太上老君三个道教神像，全部背下去丢在粪坑里，然后他们三人变做这三个神像，坐在神坛上大吃祭品。"那一顿如流星赶月，风卷残云，吃得罄尽。"吃饱了还不走路，还坐在神坛上闲讲，"消食耍子"。等到三个妖道赶到，孙悟空等仍稳坐不动，继续装做三位神仙下凡。三个妖道及众道士信以为真，"披了法衣，擎着玉简"，"舞蹈扬尘，拜伏于地"，一定要乞赐金丹圣水，以求延年益寿。孙悟空马上答应，赏给他们"金丹圣水"喝。妖道大喜，端上了三个盛器：一只花瓶，一只砂盆，一口缸。孙悟空说天机不可泄露，把道士们赶出殿，叫他们全都跪伏在殿门外的台阶上等候。于是孙悟空在花瓶里撒了一瓶猴尿，八戒在砂盆撒了一盆猪尿，沙僧也撒了半缸人尿。三人依旧整衣端坐在上，叫道士们领"圣水"。接下去是三个妖道磕头谢恩，再用茶盅"抹唇咂嘴"地品尝这"圣水"……情节滑稽诙谐，用嘲弄、讥刺的态度批判、惩罚罪孽深重的妖道。这里的"滑稽"用以否定妖道，形式上属讽刺喜剧而又近于"闹剧"了。

《西游记》中有肯定的滑稽，歌颂性的喜剧情节，也有否定的滑稽，讽刺性的喜剧情节，而这两个方面在八戒一个人身上又兼而有之。八戒是《西游记》中诙谐幽默因素最为丰富的喜剧性人物。

八戒的喜剧因素，往往来自他的矛盾性。他的外形特征就是矛盾的：猪头与人身，本身就是矛盾。而"猪头"上两只猪耳朵一张开那么大，可当作

"风篷"乘风前进；作为"人身"，又突出了个可笑的大肚子。他生得"黑脸短毛，长喙大耳"，一副粗壮丑陋相，却又偏偏要在"青不青、蓝不蓝的梭布直裰"上"系一条花布手巾"，来一个俏打扮。丑，却自炫其美，八戒的外形和打扮的不和谐性，产生使人发笑的诙谐效果。同时，八戒性格的矛盾，也带来喜剧效果。八戒是有名的"夯汉""呆子"，却又要自作聪明。平顶山巡山偷懒睡觉，却自以为得计地要编谎话，去"哄那弼马温去"，终于出尽洋相。他是当了和尚却又想媳妇；名为"八戒"（断了"五荤三厌"），却又最难"戒"，最贪吃；当了苦行僧，却又贪财攒私房钱；能劳动也能打仗，却又不成才无志气，等等，他性格上的种种矛盾的不和谐的因素，也产生滑稽的效果，让人发笑。

《西游记》中常用漫画式的夸张来嘲笑八戒的缺点。写八戒当"侦探"，要向两个小妖打听唐僧下落。孙悟空教他学得态度温和些，顺着点儿，好去套小妖的话。八戒先对小妖唱个大喏道："奶奶，贫僧稽首了。"开始倒还像个样子。接着小妖问他："长老，哪里来的？"八戒想起要多顺着点儿，就顺着说："那里来的。"小妖又问："哪里去的？"八戒又道："那里去的。"小妖又问："你叫做甚么名字？"八戒又答道："我叫做甚么名字"……这段滑稽的对话，嘲笑了猪八戒的笨拙。

八戒打了败仗，说要出恭了（上厕所），"一溜往那蒿草薜罗、荆棘葛藤里，不分好歹，一顿钻进，那管刮破头皮，搠伤嘴脸，一毂辘睡倒，再也不敢出来，但留半边耳朵听着梆声"。这段滑稽的描写，是嘲笑八戒的自私与胆怯。

而八戒见了白骨精变的姑娘美，"满心欢喜，急抽身，就跑了个猪颠风"，又是对他好色的揶揄。他那一口一碗地吃，还不断嚷"添饭、添饭"的吃相，是对他贪吃的嘲弄。

以上这些都是对他的缺点作夸张的表现以进行嘲讽，运用了讽刺喜剧的形式，表现一种"否定的滑稽"。但对八戒的嘲讽与对妖怪的讽刺不同，对妖怪是无情的鞭笞，对八戒是善意的戏谑。八戒毕竟是一个正面人物，在他身上同样有着肯定滑稽的因素——一种以滑稽的形式，表现出内在的美和善的本质。

八戒在稀柿衕变成一只大猪，"圆头大耳似芭蕉"，上前用长嘴"拱路"，拱了两日，把千年积下的臭烂污秽"拱"开，数百人随行为他送饭，他"不分生熟，一涝食之"，"不论米饭、面饭，收积来一涝用之"。不论是"拱"

相还是吃相，都是漫画式的夸张性滑稽，但却是"千年稀柿今朝净，七绝胡衕今日开"的功德无量的大善行。就这样，在八戒身上肯定滑稽与否定滑稽并存，讽刺喜剧与歌颂喜剧相统一，从而构成一种八戒式的"丑角美"。

《西游记》的诙谐幽默，不仅包罗了多种喜剧因素，而且运用了多种艺术手法，如运用夸张、不和谐以产生喜剧效果等，上面已有涉及。而《西游记》充满谐趣的语言，更是作品诙谐风格的一个重要成分。即使是非主要人物的语言，也往往妙趣横生。如孙悟空学道回花果山，对众猴道："小的们，又喜我这一门皆有姓氏。"众猴道："大王姓甚？"悟空道："我今姓孙，法名悟空。"众猴闻说，鼓掌忻然道："大王是老孙，我们是二孙、三孙、细孙、小孙——一家孙、一国孙、一窝孙矣。"猴而有人姓，自然高兴，高兴了仍说"猴话"——"一窝孙"，令人发笑。

又如老妖问小妖，打探到唐僧是个什么模样，小妖答的却是细娇娇一张皮，嫩刮刮一身肉，端的是个好和尚等。妖怪眼里"好和尚"的标准是食物的标准，所以小妖从品尝的角度描述唐僧。正如鲁迅先生所说："虽述变幻恍惚之事，亦每杂解颐之言。"

《西游记》滑稽诙谐、幽默风趣的艺术氛围和艺术风格，还源于作者吴承恩"复善谐剧"的性格，和与这种性格相一致的滑稽倜傥挥洒自如的"游戏笔墨"。由于作者创作时用了"游戏笔墨"，用了"戏笔"，不是拉长了面孔，整天一本正经地教训人，而是在走笔运墨之中，在字里行间，几乎处处是戏谑之言，常常叫你开口一笑，从中有所领悟与得益。古代曾有人说《西游记》是在"游戏之中暗传密谛"，就是这个道理。作品中的人物，不是苦涩地无可奈何地去实现人生事业，而是快乐地充满信心地去艰苦拼搏，努力奋斗，顽强地夺取胜利。读者是和作品中的主人公们一起笑着，看到他们最后的成功。而《西游记》这种戏笔的本身，又体现了作品一种精神，那就是无拘无束，不受约制，泼墨成趣，意之所到，笔亦随到，没有框框条条，不受束缚拘钳，反映一种冲击束缚追求解放的某种精神，风格本身也是作品精神的反映。

就《西游记》的艺术特色而言，主要不外乎两个方面：一是"幻笔"，在上面一章中谈了；一是"戏笔"，正是这一章所谈的内容。

十三 《西游记》探源

先让我们来探索一下主要人物的来源。

　　开头我们讲了历史上的唐僧是一个了不起的探险家、翻译家、旅行家、高僧。他是《西游记》中唐僧的母体。在《西游记》中，他仍然是个有坚强的信念和意志去完成事业的典范。他行善事，举善业，成为取经事业的中坚人物。但他只是一个"凡胎"，才华、智慧都"凡"——平平常常没有本事，缺乏制伏妖怪及邪恶的能力。他的过失，也因他的"凡"——平庸，缺乏火眼金睛式的真知灼见而常常人妖不分、是非不明。在《西游记》中，历史上玄奘的勇敢、机智和才华消失了，转移到了他的大弟子孙悟空身上，让孙悟空专职除妖斗怪、广济众生的任务，他则退居到次要人物地位，与历史人物有一定的距离。

　　孙悟空这一形象，可以在中国的神话中找到渊源。孙悟空是从花果山石头里"生"出来的，这种"石生人"的说法早已有之。传说大禹娶妻涂山氏，治水时禹化为熊，涂山氏化为石头。大禹对涂山氏说："还我儿子。"涂山氏化的石头北面破裂，从石头中生出了启。启是能乘飞龙登天的具有神性的英雄人物。又有无支祁的传说，关系更为密切。传说大禹治水，三至桐柏山，得淮涡水神名无支祁，形貌同猿猴，会说话，能辨江淮水流之深浅、沼泽地带的远近。颈子能伸长至百尺，力大超过九象，目闪金光，神通广大，木魅水灵，聚绕左右，兴风作浪。大禹用铁索将他锁在淮阴龟山之下，此后淮水不再泛滥成灾。传说唐朝时他还出来过，是铁索牵着的一只大猿猴，高五丈余，"张目若电"，后又自己潜入水底。这只神猴与孙悟空有某些相似处。元代人吴昌龄作《西游记》杂剧，其中说到"无支祁是他（孙悟空）姊妹"。到吴承恩作小说《西游记》，无支祁的某些特点化在孙悟空身上了。

　　也有人提出印度神话对《西游记》中的孙悟空有影响：长篇叙事诗《罗摩衍那》中有一只神猴名叫哈努曼，他统率猴军，英勇善战，能飞越大海，一手托起大山，并善变化，神力与孙悟空也很有相似之处。甚至作品中的人物罗凡那又似牛魔王，都是杀一个头又会再长一个头的怪物。

　　关于孙悟空形象的来源还有其他说法，如我国西部党羌族的图腾崇拜是猴，西行故事又完全可能接受西域少数民族文学的滋养。

　　但是孙悟空形象见之于文字记载，据现有资料来看，最早的当是《大唐三藏取经诗话》里的猴行者，自称是"花果山紫云洞八万四千铜头铁额猕猴王"，主动前来"助和尚取经"。元代有《二郎神锁齐天大圣杂剧》，这个齐天大圣因水淹了泗洲，损害生灵极多，被释迦如来擒拿住。元末明初杨景贤《西游记》杂剧中的孙悟空是齐天大圣的弟弟通天大圣，还娶金鼎国女子为妻，后拜唐僧为师去取经。朝鲜的《朴通事谚解》中提到《西游记平话》的残文，写到"西域有花果山"，山上"有老猴精，号齐天大圣，神通广大"，因到天宫偷桃、偷金丹，还偷王母绣仙衣一套，败于二郎神，当死，观音救出，封在花果山石缝里，后随唐僧去取经，等等。可见孙悟空形象的形成，是吸收了多方面的文化"营养"，并有一个长期的流传过程。

谈谈猪八戒的来历。我国古神话中有河伯冯夷化身为猪，称"封豨""封豕"。"封豕"是神兽，是天上的"星宿"。这个与河、与猪、与神三者密切关联的猪形河神，与《西游记》中在天上管天河的天篷元帅出身的猪八戒，有着不可分割的"血缘"关系。古代神话和民间传说中，有"豕喙民"之说，一国的人都是猪嘴巴，有猪头人身的怪物的故事，等等，说明在我们民族的艺术土壤中，本有着猪八戒这一艺术形象的渊源。

台湾学者黄永武等提出猪八戒形象的另一个来源，那就是印度佛经中摩利支菩萨的坐骑金色猪。敦煌唐人绘《大摩里支菩萨图》（现存英国大英博物馆）上，在大摩里支菩萨的脚前，有个猪头人身的怪物，双手架开，作奔走如飞状，显出无边法力的样子，又与《西游记》中八戒相似。

作为取经故事中的八戒，形成时间是比较迟的。《大唐三藏取经诗话》中已有孙悟空的雏形猴行者和沙僧的母体深沙神，但却丝毫没有八戒的影子。元时磁州窑出品的绘有唐僧取经故事图画的磁枕（广东博物馆藏）上，有了八戒，长嘴大耳，肩扛九齿铁耙，跟随在后，已是猪头人身。杨景贤的《西游记》杂剧中的八戒，已很活跃，他自称"某乃摩利支天部下御车将军"，因"盗了金铃""顿开金锁""潜藏在黑风洞里""自号黑风大王"。裴家庄女子欲与未婚夫朱郎约会，八戒变为朱郎，将裴女摄到洞中。孙悟空奉唐僧取经到此，救出裴女，二郎神擒拿八戒，皈依佛教，随唐僧去取经。不仅出身与小说《西游记》不同，而且比高老庄因勤劳而被招婿要不体面得多，这里是拐骗裴女，行径恶劣。一般的看法，取经故事中的八戒形象，到元时才有。朝鲜《朴通事谚解》中也为"黑猪精朱八戒"。到了吴承恩的《西游记》里，八戒不再姓朱，也不再有"摩利支天部下御车将军"的历史，是一个很有人情味的角色，减少了妖精气。

沙僧的形象，应该说与西游故事的发展关系最密切。唐代玄奘西行取经的历史中，最恐怖、最艰难的历程是过沙漠。玄奘的弟子、唐代沙门慧立作的《慈恩三藏法师传》中记到玄奘出了玉门关，过莫贺延碛，"长八百余里，古曰沙河。上无飞鸟，下无走兽，复无水草"，这八百余里的"沙河"，正与

《西游记》中沙僧所居的八百里流沙河相照应。古代西行取经或经商的人,很多死在沙漠之中,玄奘有"惟望骨聚马粪"之叹。将对沙漠的恐惧予以拟人化就成了沙漠之神,可在《大唐三藏取经诗话》中见到,那就是阻拦唐僧西行的"深沙神"。这个深沙神已两次吃掉取经人,项下挂着两个人的枯骨,反映的是沙漠"吃"人,深沙神是沙漠自然力的化身。不过《取经诗话》中,他既是一个凶神,同时又是一个被征服者。取经人制伏了深沙神,让他化为金桥,将取经人度过沙漠,分手时还吟诗告别,人与自然力的关系正在发生变化。而深沙神再进一步演变为沙和尚,那就发生了根本的变化。据杨景贤《西游记》杂剧所描绘,他仍有着明显的深沙神的魔性特点,如写他吃人,"血人为饮肝人食""入骨若高山,人血如河水",脖子上挂有九个骷髅头,而且相貌凶恶。但是当他被制伏以后,直接参加了取经行列,成为唐僧的徒弟,这就出现了取经者沙和尚。从深沙神而为沙和尚是经历了从"阻力"到"助力"、到"徒弟"的演变过程,反映了代表沙漠的恐怖力量的凶神,最后拜倒在唐僧脚下。

《西游记》中的沙僧,是三个徒弟中性格最温和最安分的一个,但他却有着与此不相称的相貌,这实在不是因为塑造他的性格所需才这样写,更确切地说,那是深沙神"魔性"形象留下来的痕迹。几百年中沙僧形象的演变,又还取决于《西游记》主题的演变,从强调与自然斗争到重点转向对人类社会的反映;从歌颂佛法无边的佛教故事,到赞美为正义而奋斗的人生道路,使代表自然力的凶神深沙神转化为有着冤曲的遭遇和心灵善良的沙和尚。杂剧《西游记》中的沙和尚是"带酒思凡"而被贬下凡间,有点儿像八戒,被贬还多少有点理由,但小说《西游记》改了,写成不小心在蟠桃会上打碎了一个玻璃盏而被贬,而且受刑之重又大大增加。作者在沙僧身上倾注的已不再是征服沙漠的思考,而是人间的某种人生的苦难。这说明《西游记》的社会性因素不断加强,沙僧的人的社会性成了主流,凶险的自然力已几乎完全消失,只留下了一个"相貌"。

第二,谈谈《西游记》悠久的文化背景。

如果我们追溯到中国古代神话的早期故事,如"女娲造人""女娲补天""夸父逐日""大禹治水"等,几乎都是人与自然的斗争。而黄帝与蚩尤的战争之类的故事,则已转向表现人类社会内部的斗争,时间就稍后了,这是人类对自然控制力的增强和人类社会自身发展的反映。随着宗教的产生,带有宗教色彩的"仙话"神鬼故事滋长。但不论神话还是仙话,都是人类生活的反映，都是神魔小说《西游记》产生的土壤。

《西游记》出现于明代后期，此时佛、道、儒三教均已在中国广为流传。《西游记》将佛教教义中"普济众生"的观念和儒家的"大同世界""天下为公"的观念结合，表达他重众生、轻君王；主持正义、铲除邪恶，以谋福于众生为宗旨的思想，深化了作品的主题。以儒家"天将降大任于斯人也，必先苦其心志，劳其筋骨，饿其体肤，空乏其身，行拂乱其所为"，才能建功立业的思想来塑造人物的奋斗精神与事业精神。将道家服药求"外丹"的观念，改造成为以吃唐僧肉求长生的妖魔们的人生哲理，以与取经者形成对立面，展开矛盾冲突，组成情节的基本轴心。又将佛、道的宗教人物，如如来、观音、太上老君、玉帝、八仙等引入作品，加上什么教也不是的民间信仰、民间传说中的幻想人物，如嫦娥、龙王、寿星老人，等等，统统引进《西游记》里来扮演一个角色，以丰富作品的人物与幻想色彩，作为《西游记》中主要人物唐僧、孙悟空、猪八戒、沙僧等西游故事发展中新创造的人物的陪衬与补充。因此，明后期才出现的《西游记》，是集古代神话、小说、民间传说及宗教文化之大成。所以，鲁迅先生称它为"神魔小说"，而不简单地称为"神话小说"，就因为它有着那么多那么复杂的成分，不是简单的神话或民间故事所能概括的。

第三，关于《西游记》广阔的社会背景。

明代中叶以后，中国封建社会趋于末期，按一般的看法，《西游记》写作时间为嘉靖至万历年间，最后写完则在万历年间。明代嘉靖、万历年间，资本主义萌芽在中国东南沿海一带开始出现，文学界、思想界有点像欧洲的文艺复兴时代的前夕。但是整个经济和政治统治，乃是强大而统一的封建势力，从社会心理来讲，有一种冲破旧制度枷锁的欲望，但力量与信心都是脆弱的，前景也是模糊的，于是寄托于幻想的理想主义文学应运而生。这也许是到了封建社会后期居然会出现一个神魔小说热潮的原因。与《西游记》同时或稍后，《封神演义》《三宝太监西洋记》等神魔小说巨著以系列形式出现，并非偶然。

《西游记》题材具有外向型与异域型的特点，取经的第一站双叉岭，即开始越出大唐国境，全部行程经历十三个国家（西番哈呼国、乌斯藏国、宝象国、乌鸡国、车迟国、西梁女国、狮驼国、祭赛国、朱紫国、比丘国、灭法国、天竺国、舍卫国）而到西天，写的是在域外，在异国的探险与建立善业的功勋。以丝绸之路为基础的取经之路，反映我们民族外向的、对异域的追求与探索,反映在这一探索中所经历的艰难和战胜艰难的英雄气概。在一贯重农抑商的政策控制下,开拓丝绸之路的创业精神是难于在封建社会受到重视和称颂的,何况还和封建王朝长期以来闭关自守的政策相抵触。《西游记》赞美了开拓西行之路者的精神,是由于这种精神到明代受到了进一步的关注。明早期的郑和下西洋,打开了明代人的眼界;明嘉靖以后,为抵制殖民者入侵又刺激了人们对异域探索的要求;明中叶后商品经济发展,又促进拓宽市场与异域交往的欲望,正是在这样的背景下,西游题材再度引人注目,重新被认识,重新进行发掘,从而成为热点题材。除了吴承恩《西游记》外,杨致和《西游记传》、朱鼎臣《唐三藏西游释厄传》、无名氏《后西游记》《续西游记》、董说《西游补》等,尽管各书的主题倾向不一样,但堪称"西游系列产品""西游热"了。

一本《西游记》在手,随着"喜仙"孙悟空,伴着滑稽亲切的猪八戒,走进处处诙谐风趣的奇妙世界,《西游记》是个开心果,让你越看越爱看,笑不停口,爱不释手,它会给你带来那么多的快乐。

打开《西游记》,给你呈现出一个奇妙绚丽的神话天地,让你张开想象的翅膀,遨游在美的艺术境界里,不论是花果山水帘洞的神奇清幽,天宫的富丽辉煌,西天的神圣庄严,还是落伽山美丽的紫竹林……不论是孙悟空张大口把自己变成一座大庙,还是变成两寸长短的小和尚儿,从红匣子里出来,"咿呀咿地两边乱走";不论是噙在口里威力无比的芭蕉扇,还是可以随身携带的瞌睡虫儿……每一幻境,都那么神奇;每一个人,都有吸引你的奇幻的魅力;每一件物,都有让你惊奇的灵异。《西游记》将现实中不可能有而人们希望有的想象天地,展现在你的面前,它丰富的想象力将给你带来智慧和美的享受。

有的从《西游记》独特的艺术风格中,读出了作者以游戏笔墨从事创作的艺术个性,领略了《西游记》艺术手法与艺术技巧的独创性,从中探求作品的艺术美和通过戏笔来反映出作品的宗旨和价值:"表现唐僧师徒追求理想实现理想的艰苦历程。是一曲理想之歌。"(吴圣昔《西游新解》)

有的从《西游记》中读到了对明代社会的黑暗面的揭露,尤其对明王室崇信道教、荒淫乱国等世态的讽刺和揶揄:"《西游记》是写神魔之争的,却对当世的皇帝——明世宗朱厚熜进行了隐寓的批判和嘲讽。"(苏兴《西游记对明世宗的隐寓批判和嘲讽》)

有的从《西游记》中读到了封建社会人民反抗斗争的精神,感到"孙悟空的斗争，在形式、手段、指导思想、意识形态等方面与人间社会人民的反封建斗争存在着千差万别。但其反抗正统的秩序，蔑视皇权的尊严，用'动起刀兵'的方式，企图推翻旧有的统治这一基本性质，却有一致性。""赞扬了反封建正统、反皇权尊严的反抗思想和叛逆性格。"（胡光舟《吴承恩和西游记》）

有的认为《西游记》曲折地反映了当时社会生活的一些本质方面，无论是大闹天宫还是解除取经遇到的八十一难，全部故事都表现了中国古代劳动人民的敢于反抗、敢于斗争和蔑视一切困难的精神。"（刘毓忱《〈西游记〉主题简说》）。

有的从《西游记》中读到了丹术思想和从中探求气功的奥秘，有的将《西游记》当作一部给孩子们看的童话来读，有的又提出开展《西游记》理性思维的研究，探讨人与自然、宏观世界与微观世界、自然科学与社会科学，等等。"跟《米老鼠和唐老鸭》影响美国人一样，以其《西游记》孙行者的思维模式，影响我中华一代人，激发我十亿孙行者，精微万法，入微展宏，宏微辩证地创造我中华现代文明！"（中国未来研究会《关于开展〈西游记〉的理性思维研究》）

……

总之，《西游记》的研究方兴未艾，已有的研究成果都将成为《西游记》研究进一步发展的基础。尽管他们是从不同的角度，甚至是不同的结论来理解《西游记》的，仁者见仁，智者见智，但只有"百花齐放"才能春满园。我们从"人生哲理"的角度来为你介绍《西游记》，希望你有一个为"众生"的事业，希望你有一个追求真理的成功的人生，希望你为主持正义、铲除邪恶百折不挠地走出一条胜利的"西天之路"。至于对《西游记》的理解，它将是发展的，不断变化的，我们民族文化中这一朵奇葩，它有着永恒的生命力，有着异常丰富的内涵，有待于你，也有待于我，有待于他，还有待于我们的后人不断地开掘，它将历久不衰，更放异彩。

名家解读古典名著
神怪小说（上）

解读八仙系列小说

韩锡铎　著

　　对于八仙，人人都熟悉《八仙过海》故事，可是写八仙故事的小说，看到的人就少了。本文不仅把七种八仙小说作了系统的解读，从小说作品到民间故事，直到追溯八仙产生的源流，而且阐明了道教对我国小说的影响。

一　八仙探源

铁拐李、汉钟离、蓝采和、张果老、何仙姑、吕洞宾、韩湘子、曹国舅，是传说中的八仙。他们长生不死，神通广大，可以随心所欲地上到天庭，下至阴曹地府。他们在人间广行善事，救人民于水火之中，受到广大人民群众的爱戴。他们的故事在民间广泛地流传着、演义着，成为历史文化花圃中的一朵鲜艳的小花；在神话故事里有他们，在语言习惯里有他们，在风景名胜里有他们……现代科学证明，任何仙人都是不存在的，八仙也是根本不存在的。他们是从古代人民群众的幻想、渴望、追求中产生的。

人有生必有死，这是不可改变的自然规律。虽然经过人的主观努力，适当地延年益寿是可能的，但是要长生不死是绝对不可能的。我们的祖先基于对生活或其他某种目的的追求，有人想改变死亡这种残酷的客观现实，不断地探求着长生不死的方法。如汉代司马迁的《史记》就记载了秦始皇派徐市到东海去访求仙人，寻找长生不死药的事情。东汉时，我国产生了道教，探求长生不死的方法，成仙得道，是道教追求的境界，成为道教的理论与教义的重要内容。人们既然追求，自然就会编造出理想的人物来。这些理想的人物，就是仙人。大地上本来不存在长生不死的人，为了使这些理想的人物具有存在的合理性，便让这些人物活动在天上或其他人迹所不能到达的地方。

历史上传说的仙人是许许多多的。早在西汉时期，刘向就编有《列仙传》一书，记载了七十一位仙人的事迹。东晋时的道教理论家葛洪又编有《神仙传》一书，又记载了八十四位仙人（与《列仙传》重复者只二人）的事迹。至于以后在传说中又出现的仙人则举不胜举。

八仙是古代传说众多仙人中的八位，有的在历史上能找到影子：张果老，即唐玄宗时的张果，《新唐书》卷二百零四有他的传记。韩湘子，即韩湘，是唐代著名文学家韩愈（字退之）的侄儿，韩愈的《昌黎先生集》卷十有《左迁至蓝关示侄孙湘》七言律诗一首，诗云：

"一封朝奏九重天，夕贬潮州路八千。欲为圣明除弊事，肯将衰朽惜残年。云横秦岭家何在，雪拥蓝关马不前。知汝远来应有意，好收吾骨瘴江边。"

吕洞宾，即吕岩，唐朝人。元好问编的《唐诗鼓吹》卷六收录他的一首诗，还附有小传，说他是京兆（今西安）人，唐懿宗咸通（860—874年）时考中进士，两次做县令，黄巢起义时全家到终南山修道，以后不知去向。清人编的《全唐诗》也收录他二百五十首诗。《宋史·陈抟传》也提到他，说他在北宋初年已百余岁，尚步履轻灵。这些都说明，唐朝末年确实有吕岩这个人。汉钟离，复姓钟离，名权，传说是汉朝的大将。铁拐李、蓝采和、何仙姑三人，在比较可信的古代文献中很难找到，至于传说中的他们，其年代、籍贯都很难统一。明清时代的赵翼和俞樾等人都曾对八仙进行过考证，然而因为仙人的事迹本来是人们编造出来的，所以在史实中很难找到确实的根据。

任何一种传说最初产生的时候，往往都会有一点根据，在流传过程中，一些传说者又加以渲染和创造，这样传来传去，与原来的一点根据就相差了十万八千里，甚至是无中生有了。八仙的故事，就是由于传说的积累逐渐产生的。最初可能是因为某一个人在某一方面有一点与人不同的地方，人们作为一种奇异现象来宣传，时间长了，宣传得就越来越离奇，尤其是宗教的作用，会有意地从需要的方面去渲染，再加上文人的加工，就成为了今天这个样子，把一个个真实的凡胎俗子，说成是活灵活现的神仙。由于流传下来的历史文献不可能对历史人物和历史事件都有所记录，因此有的仙人的原始影子很难找到，或很难找准了。这里仅以韩湘子的故事为例，看他是怎样逐渐成为神仙的。

韩愈有一个侄孙名叫韩湘，人们就以他与别人有一点不同的地方和韩愈的那首七言律诗为基础，进行夸大和渲染。

现在所能见到最早的关于韩湘的传说，是唐代段成式的《酉阳杂俎》，内容如下：

韩愈的一个侄儿从江淮来找韩愈，韩愈借僧院的房舍令其读书。僧院的长老告诉韩愈，他的侄儿特别狂率。韩愈非常生气，批评侄儿说："地位低贱的人为了谋生，都有一技之长，你有什么本事！"韩愈的侄儿指阶前的牡丹花说："我可以让它开出任何一种颜色的花。"韩愈大为惊奇，让他开出花来。他经过七天的加工，虽然时值初冬，这株牡丹却开了花，先是白色，然后变成红色、绿色。而且花中有紫色的字，乃是一联诗："云横秦岭家何在，雪拥蓝关马不前。"后来他又回到江淮，不愿做官。

这段记载虽然没有提到名字，但肯定是说韩湘。今天的科学技术水平，让花开出所需的颜色，并不是困难的，不过在一千多年前的唐代，却是一件新鲜事儿。也许韩湘在植物学方面有什么天赋，能使花开出所需的颜色，人们以为奇怪，便传说开来，并和韩愈的诗联系起来，就成为仙人的胚胎了。

不过这段传说，尚看不出有道家色彩的味道。

五代时人杜光庭编的《仙传拾遗》，也收录了一段关于韩湘子的传说，内容如下：

韩愈的一个外甥，忘了他的姓名，自幼落拓不羁，二十岁时去洛阳探亲，羡慕那里的风景，没有回来，长期杳无音信。二十年后，他忽然回到长安，没有知识，衣服破烂，行为特殊。韩愈很生气，但饶恕了他。韩愈逐渐发现他有一些特殊技能，如善于双钩草书、能使炭火长久不灭等，感到惊奇。和他谈话，他能讲出一套一套的道家理论，又说能够改变花的颜色。韩愈让他做试验。时值秋天，他做些技术加工后，说明年春天看结果，说完走了。

这一年，韩愈因反对唐宪宗迎佛骨事获罪，被贬为潮州刺使。行到商山，风雪交加，非常困苦。忽见外甥迎立马头，侍奉韩愈格外殷勤。第二天天晴，送韩愈到邓州，对韩愈说："我师父在此，不能远送。"韩愈问他师父是谁，他说是洪崖先生。韩愈又问："神仙可求吗？"他回答说："得之在心，失之也在心。"韩愈因此做了那首七言律诗给他，挥泪而别。

第二年春天，他做试验的那株牡丹花，果然按他的说法开花了，每朵花中皆有楷书十四字："云横秦岭家何在，雪拥蓝关马不前。"书法绝伦，又加上未卜先知，不是神仙谁能做到这一点！又有人说，后来韩愈又见到了他，得到他的度化而得道，只是事迹不显而已。

这段记载，比《酉阳杂俎》的记载丰富了不少内容，而且有了道家的味道，增加了韩愈后来得道的内容。

北宋末年刘斧撰的《青琐高议》也有关于韩湘的记载，内容如下：

韩湘，字清失，是韩愈的侄儿，幼年时由韩愈抚养，不好读书，见书就扔，见酒则醉，醉则高歌。韩愈指责他，他说也能作诗。韩愈让他作表达志向的诗一首，他不加思索，立即写了一首五言十六句的诗，内容完全是一派道家语言，其中有一句是"能开顷刻花"。韩愈让他开出顷刻花来。他聚土于盆，用笼罩住，不一会儿就开出牡丹花来，花朵上有金字可辨："云横秦岭家何在，雪拥蓝关马不前。"韩愈不解其意，斥之为幻术。韩湘不久离去。

后来韩愈因反对迎佛骨被贬潮州。途中大雪纷飞，正在危难之时，韩湘到来，韩愈高兴得滚下了眼泪。韩湘说："叔父还记得昔日花上的诗句吗？今天得到了验证。"韩愈想起来了，又知道此处地名蓝关，觉得韩湘能事先知道，是一位异人，于是写成七律一首。夜里，韩愈与韩湘同住一室，相与议论。韩湘指出，韩愈自己不信佛教可以，何必挺身出来反对。韩愈听了湘子的一番言论，也产生了修道的念头，写七言绝句一首，表达了志向。相别时，韩湘赠韩愈丹药一丸，并示以今后景况，都得到了应验。

这段记载，故事情节比前两段又完整一些，韩湘的形象更趋于道家，而且还感化了韩愈，为后来故事发展到韩湘度韩愈成仙打下了基础。

元代韩湘子的故事又得到了发展，已成为杂剧的创作题材之一。纪君实写了《韩湘子三度韩退之》，赵明道写了《韩退之雪拥蓝关道》。这是今天能查到的两部元代杂剧名称，但剧本的原文已见不到了。剧本要求故事要有完整的情节和集中的矛盾冲突，上面所述宋代以前的三段关于韩湘子的传说，显然还满足不了这种要求。元代关于韩湘子的故事的传说，一定是故事更完整，矛盾更突出。当然，剧作家的艺术加工，本身就是对韩湘子故事的发展。

明代是八仙故事的完成和发展的主要时期，韩湘子故事也是这样。《八仙出处东游记》有两回是专门描写韩湘子的（下文介绍），接着又出现了一部《韩仙传》，是自述形式的韩湘子传记。作者署名是唐代韩若云，实际是明代人伪造的。该书从韩湘子的祖辈得姓写起，接着叙述他的得道成仙经过和后来的度韩愈，虽然主要脉络大体上与其他的韩湘子故事相同，但在情节上有很大差异，完全是道家的言论。因内容较多，这里不做概述。

明末作家杨尔曾认为上述关于韩湘子的故事还不够完美，便在这些故事的基础上进行艺术加工，写出了《韩湘子全传》（见下文）。它是迄今为止关于韩湘子故事最完整的长篇小说，在艺术上也取得了较为突出的成就。

从上面的叙述中可以看出，韩湘子的故事从唐代到明代有一个发展过程，故事有一个中心主干，情节则从零星到完整，从片段到系统。开始是民间传说，然后由文人记录、整理、加工，民间继续传说，文人继续记录、整理、加工，经过这样一个多次反复的过程，才形成了《韩湘子全传》的故事。

韩湘子的故事如此，其他八仙的故事也是如此。有的仙人传下来的记载较多，有脉络可考，有的仙人传下来的记载较少，追踪溯源比较困难。

在中华民族的传统文化里，有用数字来确定事物名称、形容事物特征的习惯，如八卦、八字、八戒、八荒、八音、四通八达、三苏、三国、三坟五典、三教九流，等等。其数字有奇有偶，有多有少，这决定于事物的本来特征和第一次用这个词的人的主观愿望。"八"这个数字，是个偶数，是人们较为喜欢的，因此用它做事物名称第一个字的情况很多，翻一下《辞海》《辞源》等工具书可以得到证明。

宋元之际的某一个人，出于某种动机，把八位传说中的仙人聚合在一起，成为一个互相联系的小集团，别人又相继随声附和，遂成定式，广为流传。从每个仙人所处的时代来看，最晚的一位是宋代的曹国舅。从现存的文献来看，宋代还没形成八仙一说。关于八仙的说法，现在看到的文献最早是元代的，明清两代的文献则屡见不鲜，几乎已达到了家喻户晓、妇孺皆知的程度。

八位仙人都是谁，元代到明代中期以前还没有一定，不同的文献所记录的八仙人物是不同的。著名元曲作家马致远在他的杂剧《吕洞宾三醉岳阳楼》中所记录的八仙是：汉钟离、铁拐李、蓝采和、张果老、徐神翁、韩湘子、曹国舅、吕洞宾。元代杂剧作家范子安在其杂剧《陈秀卿误上竹叶舟》中记录的八仙是：张果老、徐神翁、何仙姑、铁拐李、韩湘子、蓝采和、汉钟离、吕洞宾。元代杂剧作家岳伯川在其杂剧《吕洞宾度铁拐李岳》中记录的八仙是：汉钟离、吕洞宾、张四郎、曹国舅、蓝采和、韩湘子、张果老、铁拐李。明代的小说作家罗懋登在长篇小说《三宝太监西洋记通俗演义》第四十四回记录的八仙是：汉钟离、吕洞宾、铁拐李、风僧寿、蓝采和、玄壶子、曹国舅、韩湘子。

很明显，上述几种关于八仙是谁的说法与一般关于八仙的说法是不同的，共出现了十二位仙人，比一般说法多出了徐神翁、张四郎、风僧寿、玄壶子。也许在古代还有其他的关于八仙的说法。

一般所说的八仙，是明代中期才确定下来的。吴元泰的《八仙出处东游记》是一部专门描写八仙的小说，依次写了铁拐李、汉钟离、蓝采和、张果老、何仙姑、吕洞宾、韩湘子、曹国舅的成仙得道经过。这部小说问世以后，影响很大，广为流传，它所确立的八仙，逐渐就成为一种权威性的意见，以后人们再提到八仙，一般就以这种意见为准了。如明代的伟大剧作家汤显祖在《邯郸梦》传奇中所记录的八仙，就与《八仙出处东游记》完全相同，只是顺序有异。

道教和佛教是我国历史上的两大宗教，它们对中华民族的思想、文化、风俗习惯等各方面都有深刻的影响。尤其是道教是我国产生的，它的思想、理论、教义是适应了中华民族的某些心理需要的，如养生之术、追求长生不死等。八仙的产生和故事的流传，是道教发展的必然结果。

东汉以后的各个封建王朝及每个王朝的每个皇帝，有许多是笃信道教的。统治者的信奉与提倡，对道教的发展起了很大作用。八仙的故事就是在道教的发展背景中发展起来的。

道教推崇老子，老子姓李名耳。唐代的皇帝也姓李，自许与老子是一家，所以道教在唐代颇受推崇。如唐高宗时，追封老子为太上玄皇帝；唐代的许多皇帝都在全国各地修建道观，甚至发生过崇道毁佛的现象。与道教有密切关系的神仙故事在唐代产生的特别多，在八仙里起码有四人是唐代人。

宋代的皇帝有几位也是十分笃信道教的，如宋太宗在苏州大修道观，亲自召见华山道士陈抟；宋真宗几次梦见仙人，亲自主持道教的宗教仪式（道场）；宋徽宗追封道教推崇的战国时的庄周为微妙元通真君，追封列御寇为致虚观妙真君，自号为教主道君皇帝。那么，在宗室亲戚中出现一位仙人曹国舅，也就不足为奇了。

元朝的统治者虽然信佛，但也信道，所以元朝时产生了许多荒诞离奇的故事，那么把大量的神仙故事搬上舞台，把八仙合为一个团体，都是时代所需要的。明代的一些皇帝也十分崇信道教，如明太祖朱元璋封道士张正常为真人，以后的皇帝加封道士的事经常发生，因此道教在明代盛行，八仙故事在明代处于集大成时期，也是势在必行了。

总之，八仙的产生和故事的发展，是我们的先人对生命的渴望，道教的产生和发展，统治者的需要，诸多方面相结合的必然结果。

二 几部八仙小说简介

明代以后，我国出现了大量的在内容上涉及八仙的小说。有两种情况：一种是以描写其他人物为主，但涉及了八仙，如《北宋志传》（即《杨家将》）、《三宝太监西洋记通俗演义》《升仙传演义》《金莲仙史》及《拍案惊奇》等，一种是专门描写八仙或其中一仙的。这里所介绍的是后者，它们分别是《八仙出处东游记》《八仙得道》《吕仙飞剑记》《吕洞宾飞剑斩黄龙》《吕祖全传》《三戏白牡丹》《韩湘子全传》。

1.《八仙出处东游记》

又名《东游记上洞八仙传》《东游记八仙出身传》，简称《东游记》，五十六回，明吴元泰撰。现知此书的最早版本为明余文台刻本，书名作《新刊八仙出处东游记》，书藏日本内阁文库，书前有余象斗写的《八仙传引》。余象斗为明万历时福建著名的出版家，据此，余文台刻本当在明万历时。作者吴元泰当为明万历或万历以前人，书上署"兰江吴元泰"，湖南的澧水、浙江的兰溪，古代别名都称兰江，吴元泰当为湖南或浙江人。此书传世版本较多，清代人把此书和《南游记》《北游记》《西游记》合为《四游记》。除明刻本外，已知版本有：清嘉庆十六年（1811年）刻《四游记》本，道光十年（1830年）致和堂刻《绣像四游全传》本、清聚经堂刻《四游记本》，光绪二年（1876年）小蓬莱仙馆刻《四游全传》本（此本四十五回）、清小瀛洲金玉楼刻《新刊八仙出处东游记》本（四十五回），光绪十七年（1891年）两仪堂刻《东游记》本（此本二卷五十六则）、民国石印本及1956年上海古典文学出版社铅印《四游记》本。

全书首先说明八仙是谁，"话说八仙者，铁拐、钟离、洞宾、果老、蓝采和、何仙姑、韩湘子、曹国舅，而铁拐先生其首也。"该书以这个顺序，依次叙述其各自得道成仙的情况。

铁拐姓李名玄，原来状貌是很魁梧的，二十岁时，不继承家业，立志修道成仙。于是抛家舍业，幽居深山，澄心净虑，服气炼形，不停止地苦修数年。他久仰老君大名，又是同姓，决意前往华山拜老君为师。

太上老君姓李名耳，字伯阳，号老子，又号老聃，殷代武丁庚辰年从母亲左腋下生出，生于李树下。周文王时为守藏吏，周武王时为柱下史。曾遍游天下诸国，康王时又回到周朝。又欲开化西域，于周昭王二十三年，驾青牛车，徐甲为赶车的，出了涵谷关。守关的官员尹喜求得其道，著书九篇，名叫《关尹子》。老君于甲寅年升天为仙，乙卯年又降生于蜀国一个姓李的家里。尹喜找到了他，老君给他玉册，命他为文始先生。周敬王十七年，孔子向老子问道。周赧王九年，老君再次飞升昆仑。秦朝时，又降在陕河之滨，称为河上公。从秦朝到宋朝，老君经常出世，隐显莫测，变化无穷。与老君相当的还有一位宛丘先生，也是深得道术，彭祖曾拜他为师。

一日，正值老君和宛丘先生在华山讲论道法，铁拐前来拜师。听了二位老师的一顿教诲，相别而去。从此，铁拐在岩穴密林里深居，道法益增。一天，老君与宛丘前来约铁拐同游西域诸国。铁拐临行前嘱咐他的徒弟杨子说："我的魂灵应老君之约到华山，留肉体于此，如果我的魂灵七日不回来，方可将我的肉体焚化。七天之内，你护守我的肉体。不可违背我的话。"到了第六天，杨子家里的人来到，告诉他母亲病危。杨子顾师探母不可两全，只好焚了师父铁拐的肉体回家探望母亲。

回到家里，母亲已经死了。铁拐的神魂第七日返回，不见肉体和杨子，只得将神魂附在一个跛足的饿死的乞丐的尸体之上，将手中的竹杖用水一喷成为铁杖，所以人们称之为铁拐先生。想到徒弟杨子因为自己而不能为母亲守终，来到杨家，用药救活了杨子的母亲。铁拐又回到老君那里。

一日老君出游，铁拐戏骑老君之牛，不承想那牛见铁拐相貌丑陋，挣脱绳索，逃出云霄找不到了。老君归来，知道此牛下界必然惹祸，打了牛童，处罚铁拐下凡，将功补过。青牛下界来到秦国，变为国王，淫乱后宫。玄女神请来老君，方才制伏。

铁拐下凡，装成一个老者，在汝南市施药。把酒壶挂在街头，白天施药，晚上则跳入壶中。地方长官费长房见了感到奇怪，前去拜见，铁拐携他来到壶中，见里面别有天地。铁拐告诉费长房，他是仙人，因过被责。费长房心欲求道，苦于家人不让他走。铁拐将一竹棍放在费家房后，变作费长房之形，家人以为费长房吊死了，费长房这才与铁拐入山学道。铁拐多次考验他学道的心是否坚定，最后一次考验，让他吃粪，粪中有蛆，费长房没有吃。铁拐对他的功败垂成感到遗憾，给他一道能够驱鬼的符，让他回家。费长房回到家中，人世间已经过了十多年，家人见其归来，惊讶万分，费长房说明原因，家人掘墓一看，埋的原来是一根竹棍。从此以后，费长房能医治百病，能鞭挞恶鬼。后来费长房失去了铁拐给他的驱鬼符，竟被百鬼杀死。铁拐在人间功满，到老君那里谢罪，后来成为上仙。以后每次下凡，都装扮成贫困之人。曾有一更夫知道他的来历，拜师求度，铁拐因他不敢穿火，不敢乘竹叶之舟，凡心太重，没有度他。

钟离，燕台人，初名权，后改名觉，字寂道，号和合子，又号正阳子，又号云房先生。出生七天就能说话。长大了，成为汉朝的大将，他熟悉兵法，有深谋远略，曾率五十万大军击溃吐番入侵之兵。正好铁拐从空中经过，为了度钟离成仙，授吐番将领以妙计，使钟离遭到惨败，单枪匹马而逃。在深山里见一胡僧，乞求指路。胡僧把他领到一个村庄，告诉他这里是东华先生成仙得道的地方，让他在此休息。钟离站立了很久，来一位老人，互相通了姓名，老人领他进入村内，给他讲了修道的理论。钟离大悟。老人又教给他修道的方法及金龙剑术。这位老人乃是东华帝君。第二天，钟离回到家中，家人以为他已经战死，都感到奇怪。钟离说了实际情况。在家住了几天，怕朝廷加罪给他，与哥哥钟离简同到华山修道，结草为庐，日夜修炼。曾得到上仙王玄甫及华阳真人的指教传授，道法日深。一日别兄独游，来到山东的崆峒山四皓峰，在一石洞里得到一部《神仙秘诀》。回到华山，认真研究这部书，遵照书上的方法而行。后来与兄同日升天成仙。

蓝采和本是天上的赤脚大仙降生，生来不昧本性，放荡不羁，经常穿一件破蓝衫,一脚赤足,一脚穿靴,夏天穿棉衣,冬天穿单衣。到市中乞讨时,手拿一个三尺多长的拍板,喝得醉醺醺的,边走边唱,随口作歌,歌词皆有仙意。几十年过后,仍然容颜不老,衣履如故。遇着铁拐先生,在一起讲道。一天终于乘白鹤升天而去。

张果原来是一只白色的蝙蝠,长时间地受天地之气、日月之精,变成了人。在恒州的中条山隐居,得到宛丘、铁拐两仙人的传授,得以长生不老,成为神仙。他经常骑一头白色的驴,日行数百里,休息时将驴折叠如纸,藏于小匣内,骑时用水一喷,复成为驴。开元二十三年(735年),唐玄宗迎接张果到东京,他施展种种仙术,受到皇帝的器重,封他为通玄先生。后来请求回到恒州。唐玄宗再邀请他时,他已死了,实际上是升天成仙,检查他的棺木时,发现里面是空的,根本没有尸体。

何仙姑是广州增城人。武则天当皇帝时,她住在云母溪。十四五岁时,梦中有神人告诉她,吃云母粉可以轻身不死,她吃了果然身轻。母亲给她订婚,她坚决不从。一天在溪边遇见铁拐、采和,二仙教她修道成仙的方法。唐中宗景龙年间(707—710年),铁拐引她升仙而去。

吕洞宾名岩,字洞宾,号纯阳子,是东华帝君转世。当初东华帝君度钟离权成仙时,曾不慎说句"寻你作师"之语,故后来降谪人间,又得到钟离的度化而成仙。也有人因他常顶华阳巾,而说他是华阳真人转世。他是唐朝浦州永乐县人,祖父吕渭,任礼部侍郎,父亲吕谊,任沧州刺史。吕洞宾生于唐德宗贞元十四年(798年)。生下时即金形玉质、道骨仙风。少而聪敏,日记万言。长大后身长八尺二寸,顶华阳巾,穿黄衫。游庐山时遇见大龙真人,真人传授他降魔的方法。唐武宗会昌年间(841—846年),两次考进士都没有考中。

六十四岁时他在长安的酒店里遇见钟离权。钟离权让他作诗,以便考查他的志向。他当即写了一首七言绝句,很有道家意味。钟离权煮黄米饭给他吃,他昏然睡去,梦中考取状元,高官显赫,两次娶富家之女,子孙满堂,一旦获罪,全家被抄,妻离子散,孑然一身立于风雪之中。忽然梦醒,饭尚未熟,一下子明白了人世间的富贵荣华都是空的,求钟离权度他。钟离权用美女、猛虎等十种方法考验吕洞宾,他的表现钟离权非常满意,于是引他到鹤岭去论道。两个人在一起讨论,几天都不疲倦。正好丹阳真人和施真人由东南来到这里,钟离权让吕洞宾拜见。二位真人走后不久,天上玉帝召见钟离权,封为九天金阙上仙。钟离权临行前对吕洞宾说:"你在人间好好修行,将来也和我一样。"吕洞宾说："我的志向和师父不一样，我要度尽天下众生，才肯上天。"

　　钟离权走了以后，吕洞宾到江淮游览。那时有一个蛟精在淮水中作怪，人民深受其害，官府不能制伏它。吕洞宾用剑斩死了蛟精，官民感激不尽，问他姓名，他回答说我叫回道人。吕洞宾又游览到岳阳，在辛氏酒店饮酒多日，不付酒钱。一天，吕洞宾又来饮酒，在墙上画了一只鹤，告诉主人，再有客来，呼唤它，它能下来起舞。果然如此，来饮酒的人因而猛增，不几年辛氏巨富。后来吕洞宾又来了，骑鹤而去。辛氏认为吕洞宾一定是神仙，就建造了一座黄鹤楼作为纪念。吕洞宾又来到洛阳，遇见妓女白牡丹，产生爱心，多日同宿，不泄元阳。洞宾怕道友知道笑他，编一个理由走了。一天，铁拐、何仙姑、蓝采和三人谈到吕洞宾戏白牡丹之事。铁拐与何仙姑扮作夫妇前往白牡丹处，告诉白牡丹吕洞宾不泄元阳的原因及让他走泄的方法。后来吕洞宾再来，白牡丹使用何仙姑传授的方法，果然吕洞宾走泄元阳。吕洞宾大惊，不再来了。又来到岳阳，又到了洞庭，同钟离权度韩湘子而去。

　　韩湘子，字清夫，是唐代韩愈的侄儿。生有仙骨，讨厌繁华浓丽，喜欢恬淡清幽，不为财色富贵所动，专心向道。韩愈多次让他学习儒家的当官的方法和学问，他却偏偏学道。一日外出寻师，遇见吕洞宾和汉钟离，深得二仙传授的道法，遂得成仙。韩湘子还想度化韩愈成仙，因为韩愈固直，只好用仙术感化他。这年大旱，皇帝命韩愈设坛请求上天降雨雪，日久不见雨雪降下。湘子化作道士前来相助，平地雪厚三尺。在韩愈的寿宴上，湘子又顷刻间使牡丹开花，并有两行金字："云横秦岭家何在，雪拥蓝关马不前。"几次劝韩愈弃官修道，韩愈都不醒悟。后来韩愈反对唐宪宗迎佛骨，被贬潮州。韩愈在路上走了几天，突然寒风凛烈，大雪纷飞，马不能前，路不可识，又处在荒郊野外，没有人家，韩愈困苦不堪。忽然湘子前来搭救，问韩愈还记得不记得昔日花上的诗句。韩愈知道此地为蓝关后，感叹万分，写成七律一首，赠给湘子："一封朝奏九重天，夕贬朝阳路八千（全诗见前）……"于是，韩愈对湘子的话深信不疑。第二天湘子辞去，临别前送韩愈仙药一粒，以后韩湘终于度韩愈成仙。

　　钟离权与吕洞宾度韩湘子成仙以后，闲居蓬莱仙岛，取棋对奕。钟离权批评吕洞宾贪恋白牡丹及在岳阳楼饮酒之事。吕洞宾碍于师徒之份，不敢辩解。忽见南北两股杀气冲入云霄，钟离权知是宋、辽两国交兵。吕洞宾问谁胜谁负，钟离以气数推断，告以宋胜。吕洞宾因被钟离批评了一番，心有怨气，决心助辽败宋，派徒弟椿精投辽。辽国的肖太后为了击败宋兵，在各地招聘贤人。椿精揭了招贤榜文，被封为幽州团练都统使。椿精又向肖太后推荐吕洞宾，肖太后拜吕洞宾为辅国军师。吕洞宾帮助辽国摆了天门阵。宋将难以攻破，杨六郎昏绝于地。铁拐李、钟离权、张果老听说吕洞宾助辽，都非常生气，帮助宋军破了天门阵。在阵中钟离严厉指责吕洞宾。吕洞宾认错，钟离权携吕洞宾归来。铁拐李大骂吕洞宾不止，经张果老调解，引吕洞宾谢罪，韩湘子设宴，众仙和好。

曹国舅是宋代曹太后的弟弟，名友。其弟曹二依仗是皇帝的亲戚，夺人田地，占人子女，无恶不做。国舅经常劝诫，曹二不听，反以为仇。于是国舅散尽家财，隐迹山林，修心养性。后来和钟离、吕洞宾相遇，被引入仙班。

为了祝贺王母娘娘的生日，八仙求得老君的祝寿词一篇，持之以往，深得王母娘娘的欢欣，开阆苑，设蟠桃，令仙女歌舞，款待八仙。八仙非常高兴，喝得大醉。

辞别王母，八仙奔东海而来。各仙各显绝技，畅游东海。东海龙王见海面一派白光，令太子摩揭巡视。摩揭见蓝采和脚踏玉版，浮海而过，便夺下玉版，将蓝采和关进幽室。玉版在龙宫放光，龙王大喜。众仙不见采和，知道是龙王捣鬼，派吕洞宾前去了解情况。吕洞宾与摩揭打起来，用火葫芦把海水烧得鼎沸。龙王送回蓝采和，但没有送回玉版。吕洞宾与何仙姑再往，大声索取。太子摩揭率领虾兵蟹将前来擒拿。吕洞宾用飞剑斩了摩揭，虾兵蟹将又被何仙姑用竹罩罩住，死伤无数。龙王派二太子来战，吕洞宾又用剑斩断了二太子的左臂。龙王率海中全部十万精兵，亲自督战，决心报二子之仇。八仙也研究了对策，因为钟离善于用兵，此战由他指挥。钟离巧妙部署，果然杀得东海龙王大败，率妻逃往南海，向南海龙王敖闰哭诉经过。敖闰大怒，请来了西海龙王、北海龙王前来助战。八仙正在东海龙宫欢庆，不承想被南海龙王用四方之水灌入龙宫，八仙不习水性，困苦万分。只见曹国舅不被水浸，因他腰间有水犀宝带，于是八仙各执一片逃出。为报此仇，八仙将泰山移入东海，然后往龙华会而去。四海龙王正在宴饮，忽见泰山压下来，只逃出数十人，全军覆没，东海龙宫成为一片瓦砾。四海龙王逃回南海，由东海龙王写奏章上告天庭，告八仙之罪。玉帝看过奏章，勃然大怒，命天将赵元帅讨伐八仙。八仙与赵元帅及四海龙王又鏖战一番，得齐天大圣相助，获得大捷。后经老君、如来、观音大士调解，观音将蓝采和的玉版选出最美的两片给了东海龙王，以抵偿他的两个太子，双方修好。

《八仙出处东游记》是迄今所知全面叙述八仙故事的第一部小说，重点叙述八仙各自得道成仙的经过，显然是根据民间流传的零散的八仙故事拼凑而成的。对每一仙人的描写，不仅粗细不均，而且优劣也差异很大——原来故事较多的，叙述就详，反之就略；原来故事质量较高的，文笔则优，反之则劣。它对后来的八仙小说的发展起了奠基作用，不仅《八仙得道》这样综合描写八仙的小说的主要情节取之于它，而且对《韩湘子全传》《吕仙飞剑记》《吕祖全书》等重点描写某一仙的小说，在情节内容上也有很大影响。

吴元泰对原来的民间传说，应该说是做了艺术加工的，但全书仍然显得很粗糙。这表现在：第一，有些故事之间缺乏有机的联系和融合，第二，情节不够细腻，第三，语言不够生动，也缺乏文彩。相对来说，破天门阵和八仙过海两段故事写得比较好些。

2.《八仙得道》

一百回，清代无垢道人撰。无垢道人，籍贯和生卒年不详。只知他少孤失学，流落成都，在清云观研究道教；咸丰二年（1852年）起，游历南北十余省，落脚北京白云观，宣讲道教，听者甚众。为了宣传道教，他写了此书。书写成于清同治七年（1868年），同治时曾刻印出版。但此书社会上的传本很少，几个权威性的古代小说目录均不见著录。春风文艺出版社1987年铅印了此书。该书用五十多万字的篇幅，详细地叙述八仙的成仙得道经过。

书从上古时二龙治水写起：二龙一在天之西，一在海之南。那时南赡部洲西方一带，一片大水，地名叫做灌口，天上玉帝的外甥二郎神封在此地，并负责镇守。水中的老龙惧怕二郎神，不敢抬头，只在水中修炼，已经炼成了不坏之身。

岸上有一个孝子，名叫平和，侍奉着双目失明的母亲，他想尽一切办法要治好母亲的双眼。一日在山上砍柴，遇见一位神异的道人，道人告诉他距此山三十五里的大水之中有一条龙，每天半夜和正午两个时辰把头仰出水面，吸取日精月华，口中吐红珠一粒，乃是它多年炼的丹。待它吐珠时，念句咒语，可以把珠弄到手。有了这颗珠不仅可以治好母亲的双眼，而且要什么有什么。平和依照道人教的方法，果然获得老龙口中的红珠。老龙兴风作浪来夺，神异道人恰好出现，告诉老龙，他是九天缥缈真人，并告诉老龙将来的因果。老龙似乎听明白了道人的话，点头下水。平和将红珠带回家中，果然母亲的双眼复明，而且衣食不愁，所需即有。平和用此珠行善乡里，给人治病，济人困苦，不取报酬。因此平和被人称为善士。

灌口的地方官毛虎听到这个消息，很想得到这颗红珠，以给女儿治病为名，把平和骗到家中，索要不得，便行强抢。平和急中生智，将珠吞入腹中。回到家中，顷刻之间平和变成了一条龙。缥缈真人到来，带平和所变之龙到水边，唤出水中的吐珠之龙，二条龙合为一条龙。真人嘱咐了一番。

缥缈真人办完了这件事，正想回洞府，忽见师兄火龙真人到来。火龙真人要到钱塘江口办理绳龙的事情。在钱塘江里有一条缆绳因受日月之精变成的龙，身体庞大，器官俱全，只缺两眼。一日火龙真人同两位朝廷的大臣乘船到此，正遇见这条龙出现，水浪击船，船体不安。朝廷的大臣拿着真人的宝剑，将龙头刺了两个窟窿，正好成了龙的双眼。真人对龙严厉地训戒一番。火龙真人和缥缈真人都是老君的徒弟，过了七八十年之后，帮助两条龙各成正果。火龙真人来到钱塘江，知道此龙自开眼之后，一直苦心修炼，竟成了一条神龙。真人带他过了龙闸，告诉他托生成人，方能成仙。于是移山压住龙的躯体，取出口内之珠，投入到一位孝女胡秀春的腹中。

十个月后，胡秀春从口中吐出一个肉球，在一个怪异的道姑的帮助下，肉球由小而大，后来破开，里面有一位口中含珠的女孩。道姑吞了女孩口中的珠走了。这个卵生的女孩名叫飞龙。飞龙自幼聪明，一天因为不肯替同学做题，同学说她是有母无父的私生女，飞龙因此不肯上学。胡秀春知道原因后，忧郁成疾。正值瘟疫蔓延，父母皆死。胡秀春见飞龙已经长大成人，可以自立，便写了遗书，说明情况，投河自尽。飞龙捞起母亲的尸体，祭奠了七天，然后去污辱她的同学家报仇。那家已经有所准备，飞龙被人打伤，归来扶灵痛哭，宛然入梦。梦中从师父火龙真人那里知道了自己从缆绳到投胎的全部经过。师父还给她口中的神珠，即是前身修炼成的金丹。师父告诉她已修炼成功，示以将来因果，传授给她许多道法。飞龙从此以后本领大增，再去仇人家报仇。仇人家请来一位道士与她交战。飞龙口吐龙丹，现出龙的原身，一声大笑，庞大的身躯晃动，震倒房屋无数，压死百姓无数，平地皆为海水。飞龙知道闯下大祸，将母亲的坟移到高山之上，从山顶钻一条地沟直通东海。在东海炼功待罪十有余年。不见师父到来，变成一位少年道姑前去暗访。

飞龙正坐在山上一块大石上休息，忽见一老一少两位道人途经山下。老者告诉少者在此等候，不许闯祸，自身前去会师兄。飞龙见老者很有道法，前去询问少者，二人言语相撞，竟打斗起来，各现出巨龙原身，一直打到天庭。惊动了玉帝，派太白金星出来察看。太白金星怒斥二龙。二龙不知道已到了天庭，一齐追赶太白金星，弄得天庭一场大乱。二龙知道此处为天庭后，吓得逃去。玉帝不知是哪里来的两条龙，命太白金星去问太上老君。老君对太白金星述说了二龙的原委，说目前正是二龙建功之时，并说三千年内将有八大金仙扶佐天庭。二郎神奉玉帝的命令来讨伐二龙，二龙打不过二郎神，正要被二郎神斩首之时，缥缈真人、火龙真人前来相救，说二龙是他们的徒弟。二郎神收兵而去。

缥缈真人向火龙真人说道，八仙中有的已经出世，此人原是一只大老鼠，灌口地方发水，此鼠救了许多百姓性命，自己险些丧生，被文美真人救出，给他桃吃，他变成了一只蝙蝠。因有功于四川人民，百姓为他立祠，享受人间香火。他又结识了灌口平和所变之龙，两人交往甚密。海中又有一条恶蛟，久闻平和将成正果，心中愤愤不平。一天恶蛟变作人身，行至蝙蝠庙内，见到一只大禽，误认为是如来佛顶上的孔雀，便施了一礼。后来知道是蝙蝠，便大怒起来，砸了庙祠。蝙蝠正与平和聚会，得知此信，平和帮助蝙蝠来与恶蛟交战。恶蛟不是对手，变成一条泥鳅。平和移来几座大山，将恶蛟压在海底。二郎神来讨平和，平和被缥缈真人救出，带他来到这里，不承想又和飞龙相遇大打起来，闹得天庭不安。

缥缈真人说完这番话后，火龙真人也把绳龙闯祸的情况说了一遍。二仙说完哈哈大笑，来到东海上，将二龙召出水面，教训一番。正赶上月老到来，使平和与飞龙结为夫妇。人间正值大禹治水，玉帝册封平和为四海龙王，飞龙为王妃，帮助治水。二仙带平和、飞龙到天庭叩谢。又拜见老君，老君说出一番因果。又拜见东华帝君，东华帝君说一句"久慕中国繁盛，欲下去走一趟"的戏言。师徒四人拜完诸人，回到下界。见了舜帝，献上治水的方法。两位真人把平和夫妻送入东海之中。帮助他们建起水晶龙宫，添置诸般陈设。二人感激不尽，全力帮助大禹治水。

河南嵩山之下，有一户三口之家，艰难度日，母亲王氏，儿子孙杰，儿媳刘氏。王氏中年死去丈夫，长年吃斋，藉以明志。洪水退后回到家中，见家中东西都被洪水冲没，王氏急成一病。刘氏在家中发现了一只洪水留下的田螺，便收养起来。一天，王氏忽然想吃这只田螺。刘氏怕破坏了婆母长年吃斋的结果，乃做了几只假田螺给婆母吃。几天后王氏死了，刘氏见到田螺便伤心，于是把田螺放生到水里。不久刘氏也死了，只剩孙杰孤单一人，只好给人做长工度日。被刘氏放生的田螺为了报恩，常变作一个聪明美丽的女子在孙杰不在家的时候，帮助孙杰操持家务，后被孙杰设计捉住，田螺才告诉原因。二人结成夫妻。孙杰用田螺给他的银子做买卖，成了富厚之家。夫妻二人广行善事。后来文美真人将蝙蝠转世为孙杰之子，名叫仙赐。仙赐聪敏绝伦，十四岁时被州官请去助理政事，功劳卓著，升为大夫。二十岁时，上大夫伯皋将次女蕙儿许给他为妻。

缥缈真人在灌口地区打盐井，被平和移山压住的恶蛟乘机逃出，为了报仇，将神魂附在蕙儿身上，百般作祟。文美真人前来除之。恶蛟又附在仙赐身上，将仙赐诱至大禹的花园。文美真人又来相救，恶蛟逃走。文美真人对仙赐说出前世他们本是师徒关系，又教给仙赐一些道法，然后离去。仙赐在花园迷路，在一女子的引导下，方得归家。此女子乃是一个得道的狐狸变的，名叫胡三姊，是文美真人派来的。仙赐回家后立志修道，誓不娶妻。经胡三姊相劝，才同意娶伯小姐。恶蛟又投胎成为他的弟弟，名叫蛟儿，为了报仇，百般挑拨仙赐夫妻与父母的关系，利用仙赐夫妻探视伯皋病情之机，毒死仙赐，伯小姐也惊吓而死。胡三姊指引仙赐的神魂，告诉他其弟蛟儿的原委和伯小姐的前因后果，引仙赐到天台山的石洞中去修道。过了几年，胡三姊又来告诉他，蛟儿已经害死其父，又将其母变为田螺原形，打入淮水底下，如今正在受难。仙赐与胡三姊来到淮水底下，先拜谒老友龙王平和，再来看望母亲田螺。胡三姊告诉田螺在此好好修道，并示以将来因果，又教给她一些护身咒语。田螺点头称谢。胡三姊与仙赐辞别田螺，打发仙赐回到天台洞府，自己到文美真人处交命。文美真人赞扬她办事认真小心，正式收她为弟子，起名通慧。

又过了一千余年，人间已经历夏商二代。孙杰已投生十余世，现为洛阳张氏，名叫张天成。文美真人见仙赐道法大有长进，让仙赐下凡再转人世，成为张天成之子，即为八仙之一的张果。张果生而能言，聪明异常。通慧前来指点，张果立即明白，决心修道。张天成也立下修道的决心，父子共同修道。父子与通慧相约，在田螺所处的淮海村相会。此时田螺修道将要成功，称罗圆夫人，把螺壳变成了海底的洞府，大放异彩。在修道过程中，多次得到龙王的保护。通慧来到水晶宫，答谢龙王照顾田螺之恩。在谈话中说到将在螺壳府内做道场的事情，通慧说主持道场的将是一位跛脚道人。此人乃是玉帝殿上的司香吏，因与司花女官开玩笑，皆被打入下界，司花女托生为仙赐的夫人伯小姐。到现在二人都转轮了十世，司花女现生在河南何氏，香吏生在河南李氏，与老君同族，老君已经派徒弟文始真人前去照顾，并亲自收为徒弟。通慧与龙王谈完话，来到淮海村。张氏父子早已来到，与罗圆夫人共同出来迎接通慧。

长江下游岸边有一隐士，姓马名上原。有一个女儿，人称马大姑娘，嫁给同村姓古的书生。古生后母于氏百般刁难大姑娘，古生很是为难，不得已外出经商。古生走后，于氏把大姑娘卖与恶霸为妾。大姑娘得知内情，迎娶之时，跳水自尽。一个百余岁的道人划船来救，不但没有救成，反碰坏了大姑娘尸体的一条腿，道人的船也翻了。道人上岸后，自思破坏了百年不碰女子之戒，疯狂而死。马大姑娘的神魂由江神引到龙王的水晶宫。古生经商归来，于氏已死，将金银投于大姑娘投江处，使得此处江底高出地面，世人称为金山。龙王送大姑娘的神魂到金山脚下的何姓人家投生，取名何兰仙。何兰仙七岁时得到玄女变化的道婆指点，懂得修道之法。这便是后来八仙中的何仙姑。

河南洛阳有一世代为官的人家，家主姓李名奇，夫人尤氏，单生一子，名叫李玄，也是生来好道，常以前生救一女子使尸体致残为憾。十多岁时，太白金星受老君之托降落李府，在李玄头上拍了三下。李玄一下子明白了自己在九世以前在天庭为司香吏的前因，乞求太白金星引度升天。太白金星将他带到华山脚下，然后别去。李玄在上山途中历尽种种艰难，一日一个肮脏道人把他骗入山洞里，一群小妖正想把李玄放进开水锅中，恰好老君派徒弟文始真人前来相救，李玄得以不死。妖道原来是老子骑的青牛跑下凡界变的，管牛的童子把他带回。文始真人带李玄来到昆仑山老子居住的洞府，老子对李玄教诲了一番，给他宝剑和仙书，李玄仍回到华山紫霞洞。文始真人找来山鸡精飞飞、野兔精颠颠，以供李玄驱使。有一个野牛精前来捣乱，被李玄制伏，取名玉儿。李玄苦心修炼三年，读完老子所赠之书，道法大增。再来朝见老子，老子又教诲他一番。他回到洞府安顿好三个徒儿，便游历名山大川，广行善事。

他先到洛阳家中看望父母，然后到庐山，又到西湖。在西湖边上救了孝子杨仁和他的母亲，收杨仁为徒弟，安排在泰山脚下的无崖洞，召来玉儿服侍。杨仁把母亲从西湖接到泰安。李玄的神魂要出游，嘱咐杨仁好好看守他的肉体，不到七天不可焚化。李玄的神魂出了体壳，前去度何兰仙出家，送她到衡山修道。李玄神魂出游的第六天，杨仁之母病危，杨仁不得已焚化了李玄的肉体回到家里，母亲看了他一眼就死了，没能说上一句话。李玄差半日到七天归来，不见了肉体，师兄文始真人前来指引，把神魂附在一个又丑陋又瘸腿的饿死鬼的尸体上。文始真人奉老君之命给他桃木拐杖一根。李玄见自己身体上没有一块白肉，就自称铁拐李，把拐杖也涂成和皮肤一样的黑色。想到杨仁忠孝至极，到杨仁家救活他的母亲。

铁拐李又回到老君处，老君给他法力无边的葫芦一个，文始真人给他一根头发，他用头发把葫芦系在拐杖头上。老君告诉他一些未来的事情。铁拐李来到杨仁居住的泰山无崖洞，召来了飞飞和颠颠。第二天，通慧来请他去主持在罗圆夫人的螺壳内举行的道场。截教徒与道教为仇，前来相扰，在截教徒的蚌精壳内设下擂台，两教进行一番比武。老君前来助战，截教大败，众徒反叛，蚌精与截教首领通天教主逃走，道教凯旋。

何仙姑在衡山修炼了一百余年，有玄女指教，很有长进。老君因到东海救做道场的诸仙，把青牛留在洞内，牛童管理不善，青牛再次私跳出来。将衡山附近的吴大户弄昏迷了，移到山中的千人坑内，青牛变成吴大户，到其家中淫其妻妾。受土地之请，何仙姑来到吴大户家，两度败在青牛手下。幸有玄女派弟子上元夫人来助，将青牛陷于沙中，才救了吴大户。老君因青牛再次到凡间扰乱，处罚原来的牧童下凡，又派一位新牧童来领牛。仙姑又苦修十余年，玄女继续传授她法术，并给她三件宝贝，说凡界正值秦始皇当政，十分残暴，让仙姑下界救苦救难。

仙姑遵旨下山，得土地指引，来到咸阳，借宿清虚观中。宰相赵高的义子前来取闹，仙姑略施法术，弄得赵府不宁。赵高面奏秦始皇，秦始皇以为仙姑一定是仙人，前来与仙姑见面。仙姑告诉秦始皇："养心莫善于寡欲，求道莫先于爱民。"秦始皇认为这是腐儒之谈。清虚观中有位术士，名叫王一之，识破了何仙姑的法术。何仙姑前去拜访，被看家童子拒之门外，只好在山野过夜。遇见钟离权追赶山豹，险些被豹咬伤，何仙姑用法术制伏了豹子。在去钟离权家的途中，遇见铁拐李，铁拐李收钟离权为徒，告诉他前生之事。原来钟离权就是老君的管牛的童子转世。此时何仙姑也知道了铁拐李就是李玄。

铁拐李令钟离权去迎接他的另外一个新收的徒弟王一之。钟离权黑夜行走，遇见一个怪物，给怪物起名叫山月儿，又遇见一只神兽，神兽把他驮到东华帝君处，东华帝君收钟离权为徒，将来度他成仙。东华帝君送他到幽州。

铁拐李送给秦始皇"亡秦者胡"四字，预示将来。秦始皇把"胡"误解为匈奴，派大将蒙恬督人建造长城，防匈奴入侵。有一女子名叫孟姜女，生得美丽，奸人把她推荐给秦始皇，秦始皇要把她纳为妃子，孟姜女坚决不从。

秦始皇便让她丈夫范杞良去幽州修长城。铁拐李派张果和王一之前去营救，秦始皇请截教的炎道人等前来诛灭。铁拐李、何仙姑、王一之、钟离权等与截教徒展开了一场大战，几个截教徒都死于非命。孟姜女、范杞良死后，铁拐李摄来他俩的游魂，再次托生，一个是王月英，一个是蓝采和。二人同年同月同日出生，出生一个月后，两家又订了婚约。

铁拐李带几个徒弟回到华山紫霞洞，对徒弟讲了孟姜女和范杞良的前生。孟姜女的前生乃是嫦娥，因偷吃了王母给她丈夫后羿的仙丹，飞奔到月亮。后羿发现后，也追到月亮。主管月亮的是玉帝的三公主太阴，太阴罚后羿伐树，后羿经常哀吟。嫦娥同情他，又想起了夫妻之情，犯了清规，再次被贬下凡。下凡途中遇见因触怒王母被贬下凡的披发仙人，仙人挑逗，二人在人间结为婚姻，而披发仙人就是范杞良。

铁拐李与几个徒弟又议论秦始皇的暴政，铁拐李说秦始皇已死，其神魂附在一条白蛇身上，企图害未来天子的性命，派张果前去帮助未来天子。铁拐李留下钟离权、颠颠、飞飞看守洞府，与何仙姑、王一之外出遨游。此时项羽之兵已进入京城，咸阳大半已成焦土。王一之挂念自己家里，铁拐李让他回家看看。他看见妻子被一群无赖调戏，一气之下杀了人，犯了成仙修道之忌。铁拐李只好让他做一个管鬼的官员，勉励他多做正直之事，赎今日之罪，给他治鬼符咒一卷，铁拐李告别了王一之，在空中遇见二郎神，又遇见前往东海调查妖蛟的玄珠子。二郎神与玄珠子开玩笑说话过了头，铁拐李算定日后必有灾难。

蓝采和十岁时，父亲蓝文请来一位饱学的先生教他读书。王月英也前来附读，采和的母亲乌氏爱之如掌上明珠，气坏了蓝文的偏房胡氏，胡氏也生下一儿一女，但都蠢笨如猪。胡氏怕子女将来受采和小夫妻的气，把是赌徒的弟弟胡千请到家中，设计谋害。正赶上瘟疫流行，乌氏身亡，胡氏变成正室，操持家事。王月英的家着了一把天火，父母同日而死。胡氏姊弟毒死蓝文，百般虐待采和与月英。在生死关头，二人被铁拐李和何仙姑救出。因蓝采和凡心太重，铁拐李让他独自去王屋山修炼。铁拐李与何仙姑、王月英同到蓝家，指出胡氏的罪孽。胡氏醒悟，决心为善，断指为誓。铁拐李与何仙姑、王月英又来到采和去王屋山的途中，用种种方法考验采和，采和毫不动摇，终于到了王屋山，在那里苦心修炼。

这时西汉武帝在位，朝廷有一位中大夫东方朔，乃是天上的岁星转世，自然道法高深。武帝曾令他去请西方母，他请了几位仙人乔妆打扮代之。武帝又让他去摘西王母的仙桃，他竟真的偷来了。武帝身边又有一位截教的弟子李少君。武帝非常想念新死去的李夫人，令李少君招来李夫人的亡魂相会。李少君请管鬼的王一之相助。王一之招不来李夫人的亡魂，便招来一群女鬼，让李少君从中选一位像李夫人者。李少君选中一位本是贞烈之女的王英英，她是因誓不嫁二夫被父亲逼死的。李少君用王英英的鬼魂冒充李夫人与武帝相会。此事违背了玉帝的意旨，玉帝令东方朔处死王一之和李少君。王一之死后，其弟子费长房继承管鬼的职位。李少君魔法很高，东方朔得到铁拐李和玄珠子的相助，请来雷公电母，才用电击死他。东方朔也因偷王母之桃，暗中获罪，被李少君的阴魂害死。玄珠子把东方朔的尸体带到海宁，按铁拐李教的方法，东方朔又恢复了灵性，被玉帝召回天上去了。

玄珠子此时自以为天下太平，疏于对东海老蛟的防范。老蛟乘机变了一个白面书生，名叫王诚夫，被杭州的何家入赘为婿。一天午间王诚夫贪睡，露出本来面目，吓死了岳母。其妻何春瑛产生了许多疑虑，到东华帝君的庙中求签问卜。钟离权奉东华帝君之命给何氏托梦，告诉王诚夫的原委，并示以不久即来杀他。何氏被夫妻的情爱所束缚，将梦中的情形告诉其夫。老蛟大怒，这时才说出了自己的本来面目，为了应战，立即向四个子女及何氏传授法术。钟离权来诛老蛟，老蛟发东海之水，使平地变成汪洋。钟离权得玄珠子的帮助，退走了海水，又得到雷公电母的帮助，用雷电击死老蛟，斩了四个子女。玄珠子本是白鹤修炼而成，因他疏于对老蛟的防犯，玉帝罚他到湘江边上又做一只白鹤。

何氏见丈夫和子女都被仙人所诛，潜心报仇，用十年功夫炼成一个水桶，可装东海之水，决心淹死杭州人民，以泄心头之恨。钟离权又奉东华帝君之命，前来为杭州人民解难，在何氏即将倾倒东海之水之际，变成一个十来岁的女孩，对何氏百般规劝，何氏总是不听。钟离权用计喝干了桶里之水。何氏此时才知道女孩即是钟离权，求钟离权赐她一死。钟离权无奈，只得将她镇在山中。宋代时，何氏被修道成仙的许旌阳指点，方才气平。

王一之死后，其徒费长房继承其职，刻意修道。张果奉师父文美真人之命，伙同蓝采和、何仙姑前来考验他。费长房经不住考验，成不了天仙。晋代时，因救桓景，得罪了恶鬼，被恶鬼齐心治死，职位由胡子羽接替。唐朝时，由钟馗接替，后来又由张天师接替。

大唐建国初期，东华帝君下凡投胎，便是吕洞宾。吕洞宾生来颖异，钟离权是他的老师。唐太宗贞观时，吕洞宾十二岁考中进士，十五岁时娶何太守的小姐为妻，生下一子，吕洞宾也当了官，功名顺利。钟离权看他有沉醉功名的迹象，用言语激励他。吕洞宾立刻醒悟。钟离权给他一件混元八卦袍，此袍可以避寒暑。又让他去庐山学剑，又教他点石成金之法，相约三年后在湘江边相会，招来一只仙鹤，使吕洞宾骑上。仙鹤飞到长江北岸，放下吕洞宾。吕洞宾正在观望，忽然被夏口镇王员外的管家冲撞了一下。吕洞宾问明原因，知道王员外家中闹妖，管家前去请有法术的高僧智圆。吕洞宾心地善良，随同前往。到了寺中，未通姓名，智圆却说出了吕洞宾的名字，吕洞宾深感奇怪。智圆请出了该寺主持老僧，老僧洞悉吕洞宾的原委，欲收他为徒。吕洞宾婉言谢绝。老僧向吕洞宾和智圆说明王员外家中之妖乃是二郎神之犬，只可将它赶出，千万不可杀死。

智圆与吕洞宾到了王员外家，智圆进去降妖，令吕洞宾守门，防其逃窜。神犬打不过智圆，从门逃出，吕洞宾好心放它，却被神犬咬了一口，因有混元袍护身，不曾致命。智圆对吕洞宾不满，愤愤回寺，防妖之事交给吕洞宾。第三天夜里，月里嫦娥忽然降临，告诉吕洞宾何仙姑正在庐山等他，以便传授剑法，又说明了二郎神之犬所以下凡为怪的原因。嫦娥说完离去。智圆见吕洞宾身穿之袍是件宝物，几次前来行窃，因吕洞宾袍不离身，不得下手。一日他又来行窃，被吕洞宾发现，智圆竟张口索要，吕洞宾不给，二人格斗起来。眼看吕洞宾斗不过智圆，忽然二郎神到来，命神犬咬伤智圆，又一脚将吕洞宾踢入半空，落下来正是庐山。因管朱小鬼家的奸情之事，被朱小鬼兄弟捆缚送进一个洞中。洞中竟别有天地，等候他的竟是何仙姑。何仙姑告诉他朱小鬼家奸情原委，开始教他剑法。三年过后，吕洞宾学会了剑术，去应钟离权之约，钟离权与吕洞宾先到姑胥地方，从一妖狐那里弄来了干将莫邪宝剑，来到湘江之边，将玄珠子变成的白鹤送入阴间，转生为韩愈哥哥韩会之子，名叫韩湘，即八仙之一的韩湘子。

吕洞宾办完白鹤转生之事以后，钟离权带他到峨眉山的纤云洞，作炼丹养气功夫。在那里一住五年，彻底明白了道教的理论，修成了大罗仙体。老君又赐他《玄都秘枢》神书，读完之后神通更大。

此时张果在唐玄宗的宫中，充任梨园教师。法师叶法善知道他是张果，几次向唐玄宗说明他是张大仙。唐玄宗慕道心切，想召见张果。张果说自己不是张大仙，回避不见。钟离权与吕洞宾来到京师，为了解脱张果的僵局，钟离权伪装张果，对唐玄宗说如想见张大仙，必须让叶法善亲自到终南山去请。叶法善千辛万苦到了终南山，钟离权变作道童早已等在那里，用话讥讽他一番，吹口仙气，把叶法善吹到自己家的床上。叶法善的妻子很明白事理，说明"这是大仙恼你多嘴，和你开的玩笑"。叶法善回到宫中，果然看见张果正与唐玄宗谈话。自此张果被封为国师，留在宫内集贤院中，经常显示绝技，甚得唐玄宗的欢欣。后来张果见朝纲不正，装死辞去。

吕洞宾在京师遇见妓女白牡丹，她乃吕洞宾初到庐山时所碰见的朱小鬼的女儿小金子转世，吕洞宾念在庐山时的一段情意，三次试验白牡丹的志向，见她一心向道，让她去终南山，将来度她得道。

韩湘子出生之后，聪明异常，一般的人当不了他的老师。吕洞宾以吕谷朋的名字自荐为师，教韩湘子学道。这时韩会已死，湘子由叔父韩愈收养。韩愈见湘子学道，大发雷霆，湘子争辩，说他的师父乃是天上的大罗神仙吕洞宾。韩愈更是生气，决意辞退。吕洞宾早已算有今日，写一封辞书托家人送呈韩愈，书中谈到了韩湘子的根由和今后的因果。韩愈看过，让湘子去留自便。湘子竟弃家去嵩山修道。十年过后，韩湘子道已学成，回家来度叔父修道成仙。

这年天气干旱，皇帝命韩愈设坛祈雨，韩愈祈不来雨，湘子用仙术求得大雨。利用这个机会，湘子劝韩愈学道，韩愈勃然大怒。此后，每隔二三年，湘子就回家度韩愈一次，韩愈总是不听。韩愈八十大寿之际，湘子回来祝寿。在寿宴上湘子顷刻之间造出美酒，韩愈饮后，疾病皆除。湘子又从王母娘娘那里借来许多仙花，其中一簇像牡丹者，花间有两句诗："云横秦岭家何在，雪拥蓝关马不前。"韩愈不明其意，湘子说是叔父今后之事，自会应验。再过一年，韩愈因反对迎佛骨事，被皇帝贬到潮州。路经一处，大雪纷飞，茫茫苍野，饥寒交迫，苦不能言。跟随的两个家人本来受韩家世恩，此时却抛下韩愈，带着行李逃走。只剩瘦马一匹，也是疲惫待毙。韩愈此时方看破人生。正在寻死之时，忽然觉得是置身于清洁高雅的屋中，看见一个年轻的道士走来，仔细一看，乃是湘子。韩愈悲喜交加，顿觉仙道伟大。湘子说此地是蓝关，韩愈想起昔日花上的诗句，吟成七言律诗一首："一朝封奏九重天，夕贬潮阳路八千……"从此韩愈一心向道。湘子度完韩愈之后，又度母亲徐氏。

北宋时，王一之转生为曹太后之弟，即曹国舅。曹国舅名叫曹大，还有一个弟弟曹二，兄弟二人性情完全相反。曹大为人善良，人称大善人。曹二为人奸苛，干些依仗权势损人利己之事，曹大百般劝阻，总是不听。曹大二十岁后，吃斋修道。三十岁时，吕洞宾、韩湘子来试其道心。韩湘子在府上又住了许多年，向曹大传授道法。后来曹太后死了，皇帝易人，曹二失恃，被朝廷正法。曹大将家事交给两个儿子，自己出家修道，去衡山会韩湘子。

韩湘子传授他许多玄门大道，又过几十年，曹大也成了仙人。

至此，八仙已全。铁拐李居华山紫霞洞，张果居武当山白露崖，蓝采和居王屋山绉云谷，吕洞宾居峨眉山纤云崖，何仙姑居庐山玉屋洞，韩湘子居嵩山碧云峰，钟离权居终南山一线天，曹国舅居衡山王妙峰，所以称八洞神仙。

因天庭无事，玉帝派他们下到凡间了解民间疾苦，他们做了许多善事。一百年之后，值王母娘娘寿辰，八仙过海前去祝寿。蓝采和不慎将白玉花篮掉在海中，被龙王的两个孙子摩昂、摩润拾去。蓝采和与何仙姑前去讨还，龙孙不给，双方殴打起来，两个龙孙死于二仙剑下。龙王大怒，率千军万马出海与八仙交战。铁拐李算计龙王夫妇因过去大闹天庭，现在应遭报应，无可奈何，只好率八仙迎战龙王。龙王哪里是八仙的对手，除长子敖广得以逃生外，其余皆死于非命。后来玉帝命敖广袭龙王之职。经火龙、缥缈二真人调和，八仙与敖广修好。从此天庭安宁，海宇太平。

《八仙得道传》细腻地描写了八仙各自的成仙得道经过，它的主要情节取材于《八仙出处东游记》，但做了出色的艺术加工：一方面作者根据自己的需要或其他的民间传说，对《八仙出处东游记》的故事情节做了很大变动；一方面做了大量的穿针引线的工作，把《八仙出处东游记》支离破碎的故事有机地联系起来，在故事与故事之间、人物与人物之间架起了桥梁，成为一个互相联系的整体。

作者还把许多民间传说和神话故事都揉进了八仙故事当中，如大禹治水的故事，龙王的故事，二龙戏珠的故事，嫦娥奔月的故事，孟姜女的故事，白蛇传的故事等；又如灌口（即今天四川省灌县）的传说，鬼打墙的传说，银鱼的传说，徐福的传说，重阳节登高插茱萸的传说等；甚至把一些成语、歇后语的来源，也穿插在八仙的故事之中。这些虽然不无牵强附会之嫌，但却可以看出作者的想象力是极为丰富的，使全书成为我国古代神话故事和民间传说的荟萃，使全书成为一幅巨大的神话故事的画卷。从远古至宋代，诸多神仙人物都彼此联系，互为因果，会使人们感到，中国的历史似乎是一个神仙的世界。在描写过程中，成功地使用夸张和浪漫的手法，是本书在艺术上一个显著的特点。

3. 《吕仙飞剑记》

又称《唐代吕纯阳得道飞剑记》，二卷十三回。书上署"安邑竹溪散人邓氏编"。竹溪散人是明代万历时福建著名小说家邓志谟的别号，故此书著者是明代的邓志谟。此书传本较少，以前只有明万历萃庆堂刻本，1987年，春风文艺出版社将此书收入《八仙全书》，铅印出版。

书叙唐朝的神仙吕洞宾原本是跟随天上神仙钟离权的慧童。一天，钟离权带他去朝见玉皇大帝。朝见完毕，玉帝留钟离权单独谈话，慧童在天门外等候，向下一看，窥见人间繁华，心中羡慕，心想跟师父已经十二年，受了不少苦，于是私自下凡。来到河中府永乐县城中，想找一个理想的人家投生。转到东门附近，见"三代承恩"扁牌一个，旁边又有几行小字："祖吕延之，授浙东节度使；子吕渭，授礼部侍郎；孙吕让，授海州刺使。"慧童认为这是一个理想的家庭，便化作白鹤，投胎而入。这家的吕让年已四十，尚且无子，夫人王氏已身怀有孕。

唐德宗贞元十四年（798年）四月初四日巳时，王氏生下一子。吕让审视掌上之纹，有一山三品之迹，故取名岜，表字洞宾。又因此子出生的年月日时，皆是阳数，所以取号为纯阳子。吕洞宾生来不俗，自幼聪敏，日记万言，九岁时已学识超群。但他命运却不好，直到六十四岁时，才考中进士，授官咸宁知县。

再说钟离权与玉帝谈完话后，不见了慧童，知道他已私自下凡，念十二年师徒之情，不忍弃他，准备将来度他成仙。当吕洞宾六十四岁时，钟离权前来度他。钟离权扮作一个道人，来到长安的一个旅店中。吕洞宾去咸宁任职，也在此过宿，遂与钟离权相遇。见钟离权相貌不凡，因问其姓名，并问出家修道有什么好处。钟离权讲述了道家云游方外不受世事羁累的许多好处。吕洞宾听了，心地顿然开朗，决心修道，与钟离权同居共炊。钟离权做饭，吕洞宾睡着了，梦见自己仕途显达，两娶娇妻，儿孙满堂，独秉朝政；一朝获罪，妻离子散，孑然一身立于风雪之中。突然梦醒，饭尚未熟。钟离权说出了吕洞宾的梦境，吕洞宾大惊，认为他一定是位仙人，叩头拜师。钟离权谢绝辞去。吕洞宾弃官回到永乐，选择一处幽静的地方建造茅屋数间，起名"悟真斋"，自己修行。其实钟离权并没有离开他，仍在暗中观察，用种种变化对吕洞宾进行考验，直到见他为人慈善，意志坚定，金钱、美女都不能动其心，才收他为徒，把他带到终南山中，教他炼丹之术，又给他仙书读，又教他许多仙家秘法。

一天，有郑思远、施真人二仙来会，看见吕洞宾称赞不已。二仙邀钟离权同去朝拜玉帝。临行前，钟离权对吕洞宾说，你不久也要升入仙界了。吕洞宾拜谢，说自己的志向和师父的不同，一定要度尽众生，然后才肯升天。

170

刚好有火龙真人佩二把宝剑来到，听见吕洞宾的志向，说道："人心莫测，你要度他，困难得很！"吕洞宾表示一定要尽心。火龙真人把两把宝剑给了吕洞宾，并说此二剑一雄一雌，切勿用它们杀人。于是吕洞宾佩二剑遨游天下。曾在吕梁洪地方用宝剑斩死为害百姓的恶蛟，又曾在永宁城杀死吞噬百姓的猛虎。人们对他感激不尽。

吕洞宾驾云又来到金陵地方。百花巷内有一座花园，白牡丹小姐与几位丫鬟在里面唱着怀春曲儿。吕洞宾见白牡丹美貌，动了凡心。在丫鬟的撮合下，吕洞宾得与白牡丹夜间同宿。白牡丹的母亲从亲戚家归来，见女儿日日消瘦，找到长干寺的黄龙禅师，黄龙禅师告诉她让女儿如此如此。白牡丹依计而行，再与吕洞宾交合时，吕洞宾走泄元阳。吕洞宾得知是黄龙禅师之计，执剑来到长干寺。黄龙禅师本领高强，竟将吕洞宾雌雄二剑插入地中，拔不出来。吕洞宾伏地便拜，黄龙禅师训诫一番，方还其雌剑，并告诉他养阳的方法。吕洞宾依黄龙禅师所教，在高邮寻一个地方，静养九年，恢复了阳气。

吕洞宾来到武昌，扮成一个卖木梳的，却没有人买他的木梳。他走到天心桥上，见一个白发老太太正在行乞。他用木梳给老太太梳头，头发随梳随黑，并渐渐见长，梳了一会儿，老太太已变成十七八岁的大姑娘。人们看见，争相出高价买他的木梳。吕洞宾发了一番感慨，把木梳抛到桥上，变成一条苍龙而去。吕洞宾与老太太都不见了。

吕洞宾又来到汴州，扮成一个卖墨的。一个年轻人名叫王宠，花了五千钱买了他一鼎墨。回到家中遭到父亲的毒打，说他是败家子。夜里吕洞宾来还他的五千钱，并又赠他一鼎墨。天亮王宠再看两鼎墨，乃是两根金条，父子甚感奇怪。

吕洞宾又来到梓潼。此地有个人名叫娄道明，专门践踏少女，炼他的仙术，口若悬河，大吹大擂自己是仙人。吕洞宾化作乞丐到他家去行乞，娄道明让家人出来殴打，吕洞宾吹口仙气，家人皆倒。娄道明才知道吕洞宾是位异人，忙请进屋内款待。吕洞宾大吃一番，忽然不见，娄道明也呕吐而亡。

吕洞宾又来到长沙，手持一个小瓦罐逢人要钱，说自己是神仙，谁能用钱把罐装满，即教他成仙之道。人们争着往罐里投钱，无奈不论投多少，罐都不满。一个东平的和尚赶一辆大车，装钱十万，吕洞宾竟然把车装入罐内，又吟诗一首，劝和尚跟他去学道。然而和尚痛惜钱而不明白，用石头砸碎瓦罐，却不见了车和钱，只看到里面有劝他回东平的诗一首。投钱的见钱没了皆大哭起来。只见各人之钱从空中纷纷落下，唯独没有和尚的车和钱。和尚回到东平，吕洞宾还他车和钱，然后不见，和尚后悔不及。

吕洞宾又来到江西大庾岭。此地有一人姓金名煜，设斋饭款待来往过客。吕洞宾为了验证他好善是否真心，扮成一个肮脏道人前去讨饭。金煜看不起这个道人，让家人驱赶。吕洞宾在墙壁上题一首诗，末尾署名"无心昌老莱"，写完不见。金煜从昌字无心乃吕字，知道此人是吕洞宾，后悔而死。

吕洞宾又来到青城山。此地有一道士黄若谷有些本事，专门为人驱邪治病，但是却没有本领请来真神。一天，吕洞宾帮助他为一户除妖，请来了上天真神。在言谈中又说出黄若谷左脚脚心的特征。黄若谷认为吕洞宾是位真神仙，欲拜他为师。吕洞宾认为时候未到，离去。

吕洞宾又扮作渔人模样来到江南，一路唱歌。众人说他歌唱得好，纷纷赏给他钱，吕洞宾不受，只要酒喝。有一位姓张的酒店主人，赏他一坛竹叶青酒，又一坛葡萄绿酒，吕洞宾仍然不醉，又赏一坛最好的状元红酒，吕洞宾饮完仍然不醉。女店主看白白丢了三坛好酒，出来相骂。吕洞宾从怀中掏出一块石头做酒钱给女店主。女店主一气之下又拿出些烧酒，给吕洞宾喝。吕洞宾喝完醉倒了。众人上来一看，已经断气。张店主抬出棺木，让众人把吕洞宾埋葬在南山上。众人埋完归来，迎面又来一个吕洞宾。及开棺一看，里面并无尸体。张店主看吕洞宾所给之石，乃是一个金元宝。

吕洞宾又到了广东的罗浮山朱明观。观主外出，一个小道童接待。见小道童殷勤，欲度他成仙，将饮剩之酒给小道童喝。道童不饮，错过了机会。吕洞宾无奈，只得用酒治好了他的眼病。用笔在墙上画一座山，山下有三口池塘。画完，告诉道童他是仙人，入壁而去。观主归来，知是吕洞宾。

吕洞宾又到了洛阳。有一位陈公新房落成，众亲朋来贺。吕洞宾扮一衣裳褴褛的道人也来祝贺，从画上引下一群美女演奏乐曲，以达贺意。陈公斥之为幻术。吕洞宾知他不可度，乃索纸笔题诗一首，末尾署"谷客"书，写完不见。陈公方知是吕洞宾，追悔不及。

吕洞宾又来到杭州，扮作医生在街上卖药。他的药医好了盲人，医好了驼背，医好了瘸子。被治好病的人买酒肉给他吃。他吃醉了酒，遍身流汗，用手在全身挠遍，将指甲里的污垢做成一个团儿，说是仙丹，吃者可以成仙。众人没有人敢吃，只好自食，升天而去。

吕洞宾又来到岳阳。登岳阳楼观赏一番，然后走进一家酒店饮酒，饮而不醉，众人观看。店主来要钱，吕洞宾醉倒在地，到晚上题诗一首而去，留下一个土块。主人追之，已上云端，回视土块，乃是赤金。一天，吕洞宾坐于柳树之下，此树已经成精，竟道出了他的名字。吕洞宾吃得大醉，来到太守王纶家中。为王纶顷刻间造出美酒，开出鲜花。太守亦说他是幻术。吕洞宾又题诗一首，道出自己是吕洞宾。太守后悔不及。一天，又吃得大醉，再进岳阳城中，背一个小葫芦，声声说葫芦内有仙丹。总是没人理他。吕洞宾感叹万分，把葫芦抛向空中，众人看见葫芦随之而行。此时众人争着来买他的仙药，他却飘然而去。

吕洞宾来到广陵。见妓女黄莺美丽，欲度她成仙，扮作一个秀才前往妓馆。黄莺看不起秀才，不接待他。黄莺的妹妹杨柳也是妓女，见了秀才心里喜欢，主动亲近吕洞宾。吕洞宾见她凡心太重，只好给她一粒仙丹。后来姊妹俩知道秀才是吕洞宾，都恨自己错过了机会。

吕洞宾又来到杭州，游览天竺寺。听说寺僧法珍很守佛门之规，很想度他。来到寺中，通过另外一个和尚的梦幻，对法珍讲了一番修道的道理。

吕洞宾又来到芝城郡的碧邛。一富户孙某建造一个水阁，环境幽雅，很多读书人聚在这里。吕洞宾为其题写诗句撰写对联，众人贺彩。吕洞宾又写一首谜底是"吕洞宾来"的四句谜诗，离去。

吕洞宾又来到江南戒严寺。此寺有五百多僧徒，是有名的大寺院。他将佩剑变成一个妖艳妇人走进寺中。众僧徒见如此美貌的妇人，皆欲心大发，忘了念经，各加评论。其中一个打坐的和尚貌似不看，却暗地里跑到寺外进行调戏。吕洞宾大喝一声，美女立刻变成宝剑回到鞘中。那和尚抱头便跑。

吕洞宾又来到宝华寺，仍以佩剑变成绝色女子走进寺中。禅堂上有一个打坐的外地云游和尚喝道："金属的精灵不许入我山门！"吕洞宾见有人识破他的机关，就收了宝剑，上前叩头谢罪。云游和尚说："方才化作女子的剑好像是火龙真人的，为什么在你手中？"吕洞宾说此剑是火龙真人所赠。云游僧说自己姓高，法名法慧，住在庐山竹影寺，与火龙真人的翠微洞为邻。吕洞宾遂与法慧去拜见火龙真人。

吕洞宾向火龙真人讲述了因戏白牡丹而被黄龙禅师夺去一剑的经过。火龙真人问他度了多少人，他说一个人也没有度成。火龙真人告诉他淮安玉溪村有一女子姓何名惠娘可度。于是吕洞宾来到淮安玉溪村。何惠娘是此村富户陈日文的女仆。正值陈家设大斋，吕洞宾化作一个穷困道人前去讨斋。其他仆人都斥责不理他，唯有何惠娘善心笃厚，屡次款待他。有一客商名叫陆清，夜里从野鬼那里得知吕洞宾在陈家讨斋，便到陈家找吕洞宾，乞求吕洞宾度他。吕洞宾说你若钻进灶中，我便度你。陆清钻了几次，都畏火而止。

何惠娘手持笊篱正准备捞饭,吕洞宾挽住她的手一起钻进灶中。众人以为何氏必被烧死,却见何氏与吕洞宾坐在彩云之上,成仙而去。众人惋惜不止。

吕洞宾同何氏来到终南山,拜见师父钟离权。正值钟离权的寿日,铁拐李、张果老、蓝采和、韩湘子及清溪道人郑思远、太华施真人都在那里祝贺。第二天早晨,众仙同去朝拜玉帝,玉帝封吕洞宾为演正警化真人,封何惠娘为太玄演化仙姑之职,所以世称何惠娘为何仙姑,皆入仙班。

《吕祖飞剑记》是一部专门描写吕洞宾从降生到成仙得道的小说,其中又重点描写他从火龙真人那里得到雌雄两把宝剑,持剑欲度天下众生,最后只度何仙姑一人的诸多各不相关的故事。显然我们可以看出,吕洞宾的故事在民间广为流传,作者慕仰吕洞宾,把众多关于吕洞宾的故事汇集起来,加工整理而成此书。正如作者自己所说:"予素慕真仙之雅,爱拓其遗事,为一部《飞剑记》,以阐扬万口云云。"

吕洞宾的同一个故事,各地的传说不同,此书也只能择其一而记之,所以与其他八仙小说关于吕洞宾的故事有很大差异。还应该指出,此书与《八仙出处东游记》成书的时间不会相差很远,但肯定在《八仙出处东游记》之后,却没有受《八仙出处东游记》的影响。在书后出现的众多仙人里,没有曹国舅,似乎作者还没有八仙的概念,或者故意没有写。

此书在艺术上有两点值得一说:第一,有较多的诗词之作,而且很多是出自吕洞宾之手。这些诗词都有一定的造诣,不是原来传说的文字,是经过作者改写过的,或是作者增益的。第二,在众多故事中,吕洞宾不仅变化形貌,也出现了许多化名。这些化名都是谜语,谜底都是吕洞宾的姓、名或字号。如:"口口相传""以两足顿于足上,即成两个大方窍""无心昌""无上宫主"都是"吕"字;"吕元圭"即"吕先生";"山下作池三口"即"嵒"字;"但患去针心,真铜水换金,鬓边无白发,骑马去难寻"乃"吕洞宾来"等。有的是传说中即有,有的是作者进行的风趣加工。

4.《吕洞宾飞剑斩黄龙》

它是冯梦龙编的《醒世恒言》的第二十一回,只反映吕洞宾的片段生活。

书叙吕洞宾自黄粱梦(见《八仙出处东游记》)后,跟师父钟离权在终南山学道。一天,问道家、儒家、释家三教的命运,问人世的边界,问中原的状况,问师父得道到今天的寿数。钟离权一一回答。吕洞宾又问师父得道后度了几个人。钟离权告诉他只度他一人。吕洞宾当即表示,给他三年时间,仅在中原地区就能度三千人，大兴道家。钟离权大笑，说度一个人也是有功的。吕洞宾马上就要下山。临行前，钟离权赠给他降魔太阿神光宝剑一把，又给他规定了三条纪律：第一，不许与和尚闹事；第二，不得失落宝剑；第三，不得超过三年期限。他又教给吕洞宾使用宝剑的法语。

吕洞宾离开师父下山去了。在中原找寻了一年，没有发现一个可度之人。第二年，在河南府铜驰巷口遇见做蜡烛的殷氏妇人，见她虽然有些仙气，但怒气太重，也只得放弃。第三年，在开封府欲度太尉王惟善，因时候未到，也没有度成。

眼看三年将过，一个人还没有度成，吕洞宾只得登高看何处有仙气出现。见正南出现一股青气，他便驾云到了所在，通过山神知道此处为江西黄州黄龙山，山下有个付永善，累世积善，所以有青气。吕洞宾到了付家，正值付太公款待众僧。太公因道家说谎太多，所以款待和尚不款待道士。吕洞宾为道家争辩。太公说道，现有黄龙山黄龙寺黄龙长老慧南禅师，每日讲经说法，普度众生，听者每日数千人，从不见道家阐道法，所以不敬道门。吕洞宾听了，怒气填胸，提着宝剑，直奔黄龙山，欲与黄龙禅师斗个胜负。

黄龙禅师擂动法鼓正欲集众讲法，忽见一道青气冲进来，用眼一看，已经明白了原因，告诉大众今日不讲法了。遂与吕洞宾斗智。吕洞宾把宝剑插在砖缝里，和黄龙禅师以生死打赌，结果输了。黄龙禅师并没有杀他，只用戒尺把他的头打了一个包。吕洞宾提起宝剑走了。黄龙禅师知道吕洞宾一定前来报仇，让众僧灭灯闭户，各自小心。吕洞宾想起了下山之前师父嘱咐的话，但被和尚羞辱，气不能平，决心用宝剑杀死黄龙禅师。

半夜三更时分，他念念有词，宝剑化作一条青龙，直奔黄龙寺飞去。到四更时候不见宝剑飞回，口念咒语也招不回来，连忙驾起云头到了黄龙寺，见宝剑插在泥里，拔不出来。吕洞宾乞求还剑，黄龙禅师念了四句话让他解，他解不出，结果被关进困魔窟。吕洞宾乘看守人不在之机，逃了出来，回到终南山见师父钟离权。钟离权批评他精神短浅，道法不深，没本事与人争斗。他给黄龙禅师写了封信，让吕洞宾带此信去取宝剑。黄龙禅师看了信，果然还吕洞宾宝剑，并收他为徒。吕洞宾回到终南山，纳还宝剑，从此定性，修真养道，数百年不下山，后来成为陆地神仙。

这是现存唯一的一篇关于八仙的短篇小说。吕洞宾是八仙中故事最多的一仙，作者可能也是知道这些故事的，但作者没有写其他故事，只写斩黄龙一件事，而且与其他关于吕洞宾斩黄龙的故事不同，这里吕洞宾是一个失败者。它与其他八仙小说在风格和意旨上都是不同的，意在告诉人们，没有什么本事且不可夸口。或者作者不是站在道家的立场上写吕洞宾，然而毕竟吕洞宾是广为流传的神仙，所以小说末尾让他成为地仙，但这与传说中的天仙已有很大差异了。

5.《吕祖全传》

一卷，附遗事一卷。清初汪象旭撰。传世有康熙元年（1662年）汪氏自刻本、清咸丰九年（1859年）上洋宝贤堂刻本、光绪十一年（1885年）刻本、1987年春风文艺出版社铅印《八仙全书》本。该书是汪象旭托言吕洞宾自述写的自传体小说。故事概述如下：

我姓吕名岩，字洞宾，号纯阳，祖籍河南洛下。祖父吕谊躲避仇人，迁居粤中襄阳活水村，生吕显、吕著。父亲吕显早年参加科举考试，屡试不中，只好以教书为生。我出生的头一天晚上，有一道士手持拐杖，拐杖上挂着葫芦，行歌于街头。我父亲遇见了，把他请到家里，款待酒饭。道士回赠一丸药给母亲吃，还留诗一首。母亲吃了这丸药，于夜半生下我，此时是唐贞观二年（628年）八月初四子时。父亲依道士所留诗的含义，给我起了名字。

我幼时非常聪明，老师让我作一首题为"东方美人"的诗，我挥笔立就，诗中有学道的意思。不久，父亲强逼我娶刘校尉之女为妻。在父亲的寿诞之日，有三个要饭的来到门前，要带我走。母亲令奴仆驱赶他们，三人全然不顾，各人还唱一首劝道的歌。我知道他们不是一般的人，便上前施礼。一个满脸大胡子的说，以后将与我在金重山中相会。说完，三人变成鸟向南飞去。

朋友金貂邀我去船上赴宴，我携家童前往。在座的有一人名叫李元汉，说梦我科举考中。我说如果钓得鱼才信。于是三人钓鱼，只有我一人钓得一尾金鱼。金貂举杯相贺。忽然有一只飞禽在空中变成一个道童，手拿腰鼓，对我唱四首道歌，又赠我含义很深的四句五个字的话，然后离去。可惜我不明白是什么意思。

母亲有病，我千方百计尽孝心，方才得愈。正值天灾，颗粒不收。我和父亲商议，拿出家中积蓄的粮食给贫民，受到官府的表彰。第二年我进京应考，妻子写了一首词送我上路。路遇一条大河，有一渔翁一边摇橹一边唱歌，我喊他不来，只好另找别的船。春光明媚，引起我的思乡之情，不由得哭了。家童劝我一番，才得安慰。

路经一片树林，有一少年劫道，把我洗劫一空，只剩下琴和剑。没有路费，只好讨饭前行。遇见以前到我家讨饭满脸胡子的大汉，他讥笑我，我也自觉惭愧。大汉从筐中取出臭不可闻的饭菜给我吃，我不吃，大汉收拾而去。家童寻来一碗有臭味的饭，我不得已吃了，吃完才知道是大汉给的。后来迷失了方向，又不见人烟，坐在一株槐树下休息。忽听有牧人唱歌，让家童寻找，也没有找到。忽然一位身穿破衣、头绾双髻、胡须满面、大耳大眼的人来到眼前，我礼貌相待。那人问我干什么去，我说去应试。那人劝我修道，并让我跟他去。我拒绝了。那人给我一个枕头，又给我当向导，走了一里路，他忽然不见了。

找到一个旅店，店主给我做黄米饭。我枕着胡须大汉给我的枕头睡着了。梦见进京，顺利通过三场考试，夺得魁首，娶文丞相之女为妻，授豫州刺使之职，我为政清廉，为民除害，提升为河内道节度使，打退突厥入侵，再受朝廷加封，封妻荫子，光宗耀祖。西羌又来入侵，我稍有迟延，即损兵折将，朝廷派禁卫军将我押送进京，被斩首，家被抄戮。忽然梦醒，正好黄粱饭熟。

一枕黄粱，梦中三十载，顿觉人生的富贵荣华、生死哀乐，不过如梦而已。家童催我快些上路，我想起胡须大汉的话很有道理，想再见他一面。和家童沿来路寻找，见大汉已坐在槐树之下。大汉用法术使我和家童皆入睡。我又做一个梦，梦见两个童年朋友引我不知到了什么地方，一个官吏迎接我，问我从哪里来，二友附官吏耳以告，只见官吏点头答应，令一形如金刚的吏卒引我前行。看到了各种惨不忍睹的刑罚，看到人们受刑的种种痛苦形状，我内心里承受不了。又到一殿，见到了方才那个官吏，他欲款留我，我不同意。一穿青衣的人将我一推，忽然梦醒。胡须大汉和家童都不知去向。

天色已晚，无处投宿，只好在一株大松树下栖息。仰望天空，想起了父母妻子，有无限孤寂之感，唱了想父母、想妻子的歌各一首。忽然一只白鹤从南方飞来，落在松树上，相对看我，好像怜悯我，又好像讥笑我，在我面前飞舞数次，竟开口和我所唱的歌。意思是父母和妻子都如天上的浮云，不可常聚，都有分离永别的时候。又对我说了几句话，劝我割断恩爱，寻那长生之路，然后飞走了。听了白鹤的话，我修道之心更加坚定，功名、恩爱的想法都没了。

又回到槐树下，等候胡须大汉。来了一位近百岁的老者，告诉我有一小童吊死在前面树林中，又说我相貌不凡，应该从师求仙。我即叩头认师，老者却拒绝我，往西而去。我到前面树林一看，果然家童吊死在树上。我急忙放下，用蒿草盖好，将琴剑放在身旁，在地上写几行字，告诉来往行人谁安葬此童，以琴剑作为酬谢。我几天没有吃东西，疲惫不堪。忽然听见隐隐有樵歌声，找到樵夫，我问胡须大汉住在什么地方。樵夫不理而去。一会儿胡须大汉忽然来到，我跪地便拜。他奚落我一番。又来了一位道士。我发誓修道，二人让我在此等候，他们去会朋友，如果不见他俩再来，可过山寻一茅庵，找金重师父。我等到晚上也不见二人回来，便独身过山去寻茅庵。

天已黑了，在路边栖身，几次猛兽到我身边，我坚定求师信念，猛兽都走了。第二天早晨，看见一个牧童，我问到茅庵还有多少路。牧童告诉我还得走十天，并且不断地劝我回家。我始终坚定信念。天又黑了，见有人家，叩门求宿。屋内一美貌佳人想方设法勾引我，我皆不从，醒来却是躺在草堆里面，根本没有房舍。

又前行里许，见一牧童骑在牛背上，我询问金重师父，他说已经死了。又出现了三个骑牛的牧童，每人唱歌一首，都是颂扬道家的。忽然间四个牧童不见了。再往山上走，看见两个村童，一个拿棋子，一个拿棋盘。不一会儿来了两个老头，对面下围棋。一个老头对村童大讲围棋的道理，说什么"一看不到，满局皆休……百年无过一局，万事归于一谋"。我正要上前讲话，老头和村童皆拂衣而去。突然来了两位黑大汉，见我囊内无物，便把我吊在树上。过了很久，方才下棋的一个老头来到，我再三恳求，他才把我放下来。我询问金重师父，他说金重师父男盗女娼，适才那两个强人，就是他一伙的，劝我回家。我说一定要找到金重师父，宁死不回。老头大笑而去。

日将午，我到一户乞食。见几位书生在屋内念书，他们对我很客气。当他们知道我是学道而来，都一齐讥笑我，劝我绝了此念，进京应考。我不答应，辞别而去。再回头看时，根本没有什么人家。

一条清澈的河横在面前，一渔翁摇橹唱歌。我询问金重师父的茅庵，渔翁指引给我。我沿路而行，见一蓬头童子，知是庵中人，叩头打听金重师父。童子告诉我金重师父被毒蛇咬伤，双足糜烂，命在旦夕。我且忧且喜，来到茅庵。叩门许久，不给开门，只听见里面骂声不绝。我再三说明，再三乞求，才肯开门。只见屋内徒有四壁，泥床瓦枕，被席皆无。师父躺在床上，两足腐烂，蛆虫半床。我侍候师父尽心尽力，师父虽百般刁难，故意挑剔，我都没有怨言，心甘情愿地做着一切。一天，我背师父到小溪洗足回来，猛虎拦路，我用身体保护师父，猛虎慢慢走了。从此师父才充分了解我的心。第二天，师父的双足痊愈，开始用各种方法教我学道。半个月之后，师父领我到翠微洞的山顶。师父说他的两位师父将来。不久，来了二人，一个跛足，约有五十岁，一个红脸白发，约有七十岁，乃是铁拐李和张果老。从他俩口中得知，我师是汉将钟离昧。此时我才辨认出，三人即是到我家行乞的三位大汉。三位师父给我讲解仙家妙道，我心窍顿开。铁拐李和张果老对我嘱咐一番，跨鹤离去。

一日，钟师让我回乡并处理家童事情，给我拂尘和盂瓢各一。我回到家里，父母早已死去。妻子刘氏守节为尼，我去找她，见她正与两个老尼念经，她赶我出院。我讲了一番道理，她才另眼看我。我劝她跟我云游，她不从。我讲些出家的坏处考验她，她竟生起气来，赶我出门。我知道她心已坚定，现出本身。她一见，知道我已得道，求我度她。我给她一粒仙丹和几句意味深长的话而去。家童死后依附所吊之树成了精，为害百姓。我去超度他，他竟几次要害我。被我镇住，吃了我的丹药，方返回本性，认了我这位主人。我带他前行，到槐树下，钟师已坐在那里。钟师给我数粒仙丹、数道符箓、一口宝剑，让我广行善事。并给家童起了名字，叫柳行童，让他为我佩剑，伴我前行。

我们奔邯郸而来。一日在路边休息，一位姓卢的书生求长生之药。我告诉他应该修道，并给他一个枕头令其睡觉。卢生梦醒愿随我行，我认为他意志未坚，没有同意。我们历经幽燕之地来到泗水，改换装束，给一姬姓人家当老师，学生甚众。我既讲儒家之学，也讲道教之理，不少学生产生了学道思想。我怕暴露身份，不告而别。

到了淮河沿岸，救人民于灾疫之中。又来到扬州，我扮做一个颠狂道人，柳行童扮作小道士，沿途唱歌。很多人观看，却没有问道者。曾和一个老者发生口角，经我说服，他愿拜我为师。我不受拜，只教给他一些修道的方法。以后又沿途施药，救活许多人。又到过九江、南昌、福建、广东、广西，每到一个地方，皆宣扬道教，救人民于水火。

看望了家乡活水村后，本想回修道的茅庵。此时钟师到来，说我功德完美，不必回到茅庵，应该游览名山大川，坚固修道之基，并约我在终南山相会。我接受了师父的旨意，到过铁门关、洞庭湖、湘妃祠、哑泉、武当山、梅山、武陵溪、卧龙岗、天台山、罗汉洞、桃花源、南海、飞来峰、五台山、黄河源等地，好景尽收，所到之处皆有题咏。

后来与师父相遇，师父与我同游瀛州诸山，又同我到东海之东去采桃。桃大如瓜，我不惜生命攀登摘之，献给师父。师父对我说，你摘桃看见什么没有。我说没看见什么。师父携我同到摘桃的地方一看，见波浪中漂流着我的尸体。师父告诉我，现在可以朝见玉帝了。这天同师父去朝见玉帝，玉帝封我为纯阳真人。这一天乃是开元庚申年（720年）。

与师父同到仙人居住的阆苑，铁拐李、张果老见了非常高兴。我住在阆苑，仍想着普度众生。我别了师父，带着行童，在昌黎度了韩湘子，在婺源度了何仙姑，又协助钟师和张师度了曹国舅和徐神翁。至于我酒醉岳阳楼、画黄鹤以酬主人的诸多变化、诸多布施，是难以尽记的。

《吕祖全传》记载吕洞宾成仙得道的经过与其他八仙小说很不相同，推断它也是根据民间传说演义而成，如卢生之梦，唐人传奇小说中已经有了，汤显祖曾据之写了传奇剧本《邯郸梦》。此书作者把其他书中所记的关于吕洞宾的民间传说，辑录在一起，作为该书的后卷（即遗事）。共辑录了四十九个故事，分别列于神通变化、更名点化等十个题目之下。该书在艺术上除了有较多的宣扬道教的诗词之外，没有什么特色，显得比较粗糙。值得一说的是，此书所列的八仙，没有蓝采和，多了一个徐神翁。在明代万历以后，八仙都是谁已基本趋于统一，而此书却别树一帜。

6.《三戏白牡丹》

该书作者不详，根据版本推断，当为清末或民国初年人。传世的版本有石印本、民国初年铅印本和1990年齐鲁书社铅印的《中国神魔小说大系·神仙卷》本。有的书目作七十四回，齐鲁书社出版的只有七十二回，故事似乎没有完。该书是一部以讲述吕洞宾的故事为主同时也兼顾八仙的小说。

首先点出八仙：铁拐李本名玄，是八仙之首；其次是钟离，号云房，是汉将，得道于东华帝君；第三是吕洞宾，乃东华帝君转世，又受云房点化；第四是张果老，乃是上古时的蝙蝠精得道，唐朝曾任大夫之职；第五是蓝采和，何时得道无考；第六是韩湘子，乃唐时韩愈之侄；第七是何仙姑，乃零陵市何氏之女，唐时遇吕洞宾得道成仙；第八是曹国舅，乃宋时丞相曹彬之子，遇钟离、吕洞宾而得道。接着详细地叙述吕洞宾的故事。

吕洞宾姓吕名岩，字洞宾，号纯阳子，唐朝蒲州永乐县人。祖父吕渭，做过礼部侍郎，父亲吕谊，做过海州刺史。吕洞宾生于贞元十四年（798年）四月十四日巳时。其母分娩之时，异香满室，一白鹤自天飞下，入帐中不见。吕洞宾生下，体貌不凡，聪敏异常，但两次参加科举考试都没有考中。六十四岁时，在长安的酒店里遇见一位道士，自称是云房先生。吕洞宾看他相貌不凡，神气飘逸，相与对饮。

　　二人在店中吃完饭，吕洞宾睡着了，梦见自己进京考试，状元及第，娶权贵之女为妻，官职屡升，富贵无比，后来被人参劾，家产被抄，妻离子散，正在悲伤流泪之时，忽然梦醒。云房先生竟说出了他梦中所经历的一切。吕洞宾大为惊奇，认为云房先生一定是神仙，恳求度他。云房先生称时机未到辞去。

　　从此以后，吕洞宾放弃仕途，一心修道。云房为了考验吕洞宾的心境，用种种方法看他在善恶、美女、金钱、贫富等与修道有密切关系的一些问题面前的态度。吕洞宾都经受住了考验，云房很满意，收他为徒，教他炼丹之术，让他济世利物，广行善事。有仙人郑思远与施真人来到，看到吕洞宾学道心诚，认为他将来必有大成就。

　　一天，云房去朝见玉帝，吕洞宾一人独自用功。火龙真人来了，赠他太乙神剑，并传授他剑法。吕洞宾持剑遨游天下，普度众生。

　　吕洞宾各处行善。在淮水斩了恶蛟，为老百姓除了一害。在岳阳于辛氏酒店的墙壁上画一只白鹤，能飞下起舞，饮酒的人很多，辛氏大富。功行圆满之后，钟离上告玉帝，玉帝册封吕洞宾为上仙。吕洞宾又招椿树精为徒。

　　一日，吕洞宾正与钟离论道，李、张、韩、蓝、何、曹六仙前来商量为西王母祝寿事。大家一致认为献上求老君作的寿文最为合适，便一起来到老君居住的兜率天太微宫。经铁拐李说服，老君代写了一篇祝寿文，题名"千秋岁"。

　　西王母寿诞之日，玉帝及诸仙皆来祝寿，大开宴席。八仙献上祝寿词，西王母心中大喜，命仙女献舞。蓝采和与韩湘子奉命献歌，各仙都把自己的宝物舞弄一回。南极仙翁献上一个巨大的桃子，王母及众仙分而食之。王母又命嫦娥为诸仙敬酒，嫦娥遵命从事。当敬到吕洞宾面前，吕洞宾见嫦娥美貌非凡，不免起了爱心，用言语挑逗。嫦娥满脸绯红，害羞走开。因二人有失体统，王母贬嫦娥下凡，由南极仙翁送到洛阳县百草山前白富贵家投胎。白富贵与妻子姚氏以卖药为生，这日生下一个女儿，异香满室，祥云缭绕。一个年老道人到来，说此女是嫦娥转世，名字应叫牡丹，待她长成，必须让她学道，你夫妻二人也可同登仙界。白富贵赶忙答应。

　　再说八仙辞别了西王母，各驾祥云，同赴龙华会。见东海白浪滔天，吕洞宾乘着酒兴，建议大家各踏宝物畅游东海。虽然张果老反对，但其他人都同意。于是各人都脚踏自己的宝物，渡海如走平地。东海龙王的义女白蟮精见水面上一派光亮，得知是八仙过海，欲抢宝贝。见蓝采和行在最后，便把蓝采和及其花篮一起抢来。见蓝采和美貌，又要强逼成亲，蓝采和不从。白蟒精用毒气熏迷采和，因于龙宫的密室，夺去花篮。

众仙不见采和，知道是水怪作祟，令吕洞宾前去寻找。吕洞宾带着椿精来寻，从密室里救出采和，来到龙华会。虽然救出采和，却失了花篮，再令吕洞宾去找。吕洞宾与椿精又来到东海上，与白蟒精率领的十万水族兵进行一番大战，因寡不敌众，逃回龙华会。众仙商议，给东海龙王下一道檄文，令他交出白蟒精。

龙王接到檄文，到龙华会拜见八仙，述说自己敌不过白蟒精，所以被她占了龙宫，不得已认为义女。为了和白蟒精作战，吕洞宾请来住在灌口的天将二郎神。二郎神带领梅山七圣及天兵天将来到东海。二郎神下了战书，龙王见二郎神来了，忙分兵把守各个路口，防止白蟒精逃跑。初战，白蟒精使用秽旗，梅山七圣怕脏了各人的法宝，败下阵去。白蟒精率兵追来，二郎神用神弹击中鳌元帅，现出大鳌的原形，白蟒精只得收兵。二战，白蟒精摆出鱼泡阵，二郎神用第三只眼识破。此时吕洞宾派徒弟椿精从龙华会来探战情，椿精见白蟒精正在布阵，异想天开，只身前来破阵，被擒，吊在高竿之上。吕洞宾知道徒弟被捉，求二郎神营救。二郎神变为一只大鹏鸟飞进鱼泡阵救出椿精，然后分派梅山七圣袁洪、常昊、杨显、朱子真、吴龙、金大升等各攻阵门，杀得白蟒精的水族兵将大败。白蟒精损兵折将，逃回水晶宫。二郎神率兵追来，无路可进宫内。龙王的二太子介绍，西北角有一海眼可入。袁洪变一海蛆潜入，打开水晶宫大门，众人一拥而入。二郎神的哮天犬咬伤白蟒精，其现出原形，被二郎神捆住。上奏玉帝，玉帝大怒，下令斩首。吕洞宾找回蓝采和的花篮。八仙欢庆畅饮。铁拐李说道，不知世上还有何人可度为仙。吕洞宾已知嫦娥投生在洛阳，名叫白牡丹，乘着酒兴，便说愿意下凡再度得几人。铁拐李奚落他，进行发难，结果二人击掌打赌。吕洞宾带着椿精下凡而去。

吕洞宾来到凡间，先住在蓬莱山旧居，扮作医生，为人治病，数月之久未遇见一个可度之人。来到洛阳，在城中仍未遇到可度之人。又来到乡间，见一村头被秀气笼罩。此村正是白牡丹所居之村。此时白牡丹母亲已死，父亲白富贵开一药店，名叫万全堂。村前有一百草山，山中有一黄龙洞，洞内住着道行很高的黄龙真人。白富贵一心好道，拜黄龙真人为师，又引女儿白牡丹也拜黄龙真人为师。吕洞宾师徒二人进村卖药，没有买者。问一老者，才知此村人买药皆到白氏万全堂药店，或者找黄龙真人医治。吕洞宾来到白氏万全堂药店，声称买药，说出药名，白富贵不知。椿精认为这与"万全堂"的招牌不符，要砸招牌。白富贵叫出女儿白牡丹应对。吕洞宾一见，便知是嫦娥转世，见其美丽，口出戏言，自称同道人，要买白牡丹身上三物为药。白牡丹见吕洞宾神情飘逸，身骨不凡，似曾相识，但想不起来，说这些物件除了夫妻，不能给别人。

二人正在争执，一群女子来找白牡丹，说黄龙真人找她。白牡丹来到黄龙洞，黄龙真人令她同众女徒上山采药。吕洞宾派椿精到洞中了解情况，得知黄龙真人乃是好色之徒，众多女徒皆被糟蹋，今夜将要留白牡丹过夜，便义愤填膺，到山上来寻白牡丹。白牡丹见吕洞宾师徒二人站在山岗上，怕众女瞧见取笑，乃独自一人到僻静之处采药，被吕洞宾寻见，二人皆心猿意马，各生爱心。吕洞宾见椿精在此不便，让他回山看守洞府，椿精驾云而去。白牡丹见徒弟都有如此本领，认为吕洞宾一定是神仙，一心想拜他为师，以便求度成仙。

为了应付黄龙真人，吕洞宾点化一只山鸡变成白牡丹采药而去，嘱咐三日后离开。又施展仙术，变化出一幢雅洁房屋，遂与白牡丹成夫妻之欢。三天之后，吕洞宾别去。白牡丹回到家中，暗自奇怪，为何与吕洞宾相宿三日他不泄元阳。假白牡丹呈上药材，黄龙真人非常高兴，摆酒宴相贺。假白牡丹热情陪伴黄龙真人三日，以回家探父为名，复原山鸡别去。

吕洞宾所为，铁拐李、何仙姑、蓝采和三人早已知道，正要前去相戏。曹国舅赶来也知道了。铁拐李与何仙姑立即下界。曹国舅念吕洞宾是他的师父，到鹤岭去禀告汉钟离，见汉钟离正与韩湘子下棋，便说了此事。汉钟离算计吕洞宾与白牡丹之事乃是天意注定，非人力所能改变，但因此吕洞宾与黄龙真人将开杀戒，应该前去指点。遂与韩湘子、曹国舅下界而来。蓝采和偷骑了张果老的驴子，前去中条山送驴，推醒了张果老，遂和张果老也下界而来。

铁拐李与何仙姑扮作乞丐来到白牡丹的药店前，白牡丹热情接待。何仙姑告诉白牡丹，同道人乃是仙人，并告诉她怎样使他走泄元阳的方法，并给其隐身草一枚，以免遭黄龙真人的污辱。说完话，二人不见。白牡丹知道自己遇见了仙人，正在高兴，忽然黄龙真人派人来接她。

白牡丹来到黄龙洞，酒宴之后，黄龙真人上前调戏。她含了隐身草，人忽然不见了，黄龙真人只好自斟自饮。白牡丹含着隐身草回家，走到家门口，听见有人叫她，回头一看，乃是日夜思念的同道人。于是二人来到房中，白牡丹用何仙姑教的方法,使吕洞宾在交合之时走泄元阳。吕洞宾大惊,问是谁教的。白牡丹说是男女两个乞丐。吕洞宾知道是铁拐李与何仙姑,此时方说出自己的本来面目,并告诉白牡丹,她本是嫦娥转世,自己前来度她,但她现在尘缘未满,还不到时候。说完,给她一粒仙丹和一根降龙杵,腾空而去。白牡丹服了仙丹,从此不再需要饮食。

不承想二人在房中的谈话被丫鬟听见,她告诉了白富贵。白富贵责难女儿不该有私情。白牡丹说出黄龙真人是一个好色之徒及前后事情经过,并说已服了吕仙人给的仙丹,待功行完满,他日前来度我。白富贵替女儿高兴,只是担心黄龙真人不肯干休。

此时黄龙真人又派人来找白牡丹。白牡丹心中有数,大胆而去。白富贵怕女儿有失,也随之前来。白牡丹见了黄龙真人,指出要玷污她是不可能的,前几天的白牡丹乃是一只山鸡变化的。黄龙真人一听,恼羞成怒,命人上前捆打白牡丹,白牡丹拿出降龙杵,黄龙真人大惧,忙吐出自己的先天宝珠,托住了降龙杵,但却现了原形,乃是一条黄龙。白牡丹含了隐身草,收了宝杵,走出洞府。

一小妖从白家丫鬟那里得知白牡丹的宝杵是吕洞宾所赐,隐身草是何仙姑所赐,将此情告诉了黄龙真人。黄龙真人恢复人形,捆了白富贵以待白牡丹来伏罪。吕洞宾从白牡丹那里得知此事,来到黄龙洞,救出白富贵。黄龙真人执剑向吕洞宾砍来。吕洞宾正要应战,忽然听见汉钟离、曹国舅及韩湘子在空中告诉他,黄龙真人乃被玉帝敕令为中央土神,又是四海龙王的结义弟兄,不可枉开杀戒。吕洞宾只得随同来到龙华会,受到众仙的责难。

黄龙真人为了泄愤,率妖兵追到龙华会,众仙仍派吕洞宾抵挡。吕洞宾用宝剑斩断了凡界通往龙华会必经的腾桥,妖兵不能前进。黄龙真人命兵回山,自己去请四海龙王。东海龙王情不自愿,只得跟随前来。八仙已知五龙来到,令汉钟离前去对话。黄龙真人不听劝告,执剑砍来。汉钟离使用五火宝扇烧死不少兵将,众龙王败回。为了防备五龙再来,八仙认真作了准备。果然五龙率兵又来,八仙依计而行,又杀得五龙大败。吕洞宾用宝剑斩了黄龙真人,铁拐李用神火葫芦烧了东海。四海龙王逃往南海。

八仙怕此事惹怒玉帝,在东海龙宫商量对策。汉钟离让吕洞宾到凡间找一积善人家,暂时躲避,其余众仙在此等候龙王消息。四海龙王得知八仙在东海龙宫,用水灌之。多亏曹国舅有避水八宝带,八仙得以逃出。八仙一气之下移来泰山填平东海,压死水族无数,宫殿成为平地。东海龙王见此情景,给玉帝写道奏本，述说八仙罪过。玉帝命赵元帅前去查看。赵元帅见东海龙王所奏属实，又听了四海龙王的详述，便率兵到龙华会攻打八仙。吕洞宾已经去了凡间，七仙打败赵元帅及四海龙王。玉帝听了赵元帅及四海龙王的汇报，勃然大怒，正要派兵再讨，太白金星说道，此中必有原因，不如再等数日，看八仙是否也有本奏来。玉帝派托塔李天王再去调查。

吕洞宾下凡来到洛阳，想了解白牡丹近况。此时洛阳有一大善人梁灏，年已八十。适逢天旱，民不聊生，洛阳桥塌，官府无力修建。梁灏便自己出钱修桥，家中积蓄已经用尽，桥方修得一半。梁灏的善举感动上天，观音大士下界，变成年老婆子，把草木投入水中变成鱼，令修桥工人捕捉以食。吕洞宾到来，把水变成美酒，让工人喝，又点石成金，以助梁灏修桥之费。观音大士把莲花宝座变成一只船，把护法韦驮变成水手，把龙女变成一个绝美佳人坐在船中，自己仍变成婆子，往来洛阳桥下，声称有谁用银子打中佳人，佳人便与他成亲。一时洛阳城内恶霸土豪、富商大贾，都不惜钱财，用银子来打佳人，可惜无一人打中，无数白银落在舱中。

吕洞宾也来凑趣，观音大士马上用法术将白牡丹移来，吕洞宾的银子打在白牡丹身上。白牡丹看见吕洞宾，忙来相会。观音大士把满舱银两送给梁灏。白牡丹告诉吕洞宾父亲已幽愤而死。吕洞宾告诉白牡丹，自己与她都将有难，令她在家好好修道。说完，吕洞宾来到梁灏家中，观音大士从空中投下一纸，告诉吕洞宾托塔天王李靖已同雷部正神下界捉拿他，令他设法躲避。

吕洞宾与梁灏相商，说自己本是天上仙人吕纯阳，求梁灏于明天午时三刻把五福堂供在屋内，让梁灏当门而立，自己在室内诵《道德真经》，可以避难。梁灏依之而行。第二天中午，李靖与雷部正神来到，见一派祥光，不敢近前，只好回禀玉帝。玉帝感到身为天帝，不能捉拿吕洞宾，面上无光。赵元帅乘机进谗，说不如把白牡丹斩首。玉帝依准，霎时天将把白牡丹拿来，玉帝吩咐推出斩首。

吕洞宾帮助梁灏修完洛阳桥，被凡间皇帝封为妙通真人。他去访看白牡丹，知道她已被玉帝斩首，便见玉帝详辩此事，述说黄龙真人怎样糟蹋女徒，及赵元帅如何偏护四海龙王。玉帝方明真相，又知吕洞宾下界广行善事，功劳不小，感到自己此事处理得欠妥。正好太白金星、南极仙翁二仙到来，便让二仙帮助判断。二仙认为赵元帅私心太重，罚他下界投生；黄龙真人虽然有罪，但吕洞宾不该斩他，应罚吕洞宾下界普度众生，将功折罪；令白牡丹冤魂投生慈善之家，如一生行善，再行超度，使之归嫦娥本位。玉帝按二仙的意见而行。

白牡丹真魂落地，仍到洛阳。白富贵已为洛阳土地神，引她到花善人家投生。洛阳东北五六里有一花家村，村中一个善人姓花名锦，妻子柳氏，夫妻二人广行善事，只是年近五十，尚无儿女。忽然柳氏身怀有孕，生下一女，梦中见有一白发老者持一朵白牡丹到他家，故给女儿取名花牡丹。

再说白蟒妖被斩之后，魂灵到了陕西崆峒山，吸取日精月华进行修炼。黄龙真人一个徒弟名叫行云，也在此修炼，二人结为兄妹。若干年之后，白蟒妖又成形体，常变做一美貌女子各处漫游，勾引良家子弟，迷惑山南新集镇宗正之子宗焕章已经两个月，并怀有身孕，弄得宗焕章卧床不起。宗正请人除妖，皆不是白蟒妖的对手。

吕洞宾下界后，广行善事，一日在宗家门楼避雨，见有妖气，一算知是白蟒妖在此作怪。宗正出来相请，吕洞宾与白蟒妖之间发生一场战斗。吕洞宾正欲用太乙神剑斩她，南极仙翁到来，劝吕洞宾饶恕她，说她与宗焕章本有凤缘，待她生下孩子后，再回山修炼。吕洞宾依从了。从此白蟒妖去恶从善，主动医好了宗焕章的病，生下孩子后，回山修炼，后来得菩萨相度，终成正果。

吕洞宾出了宗家，本想回蓬莱山，忽见一阵红光，从云头往下一看，见一六七岁的女孩玩水，知是白牡丹转世，便化作一个道士到花家募化。花锦请他进去，互通姓氏，吕洞宾仍称同道人。花牡丹自生下后，只叫过一声父亲，不再言语，经吕洞宾点化，立即说出话来。吕洞宾又给了一丸药，说声百日再会，离去。花牡丹吃了吕洞宾给的丹药，一下子长高许多，一月之内变成十八九岁的大姑娘，长得非常美丽。花锦夫妇自然欢喜异常。

吕洞宾离开花家，前来看望已为洛阳土地的白富贵。白富贵告诉他，黄龙真人的徒弟不少，如行云、施雨、青龙侍者、雄虎大王、赛诸葛、黄发道人、红颜童子等，必寻机报仇，劝他小心。又说赵元帅已在洛阳投生，成为杨尚书的公子杨思文，已十六七岁了。

吕洞宾别了白富贵回蓬莱山，有黄龙真人的徒弟青龙侍者挡住去路，二人大战一场。双方以砍头为誓，青龙侍者先砍下自己的头，恰巧空中飞来一只老鹰，吕洞宾指点它叨走了青龙侍者的头，过了三刻，青龙侍者的身体冒血而倒。

杨思文是杨尚书的独生子，倚仗父亲的权势，无恶不做，家中婢女被他淫遍，士宦人家的女儿都不肯与他做亲，恶名远扬，洛阳城中皆视之为虎。

一日去花家山打猎，偶然看见花牡丹，见其美貌，一心一意要娶她为妻。杨尚书托人说媒，花锦不从。杨思文相思成病。洛阳县知县莫士仁趋炎附势，再次充当媒人，带着杨家的聘礼，来到花家，强行行聘，放下东西，说声九月九日娶亲，马上告辞。花锦不知所措，想起女儿说过洛阳土地白富贵是她前生父亲，便前去祷告求助。白富贵示意去尼庵中躲避。回来路上，又得到铁拐李变化的癞头和尚给的丹药。花牡丹吃了丹药后，立刻彻心明性，决心出家修行。花锦夫妇只得依从。铁拐李又扮做名叫玄空的老翁来到花家，花锦述说女儿之事，玄空让花牡丹去尼庵中躲避，立即动身。当晚玄空住在花牡丹的房中。吕洞宾知花牡丹有难，来到洛阳，从白富贵那里知道铁拐李到来，寻找不见，夜里便来寻花牡丹，不承想遇见铁拐李，二人大笑。

黄龙真人的几个徒弟知青龙侍者与吕洞宾立誓割头而死，万分气愤，便来找白牡丹转世的花牡丹报仇。此夜，行云、施雨、雄虎大王来到花牡丹房中，各背一个花牡丹就走。走出房门，见各背一个，正在奇怪，忽然各被一块巨石压倒，现出原形。原来是铁拐李、吕洞宾使用的法力。花锦见三块巨石分别压着一牛一虎一豹，上前叩头感谢。吕洞宾正要举剑将三妖斩首，伏虎罗汉、茅真君、孙膑来到空中，说三妖本是他们的坐骑，三人将三妖领去。铁拐李亦化阵清风别去。

花锦此时已知同道人即是吕纯阳，但仍以杨门婚期逼近为愁。吕洞宾告诉他说，到时保证无事，然后离去。九月初八这天，吕洞宾带着徒弟椿精来到花家，施展仙术，把枯木乱石变成无数嫁妆，送到杨家，把椿精变为花牡丹，又变化了八个丫鬟。初九这天，杨思文前来迎亲，花家、杨家各有一番热闹。杨思文与莫士仁都吃得大醉。椿精用法术把莫士仁变成花牡丹，把一条狗变成莫士仁。结果杨思文与莫士仁入洞房，莫士仁的老婆与黄狗睡了一夜，阴差阳错，弄出天大笑话。再看一切嫁妆，均是枯木乱石。杨家知道上当，派人去花家村捉拿花锦。花家已变成一片汪洋，没有房舍。杨尚书气愤万分，认为是妖怪所致，悬赏捉妖。

黄龙真人的弟子黄发道人，得知行云、施雨、雄虎大王被吕洞宾用巨石压住，险些丧命，更增添了对吕洞宾的仇恨，又得知杨尚书家中之事，知道也是吕洞宾所为，但自己本事有限，斗不过吕洞宾，知道杨思文是上天赵元帅转世，便想让杨思文明彻自己的根底，通过杨思文来报仇。于是来到杨家，成为杨思文的老师。杨思文经黄发道人点化，知道了自己的前身，力气大增，苦练本领，准备报仇。

花锦到尼庵来看女儿，说了杨家之事。花牡丹详说修行的好处。花锦夫妇将家事托人代管，在距女儿尼庵不远的地方建造一所庵堂，夫妇二人住在里面，苦心修炼。花牡丹在梦中又梦见吕洞宾来叙旧，二人正要成其好事，忽见猛虎扑来，一时惊醒，方知是南柯一梦，便走到庭前，对天盟誓，从此了却凡心，静心修道。

吕洞宾又来探望花牡丹，花牡丹以礼相待，已无夫妻之情，并谈起前后许多因果，皆因恩爱所致。吕洞宾看她意坚如此，甚是高兴，又来看望花锦夫妇。铁拐李为试验花牡丹修道心境，放火烧了她居住的尼庵，花牡丹全无畏惧，准备静坐焚身。吕洞宾将她救出，送往飞来峰白雪洞修炼。花牡丹喜欢洞中景致，在此修成正果。后来吕洞宾又指引花锦夫妇来到此处。

黄发道人在杨府教杨思文三年，杨思文学会许多本事，要寻吕洞宾报仇，但仍显力单。黄发道人联络了法门寺的悟尘禅师，约定八月十五日在蓬莱山下相会。又到东海联系四海龙王，四海龙王与八仙对立已有教训，又碍于情面，表示杨思文战败时再去相救。又有昆仑山的胡芸娘与黄发道人志同道合，在百草山相处多年，后见黄龙真人被吕洞宾斩了，潜心奋志，练得非常本领，寻机报仇，来到黄发道人的帐前，愿充前敌。胡芸娘在蓬莱山东侧摆下太阴迷魂阵，以阴克阳。

吕洞宾处理完花家事后，回到蓬莱山，潜心静养。这日忽然心血来潮，屈指一算，知道黄发道人、杨思文等前来报仇，已在山前摆了阵势，便出来察看，知是太阴迷魂阵。要破此阵，必须有西天清净道人的青莲宝色旗，便把自己的太乙神剑挂在洞口，让徒弟椿精看守洞府，往西天而去。费了一番周折，借来了宝旗。又到灌口找二郎神相助，二郎神答应随后就到。

吕洞宾回到蓬莱山，见四面已被兵马包围，潜身回到洞中。黄发道人见胡芸娘的阵势摆好之后，便同杨思文、悟尘禅师杀上山来。见洞口紧闭，挂着霞光万道的太乙神剑，不敢近前。悟尘禅师一算，知吕洞宾去灌口求救二郎神去了。三人正在议论，二郎神的兵马已到。经过商议，杨思文把守洞口，黄发道人、悟尘禅师迎战二郎神。初战，二郎神的梅山七圣告捷。杨思文在洞口大骂，椿精出来迎战，椿精战杨思文不过，吕洞宾接战。杨思文恨不得一刀将吕洞宾砍死，使用种种法宝，皆被吕洞宾所破。吕洞宾怀慈悲之念，不忍杀他，只用太乙神剑削去他的刀头。杨思文败下阵来。次日，二郎神率领梅山七圣出来讨战，黄发道人、悟法禅师、杨思文出来应战。七圣与三人混战一场。杨思文首先败阵，又见吕洞宾和椿精杀来，只好逃进迷魂阵。黄发道人与悟尘禅师被二郎神杀败逃走，二郎神穷追不舍，终使二人现出原形，一个是龟精，一个是蛇精。二郎神正要结果其性命，北方武当山玄天上帝真武祖师来到，说二怪是他的部下，乞饶一死。二郎神答应，二怪随祖师而去。

二郎神回到营中，与吕洞宾商量破迷魂阵的对策。初战不利，梅山七圣有几人被擒。后来二郎神与吕洞宾合力，尤其是吕洞宾晃动青莲宝色旗，破了太阴迷魂阵。二郎神与杨思文相遇，本来可以斩他，但念他是天将转世，留他一条生路。吕洞宾与胡芸娘相斗，胡芸娘战败现出原形，乃是昆仑山下修炼千余年的狐狸，被吕洞宾斩首。吕洞宾在洞内设宴庆功，然后二郎神带梅山七圣回到灌口。

杨思文回到家里，向杨尚书述说失败经过。杨尚书怒发冲冠，立即写了奏章，述说吕洞宾的种种罪行，乞皇帝上达天庭。皇帝将杨尚书的奏章在通天炉内焚化。天庭的值班官吏接到奏本，转呈玉帝。玉帝不加明辨，立即发下旨令，将吕洞宾压在东海底下，由龙王看管，三千年后方准复原。命托塔天王李靖同其子哪吒办理此事。李靖来到蓬莱山，宣读玉帝旨令，吕洞宾让椿精看守洞府，即同李靖到了东海。东海龙王敖广暗中高兴，即将吕洞宾送到东海海底。

数月之后，椿精思念师父，变为金鱼到海底探望。正值东海龙王与丞相、军师在一起商议，想移来山峰把吕洞宾压死。椿精来到海底，将此事告诉师父。吕洞宾让他到龙华会告诉其他仙人。椿精到了龙华会。七仙商议，认为与龙王的冤仇不宜扩大，一致推举铁拐李去西天请如来佛、太上老君、观音大士出面和解。铁拐李到西天请来了如来佛、太上老君、观音大士，征得玉帝同意，观音大士做出和解办法，因八仙与龙王的矛盾是由蓝采和的花篮引起，故将蓝采和花篮内的鲜花拿出一半给龙王，以偿损失。大士又运用玄功，将泰山从东海移走放到原处，恢复龙官的原貌。玉帝对这种处理方法大加赞赏，并对四海龙王及八仙各做出处罚。玉帝又查花牡丹已临凡二世，没有过失，封为百花之王。

杨思文父子得知四海龙王与八仙和解，吕洞宾被释，十分恼怒。杨尚书一气之下得了一场重病。杨思文请来黄发道人的师兄铁甲大仙，方才治好。杨思文报仇心切，定要害死吕洞宾，娶花牡丹为妻，方能称心如意。经铁甲大仙推荐，去花果山请小石猴下山。

女娲补天遗下二块顽石，大者生出孙悟空，小者生出小石猴。孙悟空去西天取经之后，花果山没有猴王，众猴推小石猴做了猴王，其本领与孙悟空不相上下。铁甲大仙与杨思文来到花果山，对小石猴奉承一番，小石猴便一口答应下山相助。来到杨府，与杨氏父子商议怎样挑动八仙来应战。杨思文献计，先抢来花牡丹，吕洞宾必然来救，然而不知道花牡丹与花锦夫妇的下落。小石猴说他到阴间查阅生死簿即可知道。杨思文当即同意。小石猴又说阴间与阳间一样，也要行贿，令杨家备足五十万串纸钱。小石猴第一次到阴府，管理生死簿的东岳帝君和王判官都去考试城隍，没有办成。过了三天之后，小石猴再去，直接找王判官，王判官开始不给查，小石猴以五十万串纸钱相许，方才给看。查得花牡丹及其父母都在白云洞居住。小石猴令王判官把花锦夫妇拘押起来。回来告诉杨思文，杨思文甚是欢喜。

王判官为了得到五十万串纸钱，竟派二鬼来拘拿花锦夫妇，关押在阴间的寒冰地狱。花牡丹见父母被阴间二鬼拘拿，哭哭啼啼追赶，进了东岳庙，在神像面前告发此事。王判官从二鬼那里得知花牡丹赶来，在庙内假扮东岳帝君将花牡丹痛斥一番，令武士将她赶出。花牡丹哭啼往回走，被一老年樵夫接到家中。樵夫得知内情，同花牡丹到城隍庙告状。这个城隍为官正直，接到状纸，十分恼怒，写了文书送给东岳帝君。东岳帝君询问王判官，王判官不承认。东岳帝君换便服私访，在寒冰地狱查到花锦夫妇。找到拘拿花锦夫妇的二鬼，二鬼供出王判官。东岳帝君命二鬼送回花锦夫妇。接着审问王判官，王判官供出小石猴。小石猴办完事后，杨思文设宴款待。小石猴竟吃得大醉，不省人事。忽见牛斗、马面二鬼前来拿他，知道是花锦事发，只得跟着前去。第二日清晨，杨家以为小石猴已死，将他安葬。

杨思文见小石猴已死，娶花牡丹之事又成泡影，整天愁闷。家人杨能令其外出春游散心。在郊外见一年轻美貌妇人扫墓，立刻动了心，上前搭话。此妇人姓李，前来祭奠丈夫。李寡妇见杨思文衣着华丽，也很动情。经媒人说合，二人结亲。洞房之夜，李寡妇前夫的阴魂前来做祟，弄得杨思文口吐白沫，昏迷不醒。经道士、和尚念经焚纸之后，方才苏醒。夫妻二人回门，在路上李寡妇又被狐精捉去。请来五云山玄真洞的毛真人，才战败妖狐找回李寡妇。杨思文见毛真人很有本事，拜以为师。

小石猴被阴差捉到东岳庙内，东岳帝君审问，小石猴说是杨思文父子指使的。东岳帝君立刻派鬼卒捉拿杨尚书。杨尚书正与夫人闲谈，鬼卒将其阴魂带走、立刻跌倒死亡。杨尚书的阴魂在东岳帝君面前承认管教不了逆子，只好一切顺从。东岳帝君查他过去曾救过山东水灾，救活二百余人，应延寿十二年，又派鬼卒送他回阳。杨尚书复活，对杨思文述说在阴间经过，杨思文似有所感，便跟毛真人苦心修行。东岳帝君罚王判官到阳世投生，投胎为南京王黑心之子，令其耗尽王黑心的不义之财，又使其夭折短命。东岳帝君又吩咐将小石猴带到五殿阎罗处审判。小石猴却威胁阎罗，乘机逃脱，到杨府将魂附尸。又来到终南山找南斗、北斗二星君乞延寿命。二星君见是猴子，随便说了一句"与天同寿"。小石猴兴高采烈地回到花果山，常与在水帘洞内修行得道的通臂猿谈心。

杨思文随毛真人在山修炼半年有余，降妖捉怪、腾云驾雾诸多本领都会。又曾于中秋之夜与毛真人及剑仙古月明到月宫一游。

阎罗将小石猴逃走之事告诉了东岳帝君，东岳大怒，立刻上告天庭。玉帝得知，先派四位元帅及四个天君到花果山捉拿小石猴，都被小石猴和通臂猿战败。后派二郎神去捉拿，毕竟二郎神本事高强，功夫过硬，布署周密，小石猴和通臂猿都被捉住，押到天庭。玉帝要斩小石猴，小石猴详细讲了前后情况，乞求免他一死。又有真仙费长房出来为小石猴说情。玉帝免他一死，但挑断大拇指的主筋，令其子子孙孙拇指无力。小石猴与通臂猿受刑后回到花果山，见众猴拇指筋都断了。心想这一切都由杨思文引起，而他却逍遥法外，内心不平，到杨府找杨思文算账。

杨思文随毛真人逗留在古月明的清风闸内，但凡心不灭，常有思家恋妻之念。古月明算得他回家必然遭难，不让他回家。他以采药为名，背着二位师父回到家里。杨府上下见他回来，自然高兴。不久，小石猴来到，二人互相指责，杨思文仗着自己学了不少本事，与小石猴对骂起来。后来二人定有一番恶战，但全书到此结束，没有续篇。

该书以八仙过海为起点，以吕洞宾三戏白牡丹的故事为中心，演出人世、上天、阴曹三界诸多仙、人、鬼的恩恩怨怨，故事情节曲折动人，扣人心弦，可读性很强，是八仙小说中写得较生动的几部之一。许多细节都交代得很清楚，有头有尾，如白蟒妖生下的宗焕章之子宗显宗后来怎样、东岳帝君为什么考城隍等情节，都有详细交代。很多情节不见他书，显然是作者用丰富的想象力编造的，可惜全书未完。

7.《韩湘子全传》

三十回，明代杨尔曾撰。杨尔曾，字圣鲁，号夷白主人、卧游道人、雉衡山人，除撰本书外，还编刻过《东西晋演义》等书，大概是明万历至天启时杭州人。此书版本较多，已知的有：明天启三年（1623年）金陵九如堂刻本、明末武林人文聚刻本、清嘉庆二十五年（1820年）步月楼刻本、民国上海沈鹤书局石印本、1987年春风文艺出版社铅印《八仙全书》本、1989年中州古籍出版社铅印本等。

书叙雄衡山顶有一只白鹤，得到飞来的元始天尊驾前的仙鹤传授的仙家妙理，但因无师父指引，脱不得羽毛。与山上一只香獐相识，常在一起玩耍。白鹤乃是汉代左丞相安抚之女，名叫灵灵小姐，生来美丽绝代，聪明异常。皇帝欲聘为侄儿媳妇，安抚却坚决要把女儿嫁给首相当继室。皇帝大怒，将安抚斩首，将灵灵小姐赐嫁给山西红铜山村丑陋难堪的"悖不动"为妻。小姐抑郁而死，"悖不动"追赶小姐，也悬梁自尽。阎王命灵灵小姐转生为白鹤，"悖不动"转生为香獐，二人皆修炼了三四百年，常在湘江边上显神通玩耍。

玉帝殿前的左卷帘大将军冲和子与云阳子在蟠桃会上争夺蟠桃，打破了玻璃玉盏，被玉帝贬下凡间。冲和子即韩愈，云阳子即林圭。韩愈住在水平州昌黎县，哥哥韩会。韩家九代积善，但兄弟二人都没有儿子。土地神上告玉帝，希望给韩氏兄弟降生个儿子。玉帝命钟离权、吕洞宾二仙办理此事。

二仙降下云头，来到湘江口，白鹤与香獐都向前叩拜。二仙知道他们的各自出身，因香獐话语唐突，被二仙囚在江底，白鹤被引度托生为韩会之子。孩子生下，两耳垂肩，相貌不凡，韩家甚是高兴。不料从生下来到满月，日夜啼哭不止；听见街上的渔鼓声，才不哭了。韩会将变化为道人敲渔鼓的吕洞宾请了进来。吕洞宾对孩子说了番寓意很深的话，又给孩子起了名叫韩湘，小名湘子。

湘子到了一岁还不会说话，如哑巴一般，韩会为此忧伤而死。韩愈吩咐家人张千寻一个算命先生，给湘子算命，推断一下将来。吕洞宾又化作算命先生来到韩家，钟离权化作相面先生也同时来到。二位先生都说出了一番入道的预言。为了让湘子说话，钟离权留下一丸药。第二天五更湘子吃了药，果然立即开口叫韩愈一声"叔父"。

韩愈以为湘子已经能言，便立即进京都应考，不承想湘子叫了一声"叔父"后，再不说话。七岁时母亲郑氏一病而亡，湘子由婶娘窦氏抚养。韩愈进京，一试不第，没脸回家，待在京城多年，直到考中举人后，方才回家。这时湘子十四岁，见到韩愈后出言祝贺。湘子说话，韩愈荣归，全家高兴。

韩愈娶学士林圭之女林芦英为湘子完婚。在洞房之夜，湘子合衣独眠，不理芦英。韩愈又进京参加会试，高登金榜，不到二年，升为刑部侍郎，接全家在京城长安居住。一日朝罢归来，在洒金桥上遇见文武两位道士。武者说是汉将钟离权，文者说是本朝的两口先生。韩愈见他俩言语不俗，请到家中做湘子的老师，要把湘子培养成国家的栋梁之才。两位先生教湘子的，既不是文，也不是武，而是道家的如何成仙得道。教了几天，湘子颇有领悟。韩愈考察湘子的学习状况，湘子说出一番道家之言。韩愈大怒，将两位先生赶出，把湘子锁在房中。两位先生临行时告诉湘子日后到终南山去找他们。

湘子与芦英结婚，没有孩子，窦氏甚是着急。从芦英口中知道全怪湘子，窦氏对湘子教训一番。湘子毫无男女之情，说了一番修道的话来，韩愈夫妻倍感伤心。夜里，湘子为了修道，从家逃出。钟吕二仙在湘子去终南山的路上，以美女、虎、蛇、妖魔等来试验湘子修道的决心。湘子不为所动，不为所惧，坚忍不拔，终于来到终南山。钟吕二仙教给他炼丹方法，假言外出，令他看守丹炉。湘子在炉旁打坐，二仙又用种种手段考验他，甚至吕洞宾又用白牡丹来打动他，湘子仍不动心。二仙见他道心坚定，助其大丹炼成，改换凡胎俗骨，成为神仙。

八仙齐去蟠桃大会，玉帝给湘子种种权力和手段，令其下凡度叔父韩愈。湘子变成一个风魔道人，一路打渔鼓，拍简板，唱道情，来到长安自家门前。见婶娘窦氏在房中打盹，便托上一梦，接着在街上打渔鼓，拍简板。窦氏让义子韩清去请，韩清口出不逊。湘子知道是曾伴自己读书的书童被收为义子，不客气地撒他一身泥。窦氏又让家人张千去请，张千说话客气，湘子进入房中。窦氏见是一位道人，双方言语一番，湘子一派道家言论，又用法术把石狮点成金狮，显示神仙本领，以求感化窦氏。窦氏加以驳斥，说做官好。双方都不能相互感化，言语冲突，窦氏逐湘子出门。

这时天气大旱，唐宪宗为救民众之苦，命韩愈同林圭设坛祈雨，时限十五日。已过了十二日，天气仍无下雨迹象。二人着急，出榜招纳贤人祈雨。湘子在简板上写着"卖雨雪"，被推荐给韩愈。湘子施展本领，请来龙王，降了三尺三寸大雨。韩愈给湘子种种赏赐，湘子不要，只要韩愈跟他学道。韩愈大怒，湘子离去。韩愈到朝廷复命，说一位终南山来的道士帮助祈来了大雨。宪宗大喜，升韩愈为礼部尚书，命招来湘子。湘子见宪宗不跪，宪宗大怒，说站在地上的都是他的臣民，见他皆应下跪。湘子招来一片彩云，立在云中。宪宗大惊，见湘子有如此本事，以为是神仙，召见湘子，欲求长生不死之术。湘子告以必须清心寡欲，并说将有异人之骨至，自有灵异，言毕去为韩愈庆寿。

　　韩愈寿辰这天，满朝官吏皆来庆贺。湘子来到，韩愈讨厌他，几次令家人张千、李万赶出门外，而湘子施展仙术，又回到酒宴之前，劝韩愈跟他去出家修道。韩愈用儒家思想反对。双方几番舌战，韩愈及众官吏皆辩论不过湘子。湘子又招来仙鹤、仙羊，用花篮装了三百六十份馒头，用葫芦装了十几坛酒，献出仙画并让画上的仙女走下来唱歌贺酒，使出诸多仙家手段劝韩愈修道，韩愈始终执意不从。湘子看叔父如此固执，完不成玉帝的旨令，只得装醉，神魂出体，去阎王那里查韩愈的寿数与官运，在阎王的生死簿上抹去了韩愈的官禄，又回到酒宴上，顷刻间造出美酒，瞬息间开出牡丹鲜花，花瓣上有两行金字："云横秦岭家何在，雪拥蓝关马不前。"预示韩愈未来的遭遇，劝韩愈修道。韩愈大怒，要锁拿湘子报官，令他自写供词。湘子无奈，说出自己是韩湘子。在座的林圭险些上前认婿。韩愈认为他是从真湘子那儿了解些情况，到这里来假冒，让林圭不要上当。湘子便顺水推舟，承认是假冒，说明日领真湘子来见，说完辞去。韩愈令张千、李万跟随，看其去向，一出门，湘子就不见了。

　　次日，湘子现出自己的原形，来到自家门首。张千看见，拉进屋内。韩愈夫妻见了，乐得流出了眼泪。芦英上来拉湘子的手，湘子只是躲避不理。湘子又特意为韩愈祝寿一番，韩愈又请来百官。湘子招来仙童清风、明月，献出仙界珍品，献上仙桃，又施展仙术，让影壁上的麒麟走下来，在影壁上重新画上山水，竟成为真山水，湘子引韩愈及众官身入其境，仍千方百计地劝韩愈修道，韩愈反而让他读书做官，荣宗耀祖。韩愈再次生气。湘子吐出了酒饭。这时芦英已相信湘子成仙，要来吃，被窦氏拦住，不承想被一只白猫吃了，白猫立刻变成凤凰，升天而去。韩愈斥这一切都是幻术。湘子见韩愈如此顽固，乘仙鹤回到终南山，见到汉钟离和吕洞宾二位师父，叙述三番五次度韩愈的情况，

　　钟、吕二仙领湘子上天朝见玉帝，玉帝听了，非常生气，查看簿籍，知韩愈六十一岁时方能再回天庭，命湘子下凡再去度他。湘子献出一计，说唐宪宗信佛而韩愈不信，他想和蓝采和化作两个西番僧人，把简版变成佛骨，前去献给宪宗皇帝，韩愈必然奏本反对，因此来惹怒宪宗，贬他为潮州刺使，让他吃尽苦头，再去度他。玉帝依准，湘子依计而行。

　　为了使唐宪宗相信，湘子在献佛骨前一夜给宪宗托了一梦，宪宗梦见粮谷撒在田中，一人持一弓两箭射他金冠。第二日早朝，宪宗令众官圆梦。林圭认为是将有番国进异物，话还没有说完，湘子与蓝采和进佛骨至。宪宗特

别高兴，待以御膳，赠以厚金。二仙不受而去。宪宗将佛骨留在官内，颁告天下，令人人念佛。礼部尚书韩愈奏本反对，援引古今事件，证明皇帝寿命及国事皆与佛无关。宪宗大怒，命令将韩愈斩首示众。经林圭等臣奉劝，才贬到地处偏远、有鳄鱼为患、人皆怕去的潮州为刺使，并限三个月内到任。韩愈回到家中，对窦氏略作嘱咐，带家人张千、李万即日起程。

　　湘子见韩愈已经被贬，上了去潮州的路途，和钟、吕二仙商议，在沿途设种种艰难险阻，使韩愈备受苦楚，以坚其修道之心。韩愈与张千、李万在路有日，一日行在路上，顿觉寒风刺骨，计算季节，还不到该冷的时候。正在诧异，见有接待来往官员的驿馆，想进去住一宿，躲避风寒。好话说尽，驿长就是不留，说是有皇帝指令，单单不留韩愈。韩愈三人继续前行，忽见一条水势汹涌的大河横在眼前。三人正在愁苦，见有一叶小舟漂来，三人想乘舟过河，艄公硬是不载，并说了许多讽刺挖苦的话，令人难以忍受。三人为了过河，只得忍着，再三哀求，艄公方才答应。渡过河去之后，河水、艄公和小船都不见了。正在行走，忽又下起大雪，人饥马乏，难以坚持，见前面有炊烟升起，知是村庄，急忙前去。

　　村头有一酒店，三人走了进去，得知此村名叫三山美女庄。韩愈正在饮酒，店主贾似真出来，说两个未婚的女儿昨夜得梦，今日有半老贵人到此，应做他的二房夫人。韩愈已经见过了店主的两个女儿，非常美貌，见店主欲招他为婿，想自己无子，正中下怀，急忙答应。韩愈进入洞房，正在脱衣，忽然被吊了起来。哪里有什么村庄、酒店，只见自己吊在一棵树上。张千、李万急忙把韩愈救下来，韩愈万分羞恼。来了一位樵夫，三人上前问路，樵夫详述去潮州陆路的艰险，又说了四季砍柴的名称，冬季砍柴叫"寒退枝"（韩愈字退之）。再要细问，樵夫不见了。又见东边涧下有一渔夫，韩愈又去问水路。渔夫所问非所答。韩愈笑他不知事理，哪有冬天钓鱼的。渔夫说我钓的是"寒鱼"（与"韩愈"声同）。韩愈正在奇怪，渔夫又不见了。

　　三人只好继续冒雪前行。遇见一位牧童，他又对韩愈讥讽一番，并说湘子是上八洞神仙之一。韩愈让牧童捎信给湘子，快来救他。牧童不理。韩愈问此处是什么地方，牧童指以树林中的石碑。韩愈上前一看，见碑上写着"蓝关秦岭"四字。想起昔日湘子说他必在此地受苦的话，果然应验，更盼望湘子前来相救。三人又冒雪走了半日，苦不可言。忽见前面有座庙宇，三人进到里面。香案上有一个签筒，韩愈一连求了三个签，都是最不好的签。张千、李万寻来一个庙祝（管庙的人），已是老态龙钟。庙祝拿出些米，三人勉强做了一顿饭吃。无处安眠,只好三人围坐一处。韩愈思前想后,一夜不曾合眼。到了天明,庙宇忽然不见,三人原是围坐在一株老松树下。

继续前行,雪越下越大,韩愈更加想念湘子。又遇见一个农夫,农夫又奚落他一番。又前行了数十里,忽见两只猛虎张牙舞爪而来。韩愈吓得晕倒在地,张千、李万被猛虎口含而去。韩愈被冷风吹醒,身边只剩疲马一匹,他悔恨交加,决心寻死。然而用了种种方法,都没有死成。

韩愈听见渔鼓声时有时无,认为是湘子来救他,不住口地喊湘子的名字。来了一位眉目清秀的道童,问他是何人,来此何干。韩愈说出前后因由,悔恨自己没有听湘子的话。道童告诉他前面就是蓝关城,说完不见。韩愈此时已相信湘子成了神仙,做官的心已经没有了,牵马前行,见有一个茅屋,推门进去,屋内摆着一桌一椅,桌上放着一花篮馒头和一葫芦酒。韩愈饥渴已甚,拿起馒头就吃,感到很像自己家的馒头,数数正好是三百六十份。想起了自己过生日时那个黄瘦道人用花篮装起馒头的事,不承想却放在这里。韩愈吃着馒头喝着酒,便觉神清气爽。

第二天早晨,见马儿已死,韩愈成了孤身一人,痛苦不已,将心事作诗一首,题在茅屋墙壁上,写成前四句,忽想起湘子在花瓣上的诗,又续上两句,欲往下写,笔冻得不能写了,只好一人独自前行。又有一只猛虎拦路。在此生死关头,韩愈大呼"湘子救我",湘子果然从空中降落,赶走猛虎。韩愈抱住湘子号啕大哭,百感交加,完成了题在茅屋壁上的一首七言律诗:

一朝封奏九重天,夕贬潮阳路八千。

本为圣朝除弊政,肯将衰朽惜残年。

云横秦岭家何在,雪拥蓝关马不前,

知汝远来应有意,好收吾骨瘴江边。

此时韩愈完全看破红尘,决心跟湘子去修道。湘子劝他保持仕途晚节,以保家中安全。湘子作出周密安排,先让韩愈去潮州上任,过一段时间假称死去,再去修行。韩愈听从,湘子随韩愈到了潮州。潮州多年来有鳄鱼为害,许多百姓被它吃掉,历任官府没有办法。在湘子的帮助下,韩愈赶走了鳄鱼,又做了许多兴利除弊的事,百姓感恩戴德,修庙祝拜他。

一日,湘子获悉宪宗已认识了贬韩愈到潮州的错误,改移内地袁州。湘子怕韩愈道心仍不坚定,打定主意让韩愈立即弃官修行,暗中派人护送韩愈到秦岭等候。自己在潮州用一根竹棍变成韩愈,声言死去,申报上司,奏闻宪宗,众官百姓齐来吊唁,不露一丝马脚。湘子又自己护灵回京,过了潮州所辖地方，才腾云来到秦岭与韩愈相会。湘子又考验韩愈一番，见韩愈意志坚定，让他去东南方向的卓韦山上拜卓韦真人为师，说完不见，去扮卓韦真人去了。韩愈只得听从，来到卓韦山，卓韦真人让他做些杂务。

窦氏和芦英在家中得知韩愈死去的消息，悲痛欲绝。窦氏令芦英改嫁，芦英发誓侍奉婆婆到终。窦氏思念湘子心切，让义子韩清在门前注意往来行人，打听湘子消息。湘子已度了韩愈，与蓝采和化作两个古怪的道人又来度窦氏和芦英。来到韩家门前，韩清把他们领进屋内，与窦氏相见。湘子见窦氏容颜苍老，满头白发，给她一粒仙丹，窦氏吃了，立刻返老还童。窦氏酬以厚金，湘子不受，劝窦氏修行，窦氏不从，湘子现出原身，窦氏搂住不放。蓝采和见这种情形，让湘子暂在家中过几时，他上天去了。夜里湘子仍睡在过去读书时的团瓢内，三更时分，一阵清风，湘子离去，与汉钟离同到上天朝见玉帝，汇报窦氏与芦英的顽固情形。玉帝因窦氏与芦英原籍都在天庭，因获罪被贬下凡受苦，命湘子同吕洞宾、蓝采和再去度她们一番。

第二天早晨，韩清告诉窦氏湘子半夜时忽然不见。这时街上又传来了渔鼓之声，窦氏认为湘子又来了，令韩清去请。湘子走进来，告诉窦氏韩愈已修道成仙，今天特意来度她。窦氏仍然执意不从。湘子无奈，再次离去。次日，吕洞宾、湘子、蓝采和三人来到长安街上，先度了两个下棋的老头，然后来到韩家。窦氏与芦英在菊花亭上饮酒，吕洞宾施展仙家的种种手段，变化莫测，劝二人出家修道，窦氏仍是不从。三位仙家无奈，只得离去。

吕洞宾在云头上看见崔尚书之子崔世存死了妻子，近日欲再续娶继室，就想出一个办法，托梦给崔尚书，一定要娶林芦英做继室，窦氏和芦英必然不从，惹怒崔尚书上告朝廷，削去朝廷照顾给窦氏的俸禄，赶回原籍，再让龙王施法，用水淹没韩家的房屋田产，窦氏与芦英无家可归，才能下手度她们。吕洞宾将这个办法告诉湘子，湘子依然从命。

这一夜崔尚书果然做了一梦，梦见有两口先生说孩儿该娶林圭女儿林芦英为媳妇。醒来说与夫人，夫人同意，便找媒婆张二妈来林家、韩家说媒。张二妈怕媒自己说不成，又找来了同行的江五嫂。林圭倒是顺水推舟，无可无不可，二人却遭到窦氏和芦英的一顿臭骂。张二妈在崔尚书面前又添油加醋学了一遍。崔尚书大怒，第二天即奏上一本。宪宗准奏，削去窦氏俸禄，一家发配边远充军。林圭上前奏道，应看在韩愈有功朝廷的份儿上，让窦氏一家回原籍昌黎闲居。宪宗依准。窦氏得知消息，免不得收拾行囊，同芦英、韩清回昌黎县去。湘子与蓝采和化作两个钓鱼的，用言语启发窦氏，窦氏仍然不悟。到了昌黎，见自家的房屋田产全被水淹，只得租房暂住。

韩愈在卓韦山已一年有余，干些打扫尘埃、砍柴、磨面等杂事，受到磨炼。一日在后山闲步，遇见张前、李万。原来他俩是湘子指派的猛虎叼到卓韦山的，也在此修道。不久，卓韦真人不令韩愈干杂事，让他养牛，并教他一些养牛的方法，给他一把宝剑，待牛发野时制伏。

一天，卓韦真人又让韩愈去砍柴，看见三位老者下棋，三位老者教给他许多仙语。回来后卓韦真人又授他三字口诀，韩愈内心豁然开朗。真人又赏他仙酒，韩愈饮了以后，顿觉肺腑清沏，修道已成。再来看养的牛，正癫狂不止。韩愈抽出宝剑，砍下牛的头，一股白气冲天，至此韩愈已入仙界。细看卓韦真人，乃是湘子。湘子招来仙鹤送韩愈到达天庭，仍复卷帘旧职。

韩清与窦氏、芦英为了生活，在沙滩上盖了几间房屋，刚搬好家，雷火又把几间房屋烧得片瓦不存，一家人痛哭一场，此时吕洞宾化作道士指引他们到前面山上尼姑庵去居住。窦氏三人前去寻找，不但没有找到，反而走进了深山老林，连来路都没有了，陷入绝境。一个樵夫指引她们到东南山上去，看到两个仙人下棋，那里就有路了。三人到了山上，果然看见有二人下棋。原来二人正是韩湘子和蓝采和。双方斗了一回嘴，窦氏终于说，只要看见湘子，就跟他们去修道成仙。湘子现出原形，窦氏与芦英此时才彻底明悟，决心去修道成仙。湘子用彩云送窦氏和芦英到江西麻姑庵去修炼，唯独只剩韩清，呼天不应，呼地不灵，自己倒做了一番痴想。忽然发起大水，韩清爬到一棵树上躲避。来了一只熊把他背走，背到卓韦山，遇见张千、李万，被卓韦真人训斥一番。熊受真人指使，把韩清背到长安宫中，受到唐宪宗的召见，得续韩门香火。

林圭听到了昌黎韩家被水淹的消息，不知窦氏及女儿芦英的下落，想起了在韩愈的寿宴上仙人讲的许多话，顿时看破仕途，给皇帝上表，请求辞官回家。皇帝准奏。林圭一家在归程途中，常常思念湘子。一日，遇见一位衣衫褴褛敲渔鼓唱道情的道童，林圭认为是神仙，不顾家人阻拦，上前拜师，跟随而去。此道童正是韩湘子转化的。

窦氏和芦英到了麻姑庵，庵内的仙子教给她们许多修道妙诀。两年之后，吕洞宾和韩湘子到来，又招来张千、李万及湘江里的香獐，吕洞宾从葫芦里倒出仙丹五粒，红二白三，二粒红的给窦氏和芦英，三粒白的给张千、李万和香獐，皆登仙界，各有所职。

《韩湘子全传》虽然是一部专门描写韩湘子得道成仙和他度韩愈、窦氏、芦英及林圭等人成仙得道故事的小说，书中却出现了钟离权、吕洞宾、蓝采和三仙。韩湘子送窦氏和芦英到江西某地麻姑庵中去修炼，二人得到庵中仙子传授道法。这位仙子应该是八仙中的何仙姑。如果算何仙姑，则小说中共出现了八仙中的五仙。小说中几次出现"八仙"三字，可见作者已把八仙看成是一个整体，他们是互相帮助的——没有钟离权、吕洞宾和蓝采和，不仅韩湘子成不了仙，度韩愈等人成仙也是不可能的。小说中第三十回，湘子对香獐说道："我前生就是鹤儿，今日已成正果，做第八位神仙了。"这里的八位神仙，显然是指八仙。那么，韩湘子是八仙中成仙最晚的，这与其他八仙小说的成仙顺序又有不同。

该书是八仙小说中写得较好的几部之一，语言流畅，情节紧凑。写韩愈、窦氏的修道成仙，步步紧逼，到了非成仙不可的地步。同时小说中出现了三百多首诗词曲赋，平均每回十余首，而且这些诗词曲赋多半是出现在人物的对话中。吕洞宾、韩湘子宣传道教思想、传授成仙得道的方法，很多地方是借用诗词曲。做到这一点很不容易，要求作者一方面对诗词曲赋有较深的造诣，另一方面要求作者必须对道教有很深的研究，才能运用自如地用诗词曲赋来宣传道教理论和思想。

三 八仙小说散论

通过上面对七部八仙小说的内容介绍，可以明显地看出，关于八仙的人物和故事，各部小说的描写并不相同。表现在：

（一）人物出现的历史时间不同。如吕洞宾，《八仙出处东游记》说他是唐德宗贞元十四年（798年）生，祖父吕渭，父亲吕谊，浦州永乐县人，而《八仙得道》说他是唐太宗时人；《吕祖全传》说他是唐太宗贞观二年（628年）生，祖父吕谊，父亲吕显，河南洛下人。

（二）人物的名字不同。如汉钟离，一般都说他是汉将钟离权，而《吕祖全传》说他是汉将钟离昧。

（三）师徒关系和得道顺序不同。如《八仙出处东游记》和《八仙得道》均是何仙姑得道在先，吕洞宾得道在后，而《吕仙飞剑记》却说吕洞宾度何仙姑成仙。

（四）故事情节不同。如吕洞宾斩黄龙的故事，《八仙出处东游记》未写，只写了在淮水斩死恶蛟的事，《吕仙飞剑记》和《吕洞宾飞剑斩黄龙》

都写了此事，吕洞宾是失败者，而《三戏白牡丹》写吕洞宾斩死了黄龙真人；又如八仙过海，这是流传最广的故事，但在几部小说中其情节却有很大出入，《八仙出处东游记》中写的是八仙首先与东海龙王的两个太子交战，蓝采和丢了玉版，由吕洞宾和何仙姑出面交涉，最后由观音大士出面调和；而《八仙得道》写的是八仙首先与东海龙王的两个孙子交战，蓝采和丢的是花篮，最后由火龙、缥缈两位真人调和；而《三戏白牡丹》写的是八仙首先与东海龙王的义女白蟒妖交战，是吕洞宾与徒弟椿精出战，又请来了二郎神；等等。还有许多不同的地方。

　　既然都是写八仙的人物和故事，为什么还会有这么多不同，甚至是大相径庭，分析一下，原因有下述三个方面：

　　第一，八仙本来是不存在的，虽然有的仙人可以找到历史上真实的影子，但也只是借用其名，或利用其某一方面的特征加以夸大，使仙人的事迹已远不是原来真实人物的事迹，也就是说八仙的故事完全是人们传说、演义、虚构出来的。而传说的渠道并非一条，各个不同渠道传说的故事的情节、脉络不会完全一致。加工整理的文人所处的时代不同，地域不同，他们进行创作所根据的素材也必然会有所不同，自然加工出来的作品的内容也就会不尽一致。

　　第二，八仙虽然是一个小集体，但他们的故事在长期的流传过程中，每个仙人的作用和影响并不平等，综观八仙小说及其他关于八仙的故事，铁拐李的本领最大，而吕洞宾事迹最多、影响最广。在民间传说和文人创作的过程中，为了突出某一个人，自然就会按着传说者和创作者的主观意图去渲染。这里仅以吕洞宾为例。如果考察历史上的真实人物，吕洞宾是唐朝末年人，在八仙中除曹国舅外，他的年代是最晚的。几部小说都说他是韩湘子的师父。韩湘子是韩愈的侄儿，韩愈生在公元 768 年，死于公元 824 年，一生主要活动在唐宪宗时期（806—820 年）。他既然写了赠给韩湘子的诗，说明韩湘子在唐宪宗时期已基本长大成人，最晚也是出生在唐宪宗时期，出生年代要比吕洞宾早几十年，那么吕洞宾怎么会成为韩湘子的师父呢！为了让吕洞宾成为韩湘子的师父，就必须把他的生年提前，而提前的时间又众说不一，有的说是生在唐德宗贞元十四年，有的说是出生在贞观二年。

　　第三，八仙小说不是历史人物传记，而是文人创作的文学作品。虽然有过去的素材可作为创作时的参考，但也只是参考而已，文人没有必要拘泥于原来的素材，为了实现自己的创作目的，完全可以驰骋自己的想象力，对人物重新塑造，对情节重新安排。各人的目的不同、才能不同，加工创作出来的作品，自然也就不同。

汉代以后，歌颂、描写仙人及其事迹的作品，究其内在原因来说，基本上都与我国的道教有关系。八仙是我国道教发展的必然产物，因此八仙小说的产生都和道教有关系，是宣传道教，为道教服务的。虽然每部小说表现出来的这种关系有疏有密，但总体来说，八仙小说都是道教小说。

第一，都宣传修道成仙的好处，可以不受凡世间酒色财气、富贵荣华所羁，可以超脱自然，可以长生不死，极力劝人们修道。这样的例子在八仙小说中到处都有。如《八仙出处东游记》第十六回，写钟离权率兵抵御吐番入侵之兵，交战失利，一人败逃进入山谷，遇见东华帝君装扮的老人，老人劝他弃官修道："功名富贵，总是浮云，战争攻取，都是气运。曾见万古以来，江山有何常主，富贵有何定数？转眼异形，犹之黄粱一梦耳。若贫道行百年差长，看破世情，闲居自适，远脱樊笼，虽不能入道超凡，庶几不为尘世所羁矣。"

又如《韩湘子全传》第二十回，吕洞宾劝韩愈夫人窦氏出家修道，借画上的仙人王质之口唱道："老夫人，不须焦躁，看看的无常（迷信称勾死鬼为无常，即死的意思）来到。你纵有万贯家财，到临终没有下梢。谁似我无荣无辱，也散淡逍遥没烦恼。听告，不如弃了繁华。好苦恼，恋尘寰，怎的长生不老？"

第二十三回，韩愈到了卓韦山，听仙人唱道："想人生光阴能有几，不思量把火坑脱离，每日价劳劳碌碌，没来由争名夺利，无一刻握牙筹不算计。把元阳一旦都耗费，直待无常心中方已。总不如早修行，修行为第一。"第十三回，韩湘子在韩愈面前美化仙人："转背乾坤窄，睁眼日月昏，手心天柱列，脚底海波平；山岳为牙齿，苔芹是发根；恒河沙作食，毛孔现星辰。抬头只一看，少有这般人。"八位仙人之所以能成为仙人，都是苦心修道的结果，这典型的力量，强烈地吸引着人们步其后尘。

第二，宣讲修道方法。道教不同的教派对自身的修炼有不同的主张。仔细分析这几部八仙小说，在修炼方法上，似乎倾向性也不同。大概小说的作者在道教的理论上，也倾向于不同的教派。但总的来说，道教让信徒追求高深造诣，以至于长生不死飞升成仙，不外乎采取两种方法：一种是炼内丹，一种是炼外丹。所谓内丹，是指以人的自身为炉，通过净虑除念等手段，调节体内的精、气、神，而求得的一种效果，用现代的说法，就是气功养生之道。所谓外丹，是指用铅、汞和其他的物质，在炉中烧炼，通过分解和化合的作用炼成的丹药。按道教的理论，吃了这种丹药可以长生不死。在八仙小说中，既有宣讲内丹的文字，也有宣讲外丹的文字。

《韩湘子全传》第四回，写钟离权和吕洞宾教韩湘子学道，二人唱道："一更里，调神气，心猿意马牢拴系，莫学闲游戏，闲游戏。昏昏默默炼胎息，开却天门地户闭，果然通玄里，通玄里。"

《八仙得道》第四十回，写铁拐李教钟离权修道，说道："修道要以不动心为本，心一动则外魔生，终身无所成了。"何仙姑在旁，也对钟离权说道："这正是修道至言，好孩子，既要学道，第一要把这话牢牢记得。"

《吕仙飞剑记》第五回，写吕洞宾因戏白牡丹而大伤元气，黄龙禅师让他到僻静的地方静养。书中对于吕洞宾的静养是这样描写的："纯阳子遂从此处构了一所茅庵，打扫的干干净净，坐一个蒲团，安一幅围屏，烧一炷柏子香，日复日，月复月，息精息气息神息思。早上金鸡啼罢之时……就对着那一轮日头，吸着些日精；晚来金乌欲坠宿林……就对着那一轮皓月，吞着些月华。又到四更之际，夜气清明，露华融液，那是清冽寒凉之气，叫做沆瀣之气，就餐那沆瀣之气。"

以上列举这些，都是讲的炼内丹。至于怎样炼外丹，《韩湘子全传》中有所描述，第八回写韩湘子为了学道到终南山找钟离权和吕洞宾两位师父，钟、吕二人教给他一些炼丹秘诀，长篇大论，玄之又玄，这里不作引述。在八仙小说中，虽然关于炼外丹的方法介绍得不多，但用这种炼丹术炼出来的丹却经常出现，在前面内容介绍中已经常提及。吃了这种丹之后，或返老还童，还心地顿悟，或飞升天界，等等，都发生了十分神奇的作用。

由于道教的影响，其中也不无八仙小说的影响，炼丹术在古代社会中是很有影响的，是广被人知的，在通俗小说中也经常出现。如《绿野仙踪》《西游记》《醒世恒言》《歧路灯》《林兰春》《红楼梦》等都出现过。如果说道教的炼内丹还有一定的科学道理，炼得好确实有助于身心健康，那么炼外丹则是违背科学的，历史上没有一个人因此很长生，反而倒是不少人因此而丧生。不过我国古代的炼丹术，在科学史上尤其是在化学史上，有一定的地位和价值。

第三，颂扬正统的神仙人物。在八仙小说中，出现了不少仙人和通过修炼具有非凡本领的人物。站在小说作者的立场上，这些人物基本上可分为两种类型，即道教正统的神仙，和不是道教非正统的神仙。这两种神仙人物经常发生矛盾和斗争，斗争的结果，总是道教的正统神仙胜利。

如《八仙得道》，用较大的篇幅描写了以太上老君为首的道教和以通天教主为首的截教发生的一场斗争，结果道教大胜，截教大败，通天教主还被射瞎了一只眼睛。

又如《三戏白牡丹》，描写了八仙与黄龙真人及其门徒之间的斗争，也是道教的八仙胜利。这两种神仙人物的斗争，可以说是正义与邪恶之间的斗争。虽然在斗争中有曲折，但正义终将战胜邪恶。小说的作者之所以要在小说中虚构出这些情节，除了增加小说的可读性外，则主要是通过邪恶势力的陪衬，为道教增添美丽的光彩。

在八仙小说中，每位作者都对八仙和其他道教仙人做了极大的歌颂，不仅描写他们修炼认真刻苦，本事高强，还描写他们心地善良，广行善事，救人民于水火之中。正如《八仙得道》第二十八回铁拐李说的："我教宗旨在利世，不在自利。"通过八仙小说的这些颂扬，就会在读者心目中产生道教的正统仙人是正义的、善良的印象。而这些仙人是遵奉道教的教理教义的结果，那么道教自然是正义的、善良的，更何况信道修行还可以延年益寿，甚至是长生不死和具有非凡的本领呢！

总之，几部八仙小说都意在美化道教，宣传道教，所以我们说它是为道教服务的道教小说。当然几部小说所表现出来的这种道教色彩并不相等，相对地来说《韩湘子全传》《吕仙飞剑记》《吕祖全传》《八仙得道》《三戏白牡丹》重些。我们今天只是把八仙小说作为文学作品来欣赏，对其中的故事作为神话故事来看待。至于所描绘的一切，像海市蜃楼一样是根本不存在的；描绘得再好，再引人入胜，海市蜃楼还是海市蜃楼。

道教和八仙小说劝人们为了脱离现实生活的束缚，采取出世避世的态度。看起来与历代统治阶级所主张的积极入世为其统治效劳的思想是矛盾的，但这种矛盾并不尖锐。历史上的或现实生活中的宗教，实际上都是一种信仰。除了以推翻统治阶级的统治为目的"宗教"历来遭到禁止外，历代的统治者是允许宗教合法存在的，而且利用好宗教，对其统治还有有利的一面。八仙小说中所表现出来的道教思想，对历史上的封建统治阶级的统治就是有利的，这表现在：

第一，支持封建统治者建立自己的政权，在神仙的世界里给人间皇帝以崇高的地位。如《八仙得道》第五十二回和五十四回，描写秦始皇死后，魂气附在一条白蛇身上，想阻止新的王朝建立。文美真人和铁拐李派张果去帮助新的真命天子，张果用法力使白蛇不能动弹，被刘邦一剑斩之，结果刘邦建立了汉朝。

又如《三戏白牡丹》第四十六回，写皇帝将杨尚书的奏本在通天炉内焚化，直达天庭，受到玉帝的重视，立刻按其行事。可以看出人间皇帝的意旨可以上达天庭，和人间皇帝在上天玉帝心目中的位置。这都说明道教是支持符合天意的真命天子的，历代的皇帝无不自视为真命天子，当然会得到神仙的支持，而他们也受到上天的格外器重。

第二，宣传因果报应。八仙小说几乎每部都宣传因果报应、轮回转世的思想，劝人不要做恶事，做了恶事，天理昭彰，自然会受到惩罚。《韩湘子全传》第一回便说："投托得胞胎好，便有好结果，投托得胞胎不好，就没有好结果，这便是轮回报应，天地无私的道理。"而投托胞胎的好不好，是否遭报应，则决定于自己是否行善，是否做亏心事。

《三戏白牡丹》第六十三回，写阴曹的王判官受了小石猴的贿赂，陷害花锦夫妇，被东岳帝君查出，罚他到阳间南京投生为王黑心之子。王黑心是一个地痞流氓，欺骗敲诈，无恶不做，积蓄了几千两银子的黑心钱。东岳帝君让王判官为他的儿子，耗尽他的不义之财，并二十多岁夭亡，不得成家立业，王黑心夫妇也死于非命，如果每个人都为了避免遭报应，来生投得好胎，都去行善事，不仅天下太平，而且无人反叛，自然统治者的地位就巩固了。所以历史上各个封建王朝都是利用宗教的。

在封建时代里，戏曲、小说等通俗文学是不登大雅之堂的，稍有一点儿民主思想或涉及一点男女情爱的作品，往往要遭到禁止，这样的例子很多，而八仙小说却没有被禁止过。这一点足可以说明，它们对封建统治是有利的，起码是无害的。

几部八仙小说，由于作者的年代、水平、造诣的不同，其艺术性的差距也很大，很难统一进行评论。不过它们有共同的两个特点：一个是浪漫主义，一个是现实主义。

在作者的笔下，各位仙人都具有上天入地，呼风唤雨，召神驱鬼，腾云驾雾，使用各种法宝等超凡本领，及把不同历史时期的人物和事件都描绘在一个画面上等现实社会中根本不可能存在的事情，都表现得淋漓尽致。这些都是作者利用浪漫主义的表现手法的结果，这里无须作论述，自然会联想出来。

神仙世界和鬼曹世界都是不存在的。作者的描述，除了根据以往的传说及记录传说的文献以外，则是根据现实社会（实际上以往的传说也是现实社会的反映）。八仙小说中的神仙、鬼曹世界都是根据现实社会描写的，人间有的东西，神仙世界和鬼曹世界也都存在，如《八仙得道》第六十五回，写东方朔到上天王母娘娘的桃园里去偷桃，看守桃园的神仙却招来男女，混杂赌博。

又如《三戏白牡丹》，前后两次写到玉帝在处理八仙和四海龙王矛盾的公案上偏听偏信，处理往往失误。而奉命去调查的赵元帅，却出自私心，办事不公。甚至主管寿命的南斗、北斗，当小石猴向他俩讨寿时，却不假思索地随便说出"与天同寿"，对处理寿命这样的大事，如同儿戏，岂不是渎职！神仙世界是最理想的世界，原来也存在许多黑暗，更何况人间！不能不说作者有意借用神仙世界来抨击人类社会。至于在鬼曹世界，官吏行贿，媒婆玩舌等丑恶现象，更是现实社会的反映。

八仙小说对现实社会也屡有抨击和揭露。如《吕仙飞剑记》写吕洞宾漫游各地，企图度更多的人成仙。而所遇之人不论是官吏还是普通百姓，几乎都是唯利是图之辈。又如《韩湘子全传》第三回，写韩愈为韩湘子成亲，派家人张千去请阴阳先生择一个吉利日子，阴阳先生元自虚不懂装懂，摆出许多假象，竟也把韩愈欺骗了。

在八仙小说中，借用神仙、鬼曹世界批评现实和直接批评现实的例子很多，而且神仙、鬼曹世界的人情世态皆与人间无异，是真实的人类社会的反映。所以我们说，八仙小说基本的表现手法是现实主义的。

《三国演义》《水浒传》《西游记》《红楼梦》等古代小说的影响是巨大的。八仙小说中的某一部的影响，远不能和它们相比，但作为八仙小说的整体，其影响也不能算小。每部古代小说的内容不同，情趣不同，其影响的方面也不同。如果说《红楼梦》的影响主要是对知识分子，那么八仙小说的影响，则主要是对人民大众，八仙故事本来就是最先在人民大众中流传的。这种影响主要表现在：

第一，对语言的影响。人民大众熟悉八仙的故事，把八仙小说中的故事按其所表现出来的道理，浓缩成简单的语言，用来表现某种现象或某种哲理。如几部八仙小说都写了八仙过海的故事，在过海过程中，每个仙人都拿出自己的法宝，游东海如走平地。长期以来，人民大众用这个故事形成了一个歇后语，即"八仙过海——各显其能"。又如《韩湘子全传》第十六回使用了"狗咬吕洞宾——不识好人心"这个歇后语，这个歇后语是怎样形成的，我们在《八仙得道》中找到了答案：第八十三回写吕洞宾和智圆和尚去王员外家捉妖，智圆和尚让吕洞宾守住门口，以防妖怪逃跑。那妖怪乃是二郎神的神犬，吕洞宾好心放它，它却咬了吕洞宾一口。大概这个故事在明代时已在民间广为流传，所以形成了这个歇后语。

第二，对民俗的影响。由于八仙的故事在民间广为流传，而八仙的形象又是十分美好的，人民大众便把一些美好的事情和八仙联系起来。如几部八仙小说都有关于八仙为王母娘娘祝寿的情节。八仙既然能为王母娘娘祝寿，把这个故事演义一下，也可以让八仙为其他寿星祝寿，因此民间便产生了"八仙庆寿"的吉祥图案，图案中八仙聚会，举杯为寿星庆寿。在寿诞之日挂上此图，有仙人来祝寿，确实是一件非常吉庆的事情。

第三，对风景名胜命名的影响。正因为八仙在人民大众的心目中的形象是美好的，人们都希望他们来过自己生活和居住的地方，因此许多风景名胜的命名，和八仙有联系。这不仅在一些地方的志书中可以查到，就是现在的风景名胜有许多也是以八仙命名的。如果去桂林旅游，乘船畅游漓江，顺流而下，观赏两岸的奇山怪石，当过了杨堤不远，右侧岸边便有八个山峰相聚，看其形状，似要过江的架式，当地的人民群众便称这八座山峰为"八仙过江"。

第四，对文学作品的影响，八仙的故事在人民大众中广为流传，也必然浸印在文人的心扉。一些小说虽然不是专门描写八仙，但一些文人却把八仙作为一种神奇的力量写进自己的作品中，如本书的"几部八仙小说简介"开头部分提及的《杨家将》《三宝太监西洋记通俗演义》《升仙传演义》《金莲仙史》等小说就是例证。八仙故事和八仙小说对戏曲的影响更是巨大的，从元代到近现代以八仙故事为题材的各种戏曲举不胜举，八仙的典故在诗文中也经常出现。

人民大众爱戴八仙，喜欢传播他们的故事，人民大众的传播，形成了八仙小说，八仙小说又促进了这种传播。今天已经进入了科学时代，也许关于八仙故事的传播不会像封建时代那样炽烈，但八仙小说和八仙故事，作为一种历史文化现象，已深深地烙在中华民族生活的土地上，甚至也烙在其他一些国家和民族的土地上，今后还会传播着。同样八仙小说和八仙故事也会对现实生活的某些方面或大或小地影响着，正像现代的青年男女一般都知道古希腊的爱神维纳斯一样，中华的民众也会永远地知道八仙，因为他们是正义的善良的神。